Lisa Skydla

Ein Tiger mit Gefühl

Roman

Merlin´s Bookshop

Original-Ausgabe erschienen im Juni 2020 bei Merlins Bookshop.

Korrektorat & Lektorat: Merlins Bookshop, Birlenbach

Verlag: Merlins Bookshop, Waldstr. 22, 65626 Birlenbach

ISBN: 978-3-96248-501-6

Dies ist ein Roman.

Orte, Events, Markennamen und Organisationen werden in einem fiktiven Zusammenhang verwendet. Alle Handlungen und Personen sind frei erfunden. Alle Ähnlichkeiten mit lebenden oder verstorbenen Personen sind rein zufällig und nicht beabsichtigt.

Darla Demmer ist fasziniert von dem geheimnisvollen Fighter Flann O´Rory, der für ihren verbrecherischen Onkel sein Leben bei illegalen Käfigkämpfen aufs Spiel setzt.

Nervös passt sie ihn in einer verfallenen Ferienanlage in Irland ab, aber er lässt sie eiskalt abblitzen.

Ein durchtrainierter Kämpfer ist nun mal nichts für eine übergewichtige Programmiererin, dabei ahnt sie nicht, dass er in ihr längst seine Seelengefährtin erkannt hat.

Doch obwohl Flann genau fühlt, dass sie die EINE ist, überlegt er ernsthaft, ob er das Risiko, sie kennenzulernen, eingehen soll, zumal er nicht weiß, wie sie mit seinen dominant-sadistischen Neigungen zurechtkommt.

Darf er sie in den verbrecherischen Sumpf hineinziehen, aus dem er verzweifelt zu entkommen versucht? Haben sie gemeinsam überhaupt eine Chance oder werden sie am Ende beide nur Demmers Spielfiguren sein?

Inhalt

Kapitel 1 - Kämpfer 9
Kapitel 2 - Darla 30
Kapitel 3 - Falsche Voraussetzungen 52
Kapitel 4 - Gedankenchaos 75
Kapitel 5 - Aussprache 99
Kapitel 6 - Erste Schritte 126
Kapitel 7 - Vergangenheit 154
Kapitel 8 - Erfahrungen 184
Kapitel 9 - Gefährliche Aktion 211
Kapitel 10 - Sanfte Auszeit 236
Kapitel 11 - Zu Hause 261
Kapitel 12 - Zukunftsmusik 288
Kapitel 13 - Gnadenlose Rache 315
Kapitel 14 - Kampf auf Leben und Tod 341
Kapitel 15 - Herber Rückschlag 365
Kapitel 16 - Gefährliches Unterfangen 388
Epilog 417
Leseprobe „Ein Werwolf mit Herz“ 420
Danksagung 454
Über die Autorin 455

Kapitel 1 - Kämpfer

Flann stand am Fenster eines Ferienhauses in der verlassenen Anlage bei Terryglass. Er wusste, dass er in wenigen Momenten in das ehemalige Haupthaus geholt werden würde, um zu töten.

Um an den zukünftigen Tatort zu kommen, musste er über einen geschotterten Parkplatz laufen, anschließend folgte die große Eingangshalle, in der früher fröhliche Touristen eingecheckt hatten, ehe ein dunkler Flur direkt in die Diskothek führte.

Hier fanden schon lange keine Partys mit zu viel Alkohol und lauter Musik mehr statt, stattdessen nutzte der neue Besitzer diesen Raum für Käfigkämpfe.

Ein Klopfen an der Haustür riss Flann aus seinen Gedanken.

Ohne eine Miene zu verziehen, drehte er sich um und ging zur Tür. Er wusste genau, dass das gesamte Häuschen mit Videokameras überwacht wurde. Einen Umstand, den er ganz besonders hasste, weil er nach dem Töten, sofern er überlebte, eine andere Show abliefern musste.

„Du bist in zehn Minuten dran, Tiger."

Ein kleiner Mann mit einem schmierigen Grinsen stand vor ihm, doch Flann nickte nur kurz. Zu gerne hätte er dem Speichellecker des Verbrechers, der diese illegalen Kämpfe abhielt, eins auf die Nase gegeben, aber der machte sich ja in die Hose, wenn Flann auch nur knurrte.

Die Sauerei, sollte er ihn wirklich anpacken, wollte er auf keinen Fall wegmachen müssen. Außerdem war der Zwerg es einfach nicht wert.

Gemeinsam gingen sie über den Schotterplatz, auf dem ungefähr zwanzig Autos standen. Die privilegierten Zuschauer nahmen also bereits ihre Plätze am Käfig ein.

Jeder von ihnen hatte eine Verschwiegenheitsklausel unterschrieben und darüber hinaus eine horrende Summe bezahlt. Sie erwarteten etwas Besonderes, was sie auch bekommen würden.

„Na? Freust du dich darauf, endlich wieder töten zu können? Der letzte Kampf ist ja schon ein paar Monate her."

Die Stimme des Gnoms, der neben ihm lief, hatte einen gemeinen, gehässigen Klang.

Jetzt platzte Flann doch der Kragen, mit einer schnellen Bewegung packte er den Kerl am Hals und hob ihn leicht hoch, dabei sah er ihm fest in die Augen.

„Pass gut auf, was du sagst, du Speichellecker. Es wäre mir ein Vergnügen, dich von deinem Elend zu befreien."

Der Mann röchelte in seinem Griff, seine Augäpfel traten aus den Höhlen, während er versuchte, die Finger an seiner Kehle zu lösen.

„Das darfst du nicht", brachte er panisch hervor.

Flann nickte kalt.

„Ich weiß. Ich darf auch meinen Gegner nicht töten, das ist gegen das Gesetz, trotzdem tue ich es."

Bei der Antwort zappelte der Bote heftiger, gleichzeitig erschien ein nasser Fleck auf seiner Hose und kurz darauf tropfte Urin auf den Boden.

Angewidert ließ Flann ihn fallen.

„Du musst dich umziehen, ehe die Gäste dich sehen."

Mit den Worten betrat der Tiger die staubige Eingangshalle.

Ohne einen Blick auf den Arschkriecher zu werfen, ging er zu einem kleinen Raum, der früher als Abstellkammer genutzt worden war. Jetzt standen hier ein Tisch, ein Bett sowie ein Stuhl.

Flann wusste, dass er hierher gebracht werden würde, sollte er den Kampf mit einer ernsthaften Verletzung überleben. Bei einer Niederlage brauchte er sich überhaupt keine Gedanken mehr zu machen.

Einen Augenblick schloss er die Augen, nutzte die Stille, um sich einerseits zu fokussieren, andererseits um sein Gewissen zu betäuben. Auf keinen Fall durfte er darüber nachdenken, was er gleich tun musste!

Es klopfte und ein weiterer Mann streckte den Kopf ins Zimmer.

„Wo steckt denn Thorsten?"

Flann zuckte gleichgültig mit den Schultern.

„Der braucht eine neue Hose. Schlimm, wenn die Körperbeherrschung nachlässt."

Sein Gesicht verzog sich zu einem grausamen Lächeln, woraufhin der andere Kerl einen Schritt zurücktrat.

„Ist egal. Du bist ja noch angezogen. Los jetzt, du kennst die Regeln."

Der Tiger knurrte leise. Den Part hasste er ganz besonders, deshalb würde er es auch dieses Mal so angehen, wie er es für richtig hielt.

Ohne den Koordinator der Kämpfe aus den Augen zu lassen, streifte er die Turnschuhe mitsamt den Socken ab, anschließend zog er das T-Shirt über den Kopf. Seine Muskeln waren gut definiert, man sah ihm an, dass er täglich trainierte. Außerdem hatte er die Sonnenstunden gut genutzt, denn seine Haut besaß einen bronzenen Schimmer.

Das Tattoo eines Tigers, dass sich über seinen linken Oberarm zog, kam einem kleinen Kunstwerk gleich und der andere Mann schluckte.

„Geh aus dem Weg, du Made."

Flanns Stimme war nur ein Knurren, sodass der Weg augenblicklich frei war.

„Du sollst alle Klamotten hierlassen", schrie ihm der Koordinator nach, doch er traute sich nicht, den Gestaltwandler aufzuhalten.

Jeder, der Flann kannte, wusste, dass man ihn in dem Zustand besser in Ruhe ließ.

Konzentriert lief er durch den dunklen Gang, der staubig war und den Verfall des Gebäudes repräsentierte. Kleine Steinchen, Dreck und Erde lagen auf dem Boden, was er nur am Rande bemerkte.

Jetzt richteten sich seine Sinne komplett auf den bevorstehenden Kampf.

Er stieß die Tür zu der ehemaligen Diskothek auf, woraufhin es totenstill in dem Raum wurde.

In der Mitte stand der riesige Käfig, in dem gleich jemand sterben würde. Manchmal wünschte er sich, dass er es wäre, doch noch hatte er mit seinem Leben nicht abgeschlossen.

Mit Verachtung im Blick betrachtete er die Männer, die sich bereits um das Konstrukt aus Edelstahl versammelten, während er den kurzen Weg zum Kampfplatz zurücklegte.

Langsam stieg er die Stufen zu dem Stahlgebilde hoch, öffnete die Tür, ehe er hineinging.

Was jetzt folgte, war nur für die Leute bestimmt, die für die Show bezahlt hatten.

„Unser erster Kämpfer betritt die Arena. Ich betone noch einmal, dass Sie für das, was Sie zu sehen bekommen, eine Verschwiegenheitserklärung unterschrieben haben. Wir werden jeden eliminieren, der sich nicht daran hält."

Die Stimme aus dem Lautsprecher sorgte dafür, dass Flann vor Abscheu die Augen zu Schlitzen zusammenzog. Dieser Mistkerl war schuld daran, dass er jetzt gleich töten musste oder selbst starb.

Zu gerne wäre er in den Raum gelaufen, in dem früher der DJ seine Sachen aufbewahrt hatte, denn dort würde er Matthias Demmer finden. Nur gab es gute Gründe, warum er sich eisern beherrschte.

Thorsten kam an den Käfig, bekleidet mit einer frischen Jeans. Schnell schlug er die Tür zu, ehe er den Schlüssel im Schloss drehte und ihn abzog.

„Ich hoffe, du verreckst endlich, Wichser", zischte er dem Kämpfer zu, doch der zog nur eine Augenbraue hoch.

„Legst du es wirklich darauf an, dass ich dich zu mir in die Arena hole?"

So viel Mut hätte Flann ihm niemals zugetraut. Allerdings war es hier dumm, von Mut zu sprechen, denn sie trennte eine Käfigwand aus Edelstahl.

„Quatsch keine Opern, sondern zieh dich aus."

Zu spät erkannte Flann, dass die miese Ratte einen Elektrostab in seinen Griffeln hielt, mit dem er ihm einen schmerzhaften Schock versetzte.

Blitzschnell schob er seine Hand durch das Gitter, packte Thorsten erneut am Hals, um ihn dicht an die Eisenstäbe heranzuziehen.

„Tu das noch einmal und ich breche dir das Genick."

Eiskalt stieß er die Drohung aus, die dafür sorgte, dass der kleine Mann sich zum zweiten Mal an einem Tag frische Sachen anziehen musste.

„Flann, mach dich bereit", erklang jetzt die verhasste Stimme aus dem Lautsprecher.

Auf den Befehl sollte er besser reagieren, deshalb ließ er seinen Widersacher los, trat ein paar Schritte von dem Gitter weg, ehe er seine Jogginghose abstreifte.

Gleichgültig warf er sie in eine Ecke, anschließend kniete er sich hin, setzte sich auf die Fersen zurück, bevor er sich konzentrierte.

Der gesamte Raum war plötzlich in blaues Licht gehüllt, ein seltsames Surren folgte, während Flann sich verwandelte.

Mit einem Geräusch, als ob Knochen brechen würden, verzerrte sich sein Körper, seine Haut platzte auf, woraufhin das schwarz und rotgold gestreifte Fell eines Tigers erschien.

Seine Hände verformten sich zu Tatzen, aus denen sich gefährliche Krallen herausschoben, gleichzeitig veränderten sich seine Augen.

Nach nur wenigen Minuten stand ein bengalischer Tiger in dem Käfig, der die Zuschauer mit dem gleichen kalten Blick musterte, wie es auch der Mann getan hatte.

Außer einem leisen Raunen hörte man nichts, bis der Gegner den Raum betrat.

Der Kerl war zwar groß, aber schmächtig, außerdem zitterte er vor Angst. Das hier war kein Kampf, sondern ein Gemetzel.

„Begrüßt Sascha Berger, meinen betrügerischen Buchhalter. Er hat tatsächlich versucht, mich zu bestehlen. Da ich ja ein Menschenfreund bin, habe ich ihm diese Chance gegeben, um sein Leben zu retten."

Die Stimme keckerte, als der Mann die Informationen an die Zuschauer weitergab.

Jetzt waren auch die Kameras zugeschaltet, die das Geschehen im Käfig aufnahmen. Die Übertragung brachte dem Verbrecher mehrere Millionen Euro ein.

Zu gerne hätte Flann sich zurückverwandelt, um den Kampf zu verweigern, aber das kam nicht infrage.

„Was soll das? Wir haben für ein Spektakel bezahlt, nicht für eine Hinrichtung“, rief ein elegant gekleideter Herr mit Sonnenbrille, schwarzen Handschuhen und einem Spazierstock.

Weitere Stimmen wurden laut, die ihren Unmut bekundeten.

„Keine Aufregung, meine lieben Gäste. Das ist nur das Vorspiel.“

Jetzt schluckte Flann, denn von zwei Kämpfen an einem Tag war nie die Rede gewesen.

Jemand öffnete die Tür auf der anderen Seite des Käfigs, um den vor Angst schlotternden Mann hineinzuschieben.

„Hey, Tigermann.“

Ein weiterer Helfer stand am Gitter, um Flann noch eine Instruktion zu erteilen.

Langsam trottete er zu ihm.

„Mach es nicht zu kurz, verstanden? Die Leute wollen etwas für ihr Geld sehen.“

Es widerte ihn an, denn wenn er diesen verzweifelten Menschen schon umbringen musste, plante er, es wenigstens schnell zu tun.

Ein leises Knurren war die einzige Antwort, die er geben konnte.

„Ring frei“, ertönte in dem Augenblick die Aufforderung, endlich zu beginnen.

Die Zuschauer blickten gespannt auf den Käfig, in dem der Tiger jetzt geschmeidig auf den zitternden Mann zulief.

„Bitte, Gnade. Helft mir, bitte“, schrie der Buchhalter plötzlich, ehe er sich auf die Knie fallen ließ.

„Das hättest du dir vorher überlegen sollen, bevor du dich an meinem Vermögen bedient hast“, antwortete Demmer hämisch.

Der Widerwille in Flann steigerte sich immer mehr, trotzdem ging er zu dem Opfer, um ihn mit der Schnauze anzustoßen.

Sofort brüllte der Mann angstvoll auf.

Wie um alles in der Welt sollte so ein halbwegs fairer Kampf entstehen?

Die Leute pfiffen und riefen ihren Unmut in den Raum, bis der Tiger dem Kerl in die Wade biss. Er riss ihm ein großes Stück Muskelfleisch heraus, woraufhin der Buchhalter nur noch vor Schmerzen schrie.

Erneut schnappte Flann nach ihm, was dazu führte, dass dieser das Bewusstsein verlor.

Etwas Besseres hätte ihm kaum passieren können, denn so bekam er seinen Tod wenigstens nicht mehr mit.

Der Helfer, der statt Thorsten jetzt an der Tür stand, nickte dem Tiger unauffällig zu. Das war sein Zeichen, schnell und ohne zu überlegen biss er dem Bewusstlosen in die Kehle.

Enttäuschtes Gemurmel zusammen mit lauten Protesten erfüllte den Raum, bis Demmer um Ruhe bat.

„Ich bitte Sie, meine Freunde, das war doch erst der Anfang. Eine Aufwärmübung für unseren hungrigen Tiger. Wie viele wissen, ist er seit fünfzehn Jahren ungeschlagen, egal, gegen wen er kämpfen musste. Dieses Tier ist der geborene Champion. Wir nehmen gerne Ihre Wetten an."

Jetzt strömten etliche Helfer in den Saal, bewaffnet mit Wettscheinen, worauf sie die Beträge notierten. Natürlich bekam jeder, der mitmachte, einen Durchschlag.

Das war eine weitere Möglichkeit, mit dem Leid der Beteiligten Geld zu verdienen.

Flann hasste es einfach nur, obwohl er seinen Anteil abbekam.

„Dann lasst uns das Spiel beginnen. Der Herausforderer ist ein bekannter Martial-Arts-Kämpfer, den uns unsere Freunde von den *Grauen Wölfen* geschickt haben."

Die *Grauen Wölfe*, das hätte Flann sich denken können, da die türkische Mafia zu gerne mitmischte.

Jetzt musste er enorm auf der Hut sein, denn der Mann, der den Käfig betrat, besaß nicht nur einen sehr durchtrainierten Körper, sondern trug auch noch seine Kleidung. Es war also gut möglich, dass er eine Waffe versteckt hatte.

Lauernd umkreisten sich die beiden Kämpfer, dabei behielt Flann den Mafiosi genau im Blick. Jede kleine Regung bemerkte er, nutzte seine kompletten Sinne, um zu erfahren, ob Betrug im Spiel war.

Schade, dass er nicht mit dem Typen reden konnte, denn sollte dieser lügen, roch er es sofort.

Es sah aus, als ob sein Gegner stolpern würde, doch er zog blitzschnell ein Messer aus einer Halterung an seinem Bein.

So etwas hatte Flann sich bereits gedacht, trotzdem schaffte der Kerl es, ihn mit der Schneide am hinteren Rücken zu erwischen.

Es brannte, war aber nur ein Kratzer, der den Tiger unheimlich wütend machte.

Er brüllte vor Zorn und Schmerz, besonders, weil er es hätte kommen sehen müssen. Bisher hatte er noch keinen fairen Kampf in dem Käfig erlebt.

Mit einem kraftvollen Sprung warf er seinen Gegner zurück, dabei riskierte er bewusst, dass der das Messer erneut einsetzte.

Dieses Mal traf er ihn in die Brust, doch jetzt war Flann darauf gefasst, sodass er mit seinen beeindruckenden Fängen nach dem Handgelenk des Mistkerls schnappte.

Die Zuschauer tobten, feuerten ihren Favoriten an, wobei niemand daran dachte, dass gerade zwei Lebewesen versuchten, sich gegenseitig zu töten.

Flann bekam glücklicherweise den Arm seines Widersachers zu packen. Beherzt biss er zu, dabei hinterließ er eine tiefe Fleischwunde, was bewirkte, dass der Mann das Messer einfach fallen ließ.

Erstaunlich flink stand der Kerl wieder auf den Beinen. Damit hatte der Gestaltwandler nicht gerechnet, nur den Fehler würde er kein zweites Mal machen.

Blitzschnell setzte der Mafiosi nach, indem er Flann einen Sidekick verpasste, der zwar schmerzte, ansonsten allerdings kaum einen Vorteil brachte. Wie auch? In seiner Tierform war er knapp drei Meter lang und etwa 300 Kilo schwer.

Der Martial-Arts-Kämpfer ließ sich nicht beirren, trat nach seiner Schnauze, versuchte den Kopf zu treffen, aber Flann wich ihm geschmeidig aus.

Natürlich hätte er in dem Augenblick kurzen Prozess machen können, nur würde es Ärger geben, sollte er das Spektakel so schnell beenden.

Immer wieder lief er um seinen Widersacher herum, brüllte auf, wenn der ihn traf und hieb mit seiner Pranke, sobald er in Reichweite war.

Es kam ihm vor wie ein Tanz, ein Todestanz.

Flann war völlig konzentriert, denn obwohl er mittlerweile wusste, dass dieser Kampf keine wirkliche Herausforderung für ihn darstellte, durfte er sich keine Nachlässigkeit erlauben.

Bei einem erneuten Kick schnappte der Tiger sich das Bein seines Gegners. Der kräftige Kiefer klappte zu, kurz darauf stieß der Mann einen fast unmenschlichen Schrei aus, als der Unterschenkel brach.

Natürlich hätte Flann ihn jetzt einfach so festhalten können, aber er musste eine Show bieten, also ließ er ihn entkommen.

Mithilfe seines gesunden Beins und der unverletzten Hand kroch der Kerl auf die Tür im Käfig zu. Man sah ihm an, dass er die Situation richtig einschätzte, besonders als der Tiger direkt auf ihn zulief.

Entsetzt wich er zurück, wobei er stumm den Kopf schüttelte, da er mit der Wende keineswegs gerechnet hatte.

Langsam kam Flann näher, dabei sah er ihn lauernd an. Im Moment rechnete er mit allen Möglichkeiten, selbst damit, dass sein Gegner eine andere Waffe zog.

Doch der hob nur abwehrend eine Hand, gleichzeitig drückte er sich an das kalte Gitter.

„Lasst mich raus", schrie er verzweifelt, als er bereits den Atem des Tieres spürte.

Jetzt lachten die Typen vor dem Käfig laut auf.

„Kämpf, du Feigling", rief jemand.

Obwohl der Mann ein falsches Spiel spielte, würde Flann ihn gerne verschonen. Die Verletzungen, die er ihm zugefügt hatte, reichten ihm als Rache völlig, nur war das gegen die Spielregeln.

Der Mafioso war sich bewusst, dass er gegen einen fast 300 Kilo schweren Tiger mit bloßen Händen keine Chance besaß. Selbst seine Kampftechniken versagten hier kläglich.

Panisch drehte er sich zu der Tür, um daran zu rütteln.

„Aufmachen! Bitte, macht auf", schrie er in Todesangst, aber niemand rührte sich.

„Du kanntest die Regeln. Es gibt keine Gnade", ertönte die Stimme aus dem Lautsprecher.

Flann fauchte. Zu gerne hätte er dem Mistkerl Demmer gesagt, dass er doch selbst gegen ihn antreten sollte.

Schnell sprang er sein Opfer an, um ihm gezielt in den Nacken zu beißen. Das Genick brach mit einem ekelerregenden Geräusch, aber das war das Einzige, was er für den Mann tun konnte.

Falls er sich weigerte, ihn zu töten, würden sie erst ihn, dann seinen Gegner erschießen.

„Verwandel dich! Anschließend kannst du dir deine Belohnung abholen", ertönte sofort die Stimme aus dem Lautsprecher.

Flann wusste, dass jetzt der zweite Teil seines Auftritts kam und der widerte ihn noch stärker an.

Seine „Entlohnung“ bestand aus einem Mädchen, das sich wahrscheinlich vor ihm fürchtete. Man erwartete von ihm, dass er sie vor laufender Kamera gefügig machte. Auch hier wollten die Leute eine Show sehen, die mehr als abartig war.

Zum Glück gab es bei dem Akt keine direkten Zuschauer.

Schnell verwandelte Flann sich zurück, zog seine Jogginghose an und wartete, bis Thorsten die Tür aufschloss.

„Möchtest du jetzt reinkommen?“, fragte er ihn gehässig, dabei deutete er eine einladende Handbewegung an, allerdings troff seine Stimme vor Spott.

„Irgendwann stirbst du, während ich lachend zusehe“, zischte der erbärmliche Idiot ihm zu.

„Wenn du so weitermachst, dann wirst du es nicht mehr erleben“, warnte Flann, ehe er ihm einen Stoß gab, sodass er von der kleinen Treppe fiel.

Ohne einen weiteren Blick auf den Schleimscheißer zu werfen, ging er in die Abstellkammer.

Viel Zeit blieb ihm nicht, denn er musste für den zweiten Teil seines Auftritts zurück in das Ferienhaus. Dort hatte man das Schlafzimmer mit drei Kameras ausgestattet.

Müde rieb er sich über die Augen, zog sich anschließend das T-Shirt, Socken und die Schuhe wieder an, dabei bemerkte er, dass er blutete.

Schnell presste er den Stoff seines Shirts auf die Wunde in seiner Brust.

Als Gestaltwandler konnte er auf enorme Heilungskräfte zurückgreifen, sodass es jetzt bereits aufhörte zu bluten.

Noch einmal atmete er tief durch, ehe er sich auf den Weg in das kleine Häuschen machte, wo er hoffentlich eine überzeugende Show ablieferte, ohne einem weiteren Menschen zu schaden.

~~°~~

„Warte doch bitte mal“, ertönte hinter ihm eine Stimme, als er gerade den Schotterplatz betreten hatte.

Unwillig drehte er sich um, anschließend musterte er die junge Frau, die langsam auf ihn zukam.

Sie hatte dunkelbraune Haare, eine etwas füllige Figur, außerdem schätzte er sie auf ungefähr einen Meter siebzig. Irgendwie kam sie ihm bekannt vor.

Flann überlegte einen Moment, bis ihm einfiel, dass er sie ein Mal bei Demmer zu Hause gesehen hatte. Er war dorthin befohlen worden, um sich Instruktionen abzuholen.

„Was willst du?“

Allein seine Stimme verriet, dass er keinen Wert auf eine nähere Bekanntschaft legte.

„Ich wollte dich verbinden. An die Wunde auf deinem Rücken wirst du so kaum drankommen“, bemerkte sie leise, dabei deutete sie auf den Verbandskasten in ihren Händen.

„Ich bin übrigens Darla, die Nichte von Demmer“, fügte sie schnell hinzu, ehe sie ihn vorsichtig anlächelte.

„Ich weiß.“

Flann knurrte die Antwort nur, weil er keine Ahnung hatte, was für ein perfides Spiel das jetzt wieder war.

„Bitte, ich möchte wirklich nur helfen.“

Verlegen hob sie den Kasten etwas an.

Genau in dem Augenblick kam eine junge, fast schon magere Frau zu ihnen, die nur eine Jogginghose und ein T-Shirt trug.

Flann erkannte sie, denn sie gehörte zu der Gruppe, die den Akteuren sexuelle Ablenkung verschaffen musste, wann immer diese es wollten. Er konnte auf erzwungenen Sex genauso verzichten, wie auf Vergewaltigungen, deshalb hatte er nie von dem Angebot Gebrauch gemacht. Trotzdem kannte er die meisten Mädchen zumindest vom Sehen.

„Ich soll dir zur Verfügung stehen", bemerkte sie schüchtern.

Sofort legte der Tiger einen Arm um ihre Schultern, um sie ein wenig an sich zu ziehen. Jetzt durfte er sich die Geste noch erlauben, wobei er hoffte, dass es ihr Sicherheit gab.

„Du weißt, was man von uns erwartet, oder Gina?"

Offen sah er sie an, als sie langsam nickte.

„Ja, aber für mich gibt es keinen Ausweg. Ich habe Schulden bei Demmer, die ich auf diese Weise abarbeiten darf. Als Nutte für die Kämpfer. Wenn ich mich weigere, dann bekomme ich Prügel. Ganz ehrlich, ich bin lieber bei dir, als bei denen, die noch kommen."

Für einen Augenblick hatte er die andere Frau komplett vergessen, als er mit zusammengebissenen Zähnen zustimmte.

Erst als Gina sie musterte, lenkte auch er seine Aufmerksamkeit wieder auf die unwillkommene Besucherin.

Ihm fiel auf, dass sie keine Designerklamotten trug, wie er es erwartet hätte. Ihre gesamte Erscheinung war ziemlich unauffällig, selbst das Make-up sah völlig natürlich aus.

„Was will sie hier?", erkundigte sich Gina, dabei deutete sie abfällig auf die andere Frau.

„Mich verbinden, zumindest sagt sie das."

Flann sah kalt auf Darla, die verlegen vor ihm stand. Auf keinen Fall würde er jemand aus Demmers Familie an sich heranlassen.

„Wirklich, ich meine es nur gut. Ich habe meinen Onkel gebeten, herkommen zu dürfen, weil ich irgendwie helfen wollte."

Sie schluckte schwer, denn damit, dass sie bei mehreren Morden zusehen musste, hatte sie nicht gerechnet. Sie installierte die jeweiligen Streaming-Programme auf Laptops oder entsprechende PCs. Darüber hinaus hatte sie das

Aufnahme-Programm mit einem kleinen Team programmiert. Selbstverständlich sorgte sie für Updates oder half bei Ausfällen. Natürlich hatte sie immer mal wieder einen kurzen Einblick auf einen Kampf bekommen, aber nie bis zum Ende zugesehen. Bis heute.

„Wo bleibt ihr? Die Show geht gleich los", rief in dem Augenblick ein weiterer Koordinator, der aus dem Ferienhäuschen kam.

„Geh nach Hause und spiel besser mit deinen Puppen, kleines Mädchen."

Flann sah sie spöttisch an, ehe er sich umdrehte, dabei zog er Gina mit sich.

Er konnte den entsetzten Blick der anderen Frau fast in seinem Rücken spüren, trotzdem verschwendete er keine Zeit mehr.

„Du wirst dich wehren und schreien, verstanden?"

Gina nickte kurz, wobei sie jetzt auch schwer schluckte. Sie war auf eine Vergewaltigung gefasst, denn das war es, was die Leute sehen wollten. Keiner von ihnen war mutig genug, Demmer zu enttäuschen. Er hatte ihnen mit allen Mitteln klargemacht, dass es gesünder war zu gehorchen.

„Wenn es geht, schlag bitte nicht ins Gesicht", bat sie leise.

Einen Augenblick war er versucht, sie zu beruhigen, doch sie betraten bereits den Flur, sodass er auf eine Antwort verzichtete. Es war wahrscheinlich, dass man sie hier schon hören konnte.

Schnell packte er Gina im Nacken, um sie in das Schlafzimmer zu zerren. Wie auf Kommando fing sie an zu betteln und zu weinen.

Genau diese Show hasste Flann wie die Pest. Er würde freiwillig niemals eine Frau so behandeln.

„Los, auf die Knie, blas mir einen", befahl er herrisch.

Fast hätte er dabei gegrinst, doch das verkniff er sich besser.

Sofort gehorchte Gina, der es bei einem Mann wie ihm kaum schwerfiel, einen solchen Befehl auszuführen. Da hatte sie schon miesere Kerle bedienen müssen.

Schnell zog sie seine Jogginghose herunter, nahm sein bestes Stück in die Hand, um es ein wenig in Form zu bringen, ehe sie mit der Zunge darüber leckte.

Eine Weile ließ er sie gewähren, aber er war sich bewusst, dass Demmer etwas anderes sehen wollte, genau wie der Abschaum, der jetzt auf die Monitore starrte.

„Lass es, du bist zu ungeschickt", fauchte er plötzlich, anschließend zog er sie an den Haaren zu sich hoch.

Mürrisch streifte er die Kleider ab, um sich kurz darauf wieder der Frau zuzuwenden.

Angstvoll sah sie ihm in die Augen, während er sie zum Bett schob.

„Schrei", flüstert er ihr zu.

Flann wusste genau, wo die Kameras installiert waren. Schnell drehte er sich so, dass er sie völlig verdeckte, bevor er sich auf den Unterarm schlug, damit es klatschte.

Gina zögerte eine Sekunde, ehe sie wie am Spieß schrie. Sie spielte ihre Rolle wirklich perfekt.

Noch einmal ließ er seine Handfläche hart auf seinem Arm auftreffen, während sie flehend um Gnade bat.

Grinsend drehte Flann sich in die Kamera und holte ein Messer vom Nachttisch, womit er ihr Oberteil aufschlitzte.

„Du wirst viel lauter schreien", bemerkte er mit tiefer Stimme.

Die junge Frau starrte ihn mit großen Augen an. Niemals hätte sie damit gerechnet, dass er sie verschonte. Die anderen Kämpfer hielten sich bei dem Nachspiel genau an die Vorschriften.

Langsam befreite Flann seine Gespielin von den Resten ihres Shirts, den BH zerfetzte er regelrecht mit der kurzen Klinge.

Jetzt fiel es Gina überhaupt nicht mehr schwer, vor Angst zu wimmern, zumal sie glaubte, dass er die Kontrolle über sich verlor.

„Sieh mich an“, befahl er herrisch, woraufhin sie sofort gehorchte.

Allerdings sah sie in seinem Blick nur eine ruhige Gelassenheit, außerdem zwinkerte er ihr beruhigend zu.

Als er ihr die gesamten Kleider vom Körper gerissen hatte, beugte er sich zu ihr, wobei er so tat, als ob er ihr in den Hals beißen wollte.

„Keine Angst, ich tue dir nicht weh, aber du musst mitspielen“, flüsterte er ihr zu, ehe er ihr tatsächlich leicht in die Kehle biss.

Tränen der Erleichterung traten ihr in die Augen, gleichzeitig sah sie ihn flehend an, damit die Zuschauer dachten, sie würde leiden.

Mit einem Schubs beförderte er sie auf das Bett, vor dem sie standen, nur um sich direkt darauf über ihre Oberschenkel zu knien.

Er warf das Messer achtlos weg, bevor er die Brüste der jungen Frau knetete. Jetzt stöhnte Gina auf. Die Angst war verflogen, sodass sie sich völlig auf den Tiger einlassen konnte.

„Na, gefällt dir das, kleine Schlampe?“, knurrte Flann, gleichzeitig packte er hart zu.

Ehe sie in der Lage war, zu antworten, setzte er sich ein wenig auf, um sie umzudrehen.

Fast schon liebevoll ließ er seine Fingerspitzen über ihren Rücken gleiten, sorgte dafür, dass sie sich entspannte, ehe er ihr herzhaft auf den Hintern schlug.

Gina schrie auf, mehr vor Schreck als vor Schmerz, nur sah man das nicht in der Kamera.

Erneut traf Flanns Pranke fest auf ihrer Hinterbacke auf. Ihm war bewusst, dass sie morgen an ihn erinnert würde, sobald sie sich setzte, allerdings ersparte er ihr auf die Weise ein ganz anderes Erlebnis.

Ungeduldig schob er seine Hand zwischen ihre Schenkel und atmete auf, als er fühlte, wie nass sie bereits war.

Anscheinend mochte Gina die härtere Gangart. Diese Tatsache wollte er ausnutzen.

„Ich versohle dir nach allen Regeln der Kunst den Arsch, ehe ich dich bis zur Besinnungslosigkeit ficke."

Flann hasste eine solche Ausdrucksweise, aber es wurde von ihm verlangt.

Viel lieber hätte er ihr sanfte, tröstende Worte ins Ohr geraunt, während er ihr zeigte, was Lustschmerz war.

Gina presste das Gesicht ins Kissen, damit man ihren Blick nicht sah. Sie liebte es, wenn ein Mann die richtige Mischung aus Lust und Schmerz kannte. So wie es aussah, war der Job hier genau das, was sie ersehnte.

Als ein besonders harter Treffer ihr die Tränen in die Augen trieb, drehte sie den Kopf, in der Hoffnung, dass sie jetzt direkt in die Kamera sah.

Niemand würde bemerken, dass sie diese Behandlung genoss.

Flann verkniff sich das Lächeln, denn Gina machte es ihm sehr leicht. Immer wieder stimulierte er ihre Klitoris. Alleine daran, wie nass sie war, erkannte er, dass er sich auf dem richtigen Weg befand.

Als sie leise anfing zu stöhnen, stand er auf, ging zum Schrank, um seine Jeans herauszuholen.

Mit einem grausamen Grinsen, das für die Zuschauer bestimmt war, zog er den Ledergürtel aus den Schlaufen, ehe er die Hose achtlos auf den Boden warf.

Ein Blick auf die Uhr sagte ihm, dass er jetzt noch eine gute Viertelstunde hatte, ehe die Kameras ausgestellt wurden. Dann begann der nächste Fight mit anderen Gegnern.

Geschmeidig ging er zum Bett zurück, strich zart über den roten Po seiner Gespielin, bevor er den Gürtel schnalzen ließ.

Wie erwartet zuckte Gina erschrocken zusammen.

Mit einer Hand drückte er ihr Gesicht in die Kissen, wobei sie heftig um sich schlug, so als ob sie keine Luft mehr bekommen würde. Natürlich hatte sie den Kopf leicht in seine Richtung gedreht. Es war ein perfektes Schauspiel für die perversen Zuschauer.

„Wenn es zu viel wird, fleh um Gnade", raunte Flann ihr zu.

„Ich könnte dich ersticken lassen, du Nutte", bemerkte er laut, sodass die Leute an den Monitoren ihn durchaus hörten.

Abrupt zog er sie an den Haaren ein Stückchen vom Kissen weg und sie schnappte hektisch nach Luft.

„Bitte, ich mache alles, was du willst. Bring mich nicht um", flehte Gina.

Beinahe hätte Flann ihr zugelächelt, weil sie ihre Rolle so perfekt spielte, allerdings unterdrückte er diese Regung eisern.

Er richtete sich auf, zog sie ein wenig auf die Knie, damit sich ihr Hintern nach oben streckte, ehe er den Gürtel auf die bereits gerötete Fläche treffen ließ.

„Vielleicht lernst du so, wie man einem Mann einen bläst", höhnte er.

Gina jaulte theatralisch auf, blieb aber in ihrer Position.

Sie liebte Lustschmerz, sodass sie auf sein Angebot, die Sache kurzfristig zu beenden, kaum eingehen würde. Ganz im Gegenteil.

Flann tastete sich langsam vor, steigerte die Intensität, genauso verringerte er die Abstände, in denen der Gürtel auf ihrem Hintern auftraf.

Erst als Gina heftig aufstöhnte, kniff er sie unbemerkt von der Kamera in den Oberarm.

Auf keinen Fall durften die Zuschauer sehen, wie sehr sie diese Behandlung genoss.

Erneut ließ er das Leder auf ihrem Hinterteil tanzen, bis er sah, dass sie ihre Erregung kaum noch verstecken konnte.

„Das reicht dir wohl."

Schnell warf er den Gürtel zur Seite, sprang mit einem Satz zu ihr auf das Bett, wo er sich hinter sie kniete.

Hart zog er ihren Po etwas höher, bevor er sich mit einem Stoß in ihr versenkte. Zum Glück war sie so nass, dass er nicht mal einen Widerstand spürte.

Seine Finger krallten sich in ihre Hinterbacken, während er sie in Position hielt, um sich an ihrem willigen Leib abzureagieren.

Mit einem lauten Schrei tat er so, als ob er käme, damit übertönte er auch ihr Aufstöhnen, das sie keine Sekunde länger zurückhalten konnte.

Erschöpft ließ er sie los, legte sich neben sie und sah verstohlen zur Uhr.

Gott sei Dank war die Zeit vorbei.

Sanft zog er die vor Lust zitternde Frau an sich.

„Ich hoffe, ich habe es erträglich für dich gemacht", murmelte er.

Lächelnd blickte sie ihn an.

„Ganz und gar. Ich stehe dir jederzeit gerne zur Verfügung. Trotzdem wäre es nett, wenn du einfach beendest, was du angefangen hast."

Flann lachte leise. Damit hatte er so gar nicht gerechnet.

„Ich denke, du hast dir eine Belohnung verdient."

Sanft streichelte er sie, strich zart an ihren Brüsten entlang, rieb über ihre Nippel, die sich ihm so schön entgegenstreckten.

Normalerweise hätte sich jetzt sein Kopfkino geregt, aber das war wegen der vergangenen Show komplett ausgeschaltet.

„Bitte“, murmelte Gina, die mit geschlossenen Augen neben ihm lag.

Vorsichtig teilte er ihre Schamlippen, massierte mit dem Daumen ihre Klitoris, während er mit zwei Fingern tief in sie eindrang.

Gekonnt trieb er sie auf den Höhepunkt zu, ließ sie abheben und zog sich anschließend schnell zurück.

Fragend sah Gina ihn an.

„Dir hat das weniger gefallen, oder?“

Spöttisch lachte Flann auf.

„Nimm es nicht persönlich, Kleine, aber wie soll ich Sex genießen, wenn ich kurz vorher getötet habe? Es fällt mir verdammt schwer, in der Situation einen Orgasmus vorzuspielen, doch das konnte ich mir antrainieren. Das Nachspiel hier war nur für dich.“

Verstehend nickte Gina, anschließend wollte sie sich wieder an ihn kuscheln, allerdings schob er sie behutsam von sich.

„Ich gehe duschen.“

Mit den Worten verließ er das Zimmer.

Kapitel 2 - Darla

Wie erstarrt sah Darla dem Paar hinterher, dabei musste sie die Enttäuschung herunterschlucken. Niemals hätte sie mit einer so harschen Abfuhr gerechnet. Sie hatte doch nur angeboten, ihn zu verbinden!

Eine schwere Hand legte sich auf ihre Schulter.

„Hast du wirklich geglaubt, dass er dich an sich heranlässt, so unförmig, wie du bist? Er kann jede haben."

Die Stimme ihres Onkels traf sie, zumal sie genau wusste, dass er ihre füllige Figur abstoßend fand.

„Ich wollte ihm helfen, nicht mit ihm ins Bett", zischte sie, streifte seine Finger ab, um in das Gebäude zurückzugehen, doch Demmer packte sie schnell am Arm.

„Über deinen Ton sollten wir uns noch mal unterhalten. Ich sage nur die Wahrheit. Dein Problem, wenn dich meine Worte verletzen. Außerdem bin ich kaum hier, um dich zu trösten."

Das hatte sie sich schon gedacht. Ihr Onkel verfügte über keine nennenswerten Gefühle, dessen war sie sich sicher.

„Eine der Kameras ist ausgefallen. Flanns Schlafzimmer lässt sich so nur bedingt überwachen."

Schmerz zuckte in ihrem Blick auf. Wollte dieses Monster sie wirklich zwingen, dabei zuzusehen, wie der Tiger das Mädchen vergewaltigte?

Einen Moment stolperte Darla über ihre eigenen Gedanken, denn nach Gewalt hatte die Szene, als Gina auf den Kämpfer getroffen war, nicht ausgesehen.

„Los jetzt, ehe die Leute ihr Geld zurückverlangen."

Ihr Onkel gab ihr einen harten Stoß in den Rücken. Dummerweise hatte sie die entsprechende Ausbildung, um sich um den technischen Kram zu kümmern. Außerdem war der Bruder ihres Vaters ihr nicht unbedingt in Liebe zugetan.

Schnell brachte sie den Verbandskasten weg, ehe sie in den Raum mit den Computern zurückkehrte.

Darla atmete tief durch, um sich für die kommenden Szenen zu wappnen. Es fiel ihr so schon schwer genug, Flann beim Sex mit einer anderen Frau zuzusehen, aber so, wie sie ihren Onkel kannte, ging es jetzt wohl eher um eine Vergewaltigung.

Einen Augenblick beobachtete sie, wie der Wehrtiger mit seinem Opfer umging, dabei bemerkte sie, dass er bei Weitem nicht so grausam war, wie die restlichen Kämpfer, im Gegenteil.

Aufmerksam sah sie sich die Szenen an, die der Bildschirm wiedergab, wobei sie sah, dass er seine Lippen bewegte, ehe er ihr in die Kehle biss.

Darla musste sich ein Lächeln verkneifen, denn das sah ganz danach aus, als ob er den Zuschauern etwas vorspielen würde. Das erkannte allerdings nur der, der genau hinsah. Einfacher war es, wenn man die anderen Wesen bei ihren „Belohnungen“ beobachtet hatte.

Mit einem Seufzen sorgte sie dafür, dass die Kamera weiterhin ausgeschaltet blieb. Ihr gefiel, dass er das Mädchen beschützte, so gut es ging.

Natürlich wäre sie lieber bei ihm gewesen, aber er hatte sie so rüde abblitzen lassen, dass sie ihre Hoffnungen schnell begrub. Trotzdem erinnerte sie sich genau an das erste Aufeinandertreffen mit dem Tiger.

Ihr Onkel hatte wie ein wilder Stier getobt, ehe er sie verprügelte, als sie vor fast drei Monaten im Flur zu seinem Büro stand, wo sie Flann zum ersten Mal gesehen hatte. Ihr war klar, dass er sie so behandelte, weil er fürchtete, sie würde zu viel von seinen Machenschaften mitbekommen. Dazu gehört auch, dass er ein Treffen zwischen einem seiner Kämpfer und ihr auf jeden Fall verhinderte. Es könnte ja sein, dass einer der Männer ihr etwas erzählte oder schlimmer, ihr half, aus ihrem goldenen Käfig herauszukommen.

Matthias hatte ihr verboten, die Etage überhaupt zu betreten, doch an dem Tag war das Haustelefon ausgefallen. Sie wollte helfen.

Bei dem Gedanken lachte sie bitter auf. Vielleicht sollte sie solche Gefühlsregungen in Zukunft unterdrücken. Sie sah ja, wohin sie damit kam.

Anstatt also einen fremden Techniker zu rufen, war sie die Treppe in den zweiten Stock hochgelaufen, um selbst nach dem Rechten zu sehen.

Gerade als sie die Hand hob, um an die Bürotür ihres Onkels anzuklopfen, kam der Kämpfer heraus.

Er sah sie mit seinen bernsteinfarbenen, fast gelben Augen dermaßen intensiv an, dass sie kaum in der Lage war zu grüßen, geschweige denn, sich zu bewegen.

Ein scharfer Befehl aus dem Büro zerstörte den Bann, den er über sie gewoben hatte.

Seitdem ging ihr der Mann nicht aus dem Kopf. Liebe auf den ersten Blick? Nein, daran glaubte Darla nicht wirklich. Aber sie sehnte sich danach, ihn kennenzulernen. Dass sie immer mal wieder kleine Ausschnitte von den Kämpfen zu sehen bekam, die der Tiger ausfocht, trug dazu bei, dass sie ihn kaum vergessen konnte. Meistens handelte es sich dabei um Aufnahmen, die unscharf waren. Genauso bekam sie Sequenzen zu sehen, die kurz vor dem Ausfall der Übertragung oder einer Kamera spielten. Es lag in ihrem Aufgabenbereich, dass so etwas nie mehr vorkam, deshalb musste sie die vergangenen Fehler analysieren.

Ihr Onkel hatte nur widerwillig nachgegeben, als sie ihn gebeten hatte, zum nächsten Kampfspektakel mitgenommen zu werden.

Erst als er erkannte, dass sie ausgerechnet Flann treffen wollte, war ein fieses Grinsen über sein Gesicht gehuscht.

Natürlich kannte er den Kerl extrem gut.

Zuerst hatte er ihr erzählt, dass es sich bei ihm um einen Gestaltwandler handelte.

Darla erinnerte sich zu gut, dass sie gelacht hatte, weil sie dachte, er würde sie auf den Arm nehmen.

Aber er zeigte ihr sofort eine Aufnahme, auf der man die Verwandlung deutlich sah, immer in der Hoffnung, sie wäre abgestoßen. Seltsamerweise passierte nichts dergleichen, im Gegenteil.

„Schläfst du bei der Arbeit? Oder willst du mal wieder die Gerte spüren? Stehst wohl drauf."

Matthias kalte Stimme riss sie aus ihren Erinnerungen.

„Nein, ich kann nur keinen Fehler in der Übertragung finden. Es wird die Kamera sein. Sobald er fertig ist, gehe ich rüber und entsorge das Ding, damit es beim nächsten Ereignis keine Probleme mehr gibt."

Sie sah ihrem Verwandten fest in die Augen. Es war gefährlich ihn zu reizen, zumal er ihr mehrfach gezeigt hatte, was passierte, falls sie seinen Anordnungen nicht nachkam.

Einem Matthias Demmer gehorchte man oder trug die Konsequenzen.

„Pass auf deinen Ton auf, Fräulein. Du hast mich vorhin schon so angefahren, weil ich dir die Wahrheit gesagt habe. Du bist fett und solltest daran etwas ändern, wenn du vermeiden willst, dass man es dir ins Gesicht sagt."

Es machte ihm Spaß, ihren wunden Punkt immer wieder anzurühren. Sie wusste selbst, dass sie keine Modelmaße hatte, allerdings war sie weit davon entfernt, fett zu sein.

„Sieh zu, dass die Kamera morgen funktioniert“, damit ließ er sie vor dem Monitor sitzen.

Verwundert blickte Darla ihm hinterher. Sie würden kurz nach Mitternacht ihre Sachen packen, um nach Deutschland zurückzufliegen. Wieso sollte sie sich die Mühe machen, das Ding zum Laufen zu bringen?

Egal, sie musste sich Flann erneut stellen, sobald der Stream des folgenden Kampfes einwandfrei lief.

Mit gemischten Gefühlen sah sie dem Tiger weiter zu, wie er mit dem Mädchen umging. Vielleicht war es den Männern an den Monitoren nicht klar, aber diese Frau genoss es, was er ihr antat.

Darla sah es an ihren Reaktionen, in ihren Augen, wenn sie wirklich in die funktionierenden Kameras sah, oder hörte es an dem leisen Stöhnen, das ihr immer wieder entkam.

Ehrlich gestand sie sich ein, dass sie anmachte, was sie zu sehen bekam. Sie hatte bereits viel über Lustschmerz gelesen, doch es live zu beobachten, war noch mal eine andere Hausnummer.

Deutlich spürte sie, wie es verlangend in ihrem Unterleib zog, während sie die beeindruckende Rückseite des Tigers betrachtete. Wow, er hatte aber auch einen Knackarsch.

Darla stellte sich genüsslich vor, dass sie bei Flann in dem Häuschen war. In ihren Gedanken streichelte er sie liebevoll, ehe er ihr zeigte, wie lustvoll Schmerz sein konnte.

Missmutig sah sie auf die Uhr und wusste, dass sie in einer Minute umschalten musste, denn dann betrat der nächste Kämpfer den Ring.

Es gab so viele Männer, die sich in diesen Käfig wagten, die meisten aus Geldgier. Einige wenige, wie der Tiger, wurden von ihrem Onkel gezwungen, das war ihr bekannt. Selbstverständlich kannte sie keine Hintergründe, so tief ließ Matthias sie nicht in sein Geschäft blicken.

Auch die Übertragungen ins Darknet fielen nicht in ihr Aufgabengebiet, dafür hatte er einen „Spezialisten" beauftragt, was ihr mehr als recht war.

Zuerst empfand Darla Dankbarkeit, darüber, dass er ihr das Informatik-Studium finanzierte, bis sie erkannte, welche Intention dahintersteckte.

Er zwang sie von Anfang an, für ihn zu arbeiten. Sobald sie in der Lage dazu war, programmierte sie für ihn Übertragungsprogramme oder modifizierte solche. Auch die Wartung der Systeme gehörte in ihren Aufgabenbereich. Kurz nach ihrem Abschluss machte Demmer ihr allerdings klar, dass sie niemals frei sein würde, weil sie zu viel wusste. Außerdem drohte er ihr an, dass er sie umbringen ließe, sollte sie sich jemals gegen ihn stellen. An dem Tag schlug er das erste Mal zu, um seine Überlegenheit zu demonstrieren.

Der nächste Fight war gestartet und Darla schaltete schnell den Monitor aus. Auf keinen Fall wollte sie noch mehr Morde sehen. Bei einem Übertragungsfehler oder einem Kameraausfall gab Matthias ihr Bescheid.

Zum Glück bestand er nicht darauf, dass sie sich diese Verbrechen ansah. Wie naiv sie doch gewesen war, zu denken, dass es sich um Kraftproben handelte. Niemals hätte sie damit gerechnet, dass wirklich Menschen starben. Nein, so stimmte das nicht. Sie ahnte es bereits seit geraumer Zeit, weshalb sie vorher nie mit zu einer Veranstaltung gegangen war. Darla reichte es, zu Hause die Programmierungen zu übernehmen, bis zu dem schicksalhaften Tag, als sie Flann traf.

Energisch schüttelte sie die Gedanken von sich, ging in einen Raum, der als Lager diente, und holte sich eine neue Kamera.

Das Austauschen des Equipments gehörte zwar eigentlich in den Aufgabenbereich der Helfer, doch in dem speziellen Fall rettete es ihr die Haut. Sollte Matthias herausbekommen, dass sie die Kamera mit Absicht hatte ausfallen lassen, würde sie mehr als ein paar blaue Flecken bekommen.

Bei der Erkenntnis strich sie sich vorsichtig über den linken Oberarm. Dort hatte er sie letzte Woche mit der Gerte geschlagen, weil ihm ihre Antwort missfiel.

Wie so oft konnte sie den Mund nicht halten, aber Widerspruch ertrug er einfach nie, selbst wenn sie im Recht war.

~~°~~

Als Flann aus der Dusche kam, war Gina bereits verschwunden, was ihn aufatmen ließ. Auf Eifersuchtsszenen hatte er genauso wenig Lust, wie auf Verführungsversuche.

Ihm fiel Darla wieder ein und er musste ein Seufzen unterdrücken. Wegen des Kampfes hatte er seine Empfindungen dermaßen betäubt, dass er wirklich einen Augenblick brauchte, um sie zu erkennen. Dabei würde er sie unter tausend Frauen allein am Geruch herausfinden können.

Gestaltwandler wussten sofort, wenn ihre Gefährtinnen vor ihnen standen, außerdem kündigte sich das Zusammentreffen durch Nervosität an. Zumindest hatte er das gehört, aber es könnte auch Zufall gewesen sein, dass er sich, kurz bevor er ihr begegnet war, extrem aufgewühlt gefühlt hatte.

Seufzend rubbelte er mit einem Handtuch über seine nassen Haare. Auf gar keinen Fall ließ er sich auf eine Beziehung mit der kleinen Demmer ein.

Sie arbeitete für den miesen Arsch, der ihn zu den abartigsten Kämpfen zwang und die Nummer mit dem Verbinden nahm er ihr bestimmt nicht ab!

Egal, wie viel Beherrschung es ihn kostete, er versprach sich selbst, sie auf Abstand zu halten. Was kaum schwer sein dürfte, da sie noch heute Nacht zurück nach Deutschland flog. Die Veranstaltungen fanden in der Regel nur alle drei bis vier Monate statt.

In seine Gedanken hinein klopfte es, was ihn leise knurren ließ. Hoffentlich hatte Gina es sich nicht überlegt.

Verstimmt wegen der Störung ging er nur mit einem Handtuch bekleidet zur Haustür. Das andere Tuch warf er nachlässig ins Badezimmer, an dem er vorbeikam.

„Was ist denn jetzt schon wieder?“, blaffte er, als er die Tür aufgerissen hatte, stoppte jedoch sofort.

Darlas große grau-grüne Augen blickten ihn erschrocken an, bis sie sich einigermaßen gefangen hatte.

„Entschuldige, ich muss nach der Kamera in deinem Schlafzimmer sehen. Sie ist vorhin ausgefallen. Mein Onkel will, dass sie morgen einwandfrei läuft.“

Verlegen zuckte sie mit den Schultern, während Flann sie mit gerunzelter Stirn musterte.

Ihm war aufgefallen, dass an einer der Kameras das grüne Lämpchen ausgegangen war, hatte sich darüber aber keine Gedanken gemacht. Solche Dinge gingen ab und zu kaputt.

Als Darla allerdings mit ihm sprach, roch er deutlich, dass sie ihn anlog. Entweder war sie aus einem völlig anderen Grund hier oder sie hatte dafür gesorgt, dass die Übertragung eingeschränkt wurde.

„Was willst du damit sagen, dass die Kamera morgen wieder laufen soll? Ihr packt gleich eure Sachen, um zu verduften. So wie immer.“

Er versperrte ihr den Weg in das Häuschen, wobei er jetzt auch noch die Arme in die Seiten stemmte.

„Keine Ahnung, was im Kopf meines Onkels vorgeht. Frag ihn doch selbst“, warf sie ihm schnippisch hin.

Mut hatte die Kleine, das musste er ihr lassen, denn in dem Ton redete nicht mal Demmer mit ihm.

„Lässt du mich vielleicht mal durch?“

Sie ließ ihren Blick bezeichnend über seinen Körper wandern, bis sie an dem winzigen Handtuch hängen blieb. Anscheinend hatte sie jetzt erst registriert, wie unzureichend er bekleidet war.

„Da Gina schon vor mehr als einer Viertelstunde gegangen ist, werde ich kaum stören, oder?"

Bei der Frage zog Flann eine Augenbraue hoch, gleichzeitig bemerkte er, wie sie rot wurde.

Darla fluchte innerlich, als sie erkannte, dass sie sich verraten hatte, aber so dicht vor ihm zu stehen, während er nur ein Handtuch trug, vernebelte ihr das Gehirn.

„Du hast zugesehen? Hoffentlich hat dir die Show gefallen."

Spöttisch musterte er sie von oben herab, dabei stieg ihm ihr Geruch so deutlich in die Nase, dass er am liebsten die Augen geschlossen hätte. Sie roch nach Sonne, Sehnsucht und einem Hauch Lavendel.

Allein diese Mischung berauschte ihn, sodass er sich beherrschen musste, um sie nicht an sich zu ziehen.

Im Moment war ihm schmerzlich bewusst, dass seine Seelengefährtin vor ihm stand. Nur sein Misstrauen hielt ihn zurück, gleichzeitig sorgte es dafür, dass er extrem rüde reagierte.

Darla sah sich vorsichtig um, ehe sie sich ein wenig zu ihm beugte.

„Mir hat es sehr gefallen, dass du die Perverslinge an den Monitoren an der Nase herumgeführt hast. Gina hatte jedenfalls mehr Spaß, als ein oberflächlicher Betrachter denken könnte."

Eine Mischung aus Entsetzen und Erstaunen huschte über sein Gesicht, doch ehe er in der Lage war, etwas zu sagen, deutete sie mit Nachdruck auf den kleinen Flur hinter ihm.

„Können wir vielleicht drinnen weiterreden? Es fällt langsam auf, dass ich hier vor der Tür stehe. Glaub mir, auf die Gesellschaft meines Onkels kann ich persönlich gut verzichten."

Erst jetzt trat Flann einen Schritt zur Seite, sodass Darla sich zwischen ihm und der Wand hindurchzwängen konnte.

Als sie ihn berührte, fühlte es sich an, als ob ein Stromstoß durch seinen Leib schoss, wobei er sofort hart wurde. So eine Reaktion löste nur eine echte Gefährtin aus.

Gemeinsam gingen sie ins Schlafzimmer. Hier bemühte Darla sich, ihm nur in die Augen zu sehen. Auf keinen Fall wollte sie, dass er sie dabei erwischte, dass sie seinen muskulösen Körper betrachtete.

„Ich werde das Ding umtauschen, anschließend hast du deine Ruhe vor mir. Zukünftig solltest du dich dann eher in diese Richtung drehen. Macht mehr Eindruck bei den Zuschauern", bemerkte sie mit einem Zwinkern, gleichzeitig hoffte sie, dass er ihren geheimen Hinweis verstand.

Geschäftig sah sie sich nach der Kamera um, ging in die entsprechende Ecke, doch die hing natürlich außerhalb ihrer Reichweite.

„So ein Mist", fluchte sie leise.

„Kann ich dir helfen?"

Seine Stimme erklang so dicht an ihrem Ohr, dass sie erschrocken zusammenzuckte.

Schnell drehte sie sich um und prallte gegen seine muskulöse Brust, aber Flann fing sie auf, ehe sie zurück an die Wand geschleudert wurde.

„Hey, langsam."

Genüsslich drückte er sie an sich, während er sich gekonnt einredete, dass er sie ja nur vor einem Sturz bewahrte.

Für einen Augenblick klammerte Darla sich an ihn, spürte die kräftigen Arme, die sie hielten, versank in seinen bernsteinfarbenen Iriden und war nicht in der Lage, sich von diesem Zauber zu befreien.

Flann knurrte leise. Er wusste, dass er sich von ihr fernhalten musste. Sie war eine Demmer, verdammt!

Trotzdem erlag er der Versuchung, sie mit seinem Blick zu fesseln, während er sich zu ihr herunterbeugte, um mit seinen Lippen sanft über ihre zu streichen.

Vorsichtig leckte er über ihre Unterlippe, legte eine Hand an ihren Hinterkopf, bevor er mit der Zunge in ihren Mund eindrang.

Völlig überwältigt schloss Darla die Augen. Sie hätte im Traum nicht daran gedacht, dass dieser beeindruckende Mann wirklich Interesse an ihr hatte.

Ihr Herz raste, in ihrem Schoß pochte es, allein durch den Kuss wurde sie feucht.

Zaghaft kam sie ihm entgegen, berauscht von seinem Geschmack nach Wildheit und Pfefferminz. Als ihre Zungenspitzen sich berührten, fühlte es sich an, als ob ein Feuerwerk der Emotionen in ihrem Kopf explodierte.

Instinktiv legte sie ihre Arme um seine Taille, weil sie einen Halt brauchte, ehe ihr die Beine den Dienst versagten.

Flann erging es ganz ähnlich. Verlangen rauschte durch seine Adern, ließ ihn härter werden, gleichzeitig verblasste die Erinnerung an den Kampf.

Sie schmeckte so unglaublich gut, dass er glaubte, nie genug von ihr bekommen zu können.

Besitzergreifend presste er sie noch fester an sich. Am liebsten hätte er ihr die Kleider vom Leib gerissen, um ihre Haut an seiner zu spüren.

Ein Klopfen sorgte dafür, dass sie wie ertappte Teenager auseinanderfuhren.

„Moment, ich komme sofort“, rief Flann.

Er trat ein paar Schritte zurück, gleichzeitig erinnerte er sich daran, dass Darla zu Demmer gehörte. Sein Blick bekam etwas Feindseliges, was sie verletzt schlucken ließ.

„Ist es das, was du eigentlich wolltest? Mit dem Monster schlafen, um dich anschließend mit deinem Mut zu brüsten? Ein wenig Nervenkitzel für die verwöhnte Verwandte? Oder bist du hier, um mich auszuspionieren? Tja, da muss ich dich enttäuschen, das hat dein feiner Onkel bereits gründlich erledigt.“

Ohne ihre Antwort abzuwarten, griff er nach seiner Jogginghose, die noch neben dem Bett lag, und verließ den Raum.

Völlig erstarrt sah Darla ihm hinterher. Sie war es nicht gewesen, die ihn geküsst hatte. Allerdings interpretierte sie wohl zu viel in den Kuss hinein.

Durch die offene Tür hörte sie, dass Thorsten vor der Tür stand.

Jetzt betete sie, dass Flann ihn fernhielt. Dieser Arschkriecher dachte, er hätte ein Recht auf sie, was sich darin äußerte, dass er sich ihr ständig aufdrängte.

„Wir bleiben noch ein paar Tage hier. Die Zuschauer sind unzufrieden mit deiner Leistung. Du hast die Gegner zu schnell umgebracht. Der Boss sucht nach neuen Herausforderungen, denen du dich stellen wirst, um die Leute zu besänftigen. Pech für dich, dass du nicht zurück in deine Höhle kriechen kannst.“

Der hämische Ton ließ Darla aufhorchen. Bei der Ansage verstärkte sich ihre Abneigung gegen den Typen extrem. Auf solche Menschen konnte man getrost verzichten.

„Ach deshalb repariert die Kleine von Demmer die Kamera in meinem Schlafzimmer.“

Innerlich stöhnte die junge Frau auf, denn die Aussage hörte sich dermaßen zweideutig an, dass Thorsten sofort darauf ansprang.

„Du hast deine Belohnung gehabt, lass die Finger von der Nichte des Bosses. Andernfalls ... “, schrie der Idiot auch gleich los.

Darla schlich sich zur Tür, sodass sie in den winzigen Flur blicken konnte, in dem die Männer sich gegenüberstanden.

Flann hatte die Jogginghose übergezogen, trotzdem wirkte er bedrohlich, während Thorsten auf- und absprang wie ein aufgezogenes Spielzeug.

„Sonst passiert was? Immerhin ist sie freiwillig, beziehungsweise auf Anordnung ihres Onkels hier.“

Ruhig musterte Flann sein Gegenüber, dabei war ihm bewusst, dass er ihn bis aufs Blut reizte. Allerdings spürte er die Eifersucht in sich hochsteigen, als ihm klar wurde, dass diese Made scharf auf sein Mädchen war.

Bei dem Gedanken stutzte er kurz. Sein Mädchen? Das fühlte sich verdammt richtig an. Schnell schob er die Vorstellung von sich.

„Lass mich durch. Ich hetze dir sonst die Security auf den Hals. Ich muss sofort sehen, ob es ihr gut geht.“

Gelassen trat Flann einen Schritt zur Seite, damit der Zwerg an ihm vorbei konnte. Mit einem bösen Grinsen folgte er ihm.

Darla hatte sich leise in das Schlafzimmer zurückgeschlichen, wo sie jetzt erstaunt auf Thorsten blickte.

„Was willst du denn hier?“

Ihre Stimme klang alles andere als begeistert, doch der Vollpfosten bemerkte es nicht einmal.

Ohne eine Antwort zu geben, lief er zu ihr, zog sie gegen ihren Widerstand an sich, ehe er sich mit ihr gemeinsam zu dem Tiger umwandte, der gelassen mit verschränkten Armen im Türrahmen lehnte.

„Dein Glück, dass du sie nicht angefasst hast. Der Boss hätte Kleinholz aus dir gemacht.“

Verzweifelt versuchte Darla, sich aus der unangenehmen Umklammerung zu befreien, was auch Flann deutlich sah.

„Vielleicht solltest du sie loslassen. Sie scheint kaum angetan zu sein von deinem Rettungsversuch.“

Fast schon gleichgültig deutete er mit dem Kinn auf die sich windende Frau.

„Ach was, sie ist nur schüchtern. Außerdem geht es dich nix an.“

Der kleine Kerl plusterte sich auf wie ein Gockel im Hühnerstall.

„Lass mich sofort los, du hirnloser Schleimscheißer.“

Darla hieb ihm schmerzhaft den Ellenbogen in die Rippen, nur dachte er gar nicht daran, ihrem Befehl zu gehorchen.

„Aber, Schätzchen, es kann doch jeder wissen, dass du auf mich stehst. Ich habe kein Problem damit, mich mit einer Dicken einzulassen.“

Die Worte ließen nicht nur ihren Zorn hochkochen, wie sie erstaunt bemerkte, als sie Flann ins Gesicht sah.

Niemand beleidigte eine Frau in seiner Gegenwart und kam auch noch ungeschoren davon!

Geschmeidig stieß er sich vom Türrahmen ab. Seine Schritte bekamen etwas Raubtierhaftes, als er auf das Paar zuging.

„Möchtest du wirklich von diesem feigen Stinktier umarmt werden, Darla?“

Flann blickte sie erneut so eindringlich an, dass sie sich am liebsten an ihn geschmiegt hätte. Doch dann fielen ihr seine verletzenden Worte ein. Er hielt sie für ein sensationslüsternes Luder oder noch schlimmer, für eine Spionin ihres Onkels.

Ihr Stolz schrie danach, ihn zum Teufel zu jagen, aber Thorstens Nähe empfand sie als extrem widerlich, genau wie seine Aussage, dass er glaubte, sie würde etwas für ihn fühlen.

„Nein, will ich nicht. Ich möchte jetzt gerne die Kamera austauschen, ehe ich mich um meine restliche Arbeit kümmere“, fauchte sie.

Sofort war Flann bei ihnen, löste ohne große Schwierigkeiten die Arme des Spinners von seinem Mädchen.

Da war er wieder, dieser ungeheure Gedanke, dass sie ihm gehörte.

Einen Augenblick genoss er die Vorstellung, dass sie sein war, ehe er sich besann, dass sie ihm nur schaden würde. Leider erkannten Menschen ihren Seelengefährten nur in den seltensten Fällen.

Thorsten kämpfte mittlerweile verbissen gegen den Tiger an, wobei er natürlich nicht die geringste Chance hatte.

Mit einem sadistischen Lächeln hatte Flann seine Handgelenke gepackt, sodass er nicht wieder nach Darla greifen konnte. Jetzt drückte er langsam zu, bis der Mistkerl wie am Spieß schrie.

„Wenn du sie noch einmal beleidigst oder auch nur schief anguckst, geschweige denn sie anfasst, ohne ihre Erlaubnis zu haben, reiß ich dir beide Arme aus, verstanden?“

Flann beugte sich zum Ohr des wimmernden Mannes, damit dieser ihn wirklich hörte, obwohl er nur flüsterte.

„Flann, er ist es nicht wert, Ärger mit meinem Onkel zu bekommen. Lass ihn bitte los. Ich glaube, er hat es kapiert.“

Darlas kleine Hand legte sich auf seinen harten Unterarm, sodass er seine Aufmerksamkeit auf sie lenkte.

Offen begegnete sie seinem Blick, dabei sah er genau, dass sie immer noch mit der Demütigung kämpfte. Gleichzeitig wurde ihm bewusst, dass er sie genauso mit seiner Vermutung verletzt hatte.

„Ganz wie du willst. Ich bringe das Stück Dreck vor die Tür, dann helfe ich dir gerne.“

Fast bedauernd ließ er die Handgelenke des Speichelleckers los, um ihn direkt darauf am Kragen zu packen. So zerrte er ihn aus dem Ferienhaus und gab ihm am Ende noch einen kräftigen Schubs, sodass er sich auf seinen Hosenboden setzte.

„Das wirst du bitter bereuen", rief er.

Flann lachte höhnisch, anschließend trat er einen Schritt auf ihn zu.

Thorsten suchte sein Heil in der Flucht. Es war etwas anderes, den Tiger zu schikanieren, wenn er sich im Käfig befand, als hier, wo er ihn mit Leichtigkeit töten könnte.

Kopfschüttelnd ging Flann zu Darla zurück, die immer noch in seinem Schlafzimmer stand.

„Kannst du bitte die Kamera herunterholen?"

Sie sah ihn kalt an, was ihm verdeutlichte, wie sehr er sie mit seiner Vermutung getroffen hatte. Dennoch saßen sein Misstrauen und seine Abscheu gegenüber ihrer Familie zu tief, als dass er sich entschuldigen würde.

Mit einem kurzen Nicken nahm er ihr den Schraubenzieher aus der Hand, ging in die Ecke, wo er das Gerät entfernte. Seine zwei Meter Körpergröße machten es unnötig, einen Stuhl zu holen, um an die Schrauben heranzukommen.

„Bitte."

Er hielt ihr die Kamera hin, die sie entgegennahm, ohne ihn anzusehen, gleichzeitig reichte sie ihm das Austauschgerät.

„Wollen wir hoffen, dass diese hier bessere Dienste leistet", murmelte sie, dabei erschien ein Lächeln auf ihren Lippen.

„Du hast sie absichtlich ausgeschaltet, oder?"

Flann flüsterte nur, als er sich wieder zu ihr umdrehte, nachdem er das Ersatzgerät befestigt hatte.

Sie zuckte kühl mit den Schultern, aber als sie sich abwenden wollte, packte er sie sofort am Arm.

„Was? Hast du es dir eventuell überlegt und willst jetzt doch mit der Nichte des Bosses ins Bett? Gefällt dir die Dicke vielleicht oder siehst du heroisch darüber hinweg, dass ich keine Modelmaße vorzeigen kann? Ach entschuldige, ich vergaß, dass ich ja diejenige bin, die sich damit brüsten wird, mit einem Monster zu schlafen."

Eiskalter Spott schlug ihm entgegen, wobei er sich eingestand, dass er genau das verdient hatte.

„Die Bemerkung über deine Figur kam keineswegs von mir, wenn ich das anmerken darf. Außerdem habe ich kaum vor, dich in mein Bett zu zerren. Ich wollte mich lediglich bei dir bedanken. Du gehst ein großes Risiko ein, um mir zu helfen."

Höhnisch lachte sie kurz auf, sah zur Decke, ehe sie die Schultern zuckte.

„Wer sagt, dass ich es nicht für die armen Mädchen tue, die gezwungen werden, sich dir zur Verfügung zu stellen?"

Sie versuchte seine Hand abzustreifen, doch er schüttelte nur leicht mit dem Kopf.

„Sind in den anderen Häusern die Überwachungskameras auch kaputt?", wollte er mit einem sanften Lächeln wissen.

Jetzt hätte sie das eigentlich bestätigen sollen, aber lügen lag ihr so gar nicht.

„Nein, die sind komischerweise völlig intakt. Ich muss zurück, der Fight ist gleich vorbei, dann sollten die Kameras die Einstellung wechseln, wie du weißt."

Ohne auf ihren Einwand einzugehen, streichelte er ihr mit den Fingerknöcheln über die Wange.

„So kratzbürstig und so verletzlich", murmelte er, wie zu sich selbst.

Seine Berührung ließ sie schlucken, gleichzeitig erlahmte ihre Gegenwehr. Die Sehnsucht, sich in seine Arme zu stürzen, wurde unerträglich, was sich deutlich in ihren Augen abzeichnete.

Flann strich ihr noch einmal über die Wange, ehe er sie bedauernd losließ. Ihre Bemerkung, dass sie sich um die Einstellungen kümmern müsse, hatte ihn erneut daran erinnert, wer sie war.

„Geh, kleines Mädchen, ehe ich etwas tue, das ich später bereue."

Mit einem Kopfnicken scheuchte er sie aus dem Schlafzimmer.

Darla gehorchte ohne ein weiteres Wort, weil sie mit den Tränen kämpfen musste. Wieso hatte sie geglaubt, dass er anders handeln würde, als die restlichen Männer? Warum war sie der Hoffnung aufgesessen, dass er nicht auf das Äußerliche sah, sondern die inneren Werte bevorzugte?

Sie bezeichnete sich kaum als fett, aber genauso wenig als schlank. Füllig mit sehr weiblichen Rundungen war die passende Beschreibung.

Tränenblind rannte sie über den Schotterparkplatz, drückte die Tür zum Hauptgebäude auf, ehe sie in die Abstellkammer eilte, aus der sie die zweite Kamera geholt hatte.

Hier konnte sie sich die Zeit nehmen, um ihre Fassung wiederzufinden. Weshalb hatte er sie geküsst? Damit gab er ihr das Gefühl, dass sie einen Wert für ihn hatte.

Ihr Herz krampfte sich schmerzhaft zusammen, als sie daran dachte, dass er nur grausam mit ihr spielte. Seine Worte tönten noch in ihrem Kopf nach, was ihr die Kehle zuschnürte.

Er glaubte ernsthaft, dass sie für ihren Onkel spionieren würde oder eine von den sensationslüsternen Biestern war, die mit ihm ins Bett sprangen, um sich damit zu brüsten, dass sie sich getraut habe, mit dem Monster zu schlafen.

Dabei lag ihr nichts ferner. Sie wollte ihm doch nur nahe sein, weil sie sich haltlos in ihn verliebt hatte.

Entsetzt stoppte sie in ihren Überlegungen. Seit wann gab sie es vor sich selbst zu? Sie kannte den Mann gar nicht! Allerdings erinnerte sie sich an den Blick, den er ihr vorhin zugeworfen hatte. Außerdem war er zur Stelle, als Thorsten zudringlich wurde.

Ihre Gedanken fuhren genauso Achterbahn wie ihre Gefühle, besonders als ihr seine letzte Berührung in den Sinn kam. Wieso streichelte er ihr so zart über die Wange, wenn er sie doch abscheulich fand?

Verstört sah sie auf ihre Armbanduhr, die ihr sagte, dass sie ihr persönliches Dilemma besser auf später verschob, denn es war ziemlich wahrscheinlich, dass der Fight sich dem Ende näherte. Sie war schon länger weg gewesen, als gut für sie war.

Eilig wischte sie sich mit einem Taschentuch über die Augen, dabei vergaß sie, dass sie sich auf Anordnung ihres Onkels geschminkt hatte. Das verdammte Make-up brannte wie die Hölle. Jetzt dauerte es noch einen Moment, bis sie überhaupt in der Lage war, etwas zu sehen.

Einen Augenblick überlegte sie, ob sie schnell rüber in ihr Ferienhaus laufen konnte, um sich das Gesicht zu waschen, aber die Überlegung verwarf sie sofort.

Vorsichtig tupfte sie mit einem frischen Taschentuch über ihre Augen, anschließend begab sie sich an ihren Arbeitsplatz.

Gott sei Dank war der Kampf noch im Gange, wie sie mit einem Blick auf den Monitor, den sie angestellt hatte, erkannte.

Eilig schaltete sie das Gerät wieder aus. Auf gar keinen Fall wollte sie das Ende mit ansehen müssen.

Die Stimme ihres Onkels ertönte kurz darauf, was ihr sagte, dass der Fight vorbei war. Einen Augenblick wartete sie, bis sie halbwegs sicher war, dass der Verlierer bereits weggeschafft wurde.

Darla überlegte, warum er sie bisher nie gezwungen hatte, mitzukommen. Es gab genug für sie zu tun.

Ihr war bewusst, dass es ihm keineswegs darum ging, sie zu schützen oder ihr den Anblick zu ersparen, nein, er wollte verhindern, dass sie einen Einblick in sein Geschäft bekam. Jedes Detail, das sie über ihre Aufgaben hinaus erfuhr, konnte ihr helfen, ihn zu Fall zu bringen. Ihr Onkel war alles, aber bestimmt nicht dumm. Ihm war klar, dass sie gegen ihn gehen würde, sobald sie sich sicher sein durfte, Erfolg damit zu haben.

Bisher hatte sich keine Gelegenheit ergeben, hauptsächlich, weil sie fürchterlich vorsichtig sein musste, denn er machte auch vor dem Mord an Verwandten keinesfalls Halt.

Einen Augenblick überlegte sie, ob das, was sie gesehen hatte, ausreichte, um ihn zu Fall zu bringen. Die ernüchternde Antwort gab sie sich selbst: Sie wäre sofort tot, sollte sie die illegalen Käfigkämpfe bei der Polizei anzeigen.

Außerdem hingen hier zu viele gefährliche, mächtige Menschen drin, die sich zu gerne auf die Jagd nach ihr begeben würden. Nein, mit dem Wissen, dass diese Kämpfe auf Leben und Tod gingen, konnte sie keineswegs ihre Freiheit erkaufen.

Trotzdem war sie überzeugt davon, dass er ihr das Zusehen kaum aus Nächstenliebe erspart hatte.

„Wie ich sehe, hast du gelernt, dass es besser ist, mir zu gehorchen."

Als ob ihre Gedanken ihn hergerufen hätten, stand er plötzlich hinter ihrem Stuhl.

Langsam drehte sie sich um.

„Sag mir, warum hast du mich nie mitgenommen? Du hättest einen Haufen Geld für weitere Mitarbeiter sparen können, denn dir ist es doch egal, ob ich mit den Morden klarkomme oder nicht. Wieso auf einmal diese Rücksichtnahme?"

Darla wusste, dass sie sich auf sehr dünnem Eis bewegte, aber sie wollte es unbedingt wissen.

Ein hämisches Lächeln erschien im Gesicht ihres Onkels, der oberflächlich betrachtet ein gut aussehender Mann war.

Obwohl er bereits Mitte sechzig war, hatte er eine schlanke, gepflegte Figur. Die grauen Schläfen ließen ihn interessanter erscheinen, genau wie die hellen Strähnen in seinen ansonsten mausbraunen Haaren. Mit seinen ein Meter achtundachtzig war er eine durchaus bemerkenswerte Person, nur der eiskalte Schimmer in seinen Augen verriet den Killer in ihm.

Matthias strich sich einen unsichtbaren Fussel von seiner maßgeschneiderten Anzughose, ehe er die Tochter seines Bruders voller Abscheu ansah.

„Ich bin mir bewusst darüber, dass du schneller aussagen würdest, als ich gucken kann, sollten die Bullen dich unter ihre Fittiche nehmen. Wenn du aber nichts siehst, bist du kaum in der Lage, gegen mich auszusagen. Je weniger du weißt, desto sicherer für mich. So wie ich dich kenne, verabscheust du Brutalität, daher hast du nie darauf bestanden mitzukommen. Seit du dich für Flann interessierst, habe ich ein neues Druckmittel. Spurst du nicht, wird er sterben."

Verachtung klang in seiner Stimme mit.

„Und du glaubst, dass mich das abhält, dich anzuzeigen? Ein Mann, der mich ablehnt, soll deine Rückversicherung sein?"

Mit einem Satz war er bei ihr, packte sie am Hals, um erbarmungslos zuzudrücken.

Panisch versuchte sie, seine Finger zu lösen, verkniff sich jedoch jeden Laut. Diese Befriedigung gönnte sie ihm nicht.

„Deute nie wieder an, dass du mich verraten wirst. Wir beide wissen, dass du es keine Stunde überlebst."

Er ließ von ihr ab, indem er sie zurück in ihren Stuhl schubste, aus dem er sie halb hochgezogen hatte.

„Es ist bedauerlich, dass du dich gegen mich stellen könntest, aber kaum zu ändern. Ich habe keinesfalls vor, mich erwischen zu lassen. Außerdem glaube ich wirklich, dass der Tiger dir genug bedeutet, um mir zu gehorchen."

Ohne ein weiteres Wort verschwand er.

Darla seufzte leise. Wieso hatte sie sich nur verraten, was ihre Gefühle für Flann anging? Warum hatte sie Matthias nicht die Gleichgültige vorgespielt oder war entsetzt geflohen, als er ihr das Video zeigte, in dem Flann sich verwandelte? Die Antwort war einfach: Sie konnte nicht lügen.

In einem Punkt musste sie ihrem Onkel recht geben, sie würde das Leben des Tigers niemals gefährden, egal, wie eklig er sich ihr gegenüber benahm.

Das Schlucken fiel ihr schwer und sie ließ ihre Fingerkuppen über ihren Hals gleiten. Wahrscheinlich sah sie spätestens morgen aus, als ob sie mit einem Vampir geknutscht hätte.

Kapitel 3 - Falsche Voraussetzungen

Flann hätte am liebsten den Kopf gegen die Tür gehämmert, als Darla gegangen war.

Wieso musste er sie so angehen? Er hatte doch in ihren Augen gesehen, dass sie anders war als Demmer.

Einen Augenblick überlegte er, ihr hinterherzurennen, aber schnell ließ er den Gedanken fallen. Wahrscheinlich redete sie im Moment eh nicht mit ihm, außerdem saß sein Misstrauen immer noch tief.

Er fühlte sich völlig zerrissen. Auf der einen Seite wusste er, dass sie zu ihm gehörte, andererseits arbeitete sie für den erbärmlichen Wicht, der ihn zu diesen Kämpfen zwang.

Durfte er seinem Instinkt trauen oder würde er ihn wieder im Stich lassen? Aber egal, was stimmte, sein Verhalten war unterste Schublade gewesen, das hatte die Kleine einfach nicht verdient.

Müde ließ er sich auf die Couch im Nebenzimmer fallen. Jemand hatte die Ferienhäuschen bewohnbar gemacht, denn hier gab es weder Dreck noch Staub. Wenn man nicht gerade aus dem Fenster zu der ehemaligen Rezeption rübersah, könnte man glauben, dass die Anlage genutzt wurde.

In diesem Zimmer standen außer dem Sofa, auf dem Flann jetzt saß, zwei Sessel, ein Sideboard, ein niedriger Tisch, ein Esstisch und vier Stühle. Dekorationen oder Bilder suchte man allerdings vergebens. Die Tatsache störte ihn weniger, da er kaum vorhatte, auf Dauer in dem Häuschen zu leben.

Ein Schemen löste sich aus der Wand und genau das war einer der Gründe, warum Flann lieber heute als morgen nach Hause gefahren wäre.

Sein hübsches Cottage in Reaniesglen, im County Cork, beherbergte jedenfalls keine Geister.

„Was willst du? Falls du jemandem auf die Nerven gehen möchtest, dann nimm doch den Verantwortlichen."

Der Tiger knurrte die durchsichtige Gestalt mit dem bösartigen Grinsen leise an.

„Aber du siehst mich. Die dummen Menschen bemerken ja nicht mal, dass ich da bin, wenn ich sie verfluche."

Der Geist blieb direkt vor ihm stehen, was den Gestaltwandler ziemlich mürrisch machte. Er konnte ihn ja schlecht am Kragen packen und aus dem Häuschen werfen.

„Vielleicht wirken deine Flüche nur bei deinesgleichen. Setz dich oder geh."

Ein leises Seufzen flog durch den Raum.

„Du hast getötet, was für extreme Unruhe sorgt. Kannst du das nicht lassen?"

Flann hätte beinahe aufgelacht, doch er schüttelte nur den Kopf.

„Die Geister der Ermordeten nisten sich bei mir ein, aber ich bin wohl kaum die Wohlfahrt. Was glaubst du, wie viele Seelen in dieses Gebäude passen? Am Ende wollen sie noch in mein schönes Schloss."

Die endlose Litanei hatte der Tiger schon am letzten Abend gehört, als er hier angekommen war. Die größte Angst des Hausgeistes bestand darin, dass andere Wesen seine Burg, Terryglass Castle, die man hinter der Ferienanlage fand, besiedeln würden. Für die Seelen der Getöteten wäre es bestimmt ein hübsches Domizil, ein Lebender musste sich zuerst durch die Pflanzen kämpfen, die mittlerweile mannshoch um die Ruine herum wuchsen.

„Noch mal, wenn du dich unbedingt beschweren willst, dann bei Demmer. Mir sind die Hände gebunden."

Wieder seufzte der ehemalige Schlossherr auf, was sich ein wenig wie ein Jammern anhörte.

„Aber du bist ein magisches Wesen, vielleicht kannst du mir helfen? Rede mit dem Mann. Ich gebiete es."

Flann verdrehte die Augen, lachte leise, ehe er tief Luft holte. Wieso musste dieser Geist ihm auch noch auf die Nerven gehen? In seinem Kopf herrschte genug Chaos, von seinem Herzen ganz zu schweigen.

„Du bist niemand, der das Recht hat, etwas von mir zu verlangen. Ich bin nicht dein Untergebener. Außerdem bist du tot und ich lebe. Wir befinden uns also in zwei Welten."

Jetzt begann der Schlossherr erneut, durch das Zimmer zu wandern.

„Aber ich hatte immer Macht über die Leute, die sich hierher verirrten. Was glaubst du, warum keine Touristen mehr herkamen? Sie alle haben sich gefürchtet. Die Menschen spüren das Unheil, das ich über sie lege."

Er plusterte sich auf, dabei sah er aus, als ob man eine Seifenblase aufblies.

„Sicher? Vielleicht war es auch einfach die Misswirtschaft des Betreibers. Jedenfalls käme das genauso infrage. Tu mir einen Gefallen und nerv Demmer. Ich hätte jetzt gerne meine Ruhe."

Der Geist sah ihn beleidigt an.

„Du bist ein magisches Wesen und willst keinem Gleichgesinnten helfen? Wir könnten uns dieses wunderschöne Domizil teilen. Nur meine Burg, die behalte ich für mich."

Sein Tonfall bekam etwas Lockendes, doch gab es nichts Reizvolles für Flann an der verfallenen Freizeitanlage.

„Gleichgesinnt? Ich glaube kaum, dass das so stimmt. Im Gegensatz zu dir töte ich keineswegs aus Spaß. Deine Geschichte hört sich ganz anders an. Du hast die Menschen hinterrücks umgebracht, sobald es dir einen Vorteil verschafft hat."

Bei der Aussage sah die geisterhafte Gestalt geschmeichelt auf den Gestaltwandler.

„Du hast tatsächlich von mir gehört? Gibt es Berichte von mir und meinen Taten in den Geschichtsbüchern?"

Spöttisch lachend schüttelte der Tiger den Kopf.

„Nein, aber ich bin jetzt 500 Jahre alt. Ich war schon auf der Welt, als James Butler die Burg besessen hat. Du bist allerdings kein Duke of Ormonde, sondern ein Schurke, der sich in dem Gemäuer einnistete. Du warst der Verwalter, der von den Nachkommen der Grafen von Ormonde eingestellt wurde. Man hat dich damals gehängt, weil du ein junges Mädchen entehrt hast. Um deine Tat zu vertuschen, hast du sie im Lough Dergh ertränkt. Das nenne ich mal einen guten Grund, um als Geist in dem alten Castle herumzuspuken. Wobei du einige Menschen mehr auf dem Gewissen hast, stimmt es?"

Empörung zeigte sich jetzt deutlich auf dem Gesicht des Gespenstes.

„Ich war dazu berechtigt, mir meine Gespielin ins Bett zu holen. Das dumme Ding hat sich gewehrt. Sie ist gefallen und mit dem Kopf angeschlagen", versuchte er sich zu verteidigen, aber Flann sah sofort, dass er log.

„Ich habe die Leiche damals gesehen, weil ich hier in Terryglass lebte. Ein unscheinbarer Fischer, den jeder gerne wieder vergisst. Du erinnerst dich nicht an mich? Ich war es, der die Milchmagd Kathy aus dem Wasser gezogen hat. Wenn sie mit dem Kopf aufgeschlagen ist, wieso hast du sie in den See geworfen?"

Aufmerksam sah Flann ihn an. Er erinnerte sich zu gut an das junge, hübsche Mädchen, das ihn immer freundlich behandelt hatte.

„Außerdem konnte man Würgemale an ihrer Kehle sehen. Also behalte deine Lügen für dich und scher dich endlich raus. Ich will mit Mördern nichts zu schaffen haben."

Bei den Worten musste er selbst schlucken, denn im Grunde war er kaum besser.

„Die Male können auch von einem lebhaften Liebesspiel stammen. Oder wie erklärst du dir die Flecken am Hals von der pummeligen Frau in Demmers Begleitung?"

Hochmütig sah der Kerl auf ihn herab, doch ehe Flann etwas fragen konnte, verblasste das Bild.

Endlich hatte er seine Ruhe, nur jetzt musste er herausfinden, was es mit der Anspielung des nervenden Geistes auf sich hatte.

Schnell lief er ins Schlafzimmer, zog sich Jeans, Socken, ein eng anliegendes schwarzes Shirt und Schuhe an. Dabei wurde er schmerzhaft an seine Wunden erinnert, die zwar bereits verheilten, aber immer noch scheußlich wehtaten, sobald der Stoff seine Haut berührte.

Mit zusammengebissenen Zähnen wartete er einen Moment, bis der Schmerz nachließ, anschließend ging er zum Haupthaus rüber.

Hier fanden weitere Kämpfe statt, nur hielt ihn das kaum ab, um nach Darla zu sehen.

Er benahm sich schon wieder so idiotisch, wie vorhin. Was war aus seinem Vorhaben geworden, sich von der Kleinen fernzuhalten?

Einen Augenblick blieb er vor der Eingangstür stehen, um Ordnung in sein Gedankenchaos zu bringen. Natürlich versagte er auf ganzer Linie, denn Gefühl und Kopf lagen in einem erbarmungslosen Fight.

Sein Misstrauen feuerte seinen Verstand an, sich durchzusetzen, damit er umdrehte, ehe er sich lächerlich machte. Sein Instinkt unterstützte sein Herz, das ihn dazu drängte, Darla sofort vor allem Bösen zu beschützen.

Durfte er wirklich glauben, dass sie zu ihm hielt, sollte es hart auf hart kommen? Er war sich sicher, dass sie seine Gefährtin war, nur was, wenn sie sich nicht überzeugen ließ? Menschen besaßen leider nicht das Wissen der magischen Wesen.

Als ihm der Bericht des Geistes noch einmal durch den Kopf ging, blieb das Wort „Würgemale" hängen. Auf keinen Fall sah er zu, wie man die Kleine misshandelte, egal, was aus ihnen am Ende würde.

Entschlossen stieß er die Tür auf, ehe er sich auf den Weg in den Computerraum machte.

Die Vorfreude darauf, Darla gleich wiederzusehen, unterdrückte er genauso wie die Gedanken, dass er dabei war, den größten Fehler seines Lebens zu begehen.

Vorsichtig öffnete er die Tür, hinter der er Demmers Nichte vermutete. Da er seinen Widersacher deutlich hörte, durfte er davon ausgehen, dass dieser sich im Moment in der ehemaligen Abstellkammer des DJs befand, von der aus er den Käfig beobachten konnte.

„Hey, Darla, hast du einen Augenblick Zeit?"

Er klopfte an den Rahmen, ehe er sie ansprach, damit sie sich nicht erschreckte.

Sofort drehte sie sich um, gleichzeitig legte sie eine Hand an ihre Kehle.

„Oh, du traust dich, alleine zu mir zu kommen? Wo ich doch die böse Furie bin, die dir in jeder Hinsicht schaden will?"

Spöttisch hob sie die Augenbrauen an, aber Flann ging überhaupt nicht auf ihren Ton ein.

Langsam kam er auf sie zu, packte vorsichtig ihr Handgelenk und zog es zur Seite, damit er ihren Hals begutachten konnte.

„Lass das“, fauchte sie, nur gegen ihn hatte sie keine Chance.

Sanft strich er mit den Fingerspitzen über die roten Flecken, die ihm zeigten, dass jemand sie gewürgt hatte.

„Wer war das?“

Seine Stimme klang behutsam, so als ob er sich bemühte, sie nicht zu erschrecken.

„Was geht es dich an? Vielleicht stehe ich auf harten Sex mit solchen Spielchen?“

Darla schluckte schwer. Zu gerne würde sie sich ihm anvertrauen, aber sie wusste ja, was er von ihr hielt. Außerdem brachte es keinem etwas, wenn Flann auf ihren Onkel losging.

Bevor sie sich abwenden konnte, packte er ihr Kinn, um sie zu zwingen, ihm ins Gesicht zu sehen.

„Bitte, sag mir, wer das war. Hat Thorsten sich an dir schadlos gehalten?“

Seine Augen schimmerten zärtlich oder bildete sie sich das jetzt ein? Wollte er ihr wirklich helfen?

„Thorsten? Quatsch, der hat doch viel zu viel Angst vor Matthias. Außerdem hat er deine Warnung sehr ernst genommen. Er geht mir komplett aus dem Weg, zumindest im Moment.“

Für einen Augenblick schloss Darla die Lider, genoss es, dass Flann mit seinem Daumen über ihre Wange strich, während er ihr Kinn festhielt. Seine Berührung beruhigte sie, gleichzeitig verstärkte sie ihre Sehnsucht nach etwas, das sie nie haben würde. Er wollte nichts von ihr, das hatte er deutlich genug gemacht.

„War es dein Onkel? Darla, sag es mir, sei ein braves Kind.“

Dass er genau die falschen Worte gewählt hatte, erkannte er in der Sekunde, in der sie ihn wieder ansah.

„Stimmt, ich vergaß, ich sollte ja lieber mit meinen Puppen spielen“, zischte sie, anschließend schlug sie seine Finger weg, um sich energisch umzudrehen.

„Hau ab und kümmere dich um deine eigenen Angelegenheiten.“

Die Abfuhr hatte er sich selbst zuzuschreiben, das war ihm klar, nur so leicht würde er nicht aufgeben.

Mit einem Schritt stand er hinter ihr, legte seine großen Hände auf ihre Schultern und drehte sie zu sich. Gut, dass sie auf einem Drehstuhl saß, sodass sie sich kaum wehren konnte.

„Ich habe dich falsch eingeschätzt, entschuldige.“

Sein Lächeln hatte etwas Entwaffnendes, trotzdem blieb Darla misstrauisch.

Welches Spiel spielte er jetzt wieder? Vorhin hatte er ihr ziemlich deutlich gemacht, was er von ihr hielt und plötzlich besann er sich?

„Ist schon gut. Ich muss weitermachen, würdest du mich bitte alleine lassen?“

Sie wollte sich erneut zu den Monitoren umdrehen, die alle ausgeschaltet waren, was Flann mit einem Lächeln bemerkte. Zumindest war sie nicht so sensationsheischend, dass sie sich die Kämpfe begeistert ansah.

„Nein.“

Seine Antwort warf sie komplett aus der Bahn, zumal er sie auch noch festhielt.

„Soll ich die Security rufen?“

Ihre Stimme klang unsicher, so als ob sie selbst nicht wusste, ob sie das wirklich zustande brachte.

„Ist dir meine Gegenwart so zuwider? Oder hast du Angst vor mir?“

Fragend sah er sie an, während er in ihren Augen las wie in einem offenen Buch.

„Wieso sollte ich mich vor dir fürchten? Wenn du mir etwas tun wolltest, hättest du vorhin in deinem Schlafzimmer die beste Möglichkeit dazu gehabt. Außerdem bist du auch nur ein Mann."

Schnippisch hielt sie ihm stand, allerdings bemerkte Flann den sehnsuchtsvollen Gesichtsausdruck zu gut.

Mit einem sinnlichen Lächeln beugte er sich zu ihr herunter, legte eine Hand in ihren Nacken und strich mit seinen Lippen über ihre.

Genüsslich leckte er über ihre Unterlippe, anschließend drang er unnachgiebig in ihren Mund ein. Langsam und zärtlich erkundete er ihre Mundhöhle, kostete von ihr, berauschte sich an ihrem Geschmack.

Ein leises Seufzen entkam ihr, was ihm sagte, dass sie alles andere als abgeneigt war, ihm näherzukommen.

Gekonnt umspielte er ihre Zunge, bescherte ihr Gefühle, die sie vergessen ließen, wo sie gerade war. Mit zarten Bewegungen kraulte er ihren Haaransatz, jederzeit bereit zuzupacken, sollte sie den Kopf abwenden, aber Darla dachte gar nicht daran.

Im Gegenteil, sie hatte so sehr gehofft, dass er sie noch einmal küssen würde, ihr erneut ein wenig Zärtlichkeit schenkte.

Sie schloss die Augen, um ihre Umwelt ausschließen zu können. Der Moment gehörte nur ihnen, zumal sie wusste, wie schnell es wieder vorbei sein konnte.

Ihre Gedanken lösten sich auf, die Welt um sie herum versank, bis sie nur noch Flann wahrnahm, der dieses erotische Feuerwerk in ihrem Kopf auslöste.

Leise stöhnend schlang sie jetzt ihre Arme um seinen Hals, spürte, dass er sie in die Höhe zog, als er sich aufrichtete, aber er ließ nicht von ihr ab.

Zart saugte er an ihrer Unterlippe, bevor er erneut ihren Mund in Besitz nahm, um ihr die wundervollen Gefühle zu schenken.

Viel zu schnell gab er sie wieder frei und schob sie ein Stückchen von sich weg.

„Wir sollten das auf einen späteren Zeitpunkt verschieben. Dein Onkel wird kaum erfreut sein, wenn er uns hier erwischt."

Die Worte katapultierten sie sofort in die Wirklichkeit zurück, sodass sie erschrocken die Augen aufriss.

Darla war so in diese Traumwelt, in der Flann sie wollte, eingetaucht, dass sie ihre Umgebung völlig vergessen hatte.

„Ich stimme dir zu, nur wird es keine Fortsetzung geben. Du hast deutlich genug gesagt, was du von mir hältst. Ich verstehe nur nicht, wieso du mich jetzt schon zum zweiten Mal geküsst hast."

Fragend blickte sie zu ihm hoch, als sie sich wieder gesetzt hatte.

„Es tut mir leid, dass ich dich verletzt habe. Ehrlich. Aber ich bin misstrauisch und dazu hat mir dein Onkel auch mehr als einen Grund gegeben, wie du weißt."

Verstimmt hob Darla die Augenbrauen an, wobei sie leicht den Kopf schüttelte.

„Ich habe keine Ahnung, wovon du redest. Ich bin keineswegs so im Bilde, wie du anzunehmen scheinst."

Wollte sie ihm wirklich den Bären aufbinden, dass sie nicht wusste, wie ihr Onkel ihn zum Kämpfen brachte? Das nahm er ihr niemals ab!

„Lass die Spielchen, Darla."

Ärgerlich blickte er auf sie herunter, dabei erinnerte er sich, weshalb er überhaupt hergekommen war.

„Sag mir lieber, ob du die Verletzungen Demmer zu verdanken hast."

Zornig erwiderte sie seinen Blick.

„Ich spiele nicht oder denkst du, dass das hier Spaß gemacht hat? Kümmere dich um deine eigenen Angelegenheiten, Flann. Egal, was ich antworte, du glaubst mir doch eh kein Wort."

Wütend drehte sie sich zu ihren Monitoren. Was bildete dieser Idiot sich eigentlich ein? Glaubte er wirklich, dass er sie küssen und anschließend wieder wie eine Schwerverbrecherin behandeln durfte?

„Gut, wenn du meine Hilfe ablehnst, dann ist das deine Sache. Solltest du es dir überlegen, weißt du, wo du mich findest. Nur in dem Fall erwarte ich Ehrlichkeit."

Stinksauer wandte er sich zur Tür, um den Raum zu verlassen, als Matthias hereinkam.

„Flann? Was hast du denn hier zu suchen?"

Man hörte, dass Demmer alles andere als begeistert war, den Tiger bei seiner Nichte zu entdecken.

„Ich habe nachgefragt, was das mit den weiteren Kämpfen soll. So war das keineswegs abgesprochen."

Abwartend verschränkte er die Arme vor der Brust, dabei sagte seine Körpersprache deutlich, dass man ihn lieber nicht reizte.

„Und dazu belästigst du Darla?"

Ungläubig sah Matthias von einem zum anderen, natürlich auch, um zu sehen, ob irgendetwas vorgefallen war, was er besser wissen sollte.

Darla zuckte leicht mit den Schultern.

„Ich hab ihm schon gesagt, dass er dich fragen muss, was du vorhast."

Offen erwiderte sie den Blick ihres Onkels, dabei unterdrückte sie den Drang, die Würgemale am Hals zu verdecken.

„Die Leute sind mit deiner Leistung unzufrieden. Einige fordern bereits das Eintrittsgeld zurück. Beide Kämpfe zusammen haben kaum eine halbe Stunde gedauert. So geht das nicht. Ich musste ihnen versprechen, dass wir am kommenden Wochenende eine zusätzliche Show veranstalten. So lange wirst du hier unser Gast sein. Immerhin bekommst du einen guten Teil ab."

Bei dem letzten Satz, den ihr Onkel hinterhältigerweise nachschob, horchte Darla auf.

Flann stieg in den Käfig, weil er auf das Geld scharf war? Das konnte sie nicht glauben.

„Du weißt genau, dass ich sofort auf die Kohle verzichte, wenn du mich endlich in Ruhe lässt. Aber dazu benötigst du wohl einen würdigen Nachfolger", knurrte der Tiger in dem Augenblick.

Ihm entging das Entsetzen in Darlas Gesicht, da er Demmer lieber im Auge behielt.

Zu gerne hätte sie sich die Ohren zugehalten. Flann ließ sich mit Geld ködern, weil Matthias keinen besseren Gegner fand? Irgendwie fühlte sich die Aussage so unendlich falsch an, trotzdem wusste sie ja, was sie da gerade hörte.

„Lass uns rüber in mein Büro gehen. Darla sollte ungestört arbeiten können."

Der Verbrecher deutete auf die Tür, woraufhin ihm der Tiger widerwillig folgte. Am liebsten würde er sofort nach Hause fahren, um diese miese Sache hier zu vergessen, inklusive Darla.

Demmer öffnete einen Raum, in dem ein protziger Schreibtisch, eine edle Ledergarnitur und ein Aktenschrank standen.

„Nicht ganz mein Geschmack, aber ich verbringe ja nur einige Stunden in dem Büro", bemerkte Matthias, als er sich auf den Chefsessel setzte, gleichzeitig zeigte er auf den Stuhl.

Flann schüttelte leicht den Kopf, verschränkte die Arme vor der Brust und sah ihn auffordernd an.

„Wie lange willst du mich wirklich festhalten? Ich muss mich um mein Geschäft kümmern."

Wütend taxierte er den Mann, der ihn aalglatt anlächelte. Zu gerne würde er ihn jetzt einfach töten, dann hätte er seine Ruhe. Dummerweise hatte Demmer vorgesorgt, sodass sein vorzeitiges Ableben den Tiger in enorme Schwierigkeiten brachte.

„Diese eine Woche wird das Fitnessstudio ohne dich auskommen. Ich bin im Bilde über deine Aktivitäten. Du hast fähige Mitarbeiter, die dich niemals hängen lassen. Also, wieso heulst du rum, wie ein kleines Mädchen?"

Flann sehnte sich danach, das süffisante Grinsen aus dem arroganten Gesicht zu kratzen, stattdessen ballte er nur die Hände zu Fäusten.

„Mir behagt es nicht, eingesperrt zu sein, das weißt du ganz genau, du Ratte."

Belustigt schüttelte Demmer den Kopf.

„Was für eine ungehörige Ausdrucksweise. Schäm dich, Flann. Meine Nichte bleibt übrigens auch hier, da ich sie gerne in meiner Nähe haben möchte. Ein fleißiges kleines Ding, die mir so viele Sachen abnimmt."

Gezielt sorgte Matthias dafür, dass der Tiger eine völlig falsche Vorstellung von Darlas Rolle in dem verbrecherischen Geflecht bekam.

„Sie geht mich einen feuchten Kehricht an. Wieso erwähnst du sie überhaupt? Du willst wohl kaum, dass ich mich um sie kümmere, oder?"

Aufmerksam betrachtete Flann ihn. Er roch, dass der Mann log, nur in welchem Punkt? Weshalb hatte er Darla hergebracht? Um ihm zu helfen oder um die Kämpfer zu umgarnen? Irgendetwas stank zum Himmel, nur kam er im Augenblick nicht darauf, was es war.

„Mir ist es egal, wenn die Kleine ihren Spaß hat. Aber ich glaube, dass du dir etwas anderes ins Bett holst. Auswahl ist ja genug da. Die Nutten bleiben natürlich auch und du bist mein Gast, mit allen Vorteilen."

Beinahe hätte Flann sich vor Ekel geschüttelt. Auf keinen Fall wollte er so tun, als ob er eingeladen wäre.

„Vergiss es, Demmer. Ich bin hier, weil du die Macht hast, mich zu zwingen."

Mit den Worten verließ er das Büro, um auf direktem Weg in das Ferienhäuschen zu laufen, das ihm zur Verfügung stand.

Missmutig warf er sich erneut auf die Couch und fluchte kräftig, als das Polster ihn an die Wunde an seinem Rücken erinnerte.

Müde ließ er sich das Gespräch mit Darla noch mal durch den Kopf gehen. Vermutlich hatte Matthias ihr die Würgemale beigebracht, nur wieso?

Mit Bestimmtheit konnte er ausschließen, dass es sich um die Folgen eines heißen Sexspiels handelte!

Flann kam es vor, als ob er ein Puzzlespiel lösen sollte, bei dem er nicht alle Teile kannte.

Demmer behauptete, dass Darla ihn extrem unterstützte, darüber hinaus habe er sie gerne in seiner Nähe, würgte sie aber so, dass man es deutlich sah. Oder hatte es doch jemand anderes getan? In dem Fall wäre Matthias niemals so ruhig geblieben.

Durfte er glauben, dass die Kleine keine Ahnung hatte, was ihr Onkel da trieb? Oder, dass sie gezwungen wurde, mitzuarbeiten? Nur weshalb lehnte sie dann seine Hilfe ab? Vielleicht war das alles ein ausgeklügeltes Spiel, um ihn noch tiefer in die Scheiße zu reiten?

Sein Misstrauen flüsterte ihm ein, dass sie ihm eventuell auch etwas vorspielte. Aber sein Verstand schaltete sich sofort ein, um die Vermutung als absurd zu verwerfen. Die Spuren an Darlas Hals zeigten ihm, dass sie in ernsthaften Schwierigkeiten steckte und sein Instinkt sagte ihm, dass ihr Onkel dabei eine entscheidende Rolle spielte.

In seinem Kopf jagte ein Gedanke den anderen, sodass er sich gequält die Hand vor die Augen presste.

Schnell nahm er sich vor, der Kleinen am kommenden Morgen auf den Zahn zu fühlen. So wie Demmer ihm mitgeteilt hatte, blieb sie die Woche über in der verlassenen Ferienanlage, anstatt zurück nach Deutschland zu fliegen.

Um sich ein wenig zu beruhigen, ging er in die Kochecke, schaltete den Wasserkocher ein und brühte sich einen Pfefferminztee auf. Er liebte den Tee, sodass er auch jetzt ein Döschen mit getrockneten Minzblättern mitgebracht hatte.

Gott sei Dank war Demmer in dem Punkt wirklich vorausschauend gewesen, denn dieses Feriendomizil war in Ordnung gebracht worden. Selbst die Küchenzeile konnte man benutzen.

Mit seiner Teetasse kehrte Flann in den Wohnbereich zurück, wo er sich müde auf die Couch setzte.

„Und? Bist du dem Geheimnis auf die Spur gekommen“, ertönte die Stimme des Hausgeistes.

Gequält seufzte der Tiger auf.

„Kannst du nicht jemand anderen nerven, James? Ich habe wirklich genug von deinem Geschwätz.“

Die fluoreszierende Gestalt lachte leise, ehe sie sich auf einem der Sessel niederließ.

„Du könntest höflicher sein. Immerhin war ich es, der dir mitgeteilt hat, dass die Kleine verletzt wurde. Außerdem musste ich über deine Worte nachdenken. Wir sind bestimmt keine Brüder im Geist, denn ich weiß meinen Vorteil zu nutzen, während du dich herumschubsen lässt."

Unwillig stieß Flann den Atem aus.

„Klar, deshalb hat man dich auch aufgehangen, weil du so schlau warst. James, es reicht wirklich. Lass mich in Ruhe oder muss ich einen Exorzisten holen?"

Wie gerne hätte er das Gespenst am Kragen gepackt und hinausgeworfen, leider war er kaum in der Lage, ihn anzufassen.

„Und wenn ich dir noch etwas über die Kleine sagen kann?"

Mit einem hinterhältigen Lächeln sah die schemenhafte Gestalt auf den Tiger.

„Spuck es aus oder lass mich endlich alleine."

Flann trank einen Schluck von seinem Tee, anschließend tat er so, als ob er seinen Besucher nicht mehr sah.

„Sie haben vorhin gestritten. Sie hat gedroht, ihren Onkel bei der Polizei anzuzeigen. Das ist ein ziemlich boshaftes Verhalten, wenn du mich fragst. Seinen einzigen Verwandten ans Messer zu liefern."

Der Geist tat so, als ob er über seine eigenen Worte nachdachte, doch man merkte, dass er auf die Reaktion des Tigers gespannt war.

Im ersten Moment konnte Flann nicht einschätzen, was er davon halten sollte. Falls James die Wahrheit sagte, wusste Darla durchaus über die Machenschaften ihres Onkels Bescheid. Aber sie schien damit ein Problem zu haben, sonst würde sie kaum mit der Polizei drohen.

„Weshalb hat sie die Drohung ausgesprochen? Weißt du das?"

Neugierig sah Flann auf seinen Besucher, der nur leicht mit den Schultern zuckte.

„Nein, es hat mich nicht sonderlich interessiert. Ich konnte nur ein paar Wortfetzen aufschnappen, als ich vorhin durch das Hauptgebäude gestreift bin. Aber wenigstens redest du normal mit mir. Vielleicht kannst du mir jetzt auch helfen, diese verdammten Menschen loszuwerden?“

Fast schon flehend sah der Geist ihn an.

„Noch mal, mir sind die Hände gebunden, denn ich habe hier kein Mitspracherecht. Im Gegenteil, Demmer hat mich fest im Griff, sonst wäre ich kaum in den Käfig gestiegen.“

Müde lehnte Flann sich zurück, um seinen Tee auszutrinken. Die Bemerkung über Darla brachte ihn kein Stück näher an die Wahrheit heran. Sie hatte mit ihrem Onkel gestritten und ihm gedroht, so weit, so gut, nur was genau dahintersteckte, ob er ihr trauen durfte oder nicht, stand immer noch in den Sternen.

Wenn er sich doch wenigstens auf seinen Instinkt verlassen könnte. Nur in diesem speziellen Fall traute er sich das einfach nicht, dazu hing zu viel von ihm ab.

James jammerte ihm eine knappe halbe Stunde die Ohren voll, bis er sich verabschiedete, weil er keine Antwort erhielt.

Erst gegen zwei Uhr morgens hörte Flann die Autos abfahren. Jetzt herrschte endlich Ruhe, sodass auch der Tiger ins Bett ging.

Als er die leichte Decke über sich zog, musste er daran denken, wie Darla hier in diesem Zimmer gestanden hatte. Automatisch suchte er nach der Kamera in der Ecke, die, genau wie die anderen, aktuell ausgeschaltet war.

Genüsslich erinnerte er sich an den süßen Kuss, den er ihr gestohlen hatte. Wie gerne würde er sie zu sich holen, sie beschützend in seine Arme ziehen und dafür sorgen, dass nie wieder jemand wagte, ihr wehzutun.

Gleichzeitig schlich sich erneut sein Misstrauen in seine Gedanken.

Vielleicht hatte Demmer sie auch auf ihn angesetzt, um ihn besser kontrollieren zu können. Sie wäre das ideale Druckmittel, sollte Flann sich auf sie einlassen.

Trotz des Gedankenkarussells schlief er nach kurzer Zeit ein, nur um von einer Darla zu träumen, die sich verlangend an ihn schmiegte.

~~°~~

Darla wachte schweißgebadet auf und sah sich irritiert um. Nach ein paar Sekunden fiel ihr ein, dass sie sich in einem Ferienhaus in der verlassenen Anlage in Irland befand.

Ihr Herz klopfte ihr immer noch bis zum Hals, während sie sich an den grauenvollen Albtraum erinnerte. Sie stand am Käfig, in dem Flann um sein Leben kämpfte. Sein Gegner war bereits verwundet, doch er verwandelte sich zurück. Wütend rief er, dass er nicht mehr töten würde. In dem Augenblick kam ihr Onkel, zog eine Waffe, um ihn kaltblütig zu erschießen.

Gott sei Dank war sie in der Sekunde, in der der Tiger umfiel, aufgewacht.

Es dauerte eine ganze Zeit, bis sie sich selbst klar darüber wurde, dass es wirklich ein Traum gewesen war. Wieso sie immer noch Gefühle für diesen Idioten hatte, konnte sie sich kaum erklären. So wie es sich für sie darstellte, bekam Flann seinen Anteil. Er tötete, um eine gute Bezahlung zu erhalten!

Darla dachte über die Aussage ihres Onkels nach, weil es sich für sie so unendlich falsch anfühlte.

Sie war davon ausgegangen, dass Matthias irgendetwas gegen den Tiger in der Hand hatte. Vielleicht schuldete Flann jemandem Geld? Aber das rechtfertigte doch keinen Kampf auf Leben und Tod, oder?

Müde rieb sie sich über die Augen, nur an Schlaf war kaum noch zu denken.

Das, was sie erlebt und gehört hatte, sorgte dafür, dass sie nicht mehr einschlafen konnte, dabei war es gerade mal vier Uhr morgens.

Wieder wanderten ihre Gedanken zu dem Mann, der sie so beeindruckt hatte. Er hatte Gina verschont, ihr die Sache vor der Kamera extrem leicht gemacht. Außerdem war er zu ihr gekommen, als er von den Würgemalen erfuhr.

Bei der Überlegung stutzte Darla. Er wusste von der Verletzung, nur wer hatte ihm davon erzählt? Oder war es Zufall gewesen, dass er die Male entdeckte?

Schnell schüttelte sie den Kopf. Flann hatte den Raum betreten, anschließend zog er gezielt die Hand von ihrem Hals, um sich die Misshandlung anzusehen. Darüber hinaus sah es so aus, als ob er ziemlich wütend war, weil jemand sie dermaßen grausam behandelt hatte.

Seufzend gestand Darla sich ein, dass sie aus dem Kerl nicht schlau wurde. Zuerst küsste er sie, danach war sie das sensationslüsterne Luder für ihn, ehe er sie aus den Armen von Thorsten befreite. Sie hatte sich das eifersüchtige Aufblitzen in seinen Augen wohl kaum eingebildet! Auch die Art und Weise, wie er den Mann hinausgeworfen hatte, deutete darauf hin, dass er etwas von ihr wollte oder für sie fühlte. Andernfalls würde ihn ihre Verletzung keineswegs aus der Ruhe bringen.

Eventuell ging es dabei nur um ihren Onkel? Glaubte Flann vielleicht Matthias schaden zu können, wenn er wusste, dass er sie gewürgt hatte?

Aber wieso sollte er seinem Auftraggeber Steine in den Weg legen wollen? Damit verhinderte er ja, dass er Geld verdiente.

Angestrengt überlegte sie, ob sie irgendetwas übersah, doch ihre Gedanken drehten sich im Kreis. Nur eins wurde ihr in der Nachtstunde extrem klar: Ihre Gefühle für den widersprüchlichen Tiger hatten sich überhaupt nicht verändert.

Seufzend stand sie auf, als der erste Silberstreif am Horizont sichtbar wurde. Es brachte nichts, weiterhin im Bett von einer Seite auf die andere zu rollen.

Eilig streifte sie einen Jogginganzug über, zog sich Sportschuhe an, anschließend verließ sie das kleine Häuschen, dabei ging sie gezielt auf die Allee zu, die von dem ehemaligen Rezeptionsgebäude wegführte. Das alte, verkommene Haus jagte ihr Angst ein. Warum das so war, konnte sie nur unzureichend erklären.

Darla hasste joggen, aber Nordic Walking liebte sie und der Schotterweg, der von großen Eichen gesäumt war, eignete sich hervorragend dafür.

Die hässlichen Worte ihres Onkels klangen in ihr nach. Seufzend gab sie ihm recht. Wenn sie verhindern wollte, dass die Leute sie als übergewichtig ansahen, dann musste sie schnellstens etwas gegen die überflüssigen Pfunde tun.

Es dauerte nicht lange, da kam sie in dem Dörfchen Terryglass an. Hier war keine Menschenseele auf der Straße unterwegs, was sie kaum wunderte, da die Uhr am Kirchturm gerade mal fünf anzeigte.

Sie wusste von zwei Heilbrunnen, die man irgendwo in dem Ort finden konnte. Einer sorgte angeblich dafür, dass Kopfschmerzen verschwanden, der andere heilte Augenleiden.

Noch war sie sich unsicher, ob sie daran glauben sollte, allerdings hätte sie auch nie gedacht, dass sie mal einen Gestaltwandler kennenlernen würde.

In ihren Gedanken versunken lief sie durch das verschlafene Städtchen, übersah den kleinen Einkaufsladen, den Pub und nahm genauso wenig die hübschen Häuser wahr. Nur das unscheinbare Schild, das auf den *Headache Well* hindeutete, drang in ihr Gedankenkarussell.

Der Brunnen, der angeblich Kopfschmerzen linderte. Doch als Darla den Weg entlangblickte, sah sie nur eine ziemlich düstere Ecke, also beschloss sie, bis zum Jachthafen runterzulaufen.

Erst als sie an einem der Anlegestege stand, und auf das tiefblaue Wasser des Lough Dergh hinausblickte, fühlte sie sich ruhiger.

Es sah fast aus, als ob sie aufs Meer sehen würde. Dazu kam, dass der Sonnenaufgang einen herrlichen frühsommerlichen Tag versprach. Etwas, das nicht so oft in Irland vorkam. Jetzt Anfang Juni war es allerdings auch so warm, dass Darla ordentlich ins Schwitzen kam.

Sie fluchte leise, weil sie vergessen hatte, ihre langen Haare zurückzubinden. Der Wind wehte ihr die Strähnen in die Augen, bis sie die Haarpracht mit einer Hand zusammenhielt.

Gerne würde sie mit so einem Hausboot den Shannon hinauffahren oder wirklich mal einen Urlaub hier verbringen. Das Land bezauberte sie, zumal es so viel zu entdecken gab. An fast jeder Ecke stieß man auf die Spuren der Vergangenheit, auf Ruinen, Kirchen oder Friedhöfe.

Einmal hatte sie ihren Onkel darauf angesprochen, dass sie plante, ein paar Tage in Terryglass zu bleiben, die Antwort war eine schallende Ohrfeige gewesen.

„Du glaubst, dass du es dir auf meine Kosten gemütlich machen kannst, ja? Streich das sofort wieder aus deinem Kopf."

Mit brennender Wange und Tränen in den Augen hatte sie ihm nachgeblickt.

Auch heute noch fragte sie sich, warum Matthias sie überhaupt bei sich aufgenommen hatte, wenn er sie doch so sehr hasste.

Seufzend schob sie die Gedanken in den hintersten Winkel ihres Gehirns, zumal sie keine Antwort fand.

Seit acht Jahren lebte sie jetzt bei ihrem Onkel, der sie direkt nach dem Tod seines Bruders, ihrem Vater, zu sich geholt hatte. Die Tragödie ereignete sich kurz nach ihrem Abitur.

Darla wischte sich eine Träne aus den Augen, als sie an ihre Eltern dachte. Sie war geliebt worden und vermisste beide unerträglich. Als sie ihr Abiturzeugnis erhalten hatte, drückte ihre Mutter sie fest an sich, um ihr zu sagen, wie stolz sie auf ihre Tochter war.

Sechs Tage später verschwand das Ehepaar Demmer spurlos. Zwei weitere Monate darauf fand man sie. Jemand hatte sie mit einem Kopfschuss regelrecht hingerichtet.

Die Polizei tappte im Dunkeln, ihr Onkel weigerte sich, einen seiner Spürhunde auf die Tat anzusetzen, ansonsten gab es niemanden mehr, den es interessierte, weshalb man Noah und Marla Demmer getötet hatte.

Damals kamen ihr die ersten Gerüchte zu Ohren, dass ihr geliebter Papa keine so reine Weste besaß, wie sie es immer annahm.

Von den Waffenschiebereien, dem Drogenhandel oder dem Geschäft mit der Prostitution wusste sie wirklich nichts. Ihre Eltern achteten stets darauf, dass sie nie etwas mitbekam.

Bis zu dem unglücklichen Tag dachte Darla, dass ihr Vater zusammen mit seinem Bruder eine gut gehende Softwarefirma leitete, die ihre Programme besonders an Firmen ins Ausland lieferte.

Wie naiv sie doch gewesen war. Mittlerweile vermutete sie, dass da viel mehr dahintersteckte. Geldwäsche auf jeden Fall, zumal sie einige Konten gesehen hatte, die ihren Verdacht untermauerten.

Wenn sie ehrlich war, verzichtete sie lieber darauf, alles zu wissen. Der gestrige Tag hatte ihr sehr deutlich gezeigt, wie gefährlich das Terrain war, auf dem sie sich bewegen musste.

Schnell schob sie die Bilder weg, die sich in ihrem Kopf formierten. Sie wollte nicht mal in Gedanken erneut miterleben, wie Flann den Buchhalter oder den Mafiosi umbrachte.

Seufzend sah sie auf ihre Armbanduhr. Es wurde Zeit, zu der verfallenen Anlage zurückzukehren, denn sollte Matthias sie vermissen, erlebte sie garantiert ihr blaues Wunder.

Darla drehte sich um und lief die Straße hinauf, dabei kam sie an einem niedrigen Tor vorbei. Einen Augenblick überlegte sie, ob sie darüberklettern konnte. Sie wusste, dass der Weg dahinter sie direkt zum Terryglass Castle führte, das hinter dem Rezeptionsgebäude ihres Onkels lag.

Es schüttelte sie, als sie an das alte Gemäuer dachte, das mittlerweile schon ziemlich von Unkraut überwuchert war. Irgendetwas hielt sie davon ab, sich dort aufzuhalten, wenn es sich umgehen ließ, daher nahm sie jetzt auch den weiten Rückweg auf sich.

Kapitel 4 - Gedankenchaos

Matthias stand natürlich bereits im Hof, als sie um die Ecke bog. Schweiß rann ihr in die Augen, ihre Wangen waren gerötet, außerdem schnappte sie hektisch nach Luft.

„Wo lungerst du denn schon wieder herum?“, rief ihr Onkel ihr zu, hielt allerdings Abstand von ihr.

Geringschätzig verzog er das Gesicht, als er sie musterte.

„Sag nicht, dass du versucht hast, Sport zu treiben? So wie es aussieht, bist du nicht weit gekommen, darüber hinaus stinkst du bis hierhin. Sieh zu, dass du unter die Dusche kommst, anschließend kannst du im Dorf Brot holen.“

Mit den Worten drehte Matthias sich um und ließ Darla wie einen begossenen Pudel stehen.

Tränen der Demütigung traten ihr in die Augen, zumal sie jetzt auch noch aus den Augenwinkeln sah, dass Flann aus seinem Häuschen kam.

Auf keinen Fall wollte sie ihm in ihrem Zustand begegnen, deshalb rannte sie zu ihrem Domizil, wo sie die Tür lautstark hinter sich zuschlug.

Eine Mischung aus Scham, Traurigkeit und Zorn tobte in ihr, als sie sich die Kleider vom Körper riss, ehe sie das Wasser in der Dusche anstellte.

Wieso stellte ihr Onkel sie sogar in der Öffentlichkeit dermaßen bloß? Musste er wirklich allen zeigen, dass er sie verachtete? Zumal sie sich nicht mal klar darüber war, weshalb er so abschätzig von ihr dachte.

Früher hatte sie immer geglaubt, dass er sich mit seinem Bruder gut verstand und dass auch er sie mochte. Mittlerweile hatte sich das Blatt ziemlich gewendet.

Nach einer halben Stunde war sie fertig, wobei sie jetzt gerne auf den Marsch ins Dorf verzichtet hätte, nur wusste sie, dass Matthias sie bestrafen würde, sollte sie sich weigern.

Seufzend nahm sie ihr Portemonnaie, ehe sie sich auf den Weg machte. Den Kassenzettel konnte sie später vorlegen, damit sie das Geld zurückbekam.

Als sie ein Stück die Allee entlang gegangen war, fiel ihr ein, dass sie vergessen hatte zu fragen, wie viele Personen mit ihnen frühstückten.

Schnell zählte sie die Leute durch, die mit ihnen aus Deutschland gekommen waren, anschließend schätzte sie die Anzahl ab, die bereits in Irland auf sie warteten.

Sie sollte genug für gut zwanzig Menschen einkaufen, was hieß, dass sie auf dem Rückweg ganz schön schleppen durfte. Es ging nicht nur um Brot, sondern auch um Butter, Belag, Kaffee. Was man eben so zum Frühstücken brauchte.

Gestern hatten sie eine Kleinigkeit am Flughafen gegessen und abends wurde etwas geliefert, bevor der erste Kampf stattfand.

Traurig lief sie den Schotterweg entlang, dieses Mal in einem langsamen Tempo, außerdem trug sie Jeans, ein T-Shirt und Turnschuhe. Darüber hinaus hatte sie sich ein Seidentuch um den Hals geschlungen.

Die Idee, sich gleich ein Taxi zu nehmen, um zurück nach Deutschland zu fliegen, kam ihr. Von dort aus könnte sie sich in irgendeinem Land verstecken, dummerweise fehlte ihr das nötige Kleingeld.

Ihr Onkel zahlte ihr zwar ein Gehalt, aber er besaß eine Kontovollmacht, dazu kam, dass es ein Limit von 500 Euro pro Tag gab. Sollte sie die Summe abheben, würde er sofort wissen, dass sie weglief. Was dann passierte, war klar: Er sperrte jede weitere Auszahlung.

Außerdem ließ er seine Spürhunde los. Seine speziellen Geschäftspartner, die sich darauf spezialisiert hatten, Leute zu finden, die lieber untertauchten.

Darla zweifelte keine Sekunde daran, dass sie nicht mal aus Deutschland herauskam, ohne dass Matthias es wusste.

~~°~~

Flann wachte beim ersten Morgengrauen auf, gleichzeitig hörte er die leisen Schritte, die über den Schotterplatz huschten.

Neugierig, wer da so früh unterwegs war, ging er an das Wohnzimmerfenster, das zum Parkplatz hinauszeigte.

Erstaunt bemerkte er Darla, die in Joggingklamotten zügig auf die Allee zulief, die ins Dorf führte.

Ärgerlich verzog er das Gesicht, denn für ihn stand fest, dass sie jetzt mit aller Gewalt versuchte, etwas an ihrer Figur zu ändern.

Hoffentlich zerrte sie sich keinen Muskel oder verletzte sich auf eine andere Art.

Noch ehe er diesen Gedanken zu Ende gedacht hatte, war er bereits angezogen und lief ihr leise nach. Gott sei Dank konnte er auf seine Tigergene zurückgreifen.

Flann achtete darauf, dass der Abstand zwischen ihnen reichte, damit sie ihn nicht sah, falls sie sich umdrehte.

Sein Gehör war so fein, dass er sie auch hörte, wenn sie sich ein ganzes Stück vor ihm bewegte.

Sie schien gut in Form zu sein, denn sie legte einen schnellen Schritt vor, was ihn lächeln ließ. Ihm würde sie jedenfalls nicht weglaufen können.

Als sie auf den kleinen Jachthafen zuhielt, kam ihm ein bedrohlicher Gedanke. Wollte sie sich etwas antun? War der Angriff auf sie zu viel gewesen?

Eine eiskalte Hand griff nach seinem Herzen, als er bemerkte, dass sie in der Tat einen der Anlegestege betrat.

Erst als sie stehen blieb, atmete er auf.

Flann konnte sie gut verstehen, dass sie hergekommen war.

Der Lough Dergh sah wunderschön aus, besonders an diesem Morgen, wo der Sonnenaufgang einen herrlichen Tag versprach.

Fast hätte man meinen können, man stünde am Meer.

Ein glückliches Lächeln machte sich auf seinem Gesicht breit, als er sich an seinen Aufenthalt hier in Terryglass erinnerte. So lange her und doch immer noch präsent in seinem Gedächtnis.

Er liebte seine Heimat und dankte Gott dafür, dass Irland an vielen Stellen nur dünn besiedelt war, denn so durfte er im Land bleiben, obwohl er nur verdammt langsam alterte.

Selbst in der heutigen Zeit gab es keine Meldepflicht, sodass er seinen Wohnsitz verlegen konnte, ohne große Probleme zu bekommen.

In seine Erinnerungen versunken bemerkte er nicht, dass Darla sich anschickte, zu der verlassenen Freizeitanlage zurückzukehren. Erst als sie den Steg bereits hinter sich gelassen hatte, verbarg er sich auf der anderen Seite des Weges in einer offenen Garage.

Aber auch die Kleine war offensichtlich tief in ihren Gedanken verstrickt.

Kurz bevor sie in die Allee einbog, die sie zu den Old Court Cottages zurückbrachte, nahm er eine Abkürzung, bei der er über mehrere Zäune springen musste. Außerdem hatte sich die Natur den ehemaligen Feldweg zurückerobert, sodass er sich durch ziemlich viel Gestrüpp kämpfte. Für ihn stellte das kein Problem dar.

Er kam wie geplant vor ihr an, daher saß er bereits in seinem Häuschen, als Matthias sie im Hof empfing.

Flann beobachtete die beiden und Wut kochte in ihm hoch. Er sollte Demmer endlich Manieren beibringen! Nur waren ihm ausgerechnet hier die Hände gebunden.

Er hörte deutlich, dass der Kerl seiner Nichte vorwarf, keine Kondition zu besitzen und nach ein paar Metern schon außer Atem zu sein. Seine Gehässigkeit verschlug sogar dem Tiger die Sprache.

Außerdem konnte er sich gut vorstellen, dass Darla jetzt mit den Tränen kämpfte, denn die Aussage, dass sie zum Himmel stank, war nicht nur gelogen, sondern mehr als demütigend.

Als krönenden Abschluss durfte sie Lebensmittel für die ganze Bande einkaufen. Flann knirschte mit den Zähnen, nahm sich aber vor, sich zurückzuhalten.

Erst als er sah, dass Demmer sich abwandte, verließ er sein Häuschen in der Absicht, Darla zu trösten, nur diese floh regelrecht in ihr Cottage.

Eine Sekunde lang sah er auf die geschlossene Tür. Angespannt überlegte er, ob er ihr nachgehen sollte, doch schnell beschloss er, ihr ein paar Augenblicke zu gönnen, in denen sie sich beruhigen konnte.

Aber sie würde heute mit ihm reden, selbst wenn er sie zwingen musste, außerdem wollte er sie dazu bringen, ihm endlich zu sagen, wer ihr die Würgemale verpasst hatte.

Um auf Touren zu kommen, ging Flann in die Küche, wo er sich seinen geliebten Pfefferminztee kochte. Ohne den Tee kam er einfach nicht in Fahrt, doch gerade in der jetzigen Situation war er gezwungen, seine Sinne beisammenzuhalten.

Gott sei Dank verschonte James ihn an dem Morgen mit seinem Gejammer.

Flann setzte sich mit dem Tee an den Küchentisch, zog sein Smartphone aus der Tasche, um in seinem Fitnessstudio anzurufen.

Er hatte das Studio mit viel Herzblut aufgebaut und sie boten auch ein Morgentraining an, sodass er einen seiner Stellvertreter jetzt erreichen konnte.

„Hallo, Dean. Ich muss dich bitten, den Laden diese Woche zu übernehmen. Ich sitze noch in Terryglass fest. Der Mann möchte mich als Privattrainer behalten."

Er hatte seinem besten Mitarbeiter erzählt, er würde am Wochenende mit einem Touristen ein besonderes Training durchziehen. Personal Trainer waren gefragt, deshalb hatte Dean die Geschichte auf Anhieb geglaubt.

„Ist kein Problem, Boss. Hier läuft alles wie geschmiert. Sollten wir Fragen haben, gibt es Telefon. Pass gut auf deinen Schüler auf."

Die Männer verabschiedeten sich, ehe Flann beruhigt auflegte. Ihm lag das Fitnessstudio wirklich am Herzen.

Fast hätte er jetzt die Schritte auf dem Schotter überhört, doch sein feines Gehör reagierte sofort auf das knirschende Geräusch.

Schnell sah er aus dem Fenster und konnte Darla gerade um die Ecke biegen sehen.

Dieser Mistkerl schickte sie tatsächlich zu Fuß zum Einkaufen. Was für ein Idiot.

Flann vergeudete Zeit, weil er seine Autoschlüssel suchen musste. Bei seiner Ankunft hatte er sie achtlos irgendwohin gelegt, nur wusste er jetzt natürlich nicht mehr wohin. Oder hatte James sich einen Spaß erlaubt?

Gerade als er lautstark nach dem Gespenst rufen wollte, sah er den Schlüsselbund, der unter einer Zeitung hervorlugte.

Eilig schnappte er sich die Schlüssel, rannte zu seinem Nissan Patrol, der vor der Tür stand, um Darla nachzufahren.

Sie befand sich noch auf der Allee, die zur Hauptstraße führte, was ihn ein wenig aufatmen ließ.

Flann hielt direkt neben ihr, beugte sich zur Beifahrertür rüber, um sie aufzustoßen.

„Steig ein, ich fahre dich."

Erschrocken musterten ihn ein Paar grüne Augen, bis sie ihn erkannte.

„Danke, aber ich laufe gerne."

Sie drehte sich um und ging weiter.

Ohne zu überlegen, sprang Flann aus dem Auto, rannte los, bis er ihr den Weg versperrte. Vorsichtig packte er sie bei den Schultern.

„Sei nicht dumm, Darla. Nur weil du verletzt bist, gibt es keinen Grund, warum du meine Hilfe ablehnen solltest."

Eindringlich sah er ihr in die Augen, wo er genau erkannte, wie sehr sie mit ihren Gefühlen kämpfte.

„Klar, ich fahre jetzt mit dir, damit du später sagen kannst, dass ich zu faul oder zu unsportlich bin, um den Einkauf zu Fuß zu erledigen. Danke, aber nein danke. Mir reicht es, dass mein Onkel meint, mich vor allen demütigen zu müssen."

Sie versuchte ihn abzuschütteln, nur schaffte sie das nicht.

„Bitte, Kleines, ich habe dich nie wegen deines Aussehens gedemütigt und ich werde es nie. Das verspreche ich dir. Außerdem habe ich mich für meine Äußerungen entschuldigt."

Sanft strich er ihr eine Strähne aus dem Gesicht, anschließend löste er auch seine andere Hand von ihrer Schulter.

„Lass mich doch einfach in Ruhe. Ich eigne mich nicht als Spielzeug."

Darlas Stimme klang erstickt, gleichzeitig füllten sich ihre wunderschönen Augen mit Tränen.

Sie hatte keine Kraft mehr, gegen alle Welt zu kämpfen. Außerdem tat die Demütigung durch ihren Onkel so verdammt weh.

Flann hob ihr Kinn mit dem Handrücken an, um sie zu zwingen, ihn anzusehen, dabei fesselte er sie mit seinem zärtlichen Blick.

„Es liegt mir fern, mit dir zu spielen, Darla. Nimm meine Hilfe an, bitte."

Eigensinnig schüttelte sie den Kopf, während jetzt Tränen über ihre Wangen liefen.

„Wenn du mir helfen willst, dann geh mir zukünftig aus dem Weg. Mir reicht es völlig, dass Matthias mir ständig zeigt, wie sehr er mich verabscheut. Glaubst du, dass ich da auch noch scharf auf ein gebrochenes Herz bin?"

Erschrocken schlug sie die Hand vor den Mund, denn in ihrer Verzweiflung hatte sie etwas ausgeplaudert, was sie lieber für sich behalten hätte.

„Vergiss es einfach."

Schnell drehte sie sich um, doch ehe sie einen Schritt gehen konnte, wurde sie bereits gepackt, herumgedreht und an eine breite Brust gezogen. Flanns Arme legten sich wie Stahlspangen um ihren Oberkörper.

„Ich lasse nicht zu, dass er dir weiterhin wehtut", flüsterte er ihr zu, als er sie sanft auf den Scheitel küsste.

Darla war das Gefühlschaos genauso leid, wie die ständige Bedrohung, in der sie schwebte.

Für einen Augenblick ließ sie sich gehen, klammerte sich an den Tiger, wobei sie ihr Gesicht an seiner breiten Brust vergrub. Ihr gesamter Leib wurde vom Weinen geschüttelt, während sie krampfhaft versuchte, die Kontrolle zurückzubekommen.

„Ich bin bei dir", raunte Flann ihr zu, gleichzeitig strich er ihr beruhigend über den Rücken.

Jetzt und hier wollte er ihr einfach nur zeigen, dass sie nicht alleine dastand. Sein Misstrauen drängte er energisch in den hintersten Winkel seines Gehirns, zumal er deutlich erkannte, dass sie ehrlich verzweifelt war.

Nach ein paar Minuten schob er sie ein kleines Stückchen von sich, hob ihr Kinn erneut an, um ihr in die Augen zu sehen.

„Pass auf, wir fahren einkaufen, anschließend frühstücken wir mit den anderen, ehe wir uns lange unterhalten. So wie es aussieht, gibt es einiges, was wir klären müssen. Okay?"

Zaghaft stimmte Darla zu.

„Wenn du das wirklich willst, gerne. Aber solltest du von meiner Heulerei abgestoßen sein, verstehe ich es."

Sie wischte sich energisch über das Gesicht, zog die Nase hoch und hielt seinem Blick stand, bevor sie tief durchatmete.

Flann sah deutlich, dass sie versuchte, mit Gewalt die Kontrolle zurückzubekommen, was ihn leise lachen ließ.

„Ich werde dir abgewöhnen, mir vorzuspielen, dass alles in Ordnung ist, mein kleiner Sturkopf", murmelte er, während er sie nachdrücklich zur Beifahrertür schob.

Galant öffnete er die Tür, half ihr beim Einsteigen, anschließend setzte er sich hinter das Steuer.

„Wieso bist du mir nachgefahren?"

Darla schaffte es nicht länger, die Frage zurückzuhalten. Die Hoffnung, dass er doch etwas für sie empfand, wuchs von Minute zu Minute, aber sie weigerte sich, an ihre Träumereien zu glauben.

„Ich habe mitbekommen, wie ungerecht Demmer dich behandelt hat, da dachte ich, dass du Hilfe brauchen kannst. Außerdem habe ich mir Sorgen gemacht, dass du dich verletzen könntest. Du warst heute Morgen bereits am Jachthafen ..."

Schnell brach er ab, denn dass er ihr hinterhergerannt war, wollte er ihr gar nicht auf die Nase binden.

„Wieso weißt du, dass ich am Hafen war?"

Misstrauisch musterte sie ihn von der Seite aus. Hatte ihr Onkel ihn jetzt etwa auf sie angesetzt?

„Ich habe einen leichten Schlaf, deshalb bin ich aufgewacht, als du über den Schotterplatz gelaufen bist. Ich hatte Angst, dass dir etwas passiert“, gab er leise zu.

Irritiert schüttelte Darla den Kopf.

„Aber ich habe dich gar nicht bemerkt.“

Angestrengt dachte sie nach, ob sie vielleicht wenigstens ein Geräusch gehört hatte oder irgendetwas, was auf Flann hingedeutet hätte.

„Wenn ich vermeiden will, dass man mich sieht, kann ich mich regelrecht unsichtbar machen. Außerdem warst du so in deine Gedanken vertieft, dass es für mich kein Problem dargestellt hat, dir unbemerkt zu folgen.“

Flann parkte den Patrol vor dem kleinen Einkaufsladen.

Ehe Darla auch nur die Tür öffnen konnte, war er schon zur Stelle, half ihr beim Aussteigen, anschließend gingen sie in den Laden.

Gemeinsam suchten sie die Sachen für das Frühstück zusammen, kurz darauf bezahlte sie, bevor sie zurück zu der Ferienanlage fuhren.

„Kommst du später zu mir? Oder möchtest du dich lieber an der alten Burg mit mir treffen?“

Flann sah sie an, als er auf die Allee abbog, die sie zu Demmer zurückbrachte.

„Ich bin unsicher, ob ich das Risiko, erneut auf die Schnauze zu fallen, wirklich eingehen soll. Die letzten Tage haben mich vorsichtig werden lassen.“

Traurig sah sie ihn an, dabei bemerkte er deutlich, dass sie ihm gerne vertrauen würde.

Automatisch verlangsamte er das Tempo, da er keinesfalls ankommen wollte, ehe sie ihm nicht versprochen hatte, dass sie sich aussprachen.

„Was hast du denn zu verlieren? So wie ich es sehe, macht Demmer dir das Leben zur Hölle. Du hast Gefühle für mich, die du kaum auf Knopfdruck loswirst. Thorsten wird sich auch wieder an dich heranmachen. Wäre es da nicht gut, dass es wenigstens eine Person gibt, die dich auffängt?“

Darla seufzte leise, da sie ihm in allen Punkten recht geben musste.

„Stimmt, nur was passiert mit mir, wenn ich dir vertraue und bemerke, dass mein Onkel dich auf mich angesetzt hat? Oder ich stelle fest, dass du dir mit mir nur einen Spaß erlaubst, in Wirklichkeit aber lieber mit jemandem wie Gina zusammen bist?“

Es kam ihr kindisch vor, ihre Gefühle zu leugnen, zumal sie sich selbst bereits verplappert hatte.

Flann stoppte mitten auf dem Weg, zwang sie, ihm in die Augen zu sehen, während er langsam den Kopf schüttelte.

„Wie kommst du darauf, dass ich es auch nur in Betracht ziehe, mit Gina eine Beziehung anzufangen? Sie ist ein nettes Mädchen, doch keine Frau, die ich an meiner Seite haben möchte. Es gehörte zur Show, dass ich mit ihr ins Bett gestiegen bin, wie du genau weißt.“

Darla wollte widersprechen, aber er legte ihr schnell einen Finger auf die Lippen.

„Wag es nicht, mich anzulügen, ich warne dich. Lass uns später in Ruhe reden.“

Zaghaft stimmte sie zu. Es war höchste Zeit, dass sie sich gründlich unterhielten, zumal Flann annahm, dass sie in die gesamten dunklen Machenschaften ihres Onkels eingeweiht war.

„Gut, ich komme zu dir, sobald ich weiß, ob Matthias mich noch braucht“, gab sie leise nach.

Zufrieden brummte der Tiger vor sich hin, gleichzeitig fuhr er das letzte Stückchen bis zu dem Parkplatz.

„Braves Mädchen“, murmelte er, dabei entging es ihm natürlich nicht, dass Darla wütend das Gesicht verzog.

„Ich bin kein kleines Kind mehr!“, fauchte sie.

Gleichmütig nickte er, parkte den Wagen, bevor er sich ihr zuwandte.

„Das habe ich bereits mehrfach bemerkt. Aber du bist mein Mädchen.“

Damit küsste er sie schnell auf die Lippen, anschließend half er ihr, die Lebensmittel in das Haupthaus zu tragen.

„Oh, der Retter auf dem weißen Pferd. Hast du Angst, dass sie mit ihrem Gewicht einen Herzinfarkt bekommt?“, rief Demmer ihnen entgegen, als sie einen Raum betraten, den man als Speisesaal hergerichtet hatte.

Darla zuckte merklich zusammen, bemühte sich allerdings, sich nicht anmerken zu lassen, wie sehr sie die Worte ihres Onkels trafen.

Flann nahm die erneute Attacke keineswegs auf die leichte Schulter. Mit einem grimmigen Blick stellte er die Lebensmittel ab, anschließend ging er auf den Mistkerl zu.

Ehe Demmer sich versehen hatte, packte der Tiger ihn am Kragen, schob ihn durch den Raum, bis er mit dem Rücken gegen die Wand prallte. Jetzt hob er ihn am Hals hoch, gleichzeitig drückte er ihn an die weißen Steine.

„Pass gut auf, was ich dir zu sagen habe. Mir ist es egal, wenn du versuchst, mich zu demütigen. Tob dich ruhig auf meine Kosten aus, aber wag es nie wieder, Darla zu beleidigen. Verstanden? Es könnte sonst sein, dass ich unsere Abmachung vergesse.“

Ohne auf eine Erwiderung zu warten, ließ er den Mann einfach fallen.

„Das wirst du büßen, Tigermann. Beim nächsten Kampf stirbst du“, drohte Demmer heiser, gleichzeitig rieb er sich über den Hals.

Sofort stand Flann über ihm.

„Du wagst es, mir zu drohen? Wer holt denn die Kohle für dich rein? Glaubst du, ich weiß nicht, dass du bisher keinen passenden Ersatz für mich gefunden hast?“

Natürlich spielte er hier mit seinem Leben, aber das war ihm im Augenblick egal.

Demmer hielt sich zurück, nur in seinen Augen sah man die ungezügelte Wut, die in ihm brannte. Dummerweise hatte Flann recht: Es würde ihn seine Kunden kosten, ihn zu beseitigen.

Der Tiger brachte ihm enorm viel Geld ein, außerdem liebten seine Kunden ihn, deshalb konnte er ihn niemals von der Angel lassen.

„Vielleicht hilft es, dich an deine Mutter zu erinnern oder willst du, dass ich ihr einen Besuch abstatte?“

Die Drohung flüsterte Matthias nur, damit ihn niemand hörte, allerdings war er sich sicher, dass Flann jedes Wort mitbekommen hatte.

„Das wagst du nicht, wenn du an deinem Leben hängst. Ich mache dich kalt, sollte ihr auch nur ein Haar gekrümmt werden.“

Versöhnlich hob Demmer die Hände.

„Nichts liegt mir ferner. Lass uns frühstücken und das Missverständnis vergessen.“

Mit einem falschen Lächeln deutete er auf den Tisch, wo jetzt alles bereitstand, damit sie etwas essen konnten.

Darla sah von einem zum anderen, gleichzeitig las Flann in ihrem Blick, dass sie sich vor ihrem Onkel fürchtete.

Schnell legte er einen Arm um ihre Schultern, führte sie zu einem Platz, ehe er sich neben sie setzte.

„Keine Angst, ich halte meine Versprechen. Er wird dir nichts tun“, flüsterte er ihr so zu, dass niemand sonst ihn verstand.

Spöttisch lachte sie auf, dabei sah sie stur auf Matthias.

„Und was, wenn ich zurück nach Deutschland muss, du Held? Dann bin ich ihm wieder ausgeliefert."

Dafür mussten sie eine Lösung finden, darin stimmte er mit ihr überein, allerdings sollten sie dazu ungestört sein.

„Wir besprechen das später."

Darla verzichtete darauf, ihm zu widersprechen, weil es nichts nutzte und ihr nur die unliebsame Aufmerksamkeit ihres Onkels einbrachte.

Schweigend widmete sie sich ihrem Frühstück, während Thorsten sich lautstark mit einigen anderen unterhielt. Es ging um die widerlichen Kämpfe, die er angeberisch analysierte, als ob es sich um ein faires, sportliches Ereignis gehandelt hätte.

Plötzlich wandte er sich ihr zu.

„Wie sieht es aus, Darla, sollen wir uns heute mal ein wenig im Dorf umsehen? Wir könnten ein Eis essen oder rüber nach Portumna fahren, um uns die Ruinen des alten Klosters anzusehen."

Die junge Frau verschluckte sich an ihrem Brot, denn mit so einer Einladung von dem Schleimbeutel hätte sie nie gerechnet.

„Du kannst gehen, mit wem du willst, Darla bleibt an ihrem Arbeitsplatz. Sie ist kaum mitgekommen, um die Touristin zu spielen. Solange die Computer funktionieren, wird sie genug zu tun haben. Immerhin bezahle ich sie hauptsächlich für ihre Leistungen als Programmiererin", mischte sich Demmer ein, dabei bedachte er seine Nichte mit einem hämischen Lächeln.

„Oder hast du geglaubt, dass du deine Aufgaben hier vernachlässigen kannst? Das Programm für die Katalogisierung der Kämpfer ist noch immer nicht fertig."

Resignierend nickte sie, was sollte sie auch sonst tun? Auf einen neuerlichen Streit mit Matthias konnte sie gerne verzichten. Bei dem Gedanken griff sie sich verlegen an den

Hals. Ein Seidenschal verdeckte jetzt die Würgemale, doch sie erinnerte sich zu gut daran, wie die Finger ihres Onkels zugedrückt hatten.

Als alle satt waren, verließen sie den improvisierten Speisesaal, wobei sie es Darla überließen, den Tisch abzuräumen und für Ordnung zu sorgen. Selbst Demmer ging, ohne sich um irgendetwas zu kümmern. Anscheinend hielt er ihre Hausfrauenpflichten für wichtiger als das Programmieren.

Mürrisch stellte sie die Teller zusammen, als Flann neben ihr auftauchte.

„Komm, ich helfe dir, dann geht es schneller."

Lächelnd nahm er ihr den Stapel aus der Hand, um ihn in die Küche zu bringen, wo er die Sachen in die Spülmaschine räumte.

Die restlichen Lebensmittel verstauten sie im Kühlschrank, den jemand aufgestellt hatte, denn er funktionierte einwandfrei.

„Ich muss gehen, sonst wird er wieder wütend", erklärte Darla leise, als sie alles abgeräumt hatten.

„Wir sehen uns heute Abend."

Flann strich ihr liebevoll über die Wange, ehe sie fast schon fluchtartig den Raum verließ. Nachdenklich sah er ihr hinterher.

Sie mussten unbedingt miteinander sprechen, damit er herausfinden konnte, was genau für ein Spiel hier gespielt wurde. Außerdem wollte er sie in seiner Nähe haben, egal, ob das jetzt klug oder dumm war.

Mit einem Lächeln im Gesicht, weil er endlich eine Entscheidung getroffen hatte, lief er zu seinem Ferienhaus rüber, wo er sich Sportklamotten anzog, um sein Trainingsprogramm durchzuziehen.

Natürlich besaß er als Tiger einige Vorteile, aber er sollte darauf achten, in Form zu bleiben, sonst wirkte sich das auch auf seine Tierform aus. Also trabte er langsam los, denn ein

Lauf von ein paar Kilometern tat seiner Kondition gut, zumal er gelernt hatte, besser in seiner menschlichen Gestalt zu joggen.

~~°~~

Darla ging in den Raum, in dem sie die Aufzeichnungen der Kämpfe überwacht hatte, um sich die Programmierung der Datenbank vorzunehmen. So ganz stimmte das nicht, denn sie hatte schon in Deutschland mit dem Auftrag angefangen, somit war es keine Beschäftigung für die gesamte Woche.

Gott sei Dank hatte sie ihren Laptop auch mitgenommen, sodass sie an ihrer bisherigen Arbeit weitermachen konnte. Eine so brisante Aufgabe wollte sie keinesfalls über Teamviewer, einem Programm, mit dem sie auf ihren PC zu Hause zugriff, erledigen. Ihr Onkel drehte ihr den Hals um, wenn sie sich auf ein so unsicheres Tool verließ.

Einen Moment dachte sie an Flann, aus dem sie einfach nicht schlau wurde. Meinte er es wirklich ernst? Und durfte sie sich auf ihn einlassen, obwohl sie wusste, dass Matthias plante, ihn als Druckmittel einzusetzen?

Eine Tür, die irgendwo zuschlug, erinnerte sie daran, dass sie sich besser an die Arbeit machen sollte. Auf keinen Fall wollte sie riskieren, erneut Prügel zu beziehen.

Schnell klappte sie ihren Laptop auf, der neben dem Übertragungscomputer stand, und öffnete das entsprechende Dokument.

Es war keine schwierige Aufgabe, ein Programm zu schreiben, mit dem man sich die Daten der Kämpfer anzeigen ließ. Sie hätten natürlich auch eins kaufen können, aber Matthias ging lieber auf Nummer sicher, denn wenn Darla ihm die benötigten Sachen programmierte, wusste er, dass keine Dateien unerlaubt weitergeleitet wurden.

Ein hinterlistiges Lächeln huschte über ihr Gesicht, als sie daran dachte, dass sie ohne große Probleme eine Kopie der eingegebenen Datensätze anlegen könnte. Nur traute sie sich das nicht. Mittlerweile hatte sie erkannt, wie gefährlich ihr Onkel war.

Die Tür ging auf und Thorsten kam in den Raum.

„Ich soll nachsehen, ob du arbeitest oder dich mit dem Tigermann vergnügst", bemerkte er leise, dabei sah er sich vorsichtig um.

Genervt drehte Darla sich zu ihm.

„So eine blöde Ausrede ist mir noch nie untergekommen. Hältst du mich für völlig unterbelichtet?"

Kalt sah sie den kleinen Mann an, der sich sichtlich unwohl fühlte.

„Ehrlich, Darla, Matthias schickt mich."

Einen Augenblick musterte sie ihn, ehe sie sich wieder ihrer Arbeit zuwandte.

„Dann hast du ja jetzt deinen Auftrag erledigt und kannst mich in Ruhe lassen. Wobei ich dir kein Wort glaube. Mein Onkel gibt einen Befehl, anschließend erwartet er, dass man ihn ausführt. Besonders, was mich angeht, wird er keine Bestätigung brauchen."

Sie sprach, ohne sich nach ihm umzusehen, was sich als großer Fehler erwies, denn gerade, als sie ihren Satz beendet hatte, legten sich seine Hände auf ihre Schultern.

„Ist es so schlimm, dass ich Sehnsucht nach dir hatte, Babe? Ich wusste nicht, wie du reagierst, deshalb habe ich mir diese Ausrede einfallen lassen."

Vorsichtig massierte er sie, was ihr mehr als unangenehm war. Schnell drehte sie sich wieder zu ihm, sodass er seine Finger von ihr nehmen musste.

„Nimm die Griffel weg, sonst hack ich sie dir ab. Ich bin keine der Nutten! Wenn du Druck hast, geh zu den Wohnwagen rüber“, fauchte sie ihn an, dabei wurde ihr schmerzlich bewusst, dass Flann sie dieses Mal kaum retten konnte.

„Ist dir das Tier wirklich lieber? Das will ich nicht glauben. Er hat dich eingeschüchtert, richtig? Der Wichser erpresst dich!“

Thorsten steigerte sich immer mehr in seine angebliche Antwort hinein, sodass Darla aufstand, um ihm eine harte Ohrfeige zu geben.

Es klatschte, anschließend sah der Mann sie entsetzt an.

„Kannst du wieder klar denken? Oder brauchst du noch eine? Ich werde weder erpresst noch unter Druck gesetzt. Ich mag dich einfach nicht. Du bist der Speichellecker meines Onkels und jetzt verpiss dich.“

Auffordernd deutete sie mit dem Kopf zur Tür, dabei hoffte sie, dass sie Thorsten auf diese Weise aus dem Raum bekam.

Ein fieses Grinsen erschien auf seinem Gesicht, als er sie musterte, was ihr ein ungutes Gefühl bescherte.

Bevor er sich bewegte, wusste sie, dass sie sich zu einer Tat hatte hinreißen lassen, die sie besser überdacht hätte.

Hart packte der Kerl sie an den Oberarmen, um sie zu sich zu ziehen. Leider war er stärker als sie, sodass sie sich kurz darauf in seiner Umarmung gefangen sah.

„Wenn du von dem Monster so begeistert bist, wird es Zeit, dass du einen echten Mann kennenlernst. Ich zeige dir, dass es für dich gesünder ist, dich mir unterzuordnen.“

Ohne auf ihre Gegenwehr zu achten, presste er seine Lippen auf ihre und drängte seine Zunge in ihren Mund.

Darla fand seine Zudringlichkeit einfach nur widerlich, außerdem schmeckte er, als ob er sich mindestens eine Woche nicht die Zähne geputzt hätte.

Mehr wütend als ängstlich versuchte sie, ihn von sich zu drücken, aber er gab keinen Millimeter nach. Als sie den Kopf schüttelte, um ihn zu stoppen, packte er in ihre Haare, wobei sie das Gefühl hatte, er wollte ihr eine Glatze verpassen.

Jetzt wurde es ihr zu viel, deshalb biss sie zu, woraufhin Thorsten sofort von ihr abließ, doch ehe sie sich ducken konnte, knallte seine Hand auf ihre Wange.

„Du Miststück“, schrie er, dabei lispelte er, weil sie ziemlich hart zugebissen hatte.

„Raus hier, ehe ich mich vergesse und einen gepflegten Tritt in deine Kronjuwelen platziere“, rief sie mindestens genauso laut.

Darla hatte die Hoffnung, dass irgendjemand sie hörte und diesen Wicht aus dem provisorischen Büro schaffte, leider ließ sich niemand blicken.

„Du denkst, dass dein Onkel dir zu Hilfe eilt?“

Höhnisch schüttelte Thorsten den Kopf.

„Ich bin seine rechte Hand, der Mann, auf den er sich immer verlässt. Glaub mir, er wird höchst erfreut darüber sein, dass wir ein Paar sind. Also hör auf, dich zu wehren.“

Vorsichtig kam er wieder auf sie zu, doch Darla wich ihm geschickt aus, platzierte den Drehstuhl so, dass er sie nicht packen konnte.

„Niemals! Hörst du? Ich gehe unter keinen Umständen mit dir ins Bett, eher werde ich lesbisch!“

Ihre Stimme überschlug sich fast, als sie ihm die Beleidigung ins Gesicht kreischte, aber sie hatte immer noch die Hoffnung, dass wenigstens Flann sie hörte.

Er würde ihr helfen, ganz bestimmt. Oder hatte er ihr etwas vorgespielt? Verzweifelt huschte ihr Blick zur Tür, doch niemand stürmte in den Raum.

„Hoffst du, dass der Tigermann dich vor mir beschützt? Darauf kannst du lange warten. Der hat viel bessere Frauen zur Verfügung. Die Nutten deines Onkels sind ausgezeichnet, schlank, hübsch und ausdauernd.“

Spöttisch lehnte er sich gegen die Tür, sodass ihr kein Ausweg mehr blieb.

„Was weißt du schon? Pack mich an und du wirst herausfinden, was Flann mit dir macht. Oder glaubst du wirklich, dass es eine leere Versprechung war, als er dir empfohlen hat, mich in Ruhe zu lassen?“

Sie musste dieses Schauspiel jetzt aufrechterhalten, um ihn irgendwie einzuschüchtern. Die Alternative, dass er sie in sein Bett zwang, wollte sie sich nicht mal vorstellen.

„Er ist aber nicht hier. Wusstest du, dass er ein so ausgezeichnetes Gehör hat, dass er dich hört, sobald du schreist? Sogar, wenn er in seinem Ferienhaus sitzt, ist das für ihn kein Problem. Wieso bleibt er also in dem schäbigen kleinen Häuschen, anstatt dich zu retten?“

Thorsten ließ die gehässigen Worte so im Raum stehen, damit Darla sich selbst die Antwort gab.

So wie es aussah, war es dem Tiger wirklich egal, dass dieses Ekelpaket sich ihr aufdrängte.

Fast schon panisch überlegte sie, was sie tun konnte, um sich in Sicherheit zu bringen, als es an der Tür klopfte.

„Darla, alles in Ordnung?“

Die geliebte Stimme ließ sie aufatmen, aber Thorsten grinste weiterhin, als er ihr den Schlüssel zeigte, den er in der Hand hielt.

„Du bist hier unerwünscht, Tigermann. Wir vergnügen uns nur ein bisschen“, antwortete der Mistkerl mit einem hämischen Lachen.

„Darla? Sag mir, dass ich gehen soll, sonst komme ich rein.“

Während der Lakai ihres Onkels leise knurrte, atmete sie auf.

„Hilf mir, Flann, bitte“, schrie sie, ehe ihr Widersacher ahnte, was sie plante.

„Weg von der Tür“, ertönte der Befehl des Tigers, kurz darauf wurde Thorsten in den Raum katapultiert, als Flann die Tür kurzerhand auftrat.

Ehe der Mann gegen die PCs fiel, riss ihn eine Hand herum und packte seine Kehle.

Der Gestaltwandler hob ihn leicht an, drehte sich mit ihm, sodass er ihn an die Wand drücken konnte.

„Ich erinnere mich, dass ich dir eine Empfehlung gab, was Darla angeht. Schade, dass du ein so kurzes Gedächtnis hast.“

Thorsten klammerte sich mit beiden Händen an den Unterarm seines Gegners, während er verzweifelt um seine Freiheit kämpfte.

„Ich dachte, du seist joggen“, brachte die kleine Ratte hervor.

Grimmig nickte Flann.

„Ja, das hatte ich in der Tat vor, aber ich habe mein Handy vergessen und ich laufe nie ohne, für den Fall, dass ich Hilfe brauche. Auch ich kann umknicken oder mich überschätzen. Deshalb bin ich zurückgekommen, dein Pech, dass ich Darlas Schreie gehört habe.“

Bei den Worten atmete die junge Frau auf, die mittlerweile auf einen Stuhl am anderen Ende des Zimmers gesunken war.

„Vielleicht sollte ich dich einfach im Lough Dergh ertränken, dann wäre die Welt ein besserer Ort“, überlegte Flann laut.

Thorstens Augen weiteten sich, gleichzeitig schüttelte er panisch den Kopf.

„Das darfst du nicht! Matthias wird dich zur Rechenschaft ziehen“, brachte er heraus, doch man sah deutlich die Panik in seinem Blick.

„Ich darf so vieles nicht, du Ratte. Aber ich werde dich am Leben lassen. Scher dich hier raus, ehe du wieder die Kontrolle über deine Blase verlierst."

Angewidert ließ Flann ihn los, sodass er hektisch nach Luft schnappte und direkt einen Schritt auf Darla zu machte.

„Hau ab oder soll ich dir Beine machen?"

Drohend ging der Tiger auf ihn zu, was den Idioten dazu brachte, den Raum schnellstens zu verlassen.

„Gott sei Dank hat er sich nicht wieder eingepinkelt", bemerkte der Flann leise, als er langsam auf Darla zuging.

„Hat er dir etwas getan, mein Mädchen?"

Besorgt musterte er sie, konnte aber, außer der geröteten Wange, keine Verletzung feststellen, was ihn ein bisschen beruhigte.

„Nein, du bist gerade rechtzeitig gekommen", flüsterte sie, anschließend schluckte sie schwer.

Flann streckte ihr seine Hand entgegen.

„Komm zu mir, kleiner Sturkopf", murmelte er liebevoll.

Er wollte sie keinesfalls noch mehr erschrecken, deshalb ließ er ihr die Wahl, ob sie zu ihm kam oder lieber auf Abstand blieb. Auf diese Weise verhinderte er auch, dass sie in Panik verfiel.

Darla überlegte nicht lange, sondern sprang auf, um seine Hand zu umklammern.

Aufatmend zog er sie an sich, legte beschützend beide Arme um sie, während sie ihr Gesicht an seiner breiten Brust vergrub.

Sanft strich er ihr über den Rücken, gleichzeitig spürte er, dass ihr Körper vor unterdrücktem Weinen bebte.

„Ich lasse dich nicht im Stich, meine Kleine", flüsterte er ihr zu, was dazu führte, dass sie sich enger an ihn presste.

Einen Moment gab er ihr, ehe er sie auf seine Arme hob, um sie in sein Ferienhaus zu tragen. Auf gar keinen Fall ließ er zu, dass so eine Ratte wie Thorsten sich ihr noch einmal auf diese Weise näherte.

Als sie den Schotterplatz vor dem Rezeptionsgebäude betraten, hob sie den Kopf.

„Bitte, ich muss zurück. Mein Onkel bringt mich um, wenn er den Eindruck hat, dass ich meine Pflichten vernachlässige", flüsterte sie.

Flann blieb kurz stehen, sah ihr in die Augen, die ihn anflehten, sie nicht alleine zu lassen.

„Wird er nicht, denn du arbeitest bei mir. Ich bringe dich in das Ferienhaus, anschließend hole ich deinen Laptop und was du sonst so brauchst. Ich sage Matthias auch gerne Bescheid, dass du bei mir bist."

Ohne ihre Antwort abzuwarten, lief er weiter, stoppte erst, als er sie auf der Couch in dem Häuschen abgesetzt hatte, das ihm zur Verfügung stand.

Dankbar lächelte Darla ihm zu, bevor sie verlegen mit der Hand über ihr Gesicht wischte.

Flann ging aus dem Zimmer, kam aber kurz darauf mit einem Päckchen Taschentücher wieder.

„Was brauchst du von drüben?", wollte er sanft wissen.

Sie putzte sich die Nase, ehe sie ihm antwortete. Einen Augenblick überlegte sie, ob sie auf das Angebot wirklich eingehen sollte. Wobei es sich ja nicht mal um einen Vorschlag handelte. Flann hatte sie einfach so in Sicherheit gebracht.

Aber war das nicht genau das, was sie sich immer gewünscht hatte? Jemand, der sie beschützte, ohne groß zu fragen?

„Mir reichen der Laptop mit dem Ladekabel, ein Block und ein Stift. Danke."

Mit einem Lächeln, das ihm direkt ins Herz fuhr, sah sie ihn an.

Flann küsste sie liebevoll auf die Stirn, ehe er sie eindringlich ansah.

„Du bleibst bei mir, das ist keinesfalls verhandelbar, klar? Ich rede mit deinem Onkel, anschließend hole ich, was du brauchst. Sollte Thorsten hier erscheinen, ruf nach mir. Ich höre dich auf jeden Fall.“

Ohne auf ihre Antwort zu warten, drehte er sich um und verließ das Wohnzimmer, um sich auf die Suche nach Demmer zu machen.

Er bezweifelte, dass eine weitere Drohung Wirkung zeigte, aber der Mistkerl hatte ihm ja freigestellt, etwas mit seiner Nichte anzufangen, zumindest klang es so.

Schnell lief Flann zu Matthias Büro, wo er bereits die Stimme von Thorsten hörte, die sich weinerlich beschwerte, dass er ihn angegriffen hatte.

Kapitel 5 - Aussprache

Ohne anzuklopfen, stürmte der Tiger in den Raum, baute sich vor Thorsten auf und fixierte ihn mit seinem Blick.

„Du bist so erbärmlich. Kannst du auch etwas regeln, ohne dir Hilfe zu holen, die du nur bekommst, weil du entweder lügst oder einen Teil der Wahrheit weglässt?"

Der Gestaltwandler war außer sich vor Wut, als er daran dachte, dass dieses Würmchen seine dreckigen Griffel an Darla gelegt hatte.

„Flann? Vielleicht möchtest du mir deinen Auftritt erklären oder muss ich dir wieder einmal vor Augen führen, was für eine Macht ich über dich habe?"

Matthias Stimme klang fast belustigt.

Sofort wandte Flann seine Aufmerksamkeit auf den Mann hinter dem Schreibtisch, gleichzeitig hob er die Hände, um die Ausführungen zu stoppen.

„Nein, das ist unnötig. Allerdings sehe ich kaum ruhig zu, dass dieses Stück Dreck deine Nichte vergewaltigt. Sie hat ihm mehr als deutlich gesagt, dass er seine Finger von ihr lassen soll."

Zornig deutete er auf Thorsten, der nur empört die Luft ausstieß, doch ein Blick seines Arbeitgebers ließ ihn verstummen.

Matthias sah den Gestaltwandler einen Moment nachdenklich an, ehe ein zufriedenes Grinsen über sein Gesicht wanderte. Eigentlich wollte er Darla von dem Tiger fernhalten, weil er sich sicher war, dass dieser sich kaum für seine übergewichtige Nichte interessierte. Jetzt stellte sich die Situation allerdings anders dar.

So wie es aussah, lieferte Flann ihm das perfekte Druckmittel für beide.

„Du glaubst also, dass ich Lust habe, die ganze Zeit auf die Dicke aufzupassen? Meine Männer sind ein wenig ungehobelt und deuten ihre Bemerkungen schnell falsch."

Matthias lehnte sich behaglich in seinem Stuhl zurück, während man Thorsten ansah, dass der mit der Aussage mehr als unglücklich war. Doch wie immer fehlte ihm der Mut, um zu widersprechen.

„Mir ist klar, dass deine Nichte dir ziemlich egal ist. Deshalb bleibt sie ab sofort bei mir. Sie kann von meinem Ferienhaus aus arbeiten. Ich sorge gerne dafür, dass sie die Arbeitszeiten einhält."

Demmer lachte leise auf. Er freute sich jetzt schon darauf, Darlas verzweifeltes Gesicht zu betrachten, wenn sie zurück nach Deutschland flogen.

Nicht nur, dass die Beziehung zwischen Flann und ihr ein weiteres Druckmittel darstellte, was beide in der Spur hielt, nein, er konnte seine gehasste Nichte auch genüsslich quälen.

In seinen Augen hatte das Ding kein Glück verdient, außerdem liebte er es zu sehen, wie sie krampfhaft die Tränen unterdrückte, während man deutlich sah, dass ihr das Herz zerriss. Was Darla anging, fühlte er nur Hass.

Die Hälfte seiner Firma gehörte diesem Gör, weil sie natürlich als Erbin im Testament seines Bruders eingesetzt worden war. Er fing ihre Post ab, sodass sie bei der Testamentseröffnung abwesend war.

Als liebender Onkel bot er seine Hilfe an, die der Notar gerne annahm. Gott sei Dank gab es keine besonderen Auflagen. Warum auch? Noah vertraute ihm zu Lebzeiten blind.

Matthias hatte Darla erzählt, dass ihr Vater nur sein Angestellter war, der kein nennenswertes Vermögen besessen hatte. Sie glaubte heute noch, dass die Villa, in der sie damals lebten, von ihm gesponsert gewesen war.

Sollte sie erfahren, dass sie in Wirklichkeit fast eine halbe Million besaß, musste er sich etwas einfallen lassen. Nur aktuell verschaffte sie ihm zu viele Vorteile, um sie einfach umzubringen.

Einerseits ließ sich der Tiger leichter lenken, andererseits war sie eine gute Programmiererin, die die Klappe hielt.

„Unter den Umständen muss ich ja die Nutten nicht hierbehalten. Dadurch spare ich Geld. Also werde ich mich großzügig zeigen und Darla die Zeit freigeben. Das Programm kann sie auch später noch machen. Aber du weißt, dass ich dich überall finde. Der Peilsender in deiner Nackenmuskulatur funktioniert einwandfrei."

Flann nickte nur kurz, ehe er sich umdrehte, um zu Darla zurückzugehen. Es war besser gelaufen, als er angenommen hatte und jetzt konnte er in Ruhe mit ihr reden.

~~°~~

Darla saß immer noch im Wohnzimmer, als er zurückkam, doch sie starrte ihn fast angstvoll an.

„Was hat er gesagt?"

Sie wusste selbst nicht, was sie für eine Antwort hören wollte. Auf der einen Seite wäre sie hier bei dem Tiger absolut sicher, andererseits würde es bestätigen, dass er Macht über ihren Onkel hatte und nicht umgekehrt.

„Er hat eingesehen, dass er im Unrecht war. Du bleibst bei mir, außerdem hast du diese Woche frei."

Lächelnd kam Flann zu ihr, doch sie schreckte regelrecht vor ihm zurück, was ihn stutzig werden ließ.

„Komm, wir gehen in die Küche, damit wir uns endlich aussprechen können. Irgendwas geht in deinem hübschen Kopf vor, das ich gerne verstehen würde."

Höflich deutete er auf die Tür, versuchte aber erst gar nicht, sie irgendwie zu berühren.

Darla stimmte ihm zu, vielleicht war sie in der Lage, ihn nach dem Gespräch besser einzuschätzen.

Sie ließ sich vorsichtig auf einen Stuhl am Küchentisch nieder, während Flann einen Topf mit Wasser auf den Herd stellte. Kurz darauf standen zwei Tassen mit Pfefferminztee auf dem Tisch.

„So und jetzt erzähl mir bitte mal, warum du glaubst, dass ich nur mit dir spielen will?"

Flann setzte sich ihr gegenüber, dabei sah er sie eindringlich an.

Mit einem spöttischen Auflachen deutete Darla auf seinen muskulösen Oberkörper.

„Schau dich einfach mal an. Du kannst so ziemlich jede Frau bekommen. Wieso solltest du die Dicke nehmen?"

In ihre Augen trat ein verbitterter Ausdruck, den er gerne verschwinden sehen wollte.

„Du glaubst also, dass es nur auf Äußerlichkeiten ankommt? Dann werde ich dir besser mal etwas über mich erzählen."

Vorsichtig stimmte sie ihm zu, je mehr sie über ihn wusste, desto eher konnte sie das Chaos in ihren Gedanken entwirren.

Flann trank einen Schluck seines Tees, anschließend sah er sie liebevoll an.

„Ich bin vor 500 Jahren auf diese Welt gekommen, aber das weißt du sicherlich."

Schnell nickte sie. Natürlich hatte sie versucht, alles über ihn herauszubekommen, seit er sie dermaßen in seinen Bann gezogen hatte.

„Ich bin in der Lage, mich in einen Tiger zu verwandeln, was zur Folge hat, dass ich mit einem muskulösen Körper gesegnet bin. Allerdings hatte ich auch Zeit genug, um mich in Form zu bringen."

Erneut trank er von seinem Tee, während er überlegte, wie er ihr seine Gefühle am besten erklären konnte.

„Ich habe mich selbst überschätzt, den falschen Menschen vertraut, und durfte in all den Jahren sehr viel lernen. Deshalb weiß ich, dass Bösartigkeit oft mit einem schönen Kleid daherkommt."

Schnell hob er die Hände, weil er merkte, dass seine Worte schlecht gewählt waren.

„Das heißt nicht, dass ich dich hässlich finde, im Gegenteil. Aber bei dir merke ich immer mehr, dass du auch noch Ehrlichkeit, Hilfsbereitschaft und Großzügigkeit in dir vereinst."

Jetzt hob Darla spöttisch die Augenbrauen.

„Und woher hast du die Erkenntnis? Ist sie dir gekommen, als ich dir die Ohren vollgeheult habe?"

Bei der Antwort stand Flann blitzschnell neben ihrem Stuhl, packte ihre Haare, zwang ihren Kopf in den Nacken, um sich dicht zu ihr herunterzubeugen.

„Pass auf, was du sagst, kleiner Sturkopf. Ich dulde es nicht, dass du dich selbst schlecht machst."

Ehe sie etwas sagen konnte, küsste er sie hart. Drang mit seiner Zunge in ihren Mund ein, womit er ihr sofort die Sinne vernebelte.

Der Griff an ihrem Haaransatz erregte sie mehr, als er sollte, außerdem sorgte sein Kuss dafür, dass sie genüsslich die Augen schloss.

Er beherrschte sie auf eine Art, die ihr gefiel, ohne Erpressung oder Bösartigkeit.

Lächelnd ließ er sie los, um sich wieder auf seinen Platz zu setzen.

„Ich fühle viel mehr als ein Mensch. Die Instinkte des Tigers eben."

Verstehend nickte Darla, nur wusste sie immer noch nicht, ob ihr Onkel ihn auf sie angesetzt hatte.

„Aber du bist auch recht einfach zu durchschauen. Du hast die Kamera manipuliert, um mir einen Gefallen zu tun. Dabei war dir deine eigene Situation völlig egal."

Wieder stimmte sie stumm zu, weil es der Wahrheit entsprach.

„Du hast Matthias mit der Polizei gedroht, was ziemlich riskant war. Das sagt mir, dass du mit seinen Machenschaften kaum einverstanden bist."

Jetzt seufzte Darla leise.

„Es hat nur nichts genutzt. Ich bin ein Teil davon, wie du weißt. Er wird mich nie gehen lassen, obwohl ich nur einen Bruchteil von seinen Geschäften kenne. Aber das, was ich weiß, reicht, um mich stets zu kontrollieren."

Sanft strich Flann mit den Fingerknöcheln über ihre Wange.

„Sag mir ehrlich, hat Matthias dich auf mich angesetzt?"

Offen erwiderte sie seinen Blick, dabei schüttelte sie den Kopf.

„Nein, allerdings will er dich als Druckmittel benutzen, weil er gemerkt hat, dass ich Gefühle für dich habe. Ich fürchte, er wird auch mich gegen dich einsetzen, solltest du etwas für mich fühlen."

Es war nur fair, dass sie ihm reinen Wein einschenkte.

Flann brummte nur zustimmend. Das stellten für ihn keine Neuigkeiten dar, zumal er Demmer besser kannte, als ihm lieb war.

„Damit rechne ich. Außerdem erklärt es sein Verhalten von vorhin. Ich musste ihn nicht mal bedrohen, um zu erreichen, dass du bei mir bleiben darfst."

Jetzt atmete Darla etwas auf. Vielleicht war sie zu leichtgläubig, nur wollte sie ihm vertrauen.

„Du drohst meinem Onkel? Aber wieso machst du bei den fürchterlichen Kämpfen mit?"

Die Aussage, dass er Geld bekam, rumorte noch in ihr.

„Weil Matthias mich gesehen hat, als ich mich verwandelt habe. Ich bin hier in Terryglass geboren worden und es zieht mich immer mal wieder her. Vor fünfzehn Jahren bin ich zu dieser verlassenen Anlage gegangen, um meinen inneren Tiger freizulassen. Wir spüren von Zeit zu Zeit den Drang, unsere andere Form einzunehmen."

Er stoppte und ein bitterer Zug um seinen Mund erschien.

„Ich war zu selbstsicher, zu leichtsinnig. Seit meiner Geburt war niemand hinter mein Geheimnis gekommen, was mich sorglos machte. Ich habe keine Zeit darauf verschwendet, die Umgebung genau zu erkunden, deshalb ist mir entgangen, dass sich jemand in dem ehemaligen Rezeptionsgebäude aufhielt."

Gedankenverloren spielte er mit der Tasse, doch Darla dachte sich bereits, was passiert war.

„Dein Onkel hat sich absolut still verhalten, als ich mich verwandelt habe. Er stand so, dass ich ihn nicht sehen konnte. Wenn ich nur etwas aufmerksamer gewesen wäre, hätte ich ihn sofort bemerkt, aber wie gesagt, ich fühlte mich unbesiegbar und extrem sicher. Ich bin fast eine Stunde durch die Gegend gestreift, dabei mied ich natürlich den Ort. Ich kenne mich gut genug hier aus, um zu wissen, wo ich mich als Tiger aufhalten kann."

Er schluckte, sah Darla erneut in die Augen, was ihm seltsamerweise Kraft gab.

„Als ich zurückkam und mich verwandelt hatte, stand Matthias mit meinen Kleidern vor mir. Er grinste mich hinterhältig an, anschließend zeigte er mir eine Aufnahme auf seinem Smartphone. Diese Ratte hatte meine Verwandlung aufgenommen."

Entsetzt schüttelte Darla den Kopf. Sie konnte sich lebhaft vorstellen, dass ihr Onkel sofort Profit aus dem Wissen geschlagen hatte.

„Er hat gedroht, dich an die Behörden zu verraten, was bedeuten würde, dass du in einem Labor geendet wärst, oder?"

Mitfühlend sah sie ihn an, dabei legte sie eine Hand auf seinen Arm.

Flann nickte bedrückt, während er seine Finger mit ihren verflocht. Jetzt hätte er ihr eigentlich auch den Rest erzählen müssen, aber er schaffte es einfach nicht, über seine größte Schuld zu reden. Außerdem dachte er, dass sie den Teil bereits kannte.

„Was für ein Schwein! Und mit so einem miesen Hund bin ich verwandt."

Sie schüttelte sich vor Abscheu.

„Du bist völlig anders. Glaub mir."

Zärtlich musterte er das geliebte Gesicht.

„Woher willst du wissen, dass ich dich nicht anlüge? Es könnte ja sein, dass ich gerne für Matthias arbeite."

Jetzt lachte Flann laut auf.

„Ich kann riechen, sobald du lügst, mein Mädchen. Außerdem sind da noch diese Würgemale. Wer war es?"

Schnell wollte Darla ihre Hand zurückziehen, doch er hielt sie mit sanfter Gewalt fest.

„Ich möchte eine Antwort, Kleines."

Langsam atmete sie aus, dann sah sie den Tiger eindringlich an.

„Du versprichst mir, dass du kein Risiko eingehst, wenn ich dir die Wahrheit sage!“, verlangte sie eisern.

Bei der Forderung zuckte ein Muskel in seinem Gesicht, was ihr zeigte, dass er Befehle nur sehr ungern annahm.

„Eigentlich bin ich derjenige, der bestimmt. Aber ich mache eine Ausnahme, weil es verdammt wichtig ist. Ich verspreche dir, dass ich besonnen handele.“

Das war zwar nicht ganz die Antwort, die sie wollte, allerdings rang sie sich zu einem Geständnis durch.

„Als ich Matthias gedroht habe, ihn bei der Polizei anzuzeigen, wegen dieser unmenschlichen Kämpfe, hat er mich gewürgt. Das ist seine Art, mich in der Spur zu halten.“

Das war auch Flanns Vermutung gewesen, doch jetzt drängte sich eine neue Frage auf.

„Wieso bleibst du bei ihm? Du könntest wegziehen.“

Resignation verdunkelte Darlas Züge.

„Nein, das kann ich nicht. Erstens besitze ich kaum genug Geld, um zu überleben. Zweitens hat er seine Spürhunde überall. Ich würde nicht mal aus Frankfurt herauskommen, ohne dass er es weiß. Matthias Demmer hängt schon so lange in illegalen Geschäften drin, dass er ein gutes Netzwerk aufgebaut hat. Dabei ist er den großen Organisationen immer aus dem Weg gegangen. Er verhält sich ihnen gegenüber so, dass sie ihn zwar beobachten, aber niemals eingreifen.“

Sanft ließ Flann sie los, um eine Handfläche an ihre Wange zu legen.

„Ich programmiere alles, was er für seine Machenschaften braucht. Programme für die Übertragung der Kämpfe, Datenbanken für die Kämpfer, ich verschlüssele die Statistiken. Eben das, was er nicht so einfach über seine Softwarefirma laufen lassen kann, die ihm als Deckmantel dient. Weißt du, wie oft ich kurz davor war, die Informationen zu kopieren?

Nur traue ich mich das nicht. Er würde mich, ohne mit der Wimper zu zucken, umbringen."

Nachdenklich nickte Flann, doch schließlich grinste er hinterhältig.

„Aber nur, falls er mitbekommt, was du tust oder einen Beweis in die Hände bekommt. Wie wäre es, wenn du mir die Sachen schickst?"

Einen Augenblick überlegte Darla, ehe sie befreit auflachte.

„Gib mir bitte deine Anschrift, dann bekommst du ein Paket, sobald ich eine zweite Festplatte aufgetrieben habe. Es wird meinen Onkel freuen, dass ich freiwillig weiterarbeite."

Jetzt runzelte er warnend die Stirn.

„Du solltest mich nicht anlügen. Meine Adresse hast du doch bestimmt längst."

Erstaunt bemerkte er, dass sie in der Tat die Wahrheit sagte.

„Nein, da bin ich nicht rangekommen. Die Unterlagen, die deine persönlichen Daten beinhalten, haben ein besonderes Passwort, was nur mein Onkel kennt. Für mich gab es nur die eine Chance, dich wiederzusehen, indem ich mit zu den Kämpfen fuhr."

Verlegen senkte sie den Kopf. Es kam ihm bestimmt vor, als ob sie eine Stalkerin sei.

Vorsichtig hob er ihr Kinn an, bis sie ihn ansehen musste.

„Ich bin froh, dass du es getan hast."

Geschmeidig beugte er sich über den Tisch, um sie dieses Mal sanft und voll Liebe zu küssen.

„So wie es aussieht, sind wir beide Opfer von Demmers Intrigen. Ich dachte, er hätte dich auf mich angesetzt, um ein weiteres Druckmittel zu haben. Deshalb war ich so eklig zu dir. Es tut mir leid."

Darla lächelte ihn an, gleichzeitig schüttelte sie den Kopf.

„Das ist doch längst vergessen. Ich glaubte, du kämpfst freiwillig für ihn, außerdem war ich überzeugt davon, dass du mit mir nur spielen würdest, um mich zu demütigen."

Eindringlich sah Flann sie an, während er immer noch ihr Kinn hielt.

„Und jetzt?"

Verlegen zuckte sie mit den Schultern.

„Ich glaube dir, dass du von ihm gezwungen wirst. Wahrscheinlich hat er das Video bei einem seiner Vertrauten hinterlegt, sodass es nichts bringt, ihn umzubringen."

Flann schmunzelte, als sie so geschickt um das Thema herumzirkelte, das er eigentlich anstrebte.

„Das hat er mir so gesagt, allerdings beantwortet das meine Frage nur zur Hälfte."

Darlas Wangen röteten sich leicht, während sie um eine Antwort rang.

„Ich denke, dass ich dir vertrauen darf. Aber es fällt mir unheimlich schwer."

„Schon besser. Was ist passiert, dass du so misstrauisch bist?"

Er ließ ihr Kinn los, woraufhin sie gedankenverloren aus dem Fenster sah.

„Matthias hat Spaß daran, mich zu quälen, wie du bereits bemerkt haben dürftest. Er hat mir ein paar Mal Männer geschickt, die mich auf seinen Befehl hin betrogen haben. Bitte, erspar mir die Details. Es ist verletzend, wenn man sich verliebt und feststellt, dass die Kerle nur auf Anordnung deines Onkels reagieren. Außerdem kam immer meine Figur zur Sprache."

Tränen traten ihr in die Augen, als sie an die vielen Demütigungen dachte, die sie ertragen hatte, doch sie blinzelte sie energisch weg.

„Jetzt weißt du fast alles über mich."

Offen begegnete sie seinem Blick.

„Was ist mit deinen Eltern? Können sie dich nicht aus den Klauen dieses Mistkerls holen?"

Flann fragte sich schon die ganze Zeit, wieso jemand ein Kind in die Welt setzte, um es dann einem skrupellosen Mörder zu überlassen.

„Sie sind beide tot. Kurz nach meinem Abitur wurden sie erschossen aufgefunden. Niemanden hat es wirklich interessiert, weshalb sie gestorben sind. Ich gebe zu, dass mein Vater bei Matthias angestellt war und wahrscheinlich von seinen krummen Geschäften wusste."

Nachdenklich musterte Flann seine Kleine, dabei kam ihm ein Verdacht, den er aber vorerst für sich behielt.

„Es gibt noch einen Punkt, über den wir unbedingt sprechen müssen, falls das mit uns funktionieren soll", bemerkte der Tiger, ehe er aufstand, um neuen Tee zu kochen.

Darlas Herz machte einen Satz, als sie registrierte, dass er sie wirklich mit allen Konsequenzen wollte. Ihr Misstrauen schob sie resolut zur Seite. Flann hatte so viele Möglichkeiten, sie zu blamieren, verstreichen lassen, weshalb sollte er so handeln, wenn er nur plante, sie zu verletzen?

„Ich bin dominanter Sadist, weißt du, was das heißt?"

Schnell nickte sie. Immerhin hatte sie ihn ja mit Gina gesehen, außerdem besaß sie bereits seit einigen Jahren Profile in entsprechenden Foren. Theoretisch wusste sie etliches, was sie auch erregte, nur der Schritt in die Realität fehlte noch.

„Ich werde dafür sorgen, dass du dich vor Scham windest, dir wehtun, dich an deine Grenzen bringen. Gleichzeitig beschütze ich dich mit meinem Leben, gebe dir die Geborgenheit, die du brauchst, und schenke dir meine ganze Liebe."

Das hörte sich zu schön an, um wahr zu sein, allerdings musste Darla schwer schlucken, weil er das Thema Demütigung ansprach.

„Was meinst du damit, dass du mich beschämen willst? Wirst du mich auch vor Matthias Leuten bloßstellen?“

Mit angehaltenem Atem wartete sie auf seine Antwort, bis er leicht den Kopf schüttelte.

„Das, was Demmer mit dir macht, hat nichts mit dem zu tun, was man BDSM nennt. Nein, ich werde niemals an deine wunden Punkte rühren. Es gibt genug Dinge, die dir unangenehm sind und dich heißmachen.“

Jetzt war ihre Neugier geweckt, sodass sie ihn fragend musterte.

„Nächtliches Nacktbaden wäre etwas, das mir spontan einfällt. Dabei wird dich niemand außer mir sehen, weil ich nicht teile.“

Sofort färbten sich ihre Wangen tiefrot.

„Wir lassen es langsam angehen. Du solltest dich im Internet ein wenig schlaumachen. Überleg dir bitte bis morgen, was du dir vorstellen kannst. Vielleicht kennst du ja auch Praktiken, die du absolut ablehnst?“

Flann wollte ihr die Möglichkeit geben, sich mit dem Thema SM auseinanderzusetzen, zumal er deutlich spürte, dass sie eine devote Ader hatte.

„Ich bin seit einigen Jahren in mehreren BDSM-Foren angemeldet. Somit weiß ich genau, was ich möchte oder wobei ich Bedenken habe“, sprudelte es aus ihr hervor.

Neugierig musterte er sie.

„Dann hast du bereits Erfahrung?“

Bei der Frage hielt er den Atem an, da er hoffte, dass er sie in die magische Welt des SM einführen konnte. Oft genug hinterließen frühere Herren negative Empfindungen.

Verlegen schüttelte Darla den Kopf.

„Nein, über einen Chat bin ich nie hinausgegangen. Aber ich würde es gerne ausprobieren. Vieles klingt aufregend.“

Sie wagte es nicht länger ihn anzusehen, zumal in ihrem Verstand noch nicht so ganz angekommen war, dass sie wohl jetzt einen Freund hatte.

Flann bemerkte es, und obwohl es ihm gefiel, wenn sie sich unsicher zeigte, gönnte er ihr eine kleine Pause.

„Lass uns ein Stück gehen. Ich fühle mich langsam eingesperrt."

Auffordernd streckte er ihr die Hand hin, als er sich von seinem Platz erhob.

Ohne darüber nachzudenken, griff sie zu, dabei glitt ein Lächeln über ihr Gesicht, weil es sich so verdammt richtig anfühlte, dass er sie jetzt an sich zog.

„Ich habe nur ein paar Regeln, doch die, die ich dir gebe, sind Gesetz für dich. Klar?"

Eindringlich sah er sie an, während sie den Kopf in den Nacken legen musste, um seinen Blick zu erwidern.

„Ja, ich hoffe nur, dass du nicht auf eine bescheuerte Anrede bestehst. Entschuldige, aber sollte ich dich Lord oder etwas Ähnliches nennen müssen, breche ich jedes Mal vor Lachen zusammen."

In der Tat konnte sie sich so überhaupt nicht vorstellen, ihn mit einem erfundenen Titel anzusprechen.

„Nein, keine Sorge, mein Name genügt völlig. Allerdings verlange ich Aufrichtigkeit, selbst wenn deine Antwort eine Strafe nach sich zieht. Das ist die zweitwichtigste Regel."

Neugierig musterte sie ihn.

„Was ist denn wichtiger, als ehrlich zu sein?"

Sie konnte sich kaum denken, was für ihn mehr Bedeutung hatte.

Flann schob sie ein kleines Stückchen von sich, um mit ihr zur Tür zu gehen.

„Die erste Regel lautet, dass du zu mir kommst, wenn dich ein Problem plagt. Egal, um was es sich handelt. Ich will wissen, falls dich jemand schlecht behandelt oder du an etwas knabberst. Sonst besteht die Gefahr, dass ich dich falsch einschätze und überfordere."

Das verstand sie sehr gut, nur war ihr der Gedanke, bei jeder Kleinigkeit zu ihm zu rennen, zuwider.

Bedächtig schüttelte sie den Kopf.

„Ich werde dich keinesfalls ständig mit meinem Kram belasten. Das geht zu weit", protestierte sie leise.

Langsam schlenderte er mit ihr auf den Weg vor der Rezeption zu, der genau zur alten Ruine führte.

„Können wir nicht lieber dort lang gehen?"

Darla deutete auf die Allee, auf der sie zur Straße kamen, dabei musste sie ein Schaudern unterdrücken.

„Warum? Die Burg ist wirklich sehenswert, wenn man sich mal durch das Gestrüpp gekämpft hat."

Aufmerksam sah Flann seine Kleine an, zumal er sich bereits denken konnte, was sie davon abhielt, in diese Richtung zu laufen.

Zaghaft zuckte sie mit den Schultern, anschließend stimmte sie lächelnd zu.

„Du hast recht, die Strecke ist bestimmt schöner."

Als sie jetzt einen Schritt nach vorne machte, hielt er sie sanft zurück. Er packte sie bei den Oberarmen, drehte sie zu sich und blickte eindringlich auf sie herunter.

„Ich meinte das ernst mit meinen Regeln, kleiner Sturkopf. Was ängstigt dich an der verfallenen Burg?"

Sofort wurde ihr Lächeln breiter.

„Wer sagt, dass ich mich vor ein paar alten Steinen fürchte?"

Stumm schüttelte er den Kopf. So würde sie ihm nicht entkommen, und wenn sie den gesamten Vormittag hier auf dem zugewachsenen Weg zubrachten.

Darla stieß die Luft aus, ehe sie versuchte, an ihm vorbeizusehen, doch er packte ihr Kinn, hob es leicht an und fesselte sie mit seinem Blick.

„Ehrlichkeit, Kleines“, erinnerte er sie leise.

„Ich kann es dir nicht beantworten, weil es nur ein dummes Gefühl ist. Mir kriecht es eiskalt den Rücken runter, sobald ich mich dem verfallenen Rezeptionsgebäude nähere, genauso geht es mir mit diesem Weg. Allein der Gedanke, zu der Burg rüberzugehen, lässt mich zurückweichen“, gab sie verlegen zu.

Es bestand überhaupt kein Grund, warum sie vor dem alten Gemäuer Angst hatte, aber es war nun mal so.

„Genau das erwarte ich in Zukunft von dir. Du sagst mir, falls etwas nicht stimmt oder du dich unwohl fühlst. Egal, um was es sich handelt, auch wenn du denkst, es sei kindisch. Verstanden?“

Stumm nickte sie, als er ihr Kinn losließ.

„Ja, allerdings fällt es mir enorm schwer. Ich habe seit Jahren immer alles mit mir selbst ausgemacht. Es war ja keiner für mich da. Außerdem verhalte ich mich wie ein kleines Kind, weil ich mich vor ein paar alten Steinen ängstige.“

Darla schluckte, denn sogar das Geständnis kostete sie Überwindung.

„Nein, das tust du nicht. Ich kann dir erklären, warum du so fühlst. Aber wir gehen erst ein Stück.“

Liebevoll legte er einen Arm um ihre Schultern, um sie weiter zu der verfallenen Burg zu führen.

Mit jedem Schritt wurde das Unbehagen größer, sodass sie sich eng an ihn drückte.

„Keine Sorge, es wird dir nichts passieren. Vertrau mir.“

„Möchtest du, dass ich in Zukunft auf Unterwäsche verzichte? Oder soll ich Röcke tragen?“

Darla stürzte sich auf das nächstbeste Thema, um sich irgendwie abzulenken.

Es war idiotisch, denn die Sonne schien, die Vögel zwitscherten und sie fühlte echte Angst.

„Nein, sollte ich etwas in der Richtung wollen, sage ich dir Bescheid. Mir gefällt der Gedanke nicht, dass du ohne Höschen herumläufst, solange Thorsten in der Nähe ist."

Jetzt sah sie unsicher zu ihm hoch.

„Ich dachte, ich bleibe bei dir?"

Beruhigend lächelte er sie an.

„Ja, das wirst du auch. Allerdings werde ich dich kaum einsperren. Außerdem möchte ich verhindern, dass du verlegen oder abgelenkt bist, wenn diese Ratte auf dich trifft."

Dankbar stimmte Darla ihm zu. Sie fühlte sich komplett angezogen sicherer, obwohl niemand sehen würde, falls sie auf Unterwäsche verzichtete.

„Du kannst mir alles sagen und mit mir über viele Dinge diskutieren, nur sobald wir in eine Session gehen, erwarte ich Gehorsam. Natürlich bleibt es dir überlassen, wie du auf einen Befehl reagierst, allerdings sei dir bewusst, dass du die Konsequenzen trägst."

Damit hatte Darla durchaus gerechnet, sonst könnten sie eine solche Beziehung ja auch gleich beenden.

„Du beschränkst deine Dominanz auf das Schlafzimmer?"

Interessiert sah sie ihn von der Seite aus an.

Laut lachend schüttelte er den Kopf.

„Nein, das kann ich gar nicht. Es ist ein Teil von mir, aber ich möchte, dass du dich normal verhältst und nicht ständig überlegst, was du sagen darfst. Genauso wenig lasse ich zu, dass du dich verbiegst. Ich will dich so, wie du bist."

Bei den Worten schmiegte sie sich glücklich an ihn.

Darla hatte fast vergessen, dass ihr die Burg Angst einflößte, genau wie die Umgebung. Doch als das Gemäuer jetzt vor ihnen auftauchte, schüttelte es sie.

„Vertrau mir", verlangte Flann erneut.

Er brachte sie über einen Trampelpfad zu dem Zaun, der neugierige Besucher abhielt, die Ruine zu betreten.

Ohne Vorwarnung hob er sie über den Stacheldrahtzaun, ehe er mit einem Satz hinübersprang.

„Ich bin unsicher, ob wir hier sein sollten. Das ist doch Privatbesitz."

Auf keinen Fall wollte sie erwischt werden, wie sie unbefugt auf fremdem Grund herumlief.

„Nein, es ist mittlerweile ein staatliches Gebäude, aber Irland hat nicht genug Geld, um alle Ruinen zu sichern, deshalb haben sie Zäune gezogen. Es ist eine Absicherung für die Touristen. Viele alte Bauwerke sind so verfallen, dass sie jederzeit zusammenbrechen können."

Ein wenig atmete Darla auf, nur jetzt kam die Angst mit Gewalt zurück. Am liebsten wäre sie schreiend davongelaufen, doch der Tiger führte sie bereits zu einem Durchgang, der wohl früher mal ein Tor gewesen war.

„Keine Panik, dir passiert nichts. Ich kenne den Grund, warum du dich ängstigst."

Flann hielt ihre Hand fest in seiner, als sie eine Art Innenhof betraten.

„James, komm her. Sofort, bevor ich ungemütlich werde", rief Flann, als ob er erwarten würde, dass sich jemand in der Burgruine aufhielt.

Darla zuckte zusammen, als sie ein Schemen sah, der sich aus der Mauer neben ihr löste.

„Was ist das?", flüsterte sie, gleichzeitig drängte sie sich eng an ihren Freund.

„Darf ich dir James vorstellen. Er war mal der Verwalter, aber das ist schon sehr lange her."

Flann deutete auf eine durchsichtige Gestalt, die sich jetzt direkt vor ihnen befand.

Darla erkannte missbilligende Züge und stechende Augen, die sie musterten.

„Guten Tag."

Sie wusste nicht, wie sie sich verhalten musste, zumal sie ein wenig an ihrem Verstand zweifelte. Allerdings stand sie neben einem Gestaltwandler, weshalb sollte es also keine Geister geben?

„Was soll das, Flann? Warum bringst du einen Menschen in meine Burg?"

Das Gespenst verzog unwillig das Gesicht, während er empört auf Darla deutete.

„Ich will, dass du deinen Zauber von ihr nimmst. Sie ist niemand, der sich in deiner Ruine einnisten oder dir auf irgendeine Art schaden wird."

Offen sah der Gestaltwandler ihn an, dabei zog er seine Kleine eng an sich.

„Und wieso sollte ich das tun?"

Hochmütig sah James den Tiger an.

„Weil ich sonst mit einem Exorzisten wiederkomme, der dich für immer verschwinden lässt, klar?"

Flanns Stimme klang ruhig, denn er würde sich kaum von dem überheblichen Geist einschüchtern lassen.

„Du versprichst, dass sie nicht die ganze Zeit in meiner Burg herumschnüffelt! Ich habe etwas dagegen, wenn Touristen jeden Stein begutachten."

Jetzt schüttelte Darla vorsichtig den Kopf.

„Entschuldigen Sie bitte, aber ich werde ohne Flann auf keinen Fall herkommen. Das verspreche ich."

James sah sie an, als ob sie angefangen hätte zu krähen. Für ihn standen die meisten Frauen weit unter ihm. Doch als der Tiger leise fauchte, wusste er, dass er sich mit seinen Bemerkungen besser zurückhielt.

„Gut, dann hebe ich meinen Fluch auf."

Er murmelte etwas und keine Minute später kam Darla sich vor, als ob sie freier atmen könnte.

Was auch immer dieses Gespenst gemacht hatte, die Angst war wie weggeblasen.

„Danke schön."

Sie lächelte den ehemaligen Verwalter an, der ihr hoheitsvoll zunickte.

„Schade, dass ich keinen Körper mehr besitze, sonst hätte ich eine Bezahlung gefordert."

Der Blick, mit dem er Darla bedachte, zeigte deutlich, welche Art von Entlohnung ihm vorschwebte.

„Vergiss es. Ich teile niemals. Sei froh, dass ich keine anderen Maßnahmen ergriffen habe."

Jetzt blickte James hochmütig auf den Gestaltwandler.

„Was hättest du denn groß tun können? Mich kann man nicht anfassen, wie du weißt."

Ein bösartiges Grinsen erschien auf dem Gesicht des Tigers.

„Das stimmt, aber die Wächter von Ballygannon finden immer Mittel und Wege."

Flann wechselte vom Englischen ins Gälische, weil er verhindern wollte, dass Darla zu viel mitbekam. Auch in ihrer Welt gab es Strafen, wenn man sich nicht an die Regeln hielt und eins der höchsten Gebote war die Geheimhaltung, gegen die er schon zu oft verstoßen hatte.

Bei der Erwähnung der Männer, die über die Gesetze der magischen Wesen wachten, zuckte James sichtbar zusammen.

„Ich sehe, wir verstehen uns. Lass mein Mädchen in Ruhe und alles ist gut."

Seufzend stimmte das Gespenst zu, ehe er sich wieder zurückzog, indem er durch die Wand ging.

Fasziniert, aber auch ein wenig ängstlich sah Darla ihm nach.

„Wow, ich habe noch nie mit einem Geist gesprochen."

Einen Augenblick sah sie nachdenklich auf die Stelle, an der er verschwunden war, dann blickte sie zu Flann hoch.

„Was hast du zu ihm gesagt?"

Lächelnd strich er ihr über die Wange.

„Dass ich ihm die Hölle heißmache, sollte er noch einmal einen solchen Angst-Bann auf dich legen."

Das entsprach zwar nicht ganz der Wahrheit, aber kam ihr doch sehr nahe, sodass Darla das Thema fallen ließ.

Gemeinsam sahen sie sich die Ruine an, die früher mehr ein Wohnturm gewesen war.

„Der letzte adelige Besitzer war James Butler, der Graf von Ormonde. Ihm gehörte auch das Schloss in Killkenny", erzählte Flann ihr, als sie sich umsahen.

„Leider habe ich von Irland noch gar nichts gesehen. Matthias wollte nie, dass ich Frankfurt verlasse. Urlaub hat er mir schlichtweg verweigert", bemerkte Darla leise.

„Dann sollten wir die Zeit nutzen. Ich kann dir zwar unmöglich die ganze Insel zu Füßen legen, allerdings können wir zumindest rüber nach Portumna fahren. Das Castle und das ehemalige Kloster sind sehenswert."

Abwartend sah er sie an, ob ihr der Vorschlag gefiel.

„Das würdest du für mich tun? Du kennst das doch bestimmt alles, oder?"

Lachend nickte der Tiger.

„Sicher, aber ich sehe mir die alten Gemäuer gerne mal wieder an. Außerdem liebe ich es, wenn deine Augen vor Glück strahlen."

Sanft zog er sie an sich, legte beide Hände an ihre Wangen, um sie liebevoll zu küssen, bis James Stimme hinter ihm erklang.

„Könntet ihr eure Gelüste vielleicht woanders befriedigen? Ich möchte ungern zusehen."

Missmutig stand er vor ihnen, dabei zeigte er auf den ehemaligen Eingang.

„Plustere dich nicht so auf. Du bist doch nur neidisch, weil du keinen Körper mehr hast", wies Flann ihn zurecht.

„Bitte, lass uns gehen. Ich mag nicht so gerne von einem Geist beobachtet werden", bat Darla jetzt, ehe James antworten konnte.

Ohne ein weiteres Wort nahm der Tiger ihre Hand und brachte sie zu dem Stacheldrahtzaun zurück. Hier hob er sie mühelos auf seine Arme, um mit einem eleganten Satz über den Zaun zu springen.

„Ich bin beeindruckt."

Darla musterte ihn bewundernd, als er sie wieder auf ihre eigenen Beine gestellt hatte.

„Du bist nicht halb so übergewichtig, wie du es dir einredest, außerdem bin ich ein magisches Wesen. Vergiss das nie. Wir verfügen über spezielle Kräfte."

Schmunzelnd legte er einen Arm um ihre Schultern, um sie zurück zu seinem kleinen Häuschen zu führen.

„Ihr seht aus wie Turteltäubchen, so süß."

Matthias stand natürlich auf dem Schotterplatz, als sie zurückkamen.

Darla schluckte schwer, gleichzeitig wurden ihre Schritte immer langsamer, weil sie Angst vor ihm hatte.

„Keine Sorge, ich passe auf dich auf", raunte Flann ihr zu, als er sie mit sanfter Gewalt weiterzog.

„Wolltest du etwas von uns? Oder hast du nur frische Luft geschnappt?"

Spöttisch sah der Tiger auf seinen Widersacher, der mit einem hinterhältigen Grinsen den Kopf schüttelte.

„Weder noch. Ich sehe nur gerne, wie glücklich meine Nichte ist. Wer weiß, wann du die Nase voll von ihr hast."

Die gehässigen Worte schnitten Darla ins Herz, zumal das auch ihre größte Sorge war.

„Wie kommst du nur darauf, dass ich sie freiwillig zurück in deine Obhut gebe? Kannst du dir nicht vorstellen, dass es Lebewesen gibt, die wirklich lieben können?"

Flann hielt dem Missmut des Verbrechers stand, der nur abfällig das Gesicht verzog.

„Liebe. Pah, wenn ich das schon höre. Ein paar verrutschte Hormone und sofort spricht jeder über Liebe!"

Einen Augenblick lag Matthias Blick auf Darla, ehe er verächtlich lachte.

„Du wirst noch sehen, was du davon hast, dass du dich gegen mich stellst. Glaubst du wirklich, dass der Kerl dich vor mir beschützen kann?", wollte er auf Deutsch wissen.

„Womit gehe ich gegen dich? Vielleicht, weil ich mich nicht von Thorsten habe vergewaltigen lassen?"

Auch Darla blieb in ihrer Muttersprache, in erster Linie, um eine Eskalation zwischen ihrem Liebsten und dem Verbrecher zu verhindern.

„Was hat denn der Waschlappen damit zu tun? Nein, der Idiot bildet sich ein, dass er durch dich in meiner Gunst aufsteigt. Aber du scheinst mich für unterbelichtet zu halten. Glaubst du, ich wüsste nicht, warum du dich dem Tiger an den Hals wirfst? Denkst wohl, dass er dich hier in Irland behalten kann? Pass nur auf, dass du keinem Traum nachjagst."

Ohne weiter auf das Paar zu achten, drehte Demmer sich um und ging in sein Büro. Beinahe hätte er sich die Hände gerieben, weil sein Plan so perfekt aufging. Die dumme Göre glaubte im Ernst, dass der Tigermann sie beschützen könnte. Da belehrte er sie gerne eines Besseren, sobald die Zeit reif war.

Nach dieser Woche würde er sie mit Genugtuung zwingen, mit ihm zurück nach Frankfurt zu fliegen.

Ängstlich sah Darla, wie er in dem verfallenen Gebäude verschwand, dabei klammerte sie sich an Flann.

„Er wird alles tun, um uns das Leben zur Hölle zu machen", flüsterte sie gequält.

„Das hat er doch vorher auch. Du durftest für ihn schuften, Misshandlungen erdulden und dich seinen Demütigungen stellen. Mich hat er in den Käfig gezwungen. Ich sehe keine Möglichkeit, das noch zu steigern."

„Ich schon", stieß sie leise hervor.

Flann brachte sie in sein Cottage, sorgte dafür, dass sie es sich im Wohnzimmer gemütlich machte, ehe er einen Tee kochte.

„Trink, das beruhigt die Nerven."

Aufmunternd drückte er ihr eine Teetasse in die Hand, anschließend setzte er sich vorsichtig neben sie.

„Was befürchtest du?"

Aufmerksam sah er sie an, dabei bemerkte er deutlich, dass sie zitterte.

„Ich hänge an meinem Leben, aber ich habe Angst, dass er dich umbringen lässt. Das wäre noch schlimmer als alles Bisherige."

Liebevoll nahm er ihr die Tasse weg, stellte sie auf dem niedrigen Tisch ab, ehe er sie fest an sich zog.

„Das kann er sich nicht leisten. Weißt du, was die Zuschauer zahlen, die auch bei meiner Verwandlung zusehen dürfen?"

Vorsichtig schüttelte sie den Kopf.

„50.000 Euro. Falls er mich beseitigt, verliert er enorm viel Geld. Es sehen nicht nur die Personen zu, die direkt am Käfig stehen."

Jetzt nickte sie leicht.

„Ja, das ist mir bekannt. Es sind genau 100 Leute, die wissen, dass du ein Gestaltwandler bist. Matthias würde gerne noch mehr dazuholen, aber er weiß, dass er eine größere

Menge nicht unter Kontrolle bringen kann. Sollte jemand dein Geheimnis ausplaudern, hat er eine Einnahmequelle weniger."

Bitter stieß Darla ihre Informationen hervor, denn sie fühlte sich so unendlich schuldig. Immerhin hatte sie mit ihrer Arbeit dafür gesorgt, dass diese Übertragungen überhaupt stattfanden.

„Siehst du, du brauchst dir um mich keine Sorgen zu machen, solange Matthias kein anderes magisches Wesen findet. Ich frage mich nur, was er dagegen tun will, dass ich dich bei mir behalte."

Jetzt sah sie ihn erstaunt an.

„Du sprichst Deutsch?"

Mit einem nachsichtigen Lächeln nickte er.

„Ja, natürlich. Ich bin 500 Jahre alt und habe in vielen Ländern gelebt, da lernt man normalerweise auch die jeweilige Sprache. Es hat also nichts genutzt, dass ihr in eure Muttersprache gewechselt seid."

Darla senkte verlegen den Blick.

„Ich wollte vermeiden, dass die Situation eskaliert", gab sie zu.

Flann hob ihr Kinn an, sah ihr lange und eindringlich in die Augen, dabei musste er ein Schmunzeln unterdrücken, seiner Kleinen stand das schlechte Gewissen ins Gesicht geschrieben.

„Du hast gegen die Regeln verstoßen", bemerkte er leise.

Zaghaft nickte sie.

„Aber ich habe dir von Anfang an gesagt, dass es mir schwerfallen wird, wegen jedem Mist, zu dir zu kommen. Außerdem habe ich befürchtet, dass du ihm sofort an die Kehle gehst, wenn du weißt, dass er mir droht", begehrte sie auf.

Flann zog eine Augenbraue hoch, gleichzeitig bekamen seine Augen einen harten Glanz.

„Das ist mir klar, allerdings solltest du mir auch ein wenig Intelligenz zutrauen. Ich werde Demmer keinesfalls einfach so umbringen, dazu steht zu viel auf dem Spiel. Sonst wäre er längst tot."

Einen Moment herrschte eine bedrückende Stille zwischen ihnen.

„Es tut mir leid. Ich habe dich offensichtlich falsch eingeschätzt."

Darla sah ihn bittend an. Auf keinen Fall wollte sie ihn ernsthaft verärgern, aber sie war es von Matthias gewohnt, dass er schnell aus der Haut fuhr.

„Ich bin nicht wie dein Onkel. Im Gegenteil, ich kann mich durchaus beherrschen, wenn es nötig ist."

Flann seufzte.

„Du hast dir deine erste Strafe verdient, mein Mädchen."

Bei den Worten kroch eine Mischung aus Angst und Erregung in ihr hoch. Auf der einen Seite wusste sie nicht, was auf sie zukam, andererseits fühlte sie tief in sich drin, dass sie sich auf ihren Tiger verlassen durfte. Er würde nie zulassen, dass ihr etwas zustieß.

„Aber du hast doch gemeint, ich soll dir sagen, was ich ablehne. Es klang so, als ob ich noch ein wenig Galgenfrist hätte."

Mit einem Blick, der normalerweise sein Herz erweicht hätte, sah sie ihn an.

„Guter Einwand, Darla. Ich habe auch nicht gesagt, dass ich mich sofort um dich kümmere, oder? Du wirst mir morgen bis zum Mittag deine Tabuliste geben, dann können wir nach dem Abendessen diese Sache aus der Welt schaffen."

Süffisant lächelte er sie an, da sie sich mit ihrem Protest in eine unangenehme Situation geritten hatte. Ihm war klar, dass sie ihre erste Session lieber schnell hinter sich gebracht hätte.

Jetzt stand sie bis zum kommenden Abend unter Strom, vor Erregung oder weil sie sich die schlimmsten Dinge ausmalte.

Trotzdem würde er nach den ganzen Ereignissen niemals eine Bestrafung durchführen. Dazu gab es zu viel, was sein kleiner Sturkopf verarbeiten musste, besonders nach der Aktion von Thorsten.

Darla fluchte leise, als sie bemerkte, dass eine Wartezeit ihr einiges abverlangte.

„Ich kann dir meine Liste gleich geben", schlug sie vor, doch Flann schüttelte leicht mit dem Kopf.

„Nein, das hat wirklich Zeit bis morgen."

Behaglich lehnte er sich zurück, dabei beobachtete er seine Kleine, die sich verzweifelt Gedanken machte, wie sie ihn überzeugen könnte, sie jetzt zu bestrafen.

Ihm gefiel die Situation außerordentlich gut, trotzdem würde er sofort eingreifen, wenn sie sich zu sehr in ihre Angst hineinsteigerte.

Zum Glück hatte er sie beruhigen können, was Demmer anging, nur die Äußerung, dass dieser seine Nichte hindern wollte, in Irland zu bleiben, bereitete ihm Magenschmerzen.

„Lass uns einkaufen fahren. Ich habe kein Verlangen, heute mit meinem Onkel und seinen Idioten zu essen. Da koche ich lieber", schlug Darla plötzlich vor.

Alles war besser, als hier herumzusitzen und sich die schlimmsten Szenarien auszumalen. Außerdem plagte sie die Lust jetzt schon.

Gutmütig stimmte Flann zu. Er hatte noch den gesamten Abend, um sich um seine Kleine zu kümmern.

Kapitel 6 - Erste Schritte

Sie fuhren das kurze Stück nach Portumna, um im Supermarkt für die kommenden Tage einzukaufen.

„Sollen wir auch etwas zum Frühstücken besorgen? Oder möchtest du lieber mit den anderen essen?“

Flann würde ihr in diesem Fall keine Vorschriften machen. Vielleicht war es sogar ganz gut, wenn sie zumindest einmal täglich mit ihrem Onkel zusammentrafen.

„Meinst du, Matthias lässt zu, dass ich mich so sehr abschotte? Ich rechne damit, dass er heute Abend rüberkommt, um mich zu holen. Er erträgt es nicht, dass er keinerlei Kontrolle ausüben kann.“

Sie wollte bereits mit dem Einkaufswagen zur Kasse gehen, als Flann sie zurückhielt.

„Mir ist völlig egal, was Demmer will. Es geht nur um deine Meinung. Sehe ich es richtig, dass du auf die Gesellschaft deines Onkels verzichten möchtest?“

Zaghaft nickte Darla. Am liebsten wäre sie mit ihrem Tiger ans andere Ende der Welt geflohen, aber das nutzte ja nichts. Sie wusste, dass er einen Minisender in seiner Nackenmuskulatur hatte.

Matthias würde sie überall finden, solange sie mit Flann zusammen war.

„Gut, dann lass uns etwas zum Frühstücken einpacken.“ Mit den Worten riss er sie aus ihren Gedanken.

„Meinst du, dass das eine clevere Entscheidung ist? Ich möchte verhindern, jeden Morgen mit meinem Onkel zu streiten. Vielleicht ist es besser, ein wenig einzulenken?"

Unsicher wartete sie auf seine Antwort.

„Ich sehe nicht ein, warum es nach Demmers Willen gehen sollte. Glaub mir, ich habe zwar keine Macht über ihn, trotzdem kann ich mich in gewissen Grenzen wehren."

Lächelnd legte er eine Packung Toastbrot, Butter, Marmelade und Käse zu den anderen Lebensmitteln. Anschließend gingen sie zur Kasse.

„Ich zahle, keine Widerrede."

Es fiel Darla schwer, ihn bezahlen zu lassen, aber sie gab seufzend nach, besonders weil sie vor der Kassiererin keine Szene machen wollte.

Schnell packten sie ihre Sachen ins Auto, bevor sie sich auf den Rückweg machten.

Auch dieses Mal stand Demmer auf dem Schotterplatz, um sie zu begrüßen. Durch den Peilsender, den Flann trug, wusste er natürlich, wann der Tiger sich wo aufhielt.

„Wie ich sehe, hast du deine Vorräte schon mal aufgestockt, um der Gefräßigkeit meiner Nichte gerecht zu werden."

Matthias deutete auf die Einkaufstüten, die sie gerade aus dem Kofferraum hoben.

„Was willst du? Oder ist dir einfach nur langweilig?"

Flann drehte sich so, dass er mit seinem Körper Darla verdeckte. Eventuell richtete sich Demmers Bösartigkeit so auf ihn.

„Ich wollte nur mal sehen, wo ihr euch rumgetrieben habt. Aber ich hätte es mir ja denken können. Außerdem soll Darla später etwas in *Paddys Bar and Restaurant* bestellen. Doch vielleicht möchte sie lieber für uns alle kochen? Eingekauft habt ihr ja genug."

Matthias versuchte, den Tiger offensichtlich zu provozieren, doch der sah ihn nur abschätzig an.

„Sie wird weder das eine noch das andere tun. Irgendeiner deiner Speichellecker kann das bestimmt übernehmen. Oder fehlt ihnen auch dazu der Grips? Du hast zugestimmt, dass sie diese Woche freihat. Muss ich annehmen, dass dein Wort nichts wert ist?"

Mit dem letzten Satz spielte Flann einen Trumpf aus, mit dem er nur gewinnen konnte.

Fluchend wandte Demmer sich um und ging zurück in das zerfallende Rezeptionsgebäude.

Aufatmend drehte der Tiger sich zu seinem Mädchen um, die erst jetzt erleichtert den Atem ausstieß.

„Geht doch", murmelte er, anschließend brachten sie die Lebensmittel ins Haus.

„Worauf hast du denn Lust?", wollte Flann wissen, als alles verstaut war.

Darla lächelte ihn gewinnend an.

„Lass uns etwas Zeit sparen und wir gehen schnell meine Tabuliste durch", schlug sie vor, dabei sah sie aus, als ob sie kein Wässerchen trüben könnte.

Als der Tiger sie mit einem hintergründigen Lächeln betrachtete, zweifelte sie allerdings, dass ihr Vorschlag so gut gewesen war.

„Wenn du das wirklich möchtest, gerne. Ich bin gespannt, was du als No-Go definiert hast."

Er setzte sich auf einen Küchenstuhl, anschließend wartete er, bis Darla sich einen Stift und ihren Schreibblock geholt hatte. Dummerweise gab es nur den Drucker, den Matthias für die Wettscheine brauchte, nur würde sie den ganz bestimmt nicht für ihre privaten Dinge benutzen.

Mit einem tiefen Atemzug fing sie an, ihre Tabus aufzuschreiben, dabei dachte sie gründlich nach, weil sie auf keinen Fall eine unangebrachte Praktik übersehen wollte.

Nach einer Viertelstunde schob sie ihm den Block hin.

„Ich hoffe, ich habe alles“, bemerkte sie nervös.

Der Tiger strich ihr leicht über die Wange.

„Du darfst die Liste jederzeit ändern. Es wäre dumm, etwas so Wichtiges einmalig festlegen zu wollen. Solltest du also merken, dass du einen Punkt vergessen hast oder in einer Session feststellen, dass es dir zu viel abverlangt, fügst du es der Tabuliste einfach zu. Genauso kann es passieren, dass du was ausprobieren möchtest, das für dich jetzt noch nicht infrage kommt.“

Bei den Worten atmete sie erleichtert auf, gleichzeitig lächelte sie ihren Liebsten dankbar an.

„Bleibende Schäden, da stimme ich dir absolut zu. Die stehen auch auf meiner Liste“, bemerkte Flann zu ihrem ersten No-Go.

„Analfisting, Cutting, Branding, alles, was ins Klo gehört, Vorführung, Weitergabe jeder Art“, las er leise vor, wobei er ihren Tabus insgeheim zustimmte.

Er war weit davon entfernt, seine Kleine anderen zu überlassen oder sie vorzuführen, genauso wenig mochte er Spiele mit Urin oder Ähnlichem.

Beim letzten Punkt stutzte er.

„Tiersex?“

Offen sah er sie an, gleichzeitig schmunzelte er leicht.

„Heißt das, dass du keinen Sex mit mir haben willst? Immerhin bin ich gewissermaßen ein Tier.“

Sofort schüttelte Darla heftig den Kopf, dabei lief sie rot an.

„Natürlich meine ich echte Tiere. Hunde, Katzen, Pferde zum Beispiel. Ich habe Verschiedenes in dem Bereich gelesen und finde es inakzeptabel.“

Flann liebte es, dass er sie mit einer gezielten Frage dermaßen in Verlegenheit bringen konnte.

„Keine Sorge, ich lehne es genauso ab. Darüber hinaus verspreche ich dir, dass ich in meiner menschlichen Gestalt bleibe, sobald wir uns auf diese Weise miteinander beschäftigen."

Wütend starrte Darla ihn jetzt an.

„Du hast mich auf den Arm genommen", warf sie ihm vor, doch er zuckte nur leicht mit den Schultern.

„Die Steilvorlage konnte ich mir keineswegs entgehen lassen. Außerdem liebe ich es, wenn deine Wangen sich so herrlich rot färben."

„Mistkerl", fauchte sie.

Flann war sofort bei ihr, packte ihr fest in die Haare und zog ihren Kopf nach hinten, sodass sie ihn von unten herauf ansehen musste.

„Ich denke, ich habe mich verhört, oder? Hast du mich gerade beschimpft?"

Sein Blick war steinhart, was Darla schlucken ließ. Natürlich dachte sie in dem Augenblick besonders daran, dass sie sich bereits eine Bestrafung eingebrockt hatte, trotzdem wich sie keinen Millimeter zurück. Sie konnte Ungerechtigkeit absolut nicht ertragen.

„Doch, weil du es völlig verdient hast. Du hast mich komplett vor die Wand laufen lassen."

Trügerisch sanft schüttelte er den Kopf.

„Nein, das würde ich nie tun. Ich fange dich kurz vorher ab, ehe du dir wirklich wehtust. Allerdings scheinst du deine Strafe erhöhen zu wollen. Oder wie soll ich dein Verhalten jetzt deuten?"

Darla fühlte deutlich, dass es in ihrem Unterleib verlangend zog, was besonders an seinem Griff lag, der fest genug war, um sie in Position zu halten, ihr aber nicht wehtat.

„Du kannst mich auch einfach bitten, dir zu zeigen, wie es sich anfühlt, wenn man seinen Platz gezeigt bekommt“, schlug er süffisant vor.

Sofort kniff sie die Lippen aufeinander, damit ihr bloß keine Antwort entschlüpfte, die er als solche Bitte auffassen konnte.

„Nein? Gut, dann war es wohl wirklich eine Entgleisung von dir. Du wirst die Konsequenzen morgen Abend spüren.“

Liebevoll lächelte er sie an, wobei es in seinen Augen aufblitzte. Seine Kleine würde lernen, sich zu zügeln, aber auch, dass sie sich vollkommen auf ihn verlassen durfte. Selbst bei einer Strafe achtete er darauf, ihr niemals zu schaden.

An Darlas Mimik konnte er problemlos ablesen, dass sie vor Wut kochte.

„Möchtest du etwas sagen, mein Mädchen?“

Sofort nickte sie. Nicht mal ihrem Onkel gegenüber schaffte sie es, den Mund zu halten und diesem eingebildeten Tiger wollte sie ordentlich den Marsch blasen.

Sie holte bereits tief Luft, als Flann ihr einen Finger auf die Lippen legte.

„Denk daran, dass du für dein Verhalten auf jeden Fall geradestehst. Wir sind quasi in der Vorbereitung für die erste Session. Ich hoffe, dass dir das klar ist.“

Wenn Blicke töten könnten, würde er jetzt augenblicklich umfallen.

„Ich dachte, ich sollte mich nicht verbiegen“, brachte sie spöttisch hervor.

Der Schachzug gefiel dem Tiger, denn sein Lächeln wurde noch etwas breiter.

„Stimmt, aber ich will, dass du dich benimmst und überlegst, was du sagen möchtest. War es wirklich so schlimm? Habe ich dich beleidigt, dich verletzt oder dich angelogen?“

Einen Augenblick überlegte sie, ehe sie zerknirscht verneinte.

„Nein, du hast dir lediglich einen Scherz erlaubt.“

Bei der Antwort löste Flann seinen Griff, stattdessen hielt er ihr eine Hand hin, die sie seufzend nahm.

Darla ließ sich von ihm hochziehen, anschließend gingen sie ins Wohnzimmer, wo er sich setzte, ehe er sie auf seinen Schoß zog.

„Ich werde dich noch sehr oft necken oder dich auf diese Weise ärgern, weil ich es wirklich genieße, wenn du rot wirst", teilte er ihr offen mit.

Einen Augenblick kuschelte sie sich an ihn, ehe sie ihn verunsichert ansah.

„Woher weiß ich, ob wir in einer Spielsituation sind? Mir fällt es enorm schwer, einzuschätzen, ob ich besser den Mund halte oder ob ich sagen darf, was ich will."

Jetzt lachte der Tiger leise.

„Du schaffst es nicht mal, deinem Onkel gegenüber dich zurückzuhalten. Nein, das bedrückt dich keineswegs! Es ist vielmehr, weil du keine Ahnung hast, was auf dich zukommt."

Langsam nickte sie.

„Ja, allerdings möchte ich auch einfach mal sagen dürfen, was ich denke."

Sanft streichelte er ihr über den Rücken, was sie entspannte. Die Wut fiel von ihr ab, genau wie die Unsicherheit.

„Ich passe immer auf dich auf, also steigere dich nicht in eine unnötige Angst hinein. Lass es auf dich zukommen und vertrau mir."

Er hatte leicht reden! In ihrem Kopf tobten so viele Szenarien, vor denen sie sich fürchtete, aber am meisten ängstigte sie sich davor, ihn zu enttäuschen. Was, wenn sie seinen Ansprüchen nur unzureichend gerecht wurde? Darla befürchtete, dass er sich von ihr trennte, weil sie zu wenig aushielt.

Flann beobachtete sie genau, während sie überlegte, dabei erkannte er, dass sie ein Problem plagte. Darüber hinaus bestätigten seine Tigersinne ihm ihre Furcht.

„Rede mit mir, falls du unsicher wirst", verlangte er ruhig.

Sie holte tief Luft, denn jetzt betrat sie fremdes Terrain, außerdem hatte sie Angst, dass sie sich blamierte.

„Trau dich", flüsterte er ihr ins Ohr.

Sie nickte vorsichtig, ehe sie ins kalte Wasser sprang. Schnell platzte sie mit ihrer Antwort heraus, bevor sie es sich anders überlegte.

„Was, wenn ich die Strafe nicht aushalte oder dich enttäusche? Bitte, ich möchte dich keinesfalls verlieren."

Ängstlich knetete sie ihre Finger, dabei musterte sie angestrengt ihre Hosenbeine. Würde er sich jetzt lustig über sie machen?

Zärtlich hob er ihr Kinn an, sah ihr tief in die Augen, ehe er ganz leicht den Kopf schüttelte.

„Niemals, mein Mädchen, hörst du? Ich lasse dich nie fallen. Du kannst mich gar nicht enttäuschen, es sei denn, du betrügst mich."

Darla wollte protestieren, doch er stoppte sie mit einem Blick.

„Es geht darum, dass wir unsere Neigung ausleben, obwohl ich dich bestrafe. Sollte es dir zu weit gehen, benutzt du dein Stoppwort. Das verlange ich von dir. Anschließend unterhalten wir uns darüber, was schief gelaufen ist. Ich will deine Tränen. Sie sind das Kostbarste, das du mir schenken kannst. Das heißt aber keinesfalls, dass du alles ertragen musst oder über deine Grenzen geprügelt wirst. Ganz im Gegenteil. Tränen, die einer Misshandlung geschuldet sind, schmecken bitter, daran bin ich keineswegs interessiert. Deine werden süß sein, weil sie dich dazu bringen, die Kontrolle abzugeben."

Einen Moment dachte sie über seine Worte nach. Es hörte sich zu gut an, um wahr zu sein. Seit ihre Eltern tot waren, gab es keine Sekunde, in der sie sich hatte fallen lassen dürfen.

„Aber, was passiert, wenn meine Schmerzgrenze zu niedrig ist? Du bist Sadist, wie du selbst sagst."

Bei der Frage lachte Flann leise auf.

„Noch mal, mein kleiner Sturkopf, es geht nie darum, möglichst viel auszuhalten. Es macht mich stolz, dass du überhaupt bereit bist, für mich diesen Schritt zu wagen. Ja, ich werde dir wehtun, allerdings wirst du es aushalten und sogar genießen können. Wir beide ziehen unseren Genuss aus deinem Schmerz, dabei muss es kaum besonders hart zur Sache gehen."

Ein wenig beruhigt atmete Darla auf. Der Tag hatte es wirklich in sich, vielleicht fühlte sie sich auch deshalb so unsicher.

„Woher weiß ich nun, ob ich ich sein darf oder mich besser zurückhalte?"

Liebevoll strich der Tiger ihr eine Strähne aus dem Gesicht.

„Du sollst immer du selbst sein. Sobald du morgen Abend in meinen Armen eingeschlafen bist, wirst du wissen, was ich meine. So lange möchte ich, dass du dich nicht verstellst. Wenn wir uns über BDSM unterhalten, Grenzen abstecken oder in eine Session gehen, bist du mein Eigentum. In der Situation erwarte ich Gehorsam."

Darla hätte sich am liebsten in den Hintern getreten, weil sie auf die Antwort nicht gekommen war. Natürlich sollte sie bei einem Gespräch über SM gut überlegen, was sie sagte.

„Mach dir keine Sorgen, wir finden einen Weg. Außerdem müssen wir uns erst einmal richtig kennenlernen. Du wirst bald wissen, ob du mir die Meinung sagen kannst oder besser deine Klappe hältst."

Das hoffte sie auch, zumal sie die Angst, dass sie unzureichend für ihn war, nur zum Teil abgelegt hatte. Sie war blutige Anfängerin und wusste nicht mal, wo ihre Grenzen lagen.

„Ich bin komplett unerfahren. Bisher habe ich mich lediglich über das Thema unterhalten. Selbst den Spielchen über Chat bin ich aus dem Weg gegangen“, gab sie leise zu.

Flann drückte sie sanft an sich.

„Umso besser, dann muss ich keine Fehler ausbügeln, die jemand anderes gemacht hat. Ich mag es, wenn du keine Ahnung hast, was auf dich zukommt.“

Zärtlich küsste er sie auf den Scheitel.

„Außerdem ist das eine perfekte Lektion in puncto Vertrauen.“

Jetzt seufzte sie leise, hielt aber den Mund. Für heute hatte sie genug Seelenstriptease hinter sich. Flann wusste, dass sie misstrauisch war.

„Was möchtest du in Irland denn gerne ansehen? Gibt es einen Ort, der dich besonders interessiert?“

Der plötzliche Themenwechsel irritierte Darla, daher musste sie erst einmal überlegen.

„Ich kenne mich zu wenig aus, um etwas Bestimmtes sehen zu wollen. Außerdem sind es zu viele Sehenswürdigkeiten, um sich für eine zu entscheiden.“

In der Tat wäre sie am liebsten quer durch das gesamte Land gereist, um Flanns Heimat kennenzulernen.

„Irland ist faszinierend. Es fühlt sich an, als ob ich hier freier atmen könnte. Irgendwas Magisches liegt in der Luft.“

Verlegen lächelnd suchte sie seinen Blick, ob er sie verstand oder sie für völlig verrückt hielt.

„Ich weiß, was du sagen willst und es erstaunt mich nicht, dass du die Magie des Landes spürst. Du warst in der Lage, James zu sehen, was nur wirklich wenige Menschen können. Hast du dich mal mit dem Übersinnlichen beschäftigt?“

Interessiert musterte er sie, erntete allerdings nur ein schnelles Kopfschütteln.

„Nein, ich habe einmal meinem Onkel gesagt, dass ich vom Tod meiner Eltern geträumt habe, bevor sie erschossen wurden. Er hat mich so ausgelacht und eine Närrin genannt, dass ich das Thema sofort fallen ließ. Aber ich träume öfter Dinge, die kurz darauf geschehen. Außerdem spüre ich, ob ein Haus oder ein Gelände belastet ist.“

Einen Augenblick überlegte sie, wie sie ihre besondere Gabe verständlicher beschreiben konnte.

„Wenn ich vor einem Gebäude stehe, in dem jemand umgekommen ist, sträuben sich mir die Haare, ich bekomme eine Gänsehaut und schaffe es nur mit großer Willensanstrengung hineinzugehen. Keine Ahnung, ob du mich verstehst, aber besser kann ich es nicht erklären.“

Hoffnungsvoll sah sie den Tiger an, der zustimmend nickte.

„Ja, ich weiß genau, wovon du sprichst. Wahrscheinlich hast du irgendwann beschlossen, keine Gespenster sehen zu wollen. Denn die spürst du in den Gebäuden. Meistens sind es die Opfer, die sich nicht von dieser Welt trennen können. Umso erstaunlicher, dass du James gesehen hast.“

Darla zuckte leicht mit den Schultern.

„Hier in Irland ist vieles so anders. Ich fühle mich lebendiger, aber auch sensibler.“

Sie konnte es nur unzureichend erklären. Außerdem müsste sie sich schämen, weil sie zu den Leuten gehörte, die dafür sorgten, dass Menschen umgebracht wurden. Das lag ihr extrem auf der Seele.

„Was hast du, mein Mädchen? Irgendetwas bedrückt dich.“

Flann sah sie liebevoll an.

„Ja, ich knabbere daran, dass ich mitverantwortlich bin, dass hier immer wieder Lebewesen sterben müssen. Ich war es, die die gesamten Programme erstellt hat, die notwendig sind", gab sie leise zu.

Gequält sah sie ihn an.

„Ohne meine Hilfe hätte mein Onkel die Shows, wie er sie nennt, niemals auf die Beine stellen können. Aber ich habe mich nie getraut, mich zu weigern."

Sanft drückte der Tiger sie an sich.

„Du hast nie wirklich eine Wahl gehabt. Außerdem gibt es genug Programmierer, die für ihn arbeiten würden, vorausgesetzt der Preis stimmt. Es gab für dich keine Möglichkeit, die Kämpfe zu unterbinden. Er veranstaltet sie ja nicht erst, seit du deinen Job ausübst. Früher gab es keine Übertragungen, da sahen die Leute direkt zu."

Seufzend nickte Darla, zumal sie das mittlerweile auch wusste, trotzdem fühlte sie sich schuldig.

„Ich müsste ihn anzeigen, allein um dich zu schützen."

Jetzt spannte Flann sich an, denn diese Idee war äußerst gefährlich.

„Darla, das wirst du auf keinen Fall, hörst du? Du hast selbst gesagt, dass du keine Chance hast, Demmer zu entkommen. Was glaubst du, was er tut, wenn du ihm die Polizei auf den Hals hetzt? Denkst du wirklich, dass du unversehrt aus der Sache herauskommst?"

Hilflos schüttelte sie den Kopf.

„Nein, wahrscheinlich nicht, aber dann wäre ich endlich frei. Außerdem würde ich das Richtige tun, anstatt mich vor meiner Verantwortung zu drücken."

Eindringlich musterte der Tiger sie. Er musste ihr irgendwie klarmachen, dass sie keine Schuld an der Situation hatte.

„Bitte, Kleines, denk daran, dass Demmer dich gezwungen hat, diese Programme zu erstellen. Was solltest du denn tun? Deine Zukunft wegwerfen? Das hätte auch niemandem geholfen."

Vorsichtig zuckte sie mit den Schultern.

„Eventuell doch. Aber ich bin zu feige, außerdem hänge ich an meinem Leben", gab sie leise zu, was ihn aufatmen ließ.

Sie lehnte sich an ihn, suchte seine Nähe, die er ihr gerne gab.

Mit beiden Armen hielt er sie fest umschlungen, sodass sie sich geborgen fühlte. Das Gefühl linderte ihr schlechtes Gewissen seltsamerweise etwas. Vielleicht, weil sie zum ersten Mal seit Langem jemanden hatte, der ihr zeigte, dass sie liebenswert war.

„Ich versuche seit fast sieben Jahren, aus diesem trostlosen Dasein zu entkommen. Immer wieder habe ich darüber nachgedacht, was ich tun könnte, um meinen Onkel zu Fall zu bringen, nur gab es keinen Ausweg. Jedenfalls habe ich keinen Weg gefunden, ohne mir selbst zu schaden", gab sie leise zu.

Liebevoll streichelte Flann über ihre Oberarme, hörte einfach nur zu, während sie sich ihre Sorgen von der Seele redete.

„Als ich dich vor drei Monaten traf, hatte ich das Gefühl, mir dreht jemand die Luft ab. Schmetterlinge im Bauch beschreibt es nicht mal annähernd, aber ein besseres Bild fällt mir nicht ein. In dem Moment bin ich aufgewacht, weil dein Blick mir Hoffnung gemacht hat. Du hast mich so sehnsuchtsvoll angesehen, dass ich glaubte, du würdest dich ebenso fühlen wie ich."

Als Flann an ihre erste Begegnung dachte, schmunzelte er, denn in der Tat war er genauso überrascht gewesen wie sein kleiner Sturkopf. Nur mit dem Unterschied, dass er sie augenblicklich als seine Gefährtin erkannte.

„Du hast dich nicht getäuscht, mein Mädchen. Ein Vorteil der Gestaltwandler ist, dass wir unsere Seelengefährten sofort erkennen, wenn sie vor uns stehen. Nur brauchte ich Zeit, um zu verstehen, dass du anders bist als dein Onkel."

Darla hob den Kopf, um ihm in die Augen zu sehen. Für einen Moment versank sie in den Tiefen seiner bernsteinfarbenen Iriden. Ihre Sorgen rückten in weite Ferne, die Umwelt verblasste, während sie ihn ansah. In seinem Blick lag so viel Liebe, dass ihre Seele aufblühte.

Wie sehr hatte sie es vermisst, jemanden in ihrer Nähe zu haben, der sie wertschätzte.

„Weißt du, unser erstes Treffen hat mir Hoffnung gegeben, obwohl wir nicht mal einen Satz miteinander gewechselt hatten. Zu dem Zeitpunkt versuchte ich, mich mit meinem Schicksal abzufinden. Ich redete mir ein, es zu verdienen, dass Matthias mich so mies behandelte. Es wäre meine Strafe, dafür, dass ich half, Menschen zu töten."

Erneut sah sie ihn an, weil sein Blick ihr Kraft gab und sie wieder auf eine bessere Zukunft hoffen konnte.

„Ich bin niemand, der seinem Leben selbst ein Ende setzt, auch zu dem Schritt bin ich zu feige. Aber ich habe den Kopf in den Sand gesteckt, versucht keine Gefühle mehr an mich heranzulassen. Das Treffen mit dir hat in mir etwas geweckt, deshalb wollte ich unbedingt mit hierherkommen."

Unsicher, ob sie jetzt vielleicht zu viel gesagt hatte, stoppte sie, doch Flann streichelte weiter über ihre Arme.

„Du hast genau das Richtige getan, indem du deiner Sehnsucht gefolgt bist. Keine Sorge, du hast dich nicht getäuscht. Ich fühle das Gleiche, wie du."

Darla seufzte erleichtert auf, gleichzeitig kuschelte sie sich dichter an ihn. Das Geständnis fiel ihr enorm schwer, aber irgendwie drängten die Worte aus ihr heraus, zumal Flann ihr ja eine Regel gegeben hatte.

„Es tut mir leid, dass ich dir die Laune mit meinem Gejammer verderbe“, murmelte sie.

Sofort packte er ihr Kinn, zwang sie ihn anzusehen.

„Wie kommst du nur auf solche Ideen? Es berührt mich, dass du mir jetzt schon so sehr vertraust, um mir deine Sorgen mitzuteilen. Das ist kein Jammern.“

Liebevoll küsste er sie.

„Du kannst mir nur schwer die Laune verderben, mein Mädchen. Dazu bin ich viel zu glücklich, dich in meiner Nähe zu haben. Glaub mir, ich war in den letzten Wochen ziemlich unausstehlich. Zu wissen, dass du meine Gefährtin bist und gleichzeitig ständig mit der Befürchtung zu kämpfen, dass Demmer dich auf mich ansetzt, war die Hölle für mich. Als du dann am Sonntag aufgetaucht bist, mit dem Verbandskasten im Arm, war ich schlichtweg überfordert“, gab er leise zu.

Sie hatte ihm einen Einblick in ihre innersten Gedanken gewährt, da war es nur fair, wenn er gleichzog.

„Wir sind schon ein Paar. Beide misstrauisch, weil mein Onkel da ganze Arbeit geleistet hat. Aber bitte glaub mir, ich wollte ihn stoppen, seit ich hinter die Fassade schauen konnte. Ich habe mir immer ein normales Leben gewünscht, mit einem Partner, dem ich vertrauen darf. Jemand, der mich so nimmt, wie ich bin, ohne ständig an mir herumzumäkeln. Einen Mann, der mir das Gefühl gibt, wertvoll zu sein.“

Zart strich Flann ihr über die Wange.

„Ich hoffe, dass ich dir mit der Zeit zeigen kann, wie wundervoll du bist. Außerdem wirst du dich in jeder Situation auf mich verlassen können. Ich bin für dich da“, versprach er ihr liebevoll.

Dankbar lächelte sie ihn an.

„Das weiß ich jetzt. Immerhin hast du mich nicht nur vor Thorsten gerettet, sondern auch vor meinem Onkel.“

Bei der Antwort unterdrückte sie den Gedanken, dass das dicke Ende eventuell noch auf sie wartete.

Darla nahm sich vor, so viel mitzunehmen, wie es ging. Sollte es wirklich so kommen, dass Matthias sie zwang zurückzufliegen, wollte sie wenigstens einige schöne Erinnerungen haben.

Eine ganze Weile saßen sie eng aneinander gekuschelt auf dem Sofa. Sie genossen die Zweisamkeit, wobei sie keine Worte brauchten, das Wichtigste war gesagt.

„Was hältst du davon, wenn wir was kochen? Du bist bestimmt hungrig“, schlug Flann vor, als es bereits auf den Abend zuging.

Nach dem Tag wollte er, dass Darla sich einfach nur wohlfühlte.

Das war auch ein weiterer Grund, warum er die Session auf den nächsten Tag verschoben hatte. Sein Mädchen musste einiges verarbeiten, was keinesfalls alltäglich war.

Natürlich genoss er es, dass sie unsicher oder erregt war, doch im Moment sollte sie erst einmal ein wenig zur Ruhe kommen.

„Das ist eine gute Idee“, stimmte sie zu, rutschte von seinem Schoß und machte sich auf den Weg in die Küche.

Flann folgte ihr schmunzelnd, anscheinend glaubte sie, dass sie die Arbeit alleine erledigen musste.

„Ich helfe dir“, bemerkte er auf ihren irritierten Blick hin, als er kurz nach ihr den Raum betrat.

Jetzt lächelte sie erfreut, denn damit hatte sie in der Tat nicht gerechnet.

Gemeinsam putzten sie das Gemüse, bereiteten das Fleisch vor und eine gute Viertelstunde darauf köchelte ein ansehnliches Curry auf dem Herd.

Flann deckte den Tisch, während Darla nach dem Reis sah.

Die ganze Zeit summte sie glücklich vor sich hin, weil er ihr deutlich zeigte, dass sie gleichwertig war.

„Möchtest du später deine erste Session erleben?“, wollte Flann wissen, als sie das Geschirr abgeräumt hatten.

Einen Augenblick überlegte sie, ehe sie langsam den Kopf schüttelte.

„Nein, wenn es dir nichts ausmacht, würde ich jetzt doch lieber bis morgen warten. Es ist so viel passiert, dass ich das Gefühl habe, in meinem Gehirn dreht sich ein Karussell.“

Genau das hatte er sich gedacht. Außerdem war Vorfreude ja bekanntlich die schönste Freude.

„Das ist kein Problem, zumal ich das bereits vermutet habe. Es ging mir nicht nur darum, es zu genießen, dich ängstlich und erregt zu sehen. In erster Linie wollte ich dir Zeit geben, um ein wenig herunterzukommen“, erklärte er ihr liebevoll.

Dankbar nickte Darla.

„Als du mir gesagt hast, dass du mich bestrafen willst, hätte ich es am liebsten direkt hinter mich gebracht. In dem Augenblick habe ich alles andere verdrängt. Ich war verärgert, dass du mich so hinhältst. Unsicher und heiß, eine ganz üble Kombination“, gab sie leise zu.

„Aber jetzt bin ich froh, dass ich den Abend einfach nur mit dir zusammen verbringen darf.“

Verständnisvoll stimmte er ihr zu.

„Du hast ja auch einiges erlebt. Möchtest du über das, was Thorsten versucht hat, reden?“

Spöttisch lachte sie auf, gleichzeitig schüttelte sie den Kopf.

„Nein, das ist unnötig. Es war ja nicht das erste Mal, außerdem ist er nicht sehr weit gekommen. Danke, dass du mich gerettet hast.“

Der Tiger winkte ab, für ihn war es eine Selbstverständlichkeit gewesen.

Nur die Vorstellung, dass dieser Mistkerl seine Kleine bereits früher bedrängt hatte, rumorte in ihm. Irgendwann würde er sich ihn kaufen, dann war Zahltag!

„Was hältst du davon, wenn wir runter zum Hafen gehen? Ich mag den Lough Dergh“, schlug Darla vor, dabei sah sie ihn bittend an.

Sofort stimmte Flann zu, allein, weil er sie glücklich machen wollte. Allerdings fand er den Gedanken, sich zu bewegen, auch äußerst reizvoll.

„Alles, was du willst, mein Liebling.“

Mit den Worten stand er auf, zog sie von ihrem Stuhl hoch und kurz darauf schlenderten sie die Allee entlang.

Im gemütlichen Tempo liefen sie durch den Ort.

„Kennst du die Heilbrunnen schon?“, erkundigte er sich plötzlich.

Darla schüttelte den Kopf.

„Nein, heute Morgen hab ich zwar ein Hinweisschild gesehen, aber die Gasse sah alles andere als einladend aus.“

Flann deutete auf das Schild, das sie bereits entdeckt hatte.

„Wenn du möchtest, gehen wir hin. Es ist gleich da vorne.“

In seiner Begleitung sah sie sich die Sehenswürdigkeit gerne an, besonders, weil die Straße jetzt nur noch halb so dunkel aussah.

Sie bogen ab, um kurz darauf vor einem Brunnen zu stehen, der eher ein Loch im Boden war. Neben dem *Headache Well* wuchs ein kleiner Baum, an den die Gläubigen Heiligenbilder und Blumen als Opfergaben gehangen hatten.

„Laut dem Heiligen Columba, einer der zwölf irischen Apostel, heilt das Wasser Kopfschmerzen und Migräne. Das Dorf Terryglass entstand übrigens aus dem Kloster, das er hier gegründet hat“, erklärte Flann ihr.

„Das Zeug soll man wirklich trinken? Es sieht nicht so besonders sauber aus.“

Darla runzelte die Stirn, als sie in den dunklen Brunnen sah.

Leise lachend zog Flann sie an sich.

„Nein, man betet um Heilung, anschließend wäscht man sich das Gesicht oder den gesamten Kopf mit dem Wasser."

Noch einmal schüttelte sich Darla.

„Ich nehme lieber eine Tablette, sollte ich Kopfschmerzen haben."

Hinter ihr an einer Wand hing eine Informationstafel, die allerdings nur das enthielt, was ihr Tiger ihr bereits erzählt hatte.

„Lass uns weitergehen."

Flann legte erneut einen Arm um ihre Schultern, so schlenderten sie bis zum Hafen, der an diesem Tag fast voll belegt war.

Auf einigen Booten feierten die Leute ausgelassen, andere waren offensichtlich im Dorf unterwegs.

Zuerst sahen sie sich die Jachten an, die sanft an ihren Anlegeplätzen schaukelten, ehe sie sich auf einen freien Platz an einem Anleger setzten.

„Ich würde gerne mit einem Hausboot über den Shannon fahren. Es hat so einen Hauch von Abenteuer", bemerkte Darla sehnsüchtig, als sie auf den See hinaussah.

Das Wasser leuchtete in einem tiefen Blau, während der Wind für heftige Wellen sorgte.

„Das ist kein Problem. Wir können uns ein Boot mieten, sobald Demmer abgefahren ist."

Begeistert sah sie ihren Liebsten an.

„Ist das dein Ernst? Das ist doch bestimmt richtig teuer."

Lachend schüttelte er den Kopf.

„Du vergisst, dass ich seit 500 Jahren auf der Welt bin. Glaubst du wirklich, dass ich arm bin? Dann müsste ich ziemlich dumm sein, oder? Ich hatte so viel Zeit, um reich zu werden. Nein, mach dir um Geld bitte keine Gedanken, davon besitze ich mehr als genug."

Vorsichtig lehnte sie sich an ihn.

„Ich möchte aber nicht, dass du denkst, ich nehme dich aus", bemerkte sie leise.

Erneut lachte der Tiger.

„Das liegt doch ganz bei mir. Wenn ich etwas nicht bezahlen will, habe ich keine Bedenken, deine Bitte abzulehnen. Darauf kannst du dich verlassen."

Damit war das Thema für ihn beendet.

Gemeinsam genossen sie die Brise, die ihnen die Haare ins Gesicht wehte, dabei beobachteten sie die Boote, die jetzt noch den kleinen Hafen ansteuerten.

„Morgen fahren wir rüber nach Portumna und sehen uns das Schloss an, wenn du magst", schlug Flann plötzlich vor.

Begeistert stimmte Darla zu. Sie würde am liebsten sofort zu einer Tour über die gesamte Insel aufbrechen, aber das sollten sie verschieben, bis Matthias weg war.

Ganz kurz verdunkelte sich ihr Gesicht, als sie daran dachte, dass Flann am Samstag erneut in den Käfig steigen musste, doch den Gedanken verdrängte sie gekonnt.

„Ich freue mich darauf. Weißt du, Irland war schon immer das Land, das ich zu gerne erkundet hätte. Leider mochten meine Eltern keine Abenteuerurlaube, wie sie es nannten. Wir verbrachten unsere Ferien meistens in feinen Klubanlagen im Süden."

Versonnen sah sie auf den See hinaus, während sie sich zum ersten Mal seit Langem wirklich geborgen fühlte.

„Unsere Insel hat eine Menge zu bieten. Allerdings fürchte ich, dass ich in der kommenden Woche zuerst nach meinem Fitnessstudio sehen muss, ehe ich mich richtig um dich kümmern kann."

Interessiert blickte Darla ihn an.

„Du besitzt eine Muckibude? Wow, dann habe ich jetzt einen eigenen Trainer."

Flann drückte sie leicht an sich.

„Sicher erstelle ich dir einen Trainingsplan, aber bitte, tu das nicht für mich. Ich mag dich genauso, wie du bist."

Dankbar sah Darla ihn an.

„Versprochen, allerdings bewege ich mich wirklich gerne. Wobei es natürlich ein paar Sportarten gibt, die ich echt hasse. Joggen ist eine davon. Total blöd durch die Gegend rennen und ständig außer Atem zu sein, geht für mich gar nicht."

Als ihr Tiger jetzt leise lachte, spürte sie die leichte Vibration seines Brustkorbs.

„Das liegt daran, dass dir nie jemand beigebracht hat, richtig zu laufen. Die meisten Leute machen den Fehler, dass sie viel zu schnell anfangen und nach weniger als einer Minute aus der Puste sind. Es gibt eine Technik, damit man länger durchhält. Natürlich ist es Trainingssache."

Ablehnend schüttelte Darla den Kopf. Sie lehnte es ab, durch die Gegend zu rennen, egal, ob es Übungssache war oder nicht.

„Dann stemme ich lieber Gewichte, obwohl ich mir das auch anstrengend vorstelle."

Schmunzelnd drückte Flann sie an sich. Seine Kleine hatte wirklich lustige Ansichten über die verschiedenen Sportarten.

„An die Hantelbanken lasse ich dich am Anfang auf keinen Fall. Außerdem will ich vermeiden, dass du aussiehst wie Arnold Schwarzenegger, nur in weiblich."

Jetzt lachte Darla mit ihm, da ihr diese Idee auch kaum gefiel.

„Keine Sorge, ich möchte einfach nur besser in Form kommen."

Eine Weile saßen sie schweigend da, während Flann sie im Arm hielt.

„Wir sollten zurückgehen, es wird langsam kühl und du hast keine Jacke dabei", bestimmte der Tiger, als er die Gänsehaut auf ihren Unterarmen bemerkte.

„Du hast genauso wenig etwas zum Überziehen mitgenommen, außerdem ist es gar nicht so kalt", protestierte Darla, die diese Auszeit am See extrem genoss.

Unnachgiebig zog Flann sie hoch, nachdem er aufgestanden war.

„Meine Körpertemperatur ist wesentlich höher, darüber hinaus kann ich keine Erkältung bekommen. Meine Selbstheilungskräfte verhindern das. Bei dir ist das etwas anderes, kleiner Sturkopf. Also los jetzt."

Fast mit Gewalt schob er sie über den Steg in Richtung Dorf.

Erst in dem Moment spürte sie, wie kühl es schon war.

Frierend rieb sie sich über die Oberarme, was nur bedingt was brachte. Doch als der Tiger sie erneut eng an sich zog, wurde ihr etwas wärmer.

An dem Tor, das den Weg zur alten Burg absperrte, blieb Flann stehen. Er sah sich schnell um, anschließend hob er sie auf seine Arme, um mit ihr über das hüfthohe Hindernis zu springen.

„Der Weg ist kürzer", erklärte er ihr, als sie wieder auf ihren eigenen Füßen stand.

Trotzdem weigerte sie sich, weiterzugehen.

„Wir haben James versprochen, ihn nicht mehr zu belästigen. Schon vergessen?"

Aufmüpfig sah sie ihn an, gleichzeitig trat sie einen Schritt zurück und verschränkte die Arme vor der Brust.

Auf gar keinen Fall würde sie das Gespenst verärgern. Sie hatte viel zu viel Angst, dass er sich fürchterlich rächen könnte.

„Weißt du, wie sehr er mir in den letzten zwei Tagen auf die Nerven gegangen ist? Ständig tauchte er in meinem Cottage auf, um mir die Ohren vollzujammern."

Irritiert sah Darla ihren Freund an.

„Ich dachte, er spukt nur in der Burg herum?"

Bedauernd schüttelte Flann den Kopf.

„Nein, leider ist er in der Lage, die Umgebung zu erkunden. Er fühlt sich in der gesamten Ferienanlage wohl. Deshalb hattest du auch dieses beklemmende Gefühl, wenn du das ehemalige Rezeptionsgebäude betreten hast."

Er nahm ihre Hand und zog sie mit sich, da er auf keinen Fall mit ihr diskutieren wollte, während sie fror.

„Glaub mir, er wird sich kaum beschweren. Wir besuchen die Burg ja nicht, sondern gehen nur daran vorbei."

Seufzend gab sie nach, kuschelte sich wieder dicht an den Tiger, dabei fühlte sie sich insgeheim erleichtert, dass sie den Weg abkürzen konnten.

„Ist er wirklich so unausstehlich, wie er sich gegeben hat?"

Irgendwie interessierte sie das Gespenst, zumal sie es fürchterlich fand, dass er so ganz alleine in dieser meist verlassenen Gegend herumspukte.

„Ich würde jetzt gerne sagen, dass er ein netter Typ ist, aber das wäre gelogen. James hat sich schon zu Lebzeiten wie ein Ekelpaket aufgeführt."

Natürlich ertönte genau in dem Augenblick die Stimme des Geistes.

„Du bist undankbar, Flann. Wer hat dir denn von den Würgemalen berichtet? Und nicht zu vergessen, dass die Kleine ihrem Onkel gedroht hat?"

Erstaunt sah Darla von dem Schemen, der vor ihnen aufgetaucht war, zu ihrem Liebsten, der nur genervt die Augen verdrehte.

„Du hast mir davon erzählt, damit ich dich nicht rauswerfe. Du weißt selbst, dass du die meiste Zeit extrem unausstehlich bist. Das war zu deinen Lebzeiten kaum anders, nur damals hast du auch noch deine Macht missbraucht."

Hart sah der Gestaltwandler den Geist an. Mitleid war hier völlig fehl am Platz, da James sich niemals ein Fehlverhalten eingestand.

„Moment mal, er hat dir gesagt, dass ich Würgemale am Hals habe?"

Augenblicklich richtete sich die Aufmerksamkeit des Gespenstes auf sie, während er eifrig nickte.

„Ja, und dass du deinem Onkel mit der Polizei gedroht hast. Das war sehr ungehörig, immerhin ist er dein Verwandter", tadelte er sie.

Ein leises Fauchen ließ ihn allerdings sofort verstummen, zumal Flanns Blick deutlich sagte, dass er sich besser zurückzog.

„Verschwinde, James, ich möchte mit meiner Kleinen schnellstmöglich zu dem Cottage, ehe sie noch mehr friert. Außerdem sehe ich keine Veranlassung, mit dir zu reden."

Jetzt legte Darla ihre Hand auf seinen Arm.

„Warte mal, bitte. Ich würde schon gerne erfahren, wieso ein Gespenst mich ausspioniert."

Sie hatte wirklich keine Ahnung, was sie davon halten sollte.

„Ich spioniere nicht. Ihr seid in mein Haus eingedrungen, habt einen Haufen Lebende hineingeschleppt und ich wollte nur mal nach dem Rechten sehen. Dabei konnte ich einen Teil deines Gesprächs aufschnappen."

Misstrauisch musterte sie den Geist.

„Das soll ich dir abnehmen?"

James nickte empört.

„Natürlich, wieso sonst sollte ich euch gehört haben? Bist du wirklich so einfältig, dass du denkst, ich würde mich für euch Menschen interessieren?"

Verschnupft rümpfte er die Nase, was zeigte, wie überheblich er war.

„Lass uns endlich gehen, Darla. Du kannst ihm glauben, wenn er lügt, verhaspelt er sich immer."

Flann zog sie mit sanfter Gewalt weiter, zumal er sah, dass sie jetzt wieder leicht zitterte.

Auf direktem Weg brachte er sie zu seinem Cottage, wo er ihr zuerst einen Tee kochte.

Zärtlich strich er ihr über den nackten Arm, wobei er ernst den Kopf schüttelte.

„Du bist völlig durchgefroren", bemerkte er.

Unwillig stieß Darla die Luft aus.

„Ich werde nicht daran sterben, dass ich das Wetter unterschätzt habe. Aber ich bin irritiert, weil James uns offensichtlich belauscht hat, um es dir brühwarm zu erzählen."

Nachdenklich musterte sie den Tiger.

„Kannst du ihn irgendwie beeinflussen oder lenken? Oder ist er am Ende dein Geschöpf? Hast du ihn beschworen?"

Flann lachte auf, als er ihre Vermutungen hörte.

„Nein, ich wünschte, ich könnte ihn dazu bewegen, auf mich zu hören. Er gehört zu der alten Burg, daher bildet er sich ein, auch hier in der Anlage das Sagen zu haben."

Auffordernd sah er sie an, bis sie einen kleinen Schluck trank, anschließend stand er auf, ging ins Schlafzimmer und kam mit einem Pullover zurück.

„Bitte, Flann, ich kann schnell rüberlaufen, um mir etwas überzuziehen", begehrte sie auf, als er ihr das Kleidungsstück hinhielt.

Stirnrunzelnd schüttelte er den Kopf.

„Auf keinen Fall gehst du jetzt alleine in dein Cottage. Hast du mal überlegt, dass Thorsten dich sehen könnte? Wenn du willst, gehen wir gemeinsam rüber, um deine Sachen zu holen."

Verlegen schluckte Darla, daran hatte sie in der Tat nicht gedacht und auf eine weitere Begegnung mit dem unterbelichteten Lakaien verzichtete sie gerne.

„Ich habe total vergessen, dass er sich auch noch hier herumtreibt. Tut mir leid."

Sie trank einen Schluck, weil der Tee sie herrlich aufwärmte, außerdem vermied sie es auf diese Weise, Flann ins Gesicht zu sehen.

„Es ist kein Problem, gleich rüberzugehen. Wir hatten wirklich Wichtigeres zu erledigen. Du brauchst dich deshalb nicht zu entschuldigen."

Darla lächelte ihn erleichtert an, anschließend stellte sie die Tasse auf den Tisch, stand auf und drehte sich zur Tür.

Sofort war er an ihrer Seite.

„Zieh den Pulli über, wie du gemerkt hast, ist es draußen mittlerweile ziemlich kühl geworden. Wir haben hier keine tropischen Temperaturen, außerdem ist es erst Anfang Juni", tadelte er sie leise.

Zu gerne hätte sie ihm widersprochen, doch sie musste ihm recht geben. Schnell zog sie den zu großen Pullover über, der sie in seinen Geruch einhüllte.

Gemeinsam gingen sie zu ihrem Cottage, wo sie ihre Sachen zusammenpackte.

„Du hast nicht gerade viel eingepackt", bemerkte der Tiger, als sie fertig war.

„Nein, Matthias wollte keine weiteren Kosten, also musste ich mich auf das Handgepäck beschränken. Außerdem dachte ich ja, dass wir nach drei Tagen zurückfliegen würden."

Sorglos zuckte sie mit den Schultern. Für sie war es kein Beinbruch, dass sie nur das Nötigste dabei hatte.

„Dann sollten wir morgen nach dem Besuch des Schlosses einkaufen."

Das lehnte sie energisch ab.

„Auf gar keinen Fall! Flann, ich habe genug Kleider. Sie sind nur noch in Deutschland, aber es wird bestimmt einen Weg geben, sie abzuholen. In deiner Begleitung traut Matthias sich kaum, gegen mich zu gehen. Ich werde mich keinesfalls von dir einkleiden lassen. Ich bin nicht käuflich!"

Bösartig sah sie ihn an.

Es war etwas anderes, wenn er ein paar Lebensmittel bezahlte oder sie eben neu einkleidete.

„Du glaubst, dass wir in Demmers Haus schlendern, deine Sachen holen und es wieder unbehelligt verlassen können? Nein, das ist ein Wunschtraum. Er wird uns festhalten oder uns seine Gorillas auf den Hals hetzen. Außerdem habe ich dir bereits erklärt, dass Geld in meinem Leben keine Rolle spielt. Ich besitze ein Fitnessstudio, weil es mir Spaß macht, Menschen zu trainieren."

Sein Blick war unnachgiebig, was ihr sagte, dass sie eine Diskussion nur verlieren konnte.

„Aber ich komme mir so schäbig vor. Wie die arme, kleine Verwandte, die nichts hat. Dabei arbeite ich schon, seit ich mit dem Studium angefangen habe. Würde Matthias mich so bezahlen, wie eine normale Firma ihre Angestellten, hätte ich ein Problem weniger."

Traurig sah sie ihn an. Sie wollte ihrem Freund auf keinen Fall auf der Tasche liegen.

„Ich habe immer davon geträumt, unabhängig zu sein. Ein Häuschen im Grünen, einen Job, mit dem ich genug Geld verdiene, um gut über die Runden zu kommen", gab sie leise zu.

Flann nahm ihre Hand, strich leicht mit dem Daumen über ihren Handrücken, ehe er einen sanften Kuss darauf drückte.

„Ich verstehe dich, aber was nicht ist, kann ja noch werden. Ein Cottage besitze ich bereits und einen Job finden wir für dich.“

Schnell packte er ihren Trolley, legte einen Arm um ihre Schultern, um mit ihr zurück in seine Unterkunft zu gehen.

Hier räumte sie ihre Sachen in den Kleiderschrank, brachte die Dinge ins Bad, die sie dort brauchte, anschließend zog sie eine Jogginghose sowie dicke Socken an. Flanns Pullover behielt sie an, weil er so herrlich nach ihrem Tiger roch. Sie liebte seinen Geruch nach Sandelholz und Meer.

Flann wartete im Wohnzimmer auf sie, wo er eine kleine Aktivbox aufgestellt hatte, sodass jetzt leise Musik erklang. Außerdem brannte im offenen Kamin ein Feuer und es standen zwei Gläser zusammen mit einer Flasche Wein auf dem Tisch.

Darla erkannte die Gruppe *Faun*, die sie sehr mochte. Glücklich kuschelte sie sich an ihren Liebsten, schloss die Augen, um für einen Moment den entspannenden Klängen zu lauschen.

Kapitel 7 - Vergangenheit

„Wenn du etwas anderes hören willst, musst du es nur sagen“, bemerkte Flann leise, doch sie schüttelte sofort den Kopf.

„Nein, das ist eine meiner Lieblingsbands. Schön, dass du sie auch magst.“

Darla hätte am liebsten geschnurrt, als der Tiger sie jetzt leicht massierte. Es tat so unendlich gut zu spüren, dass sich jemand um sie kümmerte.

Flann nahm die Weingläser, reichte ihr eins und stieß mit ihr an.

„Auf uns, mein Mädchen. Ich bin glücklich, dich zu haben.“

In ihren Augen leuchtete es liebevoll auf, als sie ihn ansah.

„Darauf, dass wir Demmer bald vergessen können.“

Sie tranken einen Schluck, ehe sie erneut einfach nur die Zweisamkeit genossen.

Die Musik wechselte zu *Schandmaul* und dem Lied *Willst du*, was absolut passend war.

„Ich mag die Gruppen, die es schaffen, ein mittelalterliches Flair zu erzeugen“, bemerkte Darla leise.

„Erzähl mir mehr von dir, meine Kleine. Ich weiß noch viel zu wenig“, verlangte Flann mit einem Schmunzeln.

Sofort schüttelte sie den Kopf.

„Oh nein, das mit uns ist keine Einbahnstraße. Wie wäre es, wenn du mal was über dich preisgibst? Ich kann nicht mal sagen, was du gerne isst.“

Auffordernd sah sie ihn an, woraufhin er lächelnd nachgab.

„Ich wurde hier in Terryglass geboren, wie du ja weißt. Damals war es leichter, meine zweite Natur geheim zu halten. Es gab verschiedene Tage, an denen die Leute es vermieden, auszugehen."

Er bemerkte Unverständnis in ihrem Blick.

„Einer dieser Feiertage ist Samhain, heute spricht man eher von Allerheiligen. Vor etlichen Jahren dachten viele, dass die Tore zur Anderwelt offen stünden. Wenn es nicht unbedingt sein musste, blieb man im Haus. Dann gab es Beltane oder die Walpurgisnacht. Auch hier versuchte man, die Toten zu besänftigen. Einerseits, indem man kleine Opfergaben auf die Gräber legte, andererseits fachte man ein großes Lagerfeuer an, um das sich das gesamte Dorf versammelte. Genau genommen ist es ein Brauch, den die Leute von den Hochkönigen in Tara abgeschaut haben. Dort wurde auf dem Hill of Ward, der etwa zwölf Meilen entfernt liegt, ein riesiges Leuchtfeuer entzündet, um die Dunkelheit zu besiegen. Die Menschen schritten durch das Feuer, dabei nahmen sie ihr Vieh mit. Sie dachten, es würde sie reinigen. Viele backten Seelenkuchen und stellten diese mit einem Glas Milch vor die Tür, um die Seelen davon abzuhalten, das Haus zu betreten. Außerhalb der Feuerstellen traf man nur selten jemanden. Das Leben war einfacher als heute, außerdem blieb man normalerweise in seiner Umgebung. Ein Ausflug nach Dublin bedeutete fast eine Weltreise. Somit war es für uns ein Leichtes, unerkannt zwischen den Normalen zu wohnen."

Darla nickte verstehend.

„Mit meinen Tigergenen kann ich sehr schnell weite Strecken zurücklegen. Allerdings musste sich unsere Sippe aufteilen, als auffiel, dass wir nicht wirklich alterten. Ein Verdacht, dass wir magische Wesen sind, wäre damals fatal gewesen."

Flann trank einen Schluck Wein, dabei sah er versonnen ins Feuer.

„Das Überleben gestaltete sich manchmal recht hart, weil wir von den Jahreszeiten abhängig waren. Ein Winter, der zu zeitig kam oder der Sommer, der zu wenig Sonne brachte, bedeutete oft, dass wir vom Hunger bedroht wurden. Trotzdem erschienen mir die Menschen zufriedener."

Bei der Missgunst, die auch Darla oft erdulden musste, konnte sie sich das lebhaft vorstellen.

„Drüben in der Burg gab es von Zeit zu Zeit ein Fest. Immer dann, wenn die adeligen Besitzer zu Besuch dort weilten. Wir lebten damals in einem kleinen Steincottage, das mittlerweile abgerissen ist. Schon früh habe ich mitgearbeitet, denn Schulen gab es noch nicht. Aber ich liebte das Fischen sehr."

Darla versuchte sich vorzustellen, wie Flann wohl als Teenager ausgesehen hatte.

„Wie war deine Kindheit?"

Sie fand es extrem spannend, jemandem zuhören zu können, der die vergangenen Zeiten wirklich erlebt hatte.

„Ich würde mal sagen, wie die der anderen Jungs in meinem Alter auch. Es gab kaum Unterschiede, nur, dass ich ein magisches Wesen bin. Mein Papa hat mir früh beigebracht, mit meinen Fähigkeiten umzugehen, sodass ich mein inneres Tier gut im Griff halten konnte."

Erneut lächelte Flann, als er sich an seinen Dad erinnerte, der ihn ermahnte, auf keinen Fall seine Besonderheiten sehen zu lassen.

„Was ist mit deinem Vater? Lebt er noch?"

An dem traurigen Kopfschütteln erkannte sie, dass sie diese Frage besser nicht gestellt hätte.

„Nein, er wurde erschossen. Mein Dad ist 1919 zurück nach Terryglass gezogen, nachdem er zuvor eine Weile in England gelebt hatte. Er schloss sich sofort den Arbeiterbewegungen an, die für ein freies Irland kämpften."

Darla nickte leicht.

„Der irische Unabhängigkeitskrieg, ich habe darüber gelesen“, murmelte sie bedrückt.

„Ja. Es war ein ziemlich ungeeigneter Zeitpunkt für seine Rückkehr, aber genau wie mich zog es ihn immer wieder her. Er beteiligte sich an den Kämpfen. Es kam, wie es kommen musste: Er wurde von ein paar britischen Soldaten erschossen, die unser Dorf überfielen. Ich war damals in Deutschland.“

Mit dem letzten Satz kam er ihr zuvor, zumal er sich dachte, dass sie sich danach erkundigen würde.

„Das tut mir leid. Ich weiß, wie es ist, wenn man seine Liebsten verliert.“

Flann drückte sie leicht an sich.

„Es ist lange her. Mittlerweile denke ich mit einem Lächeln an ihn.“

Zu gerne hätte sie gewusst, was aus seiner Mutter geworden war, doch sie traute sich nicht, zu fragen. Weitere Wunden wollte sie auf keinen Fall aufreißen.

„Auch diese Zeiten gehören zu meiner Vergangenheit. Bürgerkriege, Weltkriege und Aufstände, aber wie du siehst, habe ich alle überlebt. In den letzten fünfzig Jahren bin ich allerdings in Irland geblieben. Die magische Welt unterhält ein Netzwerk, sodass wir immer passende Papiere erhalten können. Damit ist es relativ unkompliziert, sich selbst als sein Enkel oder Neffe auszugeben. Gerade auf unserer grünen Insel leben viele von uns, denn es gibt kein Einwohnermeldeamt wie in Deutschland.“

Erstaunt sah Darla ihn an.

„Echt nicht? Ich kann also herziehen und niemanden kümmert es?“

Zustimmend nickte der Tiger.

„Ja, du darfst hier sogar arbeiten, ohne weitere Formalitäten, weil du ein EU-Bürger bist.“

Die Neuigkeiten ließen sie strahlen. So einfach hätte sie es sich nicht vorgestellt.

„Aber um auf deine erste Frage zurückzukommen, ich mag Steaks, medium."

Lachend lehnte Darla sich an ihn.

„Dass du kein Veganer bist, dachte ich mir fast."

Er fiel in ihr Lachen ein, dabei sah er sie fasziniert an. Sie so glücklich zu sehen, ließ sein Herz höherschlagen. Sein Mädchen war wunderschön, wenn sie keine Sorgen hatte.

„Außerdem mag ich schwarze Kleidung, wie du unschwer feststellen kannst. Meine große Liebe ist das Meer, deshalb habe ich ein Cottage mit Blick auf den Atlantik. Sport, insbesondere Bodybuilding, gehört zu meinem Leben, ohne fühle ich mich eingesperrt. Musik ist genauso ein Bestandteil, dabei höre ich alles Mögliche je nach Laune. Ich mag Strandspaziergänge, Sonnenuntergänge und stundenlanges Kuscheln. Liegt wohl an meinen Katzengenen."

Als Darla ihm jetzt über den Arm strich, schnurrte er laut, was sie erneut lachen ließ.

„Gibt es etwas, das du verabscheust? Ich meine, außer Ungerechtigkeit oder Kriege?"

Ernst nickte er.

„Ja, ich hasse es, zu tanzen. Irgendwie verhaspele ich mich immer. Schach spiele ich auch ungern, zumal ich das Taktieren langweilig finde."

Darla stimmte ihm zu, was das Schachspielen anging. Sie würde das benötigte strategische Vorgehen niemals richtig verstehen.

„Was für Hobbys hast du? Oder was machst du in deiner Freizeit?"

Sie wollte alles über ihn wissen, besonders, wo er gerade in Erzähllaune war.

„Sport ist mein Hobby und gleichzeitig mein Leben. Außerdem lese ich gerne, darüber hinaus gehe ich jagen."

Bei der letzten Freizeitbeschäftigung verzog sie leicht das Gesicht.

„Echt jetzt? Du sitzt stundenlang auf einem dieser Holzgestelle, ehe du ein hilfloses Reh erschießt?"

Damit konnte sie sich so gar nicht anfreunden.

Schmunzelnd sah Flann sie an.

„Nein, ich sitze dabei nur sehr selten auf einem Hochsitz, dann wäre ich viel zu weit weg. Ich jage mit meinem Fotoapparat."

Darla stieß ihm schmerzhaft den Ellenbogen in die Seite.

„Du nimmst mich auf den Arm", beschwerte sie sich, aber das Zucken in ihrem Gesicht verriet ihm, dass sie das Lachen unterdrückte.

„Im Ernst, ich bin wirklich immer mal wieder auf der Jagd nach guten Fotos. Ich zeige dir meine Sammlung gerne, wenn wir zu Hause sind."

Zu Hause! Das klang so wunderbar, dass sie jetzt schlucken musste. Seit ihre Eltern tot waren, hatte sie sich nirgendwo heimisch gefühlt.

Liebevoll zog der Tiger sie an sich, sorgte dafür, dass sie ihre Wange an seine Brust bettete, während er sie kraulte.

„Du siehst, alles in allem bin ich ein völlig normaler Mann, mit alltäglichen Hobbys und extravaganten Vorlieben."

Vorsichtig stimmte sie zu.

„Ja, wenn man davon absieht, dass du mehr erlebt hast, als jeder Mensch. Ich stelle es mir schwierig vor, die ganzen Entwicklungen mitzumachen. Du hast Zeiten durchlebt, als es noch keinen Strom gab und heute musst du ein Handy bedienen können."

Bei dem Argument schob er sie ein wenig von sich, um sein Smartphone in die Hand zu nehmen, das auf dem Wohnzimmertisch lag.

„Gib mir bitte deine Telefonnummer. Sollte irgendetwas Unvorhergesehenes geschehen, möchte ich in der Lage sein, dich anzurufen."

Am liebsten hätte sie einfach die Augen zugemacht und die Realität ausgeblendet, aber der Tiger bestand auf einer Antwort.

Seufzend stand sie auf, um ihr Handy zu holen, damit sie die Nummern tauschen konnten.

Diese Aktion katapultierte sie sehr unsanft in die Wirklichkeit, außerdem würde sie den Gedanken, dass sie sich unter Umständen trennen mussten, gerne ausblenden.

Schnell tauschten sie ihre Telefonnummern, anschließend brachte Darla ihr Smartphone zurück in die Küche, wo ihre Handtasche lag.

„Wieso lässt du es nicht einfach hier auf dem Tisch liegen?", wollte Flann wissen, als sie sich wieder an ihn kuschelte.

„Weil Matthias ein Programm darauf installiert hat, um mich zu kontrollieren. Ich will verhindern, dass er wirklich alles mitbekommt. Er denkt, dass ich völlig ahnungslos bin, allerdings sind mir die Veränderungen sofort aufgefallen."

Müde sah sie ihn an, dabei erkannte er deutlich, dass sie sich lieber weiter über seine Vergangenheit unterhalten hätte als über ihren Onkel.

„Wenn ich die App lösche, weiß er, dass ich ihn durchschaue. Er wird wieder versuchen, etwas zu installieren. Deshalb lasse ich ihn in dem Glauben, dass ich nichts bemerkt habe, lege das Gerät aber immer in meine Handtasche, die selten in meiner Nähe ist."

Die Taktik gefiel Flann, zumal sie so einigen Problemen mit Matthias aus dem Weg ging. Außerdem konnte man ihn auf diese Weise unter Umständen auf eine falsche Fährte locken.

„Du bist clever, mein Mädchen. So ist es in jedem Fall besser, als ihn herauszufordern oder irgendwann ein Abhörprogramm auf dem Handy zu haben, von dem man nichts mehr weiß."

Darla nickte leicht, dann sah sie ihn schelmisch an.

„Willst du etwa von dir ablenken? Ich bin keineswegs fertig mit dir."

Erstaunt musterte er seine Liebste. Wollte sie etwa sein gesamtes Leben an einem Abend erforschen?

„Was möchtest du denn noch wissen? Ich habe dir die wichtigsten Dinge erzählt."

Bei der Antwort schüttelte sie langsam den Kopf.

„Nein, du hast ausgelassen, ob du schon mal verheiratet warst."

Neugierig blickte sie ihn an, dabei hoffte sie, dass sie jetzt nicht zu weit gegangen war. Nur konnte sie sich so gar nicht vorstellen, dass er 500 Jahre alleine geblieben war.

Ein verstehendes Lächeln huschte über sein Gesicht.

„Wenn ich dir sage, dass ich wie ein Mönch gelebt habe, lüge ich dich an. Ja, ich hatte Freundinnen, aber keine war meine Seelengefährtin. Verheiratet war ich insgesamt vier Mal. Früher war es schwieriger, zusammen zu sein, ohne einen Trauschein oder den Segen des Pfarrers."

Diese Information nagte an Darla, allerdings sagte sie sich, dass sie es ja unbedingt wissen wollte.

„Was ist aus den Frauen geworden? Ich hoffe, dass keine auf dich in deinem Cottage wartet."

Ihre Stimme hörte sich aggressiver an, als sie gewollt hatte, aber ihr Misstrauen war erneut erwacht. Vielleicht sah er sie ja doch nur als Spielzeug.

Getroffen zuckte Flann zusammen, als sie ihm den Verdacht an den Kopf warf.

„Denkst du wirklich, dass ich dir vorspiele, dich bei mir zu behalten, wenn meine Ehefrau auf mich wartet?“

Sofort meldete sich Darlas schlechtes Gewissen. Sie erkannte deutlich, dass sie ihn mit ihren bösartigen Worten verletzte.

„Es tut mir leid. Bitte, ich wollte dir nicht wehtun. Es ist nur so, dass ich kaum glauben kann, dass du mich ehrlich an deiner Seite haben möchtest.“

Fast flehend sah sie ihn an.

„Darla, es gibt keine andere und ich will auch keine, außer dir. Ich musste meine vier Ehefrauen zu Grabe tragen.“

Bei der Aussage schloss sie betroffen die Augen. Am liebsten hätte sie die bösartige Verdächtigung zurückgenommen, nur gab es keine Möglichkeit.

„Ich sollte lernen, meinen Mund zu halten“, murmelte sie.

Ehe Flann sich versah, war sie aufgesprungen und lief aus dem Raum. Verwirrt sah er ihr eine Sekunde lang nach, doch als er die Haustür hörte, rannte er ihr hinterher.

Ihm war bewusst, dass sie viel zu durcheinander war, um ihre neue Situation zu begreifen. Außerdem fand er ihre Eifersucht gar nicht so schlimm, denn das sagte ihm, dass sie ihn liebte.

Sie hatte gerade die Tür hinter sich zugezogen, als diese bereits wieder aufgerissen wurde.

Noch bevor sie irgendwie reagieren konnte, packte Flann sie am Arm.

„Was denkst du, wohin du gehst?“, wollte er leise wissen.

Hoffnungslos zuckte sie mit den Schultern. In ihren Augen schwammen Tränen, ihre gesamte Haltung zeigte, dass sie sich schuldig fühlte.

„Ich gehe dir besser aus dem Weg. Bestimmt willst du niemanden in der Nähe haben, der dermaßen unsensibel und misstrauisch ist."

Für Darla stand fest, dass sie mit ihrem unbedachten Vorwurf alles kaputtgemacht hatte. Zu deutlich erinnerte sie sich an Flanns Reaktion. Dass er getroffen zusammengezuckt war, tat ihr in der Seele weh. Ihn zu verletzen, lag überhaupt nicht in ihrer Absicht. Die Frage kam ihr nur in den Sinn, weil sie so wenig Selbstbewusstsein hatte.

„Bitte, Darla, lass uns darüber reden. Glaubst du wirklich, dass ich dich wegen einer dummen Äußerung verstoße? Auf gar keinen Fall! Du bist mein Mädchen, vergiss das nie."

Mit offenem Mund starrte sie ihn an, während sie versuchte zu verstehen, was er gerade gesagt hatte.

„Aber ich habe dir unterstellt, dass du mich hintergehst, dabei musstest du bereits vier Frauen, die du sicherlich geliebt hast, begraben."

Lächelnd zog er sie an sich, obwohl sie sich wehrte, doch gegen ihn besaß sie nicht die geringste Chance.

„Ja, ich liebte sie, allerdings nicht so sehr wie dich. Du bist meine Gefährtin, meine Dualseele."

Flann legte beide Hände an ihre Wangen, sah ihr tief in die Augen, ehe er sie zärtlich küsste.

In diesen Kuss packte er seine gesamten Gefühle, die er ihr mit Worten nur unzureichend mitteilen konnte.

Völlig außer Atem, aber mit einem glücklichen Lächeln, drückte Darla sich an ihn, als er wieder von ihr abließ.

„Ich dachte, ich hätte unsere Beziehung bereits kaputtgemacht", flüsterte sie, dabei unterdrückte sie die Tränen mit aller Macht.

Kopfschüttelnd brachte Flann sie zurück in sein Wohnzimmer, wo er sich mit ihr auf die Couch setzte.

„Ich weiß, dass es Zeit braucht, damit du mir wirklich vertrauen kannst. Du bist oft verletzt worden und das hinterlässt Spuren."

Sein Verständnis tat ihr gut, beschämte sie aber auch. Nach diesem Fauxpas hatte sie eigentlich eine ordentliche Standpauke verdient.

„Wenn du mich jetzt bestrafen möchtest, verstehe ich es sehr gut", bemerkte sie leise.

Flann blickte auf sie herunter, dabei lächelte er sie beruhigend an.

„Nein, das will ich auf keinen Fall. Wir waren in keiner Spielsituation, außerdem ist unsere Beziehung noch zu frisch, als dass ich absolutes Vertrauen von dir verlangen könnte."

Sanft streichelte er sie, zumal ihm ihr Ausrutscher zeigte, dass sie viel mehr verarbeiten musste, als angenommen.

„Vielleicht solltest du mir von den Männern erzählen, die dir so sehr wehgetan haben, dass du niemandem richtig vertraust?", schlug er leise vor.

Am liebsten hätte Darla jetzt heftig mit dem Kopf geschüttelt, aber nach ihrem unfairen Vorwurf verdiente er die Wahrheit einfach.

„Im Grunde hat es sich immer gleich abgespielt. Ich traf einen Kerl, der mir gefallen hat. Wir sind uns nähergekommen und am Schluss musste ich feststellen, dass ich nur ein nettes Spielzeug war."

Sie versuchte, sich mit dieser Kurzfassung aus der Affäre zu ziehen, doch Flann sah sie bereits auffordernd an.

„Erzähl mir von deinem ersten Freund", bat er, was sie dazu brachte, tief einzuatmen.

Darla erinnerte sich nicht gerne an ihre vergangenen Liebschaften.

„Er hieß Stefan und ich war so verliebt, dass ich völlig naiv in seine Falle getappt bin. Wir standen kurz vor dem Abitur, als er mich bei einer Klassenfete ansprach. Wir unterhielten uns den gesamten Abend, kamen uns näher, was ich nie für möglich gehalten hätte. Er sah gut aus, blond, schlank, der Schwarm in unserem Englischkurs."

Bitter sah sie jetzt auf die Flammen im Kamin. Die Lektion von damals tat heute noch weh.

„Zum Abschied hat er mich geküsst und gefragt, ob wir uns wiedersehen. Ich war so glücklich, weil ich dachte, er würde es ehrlich mit mir meinen. Eine Freundin versuchte, mich zu warnen, aber ich ignorierte sie. Es kam, wie es kommen musste, wir landeten im Bett. Am nächsten Tag flirtete er ungeniert mit einer anderen. Als ich ihn auf sein Verhalten ansprach, lachte er mich aus. Er fragte, ob ich die Kerben an seinem Schrank übersehen hätte. Ich sei nun eine davon, mehr nicht."

Selbst acht Jahre später tat die Demütigung immer noch weh, sodass sie schwer schluckte, ehe sie weitererzählen konnte.

Flann zog sie dicht an sich, nickte ihr allerdings aufmunternd zu.

„Ich kam drüber weg, zumal kurz darauf meine Eltern starben. Alle Probleme verpufften. Der nächste Mann in meinem Leben lief mir auf dem Campus über den Weg. Er rempelte mich an und ich verliebte mich auf der Stelle. Dieses Mal nahm ich mir vor, vorsichtiger zu sein. Wir redeten stundenlang, trafen uns, um unsere Freizeit gemeinsam zu verbringen. Außer ein paar heißen Küssen spielte Sex keine Rolle, sodass ich dachte, es ginge ihm wirklich um mich."

Wieder schluckte Darla die Bitterkeit herunter.

„Irgendwann drängelte er, dass er mehr von mir wollte. Ich stimmte zu, zumal ich mich auch nach Zärtlichkeiten sehnte. Anschließend klärte er mich auf, dass mein Onkel dafür bezahlt hatte, dass er sich um mich kümmerte."

Gequält schloss sie die Augen, weil die Erinnerung so in ihrem Gedächtnis haften geblieben war, als ob es erst gestern geschehen sei.

Die Nähe ihres Tigers gab ihr Halt, allerdings wusste sie genau, dass sie noch manches Mal gegen ihr Misstrauen ankämpfen musste.

„Am nächsten Tag hörte ich ihn, wie er seinen Freunden erzählte, dass ich so grottenschlecht im Bett sei, dass er es sofort beendet hätte. Aber nicht genug, ich fiel auf einen weiteren Mann herein, den mein Onkel schickte."

Sie drückte sich dicht an Flann, weil sie spüren wollte, dass er wirklich bei ihr war.

„Auch dieses Mal war ich einfach nur dumm. Er arbeitete für Matthias, doch er hob sich von den anderen ab. Während die meisten männlichen Angestellten mich als eine Art Freiwild betrachteten, behandelte er mich höflich. Charmant umgarnte er mich, zeigte mir, dass ich für ihn etwas Besonderes war. Zumindest dachte ich es. Außerdem sehnte ich mich nach Geborgenheit. Mir fehlten meine Eltern und von meinem Onkel hörte ich nie ein freundliches Wort. Somit hatte der Typ leichtes Spiel mit mir."

Flann schüttelte den Kopf.

„Du urteilst zu hart über dich, mein Mädchen. Wir alle sehnen uns doch nach einem Menschen, der uns liebt. Du bist nach Strich und Faden betrogen worden, das ist kaum deine Schuld."

Traurig seufzte sie.

„Wenn ich intelligenter gewesen wäre, hätte ich die Kerle augenblicklich durchschaut, aber ich war dumm genug zu glauben, dass es sich um ehrliches Interesse an mir handelte."

Sie sah dem Mann in die Augen, der ihr in dem Moment unendlich viel Sicherheit gab. Würde er sie auch enttäuschen? Sofort schob sie die Furcht zur Seite.

„Du wirst mit der Zeit lernen, dass du mir vertrauen darfst", bemerkte Flann, als er ihre Gedanken an ihrem Blick ablas.

„Ich hoffe es, aber du musst Geduld mit mir haben."

Liebevoll küsste er sie, zeigte ihr allein mit dieser kleinen Zärtlichkeit, was er für sie fühlte.

„Das werde ich, meine Kleine."

Müde lehnte sie sich an ihn, denn für den Tag hatte sie mehr als genug erlebt.

Darla schloss die Augen, spürte, wie er ihr beruhigend über die Oberarme strich, und glitt langsam in die Traumwelt hinüber.

Flann betrachtete sie voll Liebe. Sie war die eine Frau, die zu ihm gehörte, das hatte er schon bei ihrem ersten Treffen gespürt, allerdings gestand er es sich jetzt völlig ein.

Auch im Schlaf entspannte sie sich nicht komplett, sondern klammerte sich an seinen Arm, so als ob er weglaufen könnte.

Vorsichtig hob er sie hoch, trug sie ins Schlafzimmer, um sie auf dem Bett abzulegen.

Verschlafen sah sie ihn an, noch von ihrem Traum umnebelt.

„Zieh die Sachen aus, meine Kleine, dann kannst du weiterschlafen", befahl er zärtlich.

„Bleibst du bitte bei mir?"

Darla wollte auf jeden Fall verhindern, dass er auf der Couch schlief. Nur bei ihm fühlte sie sich wirklich sicher.

„Natürlich. Ich habe so lange davon geträumt, dich endlich im Arm halten zu dürfen, wenn ich einschlafe. Darauf werde ich keinesfalls verzichten."

Liebevoll küsste er sie auf die Stirn, ehe er sie freigab, damit sie sich ausziehen konnte.

Verlegen streifte sie die Jogginghose, die Socken und den Pulli ab, sodass sie nur noch mit Unterhose sowie einem T-Shirt bekleidet war.

Flann musterte sie mit einem Schmunzeln. An dem Tag hatte sie bereits genug erlebt, daher ließ er sie gewähren, aber in Zukunft würde sie auf das bisschen Stoff verzichten.

Auch er entkleidete sich bis auf die Shorts, ehe er sich zu ihr unter die Decke legte. Besitzergreifend zog er sie an sich, schlang beide Arme um sie, woraufhin sie beruhigt wieder einschlief.

Flann betrachtete sie noch eine kleine Weile, bis ihm die Augen zufielen. In dieser Nacht träumte er zum ersten Mal nicht von den Menschen, die er getötet hatte.

~~°~~

Am nächsten Morgen schien die Sonne, sodass einem Ausflug nach Portumna nichts im Weg stand.

Gemeinsam frühstückten sie, anschließend liefen sie Hand in Hand zu Flanns Pick-up.

Irgendwie erwartete Darla, dass ihr Onkel sie aufhalten würde, aber von ihm war keine Spur zu sehen.

Aufatmend lehnte sie sich zurück, als sie auf die Hauptstraße abbogen.

„Wieso darfst du es dir eigentlich erlauben, Matthias anzugehen? Es gab Leute, die hat er für weniger beseitigen lassen.“

Darla überlegte bereits seit gestern, warum er es sich wagte, gegen Demmer vorzugehen.

„Weil er genauso Angst hat, zu sterben, wie jeder halbwegs normale Mensch. Er erpresst mich zwar mit seinem Wissen, dennoch ist er unsicher, ob er mich wirklich unter Kontrolle halten kann. Besonders, wenn ich direkt vor ihm stehe. Ich muss nur aufpassen, dass ich keine Grenze überschreite. Sollte er sich zu sehr vor mir fürchten, dann interessiert ihn auch das Geld nicht mehr, das er durch mich verdient."

Verstehend nickte sie. Reichtum war die eine Sache, ein Leben die andere. Sie hatten ja am Vorabend bereits darüber gesprochen, trotzdem brauchte sie die Bestätigung von ihm erneut.

„Pass auf, wir machen jetzt einen Ausflug in die Vergangenheit und lassen das Thema rund um Demmer außen vor, okay? Mit ihm können wir uns beschäftigen, wenn es an der Zeit dafür ist."

Mit einem kleinen Lächeln stimmte sie ihm zu. Es brachte nichts, über die Schachzüge ihres Onkels zu grübeln.

„Was möchtest du zuerst ansehen? Das Schloss oder die Ruinen des Klosters?"

Flann blickte zu ihr rüber, ehe er sich erneut auf die Straße konzentrierte.

„Ich habe keine Ahnung. Was ist denn sehenswerter?"

Lachend zuckte sie mit den Schultern.

Einen Moment überlegte der Tiger, ehe er sich dafür entschied, ihr erst die Reste der alten Abtei zu zeigen.

Kurz darauf parkte er den Wagen auf einem Parkplatz, der neben einem Hafen lag. Auch hier war jede Anlegestelle mit einem Hausboot besetzt.

Darla warf einen sehnsüchtigen Blick zu den Booten, die alle sehr unterschiedlich aussahen.

Einige besaßen eine Flyingbridge, andere musste man aus dem Inneren heraus steuern. Selbst die Größe variierte vom Schiffchen, das gerade mal für zwei Personen Platz bot, bis zum Schiff mit Jachtcharakter.

„Komm, lass uns gehen."

Flann packte ihre Hand, verflocht seine Finger mit ihren und brachte sie auf eine schmale Straße, die sie direkt zum alten Kloster führte.

Darla bewunderte stumm das wirklich riesige Gebäude. Ein Teil des Säulengangs war noch übrig, was den Eindruck ehemaliger Schönheit hinterließ.

„Zumindest haben sie es warm gehabt", murmelte sie, als ihr bereits der zweite Kamin auffiel.

Geschickt wich sie den Grabsteinen aus, die auf dem Boden lagen. Sie hätte es niemals übers Herz gebracht, darauf zu treten. Für sie war das eine ungeheure Respektlosigkeit.

Flann bemerkte ihr Verhalten, was ihm ein zufriedenes Lächeln auf die Lippen trieb.

Sie besichtigten die Überreste der Kirche, die so ziemlich den größten Teil der Ruine ausmachte.

Bei einem großen Fenster konnte man sich direkt vorstellen, wie es ausgesehen haben musste, als es noch mit buntem Glas bestückt war.

An den Resten eines alten Altars blieb Darla stehen und runzelte missmutig die Stirn.

„Schade, dass es so gar keine Informationstafel gibt", bemerkte sie.

Sofort war Flann zur Stelle.

„Was möchtest du denn wissen? Vielleicht kann ich es dir beantworten."

Erst jetzt fiel ihr ein, dass sie ja quasi mit einem Zeitzeugen unterwegs war.

„Warst du dabei, als es erbaut wurde?"

Neugierig musterte sie ihn, als er lachend den Kopf schüttelte.

„Nein, so alt bin ich dann doch noch nicht. Die Zisterzienser Mönche aus Dunbrody im County Wexford haben im 13. Jahrhundert gefordert, dass hier eine Kirche gebaut wird. Die Leute aus Portumna kamen der Forderung nach, später wurde das Haus aufgegeben und den Dominikanern überlassen. Die erweiterten das Gebäude zu einem Kloster. Im Prinzip bauten sie die Wohnhäuser um die Kirche herum."

Flann kannte sich in Irland bestens aus, besonders, wenn es sich um Ruinen rund um Terryglass handelte.

„Ich bin beeindruckt. Aber war es nicht sehr ungewöhnlich, dass ein Orden sein Gotteshaus an den anderen abgibt?"

Bedächtig nickte der Tiger.

„Ja, das war es in der Tat, allerdings kam es häufiger vor, als heutzutage. Im Mai 1762 wurde es von der evangelischen Kirche eingefordert. Das habe ich sogar noch erlebt", bemerkte er mit einem Schmunzeln.

Flann legte einen Arm um ihre Schultern, so gingen sie weiter.

„Das Kloster bestand aus dem Kirchengebäude, dem eigentlichen Klostergebäude, in dem die Mitglieder arbeiteten oder beteten und den Häusern, in denen sie schliefen. Es war schon riesig."

Dem konnte Darla nur zustimmen.

Erneut sah sie auf den Säulengang, der gut erhalten war, ehe der Tiger sie von der Ruine wegführte.

Langsam schlenderten sie einen Waldweg entlang, der sie direkt zum *Portumna Castle* führte.

Das beeindruckende Gebäude war von einer Steinmauer umgeben, an deren vorderen Ecken noch die Reste von zwei Türmen standen.

In dem Tor saß jetzt jemand, der ihnen die Eintrittsgelder abnahm und ihnen einen Flyer über die Geschichte des Bauwerks geben wollte.

„Danke, aber den brauchen wir nicht. Ich kenne mich sehr gut aus“, lehnte Flann höflich ab, ehe er Darla zum Park brachte, der direkt vor dem Schloss lag.

„Hier siehst du einen geometrischen Garten nach dem Vorbild der Gärten in Frankreich und Italien zur Zeit des Barocks. Eine solche Anlage ist das genaue Gegenteil der Landschaftsgärten, die besonders in England ab dem 18. Jahrhundert zu finden waren.“

Darla lachte leise auf.

„Du willst diese mickrigen Beete nicht mit Versailles vergleichen, oder?“

Als Flann leicht nickte, brach sie in lautes Lachen aus.

„Entschuldige, doch ich habe die prachtvolle Parkanlage von *LeNotre* selbst gesehen. Keine Ähnlichkeit mit dem hier. Es gefällt mir schon, aber mal ehrlich. Es ist vergleichsweise einfach gehalten.“

Dem stimmte der Tiger zu, trotzdem gab es Gemeinsamkeiten.

„Ja, ist es, allerdings sieht es ein wenig aus wie die Orangerie von Versailles. Schau mal genau hin.“

Einen Augenblick dachte Darla nach, holte sich die Bilder ins Gedächtnis zurück, dabei sah sie auf die fast dreieckigen Beete, die sich um eine kreisrunde Rasenfläche anordneten.

„Du hast recht. Nur ist es in Frankreich alles etwas prunkvoller.“

Gemeinsam gingen sie über den Schotterweg auf das Eingangsportal zu.

„Übrigens zeigten sich die Erbauer ziemlich fortschrittlich, denn die zwei Türme, die du an den Seiten des Gebäudes siehst, waren Latrinentürme.“

Darla blieb stehen, um sich die Front des Schlosses anzusehen.

„Du meinst, sie hatten Toiletten auf jeder Etage?“

Ernst nickte Flann, dabei deutete er auf die Ecktürme des Bauwerks.

„Genau, Abfall und Exkremente fielen nach unten, wo sie in einer gemauerten Rinne unter dem Castle ein Stück abgeleitet wurden. Ein sogenannter *Gong Farmer* hat den Dreck dann weggemacht.“

Angeekelt schüttelte sie sich bei dem Gedanken.

„Das war wahrscheinlich kein beliebter Job, oder?“

„Nein, war es nicht, außerdem durften die Leute nur nachts arbeiten, um niemanden zu stören.“

Sie gingen auf den Eingang zu, der fast wie ein Tor wirkte. Eine breite Treppe führte hinauf.

„Das Schloss wurde Anfang des 17. Jahrhunderts von Richard Burke, dem vierten Earl of Clanricade, gebaut. Oder besser, er hat es bauen lassen. Heute ist es übrigens ein National Monument“, erzählte Flann leise, als sie die große Halle betraten.

„Bei dem Bauwerk hier handelt es sich um ein sogenanntes *Festes Haus*. Das ist ein Gebäude, das nur zum Teil der Abwehr von Feinden galt, ansonsten aber zu Repräsentationszwecken oder einfach zum Wohnen genutzt wurde. *Terryglass Castle* gehörte auch zu dieser Art.“

Verstehend nickte Darla, während sie sich den riesigen Raum ansah, der von einer breiten Mauer in zwei Abteilungen geteilt wurde. In der Abtrennung gab es zahlreiche Nischen und offene Kamine.

„Die Kamine stellten den Untergang des Schlosses dar, denn 1826 ging von ihnen ein Brand aus, der das gesamte Innere zerstörte. Eine Gruppe sehr engagierter Leute versucht mittlerweile, alles wieder aufzubauen. Geplant ist, dass aus dem Haus mal ein Hotel wird."

Darla konnte sich gut vorstellen, dass die Touristen dieses Angebot gerne annahmen, zumal man von hier aus bequem einige Sehenswürdigkeiten erreichte.

„Damals, als es fertig war, gab es kein vergleichbares Schloss in ganz Irland. Es galt als das prächtigste und großzügigste Gebäude mit seinen drei Stockwerken."

Flann sprach jetzt leise, da weitere Besucher eintraten.

„Weißt du etwas über die Leute, die in dem Castle gelebt haben?"

Neugierig sah sich Darla die Ausstellung an, die hauptsächlich aus den Bildern der ehemaligen Besitzer bestand.

„Nicht wirklich. Ich war damals ein junger Lord aus England, der nur selten hierher eingeladen wurde."

Erstaunt musterte sie ihren Tiger.

„Du bist adelig? Echt?"

Sofort lachte er, während er den Kopf schüttelte.

„Nein, ich bin ein Bürgerlicher, aber ich kannte einen sehr guten Fälscher. Ich bin auf diese Art Lügen angewiesen, obwohl ich ansonsten immer die Wahrheit bevorzuge."

Das verstand sie. Niemand würde einen Gestaltwandler einfach in der Gesellschaft aufnehmen. Im Gegenteil, sie wollte sich nicht mal ausdenken, was mit ihm passierte, sollten die falschen Leute hinter sein Geheimnis kommen.

„Lass uns die Gärten ansehen. Der Küchengarten ist sehr schön, außerdem gibt es ein Weidenlabyrinth, wenn es noch da ist."

Er zog sie mit sich aus dem Schloss raus in die strahlende Sonne, die sie blinzeln ließ.

Rechts von ihnen zeigte ein Schild den Weg zum *Kitchen Garden*, der auch heute weitgehend biologisch geführt wurde.

Eine hohe Steinmauer grenzte die Beete ab, in denen man hauptsächlich Kräuter und Obststräucher fand.

Versteckt im hinteren Teil lag eine Bank, die von Rosen umrahmt war, was Darlas Fantasie sofort anregte.

„Ob die Dame des Hauses hier öfter saß? Obwohl es eigentlich ein Küchengarten ist?“

Galant deutete Flann auf das Bänkchen.

Sie setzten sich, wobei sie erst jetzt bemerkte, dass ein Spalier über die Sitzecke gebaut worden war.

„Im Hochsommer findet man den Platz nicht auf Anhieb. Er hat dazu gedient, dass die Hausherrin ein paar Momente für sich hatte. Allerdings war es auch ein beliebtes Eckchen für Liebespaare.“

Bei den Worten legte er seine Hand in ihren Nacken, um sie näher an sich zu ziehen.

Mit einem Blick, der ihr durch und durch ging, musterte er sie, ehe er zärtlich über ihre Unterlippe leckte.

Genüsslich nahm er ihren Geschmack auf, gleichzeitig drang der ihr eigene Geruch nach Flieder gemischt mit Hoffnung in seine Nase.

Allein an dieser Mischung würde er sie immer erkennen.

Langsam zwang er sie, den Mund zu öffnen, verführte sie nach allen Regeln der Kunst, bis sie die Augen schloss, um sich ihm komplett hinzugeben.

Mit sanftem Druck kraulte er ihren Haaransatz, zeitgleich strich er mit seiner Zungenspitze über ihre Zähne, kostete von ihr, wie von einem guten Wein.

Seine Linke schob sich in ihr T-Shirt, um ihre Brustwarze zu streicheln, die sich ihm bereits sehnsüchtig entgegendrückte. Natürlich störte ihn der Stoff des BHs, aber das würde er hier in dem öffentlichen Garten nicht ändern.

Außer Atem ließ er von ihr ab, zumal es in seiner Jeans extrem eng wurde. Sein Sturkopf war so sinnlich, dass es ihm schwerfiel, bis zum Abend zu warten.

Mit geröteten Wangen sah Darla ihn an, dabei glitt ein Lächeln über ihr Gesicht.

„So wie es aussieht, weißt du genau, wozu dieser versteckte Sitz gut ist“, neckte sie ihn.

Lachend schüttelte Flann den Kopf.

„Nicht halb so gut, wie du annimmst, mein Mädchen. Wie gesagt, ich war damals höchstens zwei Mal hier und da gab es keine Dame, die ich hätte verführen wollen. Aber ich erkenne Möglichkeiten, wenn sie sich bieten.“

Mit den Worten raubte er ihr erneut einen Kuss, bevor sie weiter durch den Garten gingen.

Vor der Sonnenuhr blieben sie stehen.

„Ich habe noch nie so eine Uhr in der Realität gesehen“, murmelte Darla leise, als sie die angezeigte Zeit mit der auf ihrer Armbanduhr verglich.

„Sie geht auf die Minute genau.“

Erstaunt blickte sie auf das Wunderwerk, denn damit hätte sie nie gerechnet.

„Wie du siehst, ist die Mittagszeit vorbei, also lass uns zu einem *Tearoom* gehen, um etwas zu essen“, schlug Flann vor, als sie sich endlich von der Sonnenuhr lösen konnte.

Jetzt merkte Darla auch, dass das Frühstück bereits eine ganze Weile her war.

„Das ist eine gute Idee, aber dieses Mal möchte ich bezahlen.“

Sie hob sofort die Hand, als er widersprechen wollte.

„Das ist nicht verhandelbar“, bemerkte sie in einem Ton, der seinem recht ähnlich war.

Neugierig sah Flann sie an, während sie das kurze Stück zu dem *Tearoom* gingen.

„Wieso willst du das? Du hast selbst gesagt, dass du nicht gerade viel verdienst.“

In seiner Stimme klang kein Vorwurf mit, sondern nur der Wunsch, sie zu verstehen.

„Ich komme mir dann weniger wie ein Schmarotzer vor“, gab sie leise zu.

Den Gedanken musste er ihr schnellstens abgewöhnen. Auf keinen Fall würde er zulassen, dass sie das Gefühl hatte, sie läge ihm auf der Tasche.

Im Gegenteil, sie sollte erkennen, dass es ihr Recht war, sich ein bisschen verwöhnen zu lassen.

„Darla, es ist unnötig, dass du bezahlst. Weißt du, früher wären die Damen niemals auf die Idee gekommen, die Rechnung zu übernehmen. Es gehörte zum guten Ton, dass der Mann die Kosten bei einem Ausflug übernahm.“

Sie seufzte leise.

„Das weiß ich, aber wir leben leider nicht mehr in dieser Zeit. Heute sind die Frauen emanzipiert, was heißt, dass sie für sich selbst aufkommen.“

Als Flann sie jetzt musterte, umspielte ein feines Lächeln seine Mundwinkel.

„Das sagt wer?“

Verlegen zuckte sie mit den Schultern.

„Matthias erinnert mich bei jeder Gelegenheit daran.“

Das hatte der Tiger sich beinahe gedacht.

„Und auf diesen Stinkstiefel hörst du? Nein, du darfst erst zahlen, wenn du einen sehr gut bezahlten Job hast.“

Damit drückte er die Tür des *Tearooms* auf, ehe er ihr höflich den Vortritt ließ, sodass sie keine Zeit mehr für einen Protest hatte.

Sie schlenderten an der Auslage vorbei, die allerhand Gebäck, aber auch ein paar herzhafte Snacks präsentierte.

„Was rätst du mir? Was sollte ich auf jeden Fall probieren, da ich schon mal in Irland bin?“, wollte Darla wissen.

Flann überlegte nicht lange, sondern deutete sofort auf ein Gebäckstück, das ziemlich an Brötchen erinnerte.

„Nachmittags musst du Scones mit Butter und Erdbeermarmelade essen.“

Zustimmend nickte sie, zumal ihr jetzt nach etwas Süßem zumute war.

Ganz Gentleman suchte er einen Tisch aus, ehe er ihr den Stuhl zurechtrückte, was ihr erneut ein Lächeln auf die Lippen zauberte. In den vergangenen Jahren wurde sie nie so höflich behandelt.

Liebevoll nahm der Tiger ihre Hand, strich zart mit dem Daumen über ihren Handrücken, wobei er sie ansah.

„Was?“, wollte sie misstrauisch wissen.

Flann schüttelte lächelnd den Kopf.

„Nichts, ich genieße es nur, dich anzusehen. Weißt du, wie schön du bist?“

Verlegen blickte Darla zur Seite. Sie hielt sich für ansehnlich, aber keinesfalls mehr.

„Du bist ein Schmeichler. Es gibt so viele, die hübscher sind als ich.“

Am liebsten hätte er sie geschüttelt, erkannte sie wirklich nicht, wie sie auf ihn wirkte? Zu gerne würde er sie in das Cottage zurückbringen, um ihr endlich zu zeigen, dass er sie begehrte. Doch das musste noch etwas warten, denn zuvor wollte er mit ihr einkaufen gehen.

Auf keinen Fall ließ er zu, dass sie gezwungen war, mit den paar Kleidungsstücken aus ihrem Trolley auszukommen.

„Wenn du dich mit meinen Augen sehen könntest, wüsstest du, wie wundervoll du bist“, bemerkte er leise.

Darla holte gerade tief Luft, um ihm zu widersprechen, als die Bedienung die Scones brachte.

„Darf ich sonst noch etwas bringen?“

Die Kellnerin starrte Flann ganz unverhohlen an, dabei übersah sie die Frau an seiner Seite völlig.

„Ich hätte gerne eine Tasse Tee, wenn es möglich ist“, mischte sich Darla mit einem harten Unterton ein.

Unwillig riss sich die Bedienung vom Anblick des Tigers los.

„Selbstverständlich, was für einen Tee möchten Sie denn?“

Noch einmal sah die Angestellte von Flann zu seiner Begleitung, als ob sie nicht glauben wollte, dass ein Mann wie er mit einer dermaßen übergewichtigen Person zusammen war.

„Wenn Sie Zitrone haben, nehme ich gerne einen schwarzen Tee.“

Darla hätte ihr am liebsten vors Schienbein getreten, leider verbot ihr das ihre Erziehung.

„Bringen Sie bitte ein Kännchen und zwei Tassen. Ich teile sie mir mit meiner Frau.“

Jetzt schluckte die Bedienung schwer, besonders weil Flanns Blick direkt auf ihr lag. Deutlich sagte er ihr damit, dass sie sich gut überlegen sollte, wie sie sich verhielt.

„Kommt sofort.“

Mit den Worten lief die Kellnerin zur Theke zurück.

„Siehst du, genau dieses Verhalten meine ich. Jeder fragt sich, warum du dich mit einer wie mir abgibst. Ich weiß, dass ich zu dick bin“, bemerkte Darla traurig.

Flann beugte sich leicht vor, griff über den Tisch und drehte ihr Kinn, sodass sie ihm ins Gesicht sehen musste.

„Es ist egal, was irgendjemand denkt. Du bist meine Partnerin, nicht die Bedienung, nicht irgendeine Frau, die sich auf ihre Figur etwas einbildet oder sonst wer. Für mich bist du ideal, verstanden?“

Eindringlich sah er sie an, bis sie vorsichtig nickte.

„Wenn du es unbedingt willst, dann helfe ich dir mit einem Trainingsplan. Darüber hinaus kenne ich mich auch mit gesunder Ernährung aus. Nur tu es bitte auf keinen Fall für mich."

Dankbar lächelte sie ihn an, als er sie losließ. Anschließend lehnte er sich wieder bequem zurück.

„Nein, das verspreche ich dir. Aber ich fühle mich wirklich unwohl. Nur während ich bei Matthias war, fehlten mir die Zeit und das Geld, um in ein Fitnessstudio zu gehen. Was wir gegessen haben, hat er bestimmt, da ist es schwierig, auf seine Linie zu achten. Außerdem war es mir egal, wie ich aussah, bis ich dich traf", gab sie leise zu.

Verstehend nickte der Tiger.

Die Bedienung brachte den Tee, doch dieses Mal verkniff sie sich einen Blick auf den beeindruckenden Mann.

„Greif zu, ehe sie kalt werden. Scones isst man warm."

Aufmunternd deutete Flann auf die kleinen Gebäckstücke, die sie ein wenig an Brötchen erinnerten.

Darla nahm sich eins, schnitt es auf, bestrich es mit Butter, ehe sie zur Marmelade griff.

Gespannt probierte sie und hätte beinahe wohlig aufgeseufzt.

„Wow, das schmeckt einfach toll", murmelte sie.

„Wenn du willst, kannst du zu Hause selbst welche machen. Ich falle da leider raus, da ich zwar ein paar Gerichte hinbekomme, aber beim Backen grundsätzlich versage."

Flann lachte leise, als er an seine Versuche dachte, irgendetwas Kuchenähnliches herzustellen.

„Du hast ein Rezept?"

Darlas Augen strahlten.

„Ich liebe es, zu backen. Matthias hat es gehasst, wenn ich Brot oder Kuchen zubereitet habe, besonders, weil sich dann die Aufmerksamkeit seiner Leute auf mich gelenkt hat. Sobald die Wohnung nach frischen Backwaren geduftet hat, kamen sie aus ihren Löchern gekrochen."

Das konnte Flann sich bildlich vorstellen, doch diese Zeiten waren vorbei.

„Frischgebackenes Brot ist etwas ganz Köstliches. Ich bin der glücklichste Mann der Welt mit so einer Frau."

Jetzt tippte Darla sich leicht mit dem Zeigefinger an die Stirn.

„Du spinnst, mein Liebster. Es ist wirklich keine große Kunst, ein einfaches Weißbrot zu backen. Sauerteig ist eine Herausforderung."

Lachend hob der Tiger seine Hände.

„Für mich ist schon ein normaler Marmorkuchen ein unüberwindliches Hindernis. Glaub mir, sobald ich auch nur das Mehl anfasse, wird das Gebäck steinhart."

Darla stimmte in sein Lachen ein. Ihr gefiel es, dass er keineswegs perfekt war, sondern etwas nicht konnte.

„Dann überlass das Backen mir. Irgendwie muss ich mich ja beschäftigen, bis ich einen Job finde."

Bei der Aussage wurde sie nachdenklich.

„Weißt du, ich liebe es, möglichst viel selber zu machen. Ich träume immer noch von einem kleinen Garten, in dem ich Gemüse, Kräuter und vielleicht auch ein paar Früchte ziehen kann. In meiner Freizeit habe ich mir oft Do-it-yourself-Videos auf YouTube angesehen, anschließend träumte ich davon, alles mal auszuprobieren."

Flann nahm erneut ihre Hand, um sie kurz zu drücken.

„Bei mir gibt es genug Gelegenheiten, dich auszutoben. Hinter dem Haus ist Platz, wobei ich keine Ahnung habe, ob sich der Boden dort eignet."

Bisher hatte er keinen Gedanken daran verschwendet, sein Essen selbst anzubauen.

„Das ist super. Sollte der Boden ungeeignet sein, könnte ich Gemüse und Kräuter in Eimern ziehen. Außerdem möchte ich Seife machen oder Kerzen gießen. Kreativ sein. So als Alternative zu meinem technischen Job.“

Wieder nickte der Tiger gutmütig.

„Das ist kein Problem. Tob dich ruhig aus. Ich mag Kerzenlicht. Allerdings würde ich dich gerne mit ins Studio nehmen. Ich brauche dort wirklich Unterstützung. Ich bezahle auch ordentlich.“

Aufmerksam musterte er sie, da sie den Vorschlag völlig falsch verstehen könnte, doch sie lachte nur leise.

„Was sollte ich denn in einem Fitnessstudio machen? Ich kann niemanden trainieren, davon habe ich keine Ahnung und eine Putzfrau wirst du bestimmt schon beschäftigen, oder?“

Ernst nickte er.

„Ich würde es auch nicht zulassen, dass du den Dreck der Mitglieder wegmachst. Aber hinter dem Tresen gibt es genug Arbeit. Oder im Büro. Kennst du dich zufällig mit der Buchhaltung aus?“

Hoffnung klang in seiner Stimme mit, die Darla mit einem Kopfschütteln sofort wieder zerstörte.

„Nein, das ist überhaupt nicht mein Gebiet. Außerdem müsste ich mich mit dem Steuerrecht in Irland auskennen, um dir dabei zu helfen.“

Dem Argument stimmte er missmutig zu.

„Dann muss ich den Kram halt weiterhin selbst erledigen“, brummte er.

Zu gerne hätte er ihr den gesamten Bürokram überlassen.

„Ich unterstütze dich und freue mich darauf, mit dir zusammenzuarbeiten.“

Sie strich leicht über seinen Unterarm.

Die Zukunft erschien ihr so rosig, dass sie glücklich lächelte. Im Geist sah sie sich bereits Brot backen und den Mitgliedern des Fitnessstudios Getränke ausschütten.

„So wie du aussiehst, freust du dich auf das, was kommt“, stellte Flann zufrieden fest.

Schnell nickte Darla.

„Ja, sehr sogar. Besonders, weil es was völlig anderes ist, als meine Zeit bei Matthias. Aber ich brenne darauf, endlich frei zu sein.“

Das konnte er absolut nachvollziehen, daher vermied er es, sie daran zu erinnern, dass er auch in den kommenden Monaten für ihren Onkel in den Käfig steigen musste.

„Komm, lass uns ein paar vernünftige Sachen für dich einkaufen, danach holen wir etwas zu essen, was wir später aufwärmen können. Ich möchte dir vorher deinen Platz zeigen.“

Darlas Wangen röteten sich augenblicklich, gleichzeitig wurde sie nervös, als sie daran dachte, dass sie ihre erste Strafe erhalten sollte.

„Ich passe auf dich auf“, versprach er, anschließend rief er die Bedienung, um zu zahlen.

Gemeinsam verließen sie den *Tearoom* und schlenderten zum Auto zurück.

Kapitel 8 - Erfahrungen

Darla atmete auf, als Flann vor einem normalen Bekleidungsgeschäft hielt. Sie hatte befürchtet, dass er eine teure Boutique bevorzugen würde.

„Pass auf, ich weiß, dass du befürchtest, mir auf der Tasche zu liegen oder mich sogar auszunehmen. Aber das stimmt nicht. Ich will, dass du dir die Sachen aussuchst, die dir gefallen. Es sollte ausreichen, sodass du zwei Wochen auskommst, ohne zu waschen."

Eindringlich sah er ihr ins Gesicht, als sie jetzt vor der Ladentür standen.

„So viel Zeug brauche ich niemals", protestierte sie, doch im gleichen Moment legte Flann seinen Zeigefinger auf ihre Lippen.

„Bitte, Darla, ich möchte schnellstmöglich zum Cottage zurück."

Allein sein Blick sagte ihr, worauf er sich genau freute.

Nervös biss sie sich auf die Unterlippe, anschließend schluckte sie und stimmte ihm stumm zu.

Gemeinsam betraten sie den Laden, wo Darla sich unsicher umsah. Entgegen ihrer Erwartung fand sie schnell etwas, das ihr gefiel und auch passte.

Flann nickte ihr aufmunternd zu, hielt sich aber ansonsten zurück. Sie sollte die Kleider wählen, die ihr zusagten, nicht das, was er sehen wollte.

Einmal hing sie eine Lederjacke weg, obwohl man ihr deutlich ansah, dass sie das Kleidungsstück zu gerne mitgenommen hätte. Sofort war der Tiger bei ihr.

„Was ist mit der Jacke?"

Verlegen zuckte sie mit den Schultern.

„Sie passt leider nicht."

Dummerweise färbten sich ihre Wangen rot, als sie die Antwort viel zu schnell hervorstieß.

Flann packte ihr Kinn, zwang sie ihn anzusehen, gleichzeitig schüttelte er leicht den Kopf.

„Ich akzeptiere keine Lügen, mein Mädchen, also versuchen wir es noch einmal. Was ist mit der Jacke?"

Verzweifelt versuchte sie seinem Blick auszuweichen, während sie von einem Bein auf das andere trat.

„Darla, ich erwarte eine ehrliche Antwort", warnte er.

Seine Stimme jagte ihr eine Gänsehaut über den Rücken, allerdings hatte das nur wenig mit Angst zu tun. Im Gegenteil, er klang so dominant, so sexy, dass sie ihn am liebsten angesprungen hätte.

„Sie ist zu teuer. Es ist mir verdammt peinlich, dass ich mir die Kleider nicht selbst kaufen kann", fauchte sie leise.

Sofort wurde der Gesichtsausdruck ihres Tigers hart. Ein Blitzen erschien in seinen Augen, was sie warnte.

„Wir haben ausführlich darüber gesprochen. Halt mich nicht für geizig. Hier in diesem Laden gibt es absolut kein Teil, das ich unpassend finde. Hol die Jacke her!"

Sein Ton duldete keinen Widerspruch, sodass Darla automatisch gehorchte.

Höflich hielt Flann ihr das Kleidungsstück hin.

„Sie steht dir ausgezeichnet", bemerkte er, als sie in die Ärmel geschlüpft war.

Sie drehte sich ein wenig vor dem Spiegel.

„Ja, das sehe ich auch so. Aber hast du den Preis gesehen? Mir wäre es lieber, wenn wir sie hierlassen würden."

Bittend sah sie ihren Tiger an, doch der schüttelte nur leicht den Kopf.

„Auf gar keinen Fall. Los, hol den Rest, damit wir endlich zurückfahren können."

Darla biss die Zähne aufeinander. Es brachte ja nichts, dass sie widersprach. Außerdem freute sie sich extrem über die wunderschönen Kleider.

Sie hielten an einem kleinen Pub, wo sie zwei Portionen Shepherds Pie bestellten.

„Lass uns draußen warten, bis das Essen eingepackt ist", schlug Flann vor.

Die Sonne verwöhnte sie an dem Tag, sodass sie den Vorschlag liebend gerne annahm.

Sie sah sich neugierig um, bis sie die Brücke entdeckte, die über den Shannon führte.

Einen Moment beobachtete sie die Schiffe auf dem Wasser, dann schüttelte sie ungläubig den Kopf.

„Sag mal, die Leute dort vorne wollen den Fluss doch nicht hochfahren oder?"

Flann sah kurz auf, ehe er mit den Schultern zuckte.

„Sieht sehr danach aus. Wieso sollten sie darauf verzichten?"

Er erkannte das Problem nicht.

„Die Brücke ist viel zu niedrig. Da passt im Leben keins der Schiffe drunter durch."

Darla sprach das Offensichtliche aus, gleichzeitig deutete sie nervös auf den Fluss.

„Jemand muss die Touristen dort warnen. Anscheinend überschätzen sie die Höhe."

Sie sprang aufgeregt auf, um zum Shannon zu rennen, der ein ganzes Stück entfernt lag, als Flann sie festhielt.

„Mach dir keine Sorgen, das passt."

Sie wollte widersprechen, doch er schüttelte nur leicht den Kopf, bedachte sie allerdings mit einem Blick, der sie sofort zum Schweigen brachte.

Schnell drehte er sie so, dass sie mit dem Rücken an seiner Brust lehnte und trotzdem auf die Brücke sehen konnte.

„Das dort ist ein technisches Wunderwerk. Portumna Brigde wurde bereits 1911 fertiggestellt. Es ist eine Drehbrücke."

Jetzt stieß Darla heftig die Luft aus.

„Du willst mich auf den Arm nehmen, richtig? Wir sind darüber gefahren und man hat nicht mal eine Naht oder Ähnliches gesehen."

Flann lachte leise, gleichzeitig deutete er auf den Fluss.

„Sieh hin. Du hast Glück, sie öffnen gerade die Durchfahrt."

Zuerst sah sie keine Veränderungen, doch dann bemerkte sie, dass das untere Stück der Brücke sich ganz langsam wegdrehte.

Es dauerte eine Weile, ehe die Lücke groß genug war, damit die Boote hindurchfahren konnten.

Fasziniert starrte sie auf das Schauspiel. Brücken, die sich nach oben wegklappten, kannte sie bereits, aber das sich ein Brückenteil zur Seite drehte, hatte sie bisher noch nie gesehen.

„Ich habe doch gesagt, dass es passt", bemerkte der Tiger süffisant.

Das hätte sie sich eigentlich denken können, immerhin wusste er über die Besonderheiten hier Bescheid.

Unwillig wollte Darla sich aus seinen Armen befreien, allerdings hielt er sie locker an ihrem Platz.

„Es ist nicht mein Fehler, wenn du meinem Wort misstraust."

Da musste sie ihm recht geben, nur fiel es ihr immer noch extrem schwer, sich einfach auf ihn zu verlassen.

„Es sah aber so aus, als ob das Boot direkt mit dem Brückenpfeiler kollidieren würde."

Ihre Verteidigung klang selbst in ihren Ohren schwach.

„Sollte jemand gegen die Brücke fahren, muss er betrunken sein, denn vom Wasser aus sieht man sehr deutlich, dass sie zu niedrig ist. Außerdem haben alle Hausboote Karten an Bord, auf denen beschrieben ist, welche Hindernisse sie erwarten. Natürlich bekommen die Hobby-Kapitäne die Zeiten für die Schleusen und andere Öffnungszeiten mitgeteilt."

Auch das hätte sie sich denken können, zumal sie wusste, dass man keinen Führerschein brauchte, um eins dieser Boote führen zu dürfen. Daher war es wohl logisch, dass man eine gute Einführung bekam.

„Ich bin manchmal echt dämlich. Es tut mir leid."

Darla sackte regelrecht in seinen Armen zusammen. Sie kam sich jetzt ganz außergewöhnlich dumm vor.

„Du bist wieder zu hart zu dir, mein Mädchen. Du hast dich einfach erschreckt und vergessen nachzudenken."

Dem musste sie zustimmen.

Der Wirt brachte ihnen das Essen, verpackt in den typischen Styroporbehältern, wie Darla sie auch aus Deutschland kannte.

Flann bedankte sich, zahlte und anschließend gingen sie zurück zum Auto.

Auf der Rückfahrt war sie still, weil sie sich immer noch schämte, dass sie so dumm reagiert hatte. Außerdem war sie nervös.

Zu gerne wüsste sie, was ihr Tiger mit ihr vorhatte, doch er summte nur leise vor sich hin.

Natürlich gab es die Möglichkeit, ihn zu fragen, aber da stand ihr ihr Stolz im Weg. Über ihre Grübeleien bekam sie gar nicht mit, dass sie bereits über den Schotterplatz fuhren. Erst als Flann den Wagen parkte, schreckte sie aus ihren Gedanken hoch.

Schweigend folgte sie ihm ins Cottage, dabei kam sie sich vor, als ob ihre Gnadenfrist gerade ablief.

„Lass uns ins Wohnzimmer gehen“, schlug der Tiger vor, als sie das Essen vorerst im Kühlschrank verstaut hatten.

Stumm nickte sie, zumal sich ihre Kehle wie zugeschnürt anfühlte.

Ihr Liebster sorgte dafür, dass sie vorausging, doch dieses Mal berührte er sie nicht, was ihr den Eindruck gab, dass er auf Abstand ging. Wahrscheinlich war ihm vorhin erst aufgefallen, wie dumm sie in Wirklichkeit war.

„Setz dich.“

Zögernd kam sie seinem Befehl nach und ließ sich vorsichtig auf der Kante eines Sessels nieder. Darla stand so unter Spannung, dass sie das Gefühl hatte, sofort wieder aufspringen zu müssen.

Flann beobachtete sie einen Moment, dabei musste er das Lächeln unterdrücken. Sein kleiner Sturkopf war gespannt wie ein Flitzebogen.

Schnell hockte er sich vor sie, stützte die Arme auf der Sessellehne ab und hielt sie so auf ihrem Platz gefangen.

„Sag mir ehrlich, ob du bereit bist, deine Strafe zu empfangen! Vertraust du mir genug? Oder ist es zu früh für dich?“

Mit den Fragen hatte sie überhaupt nicht gerechnet, sodass sie ihn nur irritiert anstarren konnte.

„Du kannst sofort abbrechen. Ich verstehe es, wenn du lieber warten willst.“

Liebevoll strich er ihr eine Strähne aus dem Gesicht.

Darla räusperte sich, blieb aber stumm. Wollte sie den ersten Schritt mit ihm jetzt gehen? Oder sollte sie sich drücken?

Sie fühlte sich zerrissen, weil sie sich auf der einen Seite nach der Erfahrung sehnte, andererseits befürchtete sie immer noch, dass sie ihren Tiger enttäuschen könnte.

Endlich schüttelte sie leicht den Kopf.

„Ich möchte bitte nicht länger warten.“

Aufgeregt knetete sie ihre Finger, schluckte und sah Flann bittend an.

„Vertraust du mir?"

Diese Frage war enorm wichtig, denn sollte sie verneinen, würde er keinesfalls mit ihr spielen.

Mit einem Lächeln nickte sie.

„Ja, voll und ganz. Jedenfalls, wenn es um mich geht."

Beschämt senkte sie den Kopf. Sie hatte ihm mal wieder bewiesen, dass sie noch nicht bereit war, sich wirklich auf sein Wort zu verlassen.

Lächelnd stimmte er ihr zu.

„Du wirst lernen, auf mein Urteil zu vertrauen", versprach er ihr heiser.

Einen Moment beobachtete er sie, ehe er sich zu ihr beugte, um sie zärtlich zu küssen.

„Dein Stoppwort lautet *Ghost.* Ich erwarte, dass du es benutzt. Es geht niemals darum, mir zu beweisen, was du alles aushalten kannst. Hast du das verstanden, Darla?"

Streng sah er sie an, während er auf ihre Bestätigung wartete.

Zaghaft nickte sie, doch das genügte ihm nicht.

„Ich möchte, dass du mir in vollen Sätzen antwortest."

Schwer schluckend sah sie zu ihm auf.

„Ja, ich habe dich verstanden. Ich nutze das Stoppwort, sollte es mir zu viel werden."

Jetzt hatte sie die Nervosität völlig im Griff, sodass sie am liebsten aus dem Raum gerannt wäre. Ihre Hände zitterten, ihr Puls raste, gleichzeitig atmete sie hektisch.

Flann beobachtete sie ein paar Sekunden, ehe er aufstand, sie auf seine Arme hob und sich mit ihr auf die Couch setzte.

Hier hielt er sie einfach nur fest an sich gedrückt.

„Ich passe auf dich auf, immer."

Seine Stimme beruhigte sie ein wenig, aber noch mehr half ihr seine Nähe.

„Atme, mein Mädchen, das hilft."

Gehorsam befolgte sie den Befehl, dabei fragte sie sich, warum sie sich so enorm in ihre Nervosität hineinsteigerte.

Sie vertraute ihm, dass er ihr nicht schadete. Das konnte also kaum der springende Punkt sein.

Sie freute sich auch darauf, ihre ersten Erfahrungen zu machen. Allerdings befürchtete sie immer noch, dass sie ihm zu unschuldig, zu unerfahren war.

Erst als sie sich beruhigt hatte, stand Flann mit ihr in den Armen auf, ging in die Mitte des Zimmers, wo er sie an seinem Körper entlangrutschen ließ.

Deutlich spürte sie die Beule in seiner Jeans, woraufhin sie leicht schmunzelte.

Fragend sah er sie an.

„Was belustigt dich? Ich möchte gerne mitlachen."

Augenblicklich färbten sich ihre Wangen rot, trotzdem erwiderte sie seinen Blick.

„Ich finde es bemerkenswert, dass du offensichtlich erregt bist", stieß sie schnell hervor.

Obwohl sie eben noch vor Aufregung gezittert hatte, konnte sie sich einen provozierenden Ton nicht verkneifen.

Sie ritt der Teufel, was ihr oft in solchen Situationen passierte.

„Natürlich, was dachtest du denn? Hast du geglaubt, dass ich völlig teilnahmslos bleibe, während ich dir deinen hübschen Hintern versohle?"

Darla zuckte mit den Schultern.

„Ich habe mir darüber keine Gedanken gemacht", gab sie offen zu.

Flann schob sie ein Stückchen von sich, sah sie eindringlich an, um auszuloten, wie weit er gehen durfte.

Seine Kleine war extrem nervös, was sicherlich auch daran lag, dass sie immer noch fürchtete, ihn zu enttäuschen. Diese Befürchtung konnte er ihr allerdings erst mit der Zeit nehmen. Worte halfen hier nur bedingt.

„Zieh dich aus."

Seine Stimme klang heiser und schickte ihr eine Gänsehaut über den Leib.

Es hörte sich ein wenig nach einem Knurren an.

Jetzt kam der Moment der Wahrheit. Würde sie sich wirklich trauen, sich ihm komplett nackt zu präsentieren? Mit all ihren körperlichen Fehlern?

Darla schluckte schwer, wobei sie nicht mehr wusste, wohin sie schauen sollte.

Auf keinen Fall wollte sie sehen, wie ihr Tiger abfällig das Gesicht verzog, weil er doch von ihrem Anblick abgestoßen wurde. Eine kleine Stimme in ihrem Kopf flüsterte ihr zu, dass sie ihm vertrauen durfte. Eine andere lachte hämisch auf, anschließend brachte sie ihr all die verlogenen Versprechen in Erinnerung.

Langsam streifte sie Schuhe und Socken ab. Immerhin ein Anfang, allerdings gab es dabei keine Herausforderung, denn die kam erst noch.

Darla ließ das T-Shirt folgen, schlang aber direkt ihre Arme um ihren Oberkörper, als ob sie sich auf diese Weise vor seinen Blicken schützen könnte.

Sofort war Flann bei ihr, zog sie in eine liebevolle Umarmung, die ihr Halt gab.

„Es ist alles in Ordnung, mein Mädchen. Du bist wunderschön, vergiss das nicht."

Sie lachte spöttisch auf. Schön war ein Begriff, den sie kaum mit ihrem Aussehen in Verbindung bringen würde.

Ernst sah er ihr in die Augen.

„Du bist offensichtlich anderer Meinung?"

Stumm nickte sie, dabei atmete sie tief durch.

„Ja, das bin ich. Ich besitze einen Spiegel."

Mit einem leisen Lachen ließ er sie los, packte ihre Hand und brachte sie ins Schlafzimmer. Direkt vor der verspiegelten Tür am Kleiderschrank blieb er stehen, drehte sie so, dass sie mit dem Rücken an ihm lehnte.

Sofort schloss Darla die Augen.

„Schau dich an. Sag mir, was du siehst", verlangte Flann jetzt.

Unwillig hob sie die Lider, wobei sie sich bemühte, nur ihren Tiger anzusehen.

„Ich sehe einen beeindruckenden Mann, der eine übergewichtige Frau in den Armen hält", murmelte sie leise.

So eine Antwort hatte Flann bereits erwartet. Matthias hatte ganze Arbeit geleistet und Darlas gesamtes Selbstbewusstsein zerstört.

„Vielleicht solltest du mal genauer hinsehen", schlug er vor, bemerkte aber augenblicklich, dass sie aktuell kaum in der Lage war, etwas Positives an ihrem Spiegelbild zu erkennen.

Sanft strich er über ihre Oberarme, berührte ihren Bauch, was sie sofort verhindern wollte.

„Du hast einer Session zugestimmt, richtig? Dann habe ich wohl das Recht, dich nicht nur anzusehen, sondern genauso anzufassen. Oder sehe ich das falsch?"

Beschämt senkte sie den Kopf. Natürlich durfte er so ziemlich alles mit ihr machen, zumal sie immer noch darauf brannte, ihre ersten Erfahrungen zu sammeln.

Irgendwie erregte es sie auch, dass er sie zwang, sich im Spiegel anzuschauen.

Erneut streichelte er sie, ehe er ihr Kinn hob, damit sie sich selbst in die Augen sah.

„Ich sehe eine wunderschöne Frau mit bemerkenswerten, grünen Iriden. In ihrem Blick erkenne ich eine Sehnsucht, die mir sehr bekannt vorkommt. Darüber hinaus strahlen mir Leidenschaft, Hingabe und ganz viel Herz entgegen."

Erstaunt musterte sie ihn durch das Spiegelglas, um festzustellen, ob er scherzte, allerdings sah er sie nur ernst an.

„Sieh hin", raunte er ihr zu.

Als sie sich jetzt selbst in die Augen blickte, erkannte sie, was er ihr beschrieben hatte.

„Außerdem sehe ich wundervolles, braunes Haar, eine Figur, bei der ich keine Angst haben muss, dass ich dich zerbreche und einen Hintern, den man sehr gut spanken kann."

Vorsichtig schob er sie ein Stückchen von sich, um ihr den BH auszuziehen.

Sofort wollte sie sich mit den Händen bedecken, aber ein leises Fauchen stoppte sie.

„Jetzt entdecke ich zwei Brüste, die perfekt geformt sind. Nicht zu groß, nicht zu klein, mit rosigen Warzen, die meine Fantasie anregen."

Er räusperte sich, weil ihn der Anblick keineswegs kalt ließ.

Zart rieb er mit den Handflächen über ihre Nippel, die sich ihm augenblicklich entgegenreckten.

„Ich träume davon, dass du stöhnst, während ich dir Nippelklemmen anlege. Du stellst dich dem Schmerz und wirst kurz darauf mit Lust belohnt."

Bei der Beschreibung beschleunigte sich Darlas Atem erneut, doch dieses Mal nicht vor Nervosität.

Sanft knetete er die weichen Hügel, bis sein kleiner Sturkopf leise stöhnend die Lider schloss und den Hinterkopf an seine Brust lehnte.

Einen Moment gönnte er ihr den Genuss, dann strich er leicht mit den Fingerspitzen über ihren Bauch, fuhr bis zum Ansatz ihrer Jeans, wo er Knopf und Reißverschluss öffnete.

Sofort riss Darla die Augen auf, dabei sah man deutlich, dass sie überlegte, ob sie ihn stoppen sollte.

„Vertrau mir“, raunte Flann ihr ins Ohr, gleichzeitig hielt er ihren Blick im Spiegel gefangen.

Mit einem tiefen Atemzug nickte sie ihm zu.

Dass er sie zwang, sich selbst zu betrachten, erregte sie, wie sie erstaunt feststellte.

Ohne Hast streifte der Tiger ihr die Jeans mitsamt ihrem Höschen ab.

Darla stieg aus ihren Kleidern, denn jetzt machte es keinen Sinn mehr, sich zu wehren.

„Ich erkenne eine Frau, die sich danach sehnt, die Kontrolle abzugeben“, flüsterte er ihr ins Ohr, als er sich wieder aufgerichtet hatte.

Seine Finger strichen über ihren Venushügel, blieben aber auf den geschlossenen Schamlippen liegen.

Gerade als sie ihre Schenkel öffnen wollte, drehte Flann sie herum, gleichzeitig schob er sie etwas von sich weg.

„Ich wünschte, du könntest dich durch meine Augen sehen.“

Dankbar lächelte sie ihn an, denn mit dieser Aktion hatte er ihr enorm geholfen. Natürlich fand sie immer noch nicht, dass sie wunderschön war, aber sie verlor die Angst, dass er sich vor ihr ekeln würde.

„Wir gehen ins Wohnzimmer“, bestimmte der Tiger plötzlich.

Er legte ihr eine Hand in den Rücken, was ihr das Gefühl der Nähe gab.

Erneut betrachtete er sie eindringlich, anschließend setzte er sich auf die Couch. Auffordernd klopfte er auf seine Oberschenkel.

„Leg dich über meine Beine. Du hast dir einen heißen Hintern mehr als verdient.“

Dem musste sie zustimmen, also ging sie langsam zu ihm, um sich über seine Schenkel zu beugen, dabei versuchte sie, ihn möglichst wenig mit ihrem Körper zu belasten.

Mit einem Schmunzeln rückte Flann sie zurecht, sodass sie sich zwar noch mit den Händen und Füßen auf dem Boden abstützen konnte, aber das hauptsächliche Gewicht auf seinen Schenkeln lag.

Sanft streichelte er über die glatte Fläche ihres Hinterns, die sie ihm jetzt so herrlich darbot.

„Bereit?"

Mit zusammengekniffenen Augen und zusammengebissenen Zähnen nickte sie, dabei hoffte sie, dass sie nicht schon nach dem ersten Schlag aufgab.

Sie wollte die Strafe durchstehen, um Flann stolz zu machen, aber auch weil sie es einfach verdient hatte.

„Ja, ich bin bereit."

Ihre gepresste Antwort sagte ihm deutlich, dass sie etwas Schlimmes erwartete, dazu kam natürlich, dass er sie mithilfe seiner Tigersinne sofort durchschaute.

Liebevoll streichelte er sie, massierte die Hinterbacken, anschließend schob er ihre Schenkel mit einer Hand ein wenig auseinander.

Zart öffnete er ihre Schamlippen, strich mit dem Finger über ihre Klitoris, woraufhin sich seine Kleine verlangend gegen ihn drückte.

„So weit sind wir noch nicht, mein Mädchen."

Sie hörte deutlich, dass er sich das Lachen verkniff, sodass sie am liebsten von seinen Beinen gesprungen wäre. Allerdings war ihr absolut klar, dass sie keinen Meter kommen würde.

Wieder massierte er ihre Pobacken, streichelte über ihren Rücken und sorgte dafür, dass sie sich entspannte.

Erst als sie leise seufzte, landete seine Hand mit einem saftigen Klatschen auf ihrem Hintern.

Erschrocken ruckte ihr Kopf hoch, doch sofort strich er über die brennende Fläche, damit verwandelte sich der Schmerz in Lust.

Darla atmete auf, bis er erneut zuschlug. Es tat weh, gleichzeitig wünschte sie sich mehr. Irgendwie verrückt.

Auf der einen Seite kam sie sich vor wie ein kleines Kind, dem man Benehmen beibrachte, andererseits stachelte es ihre Erregung extrem an.

Flanns Handfläche kam hart auf ihrem Hintern auf, woraufhin sie sich auf die Lippen biss, um ein Aufschreien zu unterdrücken.

Natürlich sah er sofort, dass sie sich beherrschte.

„Lass dich gehen, Darla. Ich möchte, dass du kein Gefühl zurückhältst, denn glaub mir, du wirst schreien und weinen."

Das, was er sagte, passte so gar nicht zu seiner Stimme, die so unendlich sanft klang.

Irritiert drehte sie den Kopf, um ihn anzusehen. Einen kurzen Moment versank sie in seinen bernsteinfarbenen Iriden, die sie daran erinnerten, dass er im Grunde ein Tiger war.

Sie erkannte die gleiche Sehnsucht, die auch sie verspürte, außerdem gab er ihr allein mit seinem Blick das Gefühl der Geborgenheit.

Liebevoll strich er ihr über die Wange, ehe er sich wieder ihrem Hinterteil widmete.

Seine Treffer kamen jetzt härter und schneller, sodass sie nicht mehr so viel Zeit hatte, über ihre Empfindungen nachzudenken. Trotzdem wollte sie, dass er weiterging. Sie sehnte sich regelrecht nach dem Schmerz, der sich sofort in pure Lust verwandelte.

Erst als ihr Po sich heiß anfühlte und unangenehm brannte, stoppte er. Vorsichtig half er ihr aufzustehen, um sie direkt darauf auf seinen Schoß zu ziehen.

Zärtlich legte er die Arme um sie, gab ihr Geborgenheit, während sie sich an ihn kuschelte.

„Wie geht es dir?“

Als sie ihm jetzt in die Augen sah, bemerkte er die Enttäuschung, da sein kleiner Sturkopf davon ausging, dass er schon mit ihr fertig war.

Schnell zuckte sie mit den Schultern.

„Ich weiß nicht. Irgendwie unbefriedigt.“

Unsicher suchte sie seinen Blick, da ihr klar war, dass es sich um eine Strafe handelte, bei der sie eher keinen Orgasmus bekam.

„Außerdem befürchte ich, dass ich dich enttäuscht habe. Ich hätte die Bestrafung keinesfalls so genießen dürfen.“

Jetzt lachte Flann leise auf.

„Das ist völlig in Ordnung, allerdings bin ich noch nicht mit dir fertig. Das war erst das Aufwärmen. Es sei denn, du willst dein Stoppwort nutzen.“

Augenblicklich schüttelte sie heftig den Kopf.

„Nein, das ist unnötig. Ich möchte weitergehen.“

Darla wünschte sich, dass er ihr zeigte, wie es sich anfühlte, wenn sie gezwungen wurde, die Kontrolle abzugeben.

„Gut, dann knie dich vor das Sofa und leg dich mit dem Oberkörper auf die Sitzfläche. Solltest du nicht mehr knien können, sagst du sofort Bescheid, verstanden?“

Eindringlich sah er sie an, als sie jetzt aufstand, um seinen Befehl auszuführen.

„Ja, ich werde gehorchen.“

Zufrieden nickte Flann, ehe er sich auch erhob, um sich hinter sie zu stellen.

Zart ließ er seine Fingerspitzen über ihren geröteten Po gleiten.

„Du siehst heiß aus, mein Mädchen. Die Farbe steht dir ausgezeichnet.“

Fast hätte sie ihm einen Vogel gezeigt, doch in seiner Stimme hörte sie keinerlei Spott. Außerdem musste sie gerade im Moment vorsichtig sein, wie sie sich benahm.

Darla genoss es, dass er sie ausgiebig streichelte. Selbst als er ihr hart in die Brustwarzen kniff, stöhnte sie leise auf. Sie war erregt und sehnte sich danach, dass er endlich weiterging.

Flann ließ sich Zeit. Ihre erste Session sollte sie als besonderes Ereignis in Erinnerung behalten.

Als seine Kleine sich sichtlich entspannte, stoppte er, ging einen Schritt zur Seite, anschließend zog er langsam den Ledergürtel aus den Schlaufen seiner Jeans.

Er sah, dass Darla ihn beobachtete und prompt nervös wurde. Ihr Atem beschleunigte sich, sie spannte sich an, gleichzeitig leckte sie sich hektisch über ihre Lippen.

Schnell griff er in ihre Haare, um ihren Kopf nach oben zu ziehen, bis sie ihn ansah.

„Jetzt kommt deine Strafe. Danach wirst du dir gut überlegen, ob du wirklich aufmüpfig sein möchtest."

Seine Augen färbten sich dunkler, weil er sich auf die kommende Aktion extrem freute. So wie sie das Spanking genossen hatte, würde sie den Gürtel kaum weniger mögen.

Nur war ihr das im Moment keineswegs bewusst. Im Gegenteil, aktuell fürchtete sie sich, gleichzeitig erregte es sie.

Langsam ließ Flann sie los, strich noch einmal über ihren Hintern, während er den Ledergürtel locker in der anderen Hand hielt.

Zart teilte er ihre Schamlippen und augenblicklich benetzte ihre Lust seine Finger. Fast hätte er aufgelacht, doch das verkniff er sich. Sein kleiner Sturkopf war so heiß, dass er sich jetzt sofort in sie versenken könnte.

Er hörte sie leise stöhnen, als er sanft ihre Klitoris umkreiste. Schnell gab er ihr einen leichten Klaps, ehe er einen Schritt zurücktrat.

Langsam ließ er den Gürtel über ihren Hintern gleiten. Damit gab er ihr die Möglichkeit, sich ein wenig an das harte Leder zu gewöhnen, außerdem steigerte es ihre innere Spannung.

Als er sie das dritte Mal auf diese Weise streichelte, drehte sie sich etwas, um ihm in die Augen zu sehen.

In ihrem Blick erkannte er eine Mischung aus Verlangen, Gier und Furcht. Doch das Wichtigste war das Vertrauen, das ihm entgegenstrahlte.

„Genieß es", wies er sie rau an.

Sie nickte vorsichtig, brachte sich wieder in die vorige Position, wobei sie jetzt ihre Wange auf die Sitzfläche drückte.

Der erste Schlag kam unerwartet, nur war er so leicht, dass sie nicht mal zusammenzuckte. Im Gegenteil, ihre Befürchtung, dass sie die Bestrafung abbrechen musste, verschwand, stattdessen kochte ihre Lust augenblicklich hoch.

Sie konnte es kaum erklären, aber sie sehnte sich danach, dass der Tiger härter wurde. Darla spürte, dass sie mehr brauchte, egal, wie idiotisch sich das anfühlte.

Sanft knetete Flann jetzt ihre Hinterbacken, woraufhin sie leise stöhnte.

Erneut traf sie der Gürtel, dieses Mal fester.

Neugierig horchte sie in sich hinein, dabei erkannte sie, dass es sie erregte, nicht nur von ihrem Liebsten bestraft zu werden, sondern auch den Schmerz für ihn aushalten zu dürfen. Sie wollte ihn stolz machen.

Das Gefühl, ihm mit allen Konsequenzen zu gehören, drängte sich in ihr Bewusstsein, gleichzeitig fühlte sie, wie ihre Klitoris verlangend pochte.

Der nächste Treffer sorgte dafür, dass sie die Lippen zusammenkniff. Es tat weh, richtig weh! Vielleicht war sie doch nicht masochistisch veranlagt? Redete sie sich nur ein, dass sie das hier genoss, um ihrem Tiger gerecht zu werden?

Gerade als sie sich in diesen Überlegungen verfing, packte Flann ihr Kinn, drehte es zu sich, um ihr fest in die Augen zu sehen.

„Du denkst zu viel, mein Mädchen. Ich möchte, dass du bei mir bleibst, auch mit deinen Gedanken, verstanden?"

Vorsichtig nickte sie, trotzdem sah er die Zweifel in ihrem Blick.

„Lass dich darauf ein, okay?"

Erneut stimmte sie zu und schloss die Lider, als er sie losließ.

Flann wusste, dass sie mit den unterschiedlichen Gefühlen kämpfte, allerdings würde er ihr jetzt keine Zeit mehr geben, um zu grübeln.

Vier weitere Schläge gab er ihr, um sie aufzuwärmen, ehe er das Leder auf ihrem Hintern tanzen ließ.

Natürlich beobachtete er ihre Reaktionen genau, um notfalls sofort zu stoppen, doch Darla streckte ihm auffordernd ihren Po entgegen.

Immer wieder strich er durch ihre Spalte, spürte ihre Erregung, die ihm zeigte, dass sie die Strafe genoss. Zumindest im Großen und Ganzen.

Wie gerne hätte er jetzt einen Vibrator zur Hand gehabt, um sie zu stimulieren, nur hatte er kaum damit gerechnet, bei diesem Aufenthalt ein solches Toy zu brauchen.

Erneut ließ er einige Hiebe nacheinander auf ihrem roten Po auftreffen, hörte, dass sie leise aufschluchzte, bis er sanft über die Fläche streichelte, um ihr den Schmerz zu nehmen.

Für Darla war es eine Achterbahnfahrt der Gefühle. Einerseits tat es höllisch weh, andererseits sehnte sie sich danach, dass ihr Liebster weiterging. Es erregte sie, mehr als sie es sich hätte vorstellen können, trotzdem spannte sie sich jedes Mal an, wenn Flann seine Zärtlichkeiten beendete.

Jetzt kamen die Hiebe so schnell nacheinander, dass sie keine Zeit hatte, um gründlicher nachzudenken. Sie schob die Grübeleien zur Seite, gab sich ihrem Tiger hin und plötzlich war es, als ob sie fliegen würde.

Sie spürte den Schmerz kaum noch, nur die Erregung, die sie langsam in den Wahnsinn trieb. Außerdem blieb das Verlangen nach mehr.

Die Augen fest geschlossen ritt sie auf einer Welle der Lust, die sich immer höher aufbaute.

Als Flann erneut ihre Klitoris massierte, stöhnte sie hemmungslos, presste sich seiner Hand entgegen, doch er lachte nur leise, ehe er sich von ihr zurückzog.

„Denkst du wirklich, dass du einen Orgasmus verdient hast? Das hier ist eine Strafe“, erinnerte er sie.

Darla kam es vor, als ob er einen Eimer Eiswasser über ihr ausgeschüttet hätte. Tränen brannten hinter ihren Lidern, die der Enttäuschung geschuldet waren. Trotzdem gab sie ihm recht. Sie hatte sich eine Bestrafung eingehandelt, keine Belohnung.

Flann musste sich ein leises Lachen verkneifen, als er sah, wie seine Kleine zusammenzuckte. Er wusste, dass die Weigerung, ihr einen Orgasmus zu schenken, mehr schmerzte als seine Schläge.

„Spreiz deine Schenkel, mein Mädchen.“

Sein Befehl kam ruhig, ließ aber keinen Zweifel, dass er nachhelfen würde, deshalb gehorchte Darla.

Sofort spürte sie den Gürtel, der leicht gegen ihre Scham schlug. Die Erregung schoss durch ihren Körper bis in ihre Klitoris. Hemmungslos stöhnte sie auf, schob ihre Knie noch ein wenig weiter auseinander.

Doch zu ihrem Entsetzten traf Flann jetzt wieder auf ihren Po, und zwar in einer Intensität, dass sie vor Schmerz aufjaulte.

Der nächste Hieb kam direkt hinterher, sodass sie keine Zeit fand, um ihre Empfindungen zu sortieren oder irgendetwas zu verarbeiten.

Tränen sammelten sich hinter ihren geschlossenen Lidern, aber sie drängte sie tapfer zurück. Diese Schwäche wollte sie auf keinen Fall zeigen. Sie hatte es verdient!

Außerdem spürte sie die verdammte Gier nach einem Orgasmus stetig in sich ansteigen. Sie hatte das Gefühl zu platzen, sollte Flann sie wirklich nicht kommen lassen.

Weitere Schläge prasselten auf ihre Hinterbacken, was sie erneut fliegen ließ. Der Schmerz schien nachzulassen, während die Lust deutlich in den Vordergrund trat.

Erst als der Gürtel hart auf ihrer Scham auftraf, zuckte sie zusammen, nur um kurz darauf vor Geilheit aufzuschluchzen.

Sie spürte, wie Flann sie streichelte, ehe er sich zu ihr herunterbeugte.

„Sieh mich an, Darla", verlangte er zärtlich.

Am liebsten hätte sie den Gehorsam verweigert. Sie war so unendlich heiß und gleichzeitig kämpfte sie gegen die Tränen an.

„Ich sage es nicht noch mal", warnte der Tiger.

Langsam hob sie die Lider, um direkt in seine bernsteinfarbenen Iriden zu blicken.

„Schenk mir deine Tränen. Sie sind das Wertvollste für mich. Lass dich endlich gehen."

Zaghaft schüttelte sie den Kopf.

„Ich kann nicht", brachte sie leise hervor.

Das Warum war ihm augenblicklich klar. Demmer hatte ihr beigebracht, sich immer unter Kontrolle zu haben.

„Dann bringe ich dich dazu", versprach er, anschließend küsste er sie leidenschaftlich.

Erneut stellte Flann sich hinter sie, nachdem er sich an ihrem Geschmack berauscht hatte.

Sie sehnte sich danach, sich endlich komplett fallen lassen zu dürfen, das hatte er deutlich in ihren Augen gesehen, nur traute sie sich nicht. Aber hier würde er ihr gerne helfen.

Gekonnt ließ er den Gürtel auf ihrem Hintern tanzen, bis sie sich ihm verlangend entgegendrückte. Jetzt ging er einen Schritt weiter, steigerte die Härte, sorgte dafür, dass sie gequält aufschrie, nur um direkt darauf vor Erregung zu stöhnen.

Genau diese Mischung aus Schmerz und Lust trieb sie dazu loszulassen, die Kontrolle abzugeben.

Nach einer Weile zielte er auf ihre Scham, traf ihre äußeren Schamlippen, was ihm erneut einen unterdrückten Schrei schenkte.

Auch hier steigerte er die Intensität, bis er sah, dass ihr Leib leicht zuckte.

Augenblicklich ließ er den Gürtel fallen, ging zu ihr, um sie zu zwingen ihm ins Gesicht zu sehen.

Tränen liefen ihr über die Wangen, obwohl sie die Lider noch geschlossen hielt.

„Sieh mich an."

Dieses Mal gehorchte sie, ohne zu zögern. Weinend kniete sie vor der Couch, doch in ihren Augen erkannte er ein Strahlen, das zeigte, wie glücklich sie war.

Sofort zog er sie mit sich hoch, setzte sich mit ihr auf dem Schoß auf das Sofa und hüllte sie in seine Nähe ein.

Darla kuschelte sich an ihn, drückte ihre Wange fest an seine Brust, um die Realität auszuschalten.

Sie fühlte sich wie befreit, geborgen, geliebt und auf seltsame Weise frei. Nur die Lust plagte sie immer noch, aber das Verlangen war in den Hintergrund gerückt.

„Ich bin wahnsinnig stolz auf dich", raunte Flann ihr zu, was ihr ein glückliches Lächeln aufs Gesicht zauberte.

Sanft streichelte er sie, gab ihr Zeit, wieder zu sich zu kommen und das Erlebte zu verarbeiten.

„Wie geht es dir, mein Mädchen?", wollte er nach einer Weile wissen.

Einen Augenblick horchte Darla in sich hinein, ehe sie leise lachte.

„Gut, verdammt gut. Ich kann es nicht erklären. Ich habe den Schmerz genossen und gefürchtet. Irgendwie dachte ich immer, ein Masochist fühlt nur die Erregung, wenn er geschlagen wird."

Unsicher sah sie ihren Tiger an, ob er sie jetzt auslachen würde, doch er schüttelte nur leicht den Kopf.

„Nein, aber das denken die meisten. Sie spüren genau das Gleiche wie alle anderen, nur können sie verschiedene Gefühle in Lust umwandeln. So wie du es eben auch getan hast."

Müde legte sie die Wange an seine Brust, um über seine Worte nachzudenken.

„Du hast recht, trotzdem habe ich dich enttäuscht."

Ihr Blick bekam etwas Trauriges, als sie ihn erneut ansah.

„Wie kommst du darauf?"

Auf diese Aussage konnte er sich keinen Reim machen. Im Gegenteil, er hatte jede Sekunde ausgekostet. Allein zu sehen, wie sie sich ihm hingab, ihm ihr Vertrauen schenkte, machte ihn enorm stolz.

„Ich habe die Bestrafung genossen, was wohl kaum in deinem Sinne war, oder? Bist du arg böse auf mich?"

Jetzt sah sie ihn an, wie ein kleines Kind, das befürchtete, nicht mehr geliebt zu werden.

Leise lachend drückte er sie an sich, legte beide Arme um sein Mädchen, als ob er sie vor der gesamten Welt abschirmen wollte.

„Ich bin verdammt stolz darauf, dass eine so leidenschaftliche, mutige und anschmiegsame Frau mir gehört. Ich bin weder wütend noch enttäuscht. Auch eine Strafe bedeutet keinesfalls, dass ich lieblos auf dich einprügele."

Er wusste, dass es in der SM-Szene harte Auseinandersetzungen gab, was Bestrafungen anging. Einige waren der Meinung, dass eine solche Erziehungsmaßnahme der Sub auf keinen Fall gefallen durfte, andere sahen das gegenteilig.

Flann zählte zu den Letzteren. Für ihn ging es kaum darum, seine Partnerin zu verändern oder ihr nachhaltig zu schaden. Sie sollte alles genießen, was er ihr gab, trotzdem würde sie sich überlegen, ob sie gegen ihn rebellierte. Vielleicht beschloss sie sogar ungehorsam zu sein, weil sie eine Session provozieren wollte, aber da schnitt sie sich ins eigene Fleisch.

„Am schlimmsten war für mich der Gedanke, dass ich dich enttäuscht habe", gab sie jetzt leise zu.

Flann hob ihr Kinn an, sah ihr fest in die Augen, ehe er sie liebevoll küsste.

Eine Zeit lang saßen sie zusammen, genossen die Zweisamkeit, wobei Darlas Erregung abflaute, was sie heimlich aufatmen ließ.

„Wir sollten etwas essen", schlug sie vor, als die Uhr bereits acht am Abend anzeigte.

Flann schüttelte abwehrend den Kopf, hob sie mit einem Knurren hoch, um sie in sein Schlafzimmer zu tragen.

„Das kann warten."

Seine Stimme klang wie ein heiseres Fauchen und seine Augen hatten sich in Tigeraugen verwandelt.

Darla lächelte leicht. So wie sie es interpretierte, war ihr Tiger extrem heiß auf sie.

„Was, wenn ich jetzt Hunger habe?"

Sie hielt seinem Blick stand, gleichzeitig verschränkte sie die Arme vor der Brust, als er sie auf dem Bett absetzte.

„Bettelst du etwa um einen Nachschlag?"

Warnend zog Flann eine Augenbraue hoch.

„Dein Hintern wird eine zweite Runde kaum gutheißen."

Dem stimmte sie zu, denn sogar hier auf der weichen Matratze spürte sie die Striemen, die der Gürtel hinterlassen hatte.

„Ich könnte dich natürlich auch keusch halten, während du dafür sorgst, dass ich auf meine Kosten komme.“

Einen Moment tat er so, als ob er wirklich darüber nachdachte, bis Darla ihn bittend ansah.

„Es tut mir leid. Bitte tu mir das nicht an.“

Sie erinnerte sich zu gut daran, wie heiß sie gewesen war, und wollte ungern länger in diesem Zustand bleiben.

„Dann provozier mich nicht. Sag mir deutlich, was du willst.“

Auffordernd blickte er sie an, während er auf ihre Antwort wartete.

Darla schluckte schwer. Es kostete sie Überwindung, ihre Wünsche zu äußern, besonders, wenn es um Sex ging.

„Bitte, schlaf mit mir“, flüsterte sie, doch das genügte dem Tiger.

Augenblicklich streifte er seine Kleider ab, hob seinen kleinen Sturkopf hoch, um ihn in der Mitte des Bettes zu platzieren, ehe er sich neben sie legte.

„Auf keinen Fall hätte ich dich unbefriedigt gelassen. Gerade nach deiner ersten Session nicht.“

Bei der Aussage überlegte sie einen Moment, ob sie ihm das Kissen um die Ohren hauen sollte. Sie hatte wirklich befürchtet, dass sie mit ihrer Lust den Rest der Woche kämpfen müsste.

Flanns Finger, die zärtlich ihren Körper erkundeten, brachten sie sofort auf andere Gedanken.

Sanft stimulierte er ihre erogenen Zonen, wobei Darla bemerkte, dass ihre Erregung nur abgeflaut, aber keineswegs verschwunden war.

Genüsslich streckte sie sich ihm entgegen, öffnete verlangend ihre Schenkel, damit er auch gut an sie herankam, woraufhin er nur leise lachte.

„Du bist ungeduldig, meine Schöne.“

In der Tat, das war sie. Sie wollte ihn jetzt sofort in sich spüren, fühlen, wie er sie ausfüllte, um endlich den Höhepunkt genießen zu können.

Ohne auf seinen Einwand einzugehen, griff sie nach seinem besten Stück, aber Flann stoppte sie, indem er ihr Handgelenk festhielt.

„Ich hole mir, was ich haben will, mein Mädchen. Und wenn ich möchte, dass du mir Genuss verschaffst, sage ich es.“

Frustriert stieß sie die Luft aus, nur um gleich darauf leise zu stöhnen, denn ihr Tiger massierte ihre Klitoris.

Er brachte sie fast bis zum Orgasmus, doch kurz vorher hielt er inne, um sich über sie zu knien.

„Ich weiß nicht, ob ich mich zurückhalten kann“, gab er offen zu.

Jetzt blitzten Darlas Augen verlangend auf.

„Dann tu es nicht. Ich will dich.“

Wieso sie auf einmal den Mut fand, um ihm eine solche Antwort zu geben, konnte sie sich kaum erklären. Sie wollte ihn nur endlich tief in sich fühlen. Ohne Rücksicht den Sex genießen.

Der Erlaubnis kam er gerne nach, trotzdem streichelte er sie erneut, schob seinen Zeigefinger in sie, ehe er sich über ihr aufstützte.

„Sieh mich an.“

Mit verklärtem Blick gehorchte sie, als er sie vorsichtig in Besitz nahm.

Noch hielt Flann sein inneres Tier unbarmherzig unter Kontrolle, weil er Darla auf keinen Fall verletzen wollte. Nur wusste er genau, dass er seinen Tiger später freilassen musste. Er würde sie als seine Gefährtin markieren.

Stück für Stück schob er sich in seine Kleine, sah ihr dabei direkt in die Augen, um sofort zu stoppen, sollte er ihr wehtun.

Aber Darla schlang ihre Arme um seinen Nacken, um ihn zu sich zu ziehen, gleichzeitig hob sie ihr Becken an. Sie sehnte sich danach, ihn tief in sich zu spüren.

„Halt dich nicht zurück, Liebster", flüsterte sie.

Jetzt gab Flann seinem inneren Drängen nach. Hart stieß er in sie, zog sich zurück, nur um sich gleich darauf in ihrem willigen Leib zu versenken.

Ihr Stöhnen trieb ihn an, genauso wie ihre Reaktionen.

Sie passte sich seinem Rhythmus perfekt an, schlang ihre Beine um seinen Hintern, um ihn noch tiefer aufnehmen zu können, außerdem erkannte er das Verlangen in ihren Augen.

Es dauerte nicht lange, bis sie sich zitternd an ihn presste. Ihr Atem kam stoßweise, ihre inneren Muskeln verkrampften sich, als sie leise seinen Namen schrie.

Für Darla fühlte es sich an, als ob ihr Blut kochen würde. Alles in ihr zog sich zusammen, drängte nach der erlösenden Eruption, bis Flann genau den einen Punkt in ihr traf, der dafür sorgte, dass sie abhob.

Gedanken zerbarsten, die Umwelt löste sich auf und für einen Moment verbrannten die Sorgen in dem Inferno der Lust.

Wie aus weiter Ferne hörte sie sich selbst erlöst aufschreien.

Kurz darauf spürte sie, dass er ebenfalls kam. Hart pumpte er seinen Samen in sie, während er laut knurrte.

Erschöpft ließ er sich auf sie sinken, genoss es, sie so Haut an Haut zu spüren.

Ein paar Sekunden später rollte er sich auf die Seite, zog sie fest in seine Arme und atmete tief durch.

Mit keiner seiner Gespielinnen hatte er einen solchen intensiven Höhepunkt gehabt.

Auch Darla kuschelte sich völlig befriedigt an ihn, bis ihr Magen laut grummelte, was beide zum Lachen brachte.

„Jetzt sollten wir in der Tat etwas essen, ehe das Tier in dir mich anfällt."

Mit einem Schmunzeln stand Flann auf, streifte seine Kleider über und reichte ihr anschließend eine Hand, um sie aus dem Bett zu ziehen.

Schnell zog sie ihre Jogginghose und ein T-Shirt über, ehe sie gemeinsam in die Küche gingen, wo sie das *Shepherds Pie* aufwärmten.

„Ich werde morgen rübergehen, um das Programm fertigzustellen", teilte sie ihm plötzlich mit.

Kapitel 9 - Gefährliche Aktion

Irritiert sah er sie an.

„Demmer hat dir eine freie Woche zugestanden. Wieso willst du arbeiten?"

Stumm deutete Darla auf ihre Handtasche, in der ihr Handy lag.

Flann verstand, dass sie jetzt ein wenig Theater spielte, um ihren Onkel in Sicherheit zu wiegen.

„Da ich ja hier in Irland bleibe, möchte ich das Katalogisierungsprogramm vorher fertig bekommen. Matthias soll nicht behaupten, dass ich ihn mit irgendetwas im Stich gelassen habe."

Das war genau Darlas Art. Sie übernahm immer zu viel Verantwortung.

„Aber es ist kaum dein Problem, was mit Demmer ist. Er kann jemand anderen einstellen, der das Programm fertigstellt."

Unwillig schnaubte Flann.

„Es reicht, wenn er mich unter Druck setzt. Dich wird er gefälligst in Ruhe lassen."

Dem stimmte Darla stumm zu, allerdings ging es hier um mehr.

„Nach der Woche wird er mich nie wiedersehen. Es sei denn, du willst, dass ich dich zu den Kämpfen begleite."

Wie erwartet widersprach der Tiger.

„Auf gar keinen Fall! Ich werde nie wieder dulden, dass du dich in der Nähe des Drecksacks aufhältst. Nur verstehe ich nicht, wieso du überhaupt über dieses Programm nachdenkst.“

Darla lächelte ihn an, gleichzeitig legte sie eine Hand auf seinen Arm.

„Es ist gegen meine Art, eine Arbeit einfach so hinzuschmeißen. Nicht mal für jemanden wie meinen Onkel. Bitte, es ist doch nur ein Tag. Wir haben den Rest unseres Lebens vor uns.“

Sie sah ihn eindringlich an, um ihm zu signalisieren, dass er gefälligst mitspielen sollte.

„Gut, aber nur morgen. Und ich werde bei dir sein.“

Zustimmend nickte sie, anschließend nahm sie die Handtasche, zog den Reißverschluss zu und brachte sie ins Badezimmer, wo sie sie unter einem Stapel Handtücher versteckte.

So abgepolstert würde ihr Onkel nichts aufnehmen können.

Lächelnd sah sie den Tiger an, als sie in die Küche zurückkam.

„Du willst es also wirklich durchziehen? Es ist enorm gefährlich und aktuell wird es uns nicht viel helfen. Ich kann kaum zur Polizei gehen, ohne unser Leben zu gefährden.“

Flann sah sie eindringlich an.

Natürlich war es gut, wenn sie etwas in der Hand hatten, nur musste dann auch sichergestellt sein, dass Demmer sofort festgenommen wurde und auf keinen Fall auf Kaution herauskam.

„Ja, ich will es. Es ist mir klar, dass wir noch warten müssen, ehe wir ihn wirklich ans Messer liefern können. Zuerst sollte der Chip in deinem Nacken verschwinden. Aber Samstag ist die letzte Möglichkeit, einen Kampf live aufzunehmen. Die restlichen Daten, an die ich herankomme, ziehe ich auf einen USB-Stick.“

Ihr war alles andere als wohl bei der Vorstellung, was schiefgehen konnte, allerdings wurde es höchste Zeit, dass sie sich endlich wehrte.

„Gut, dann verbringen wir morgen den Tag mehr oder weniger drüben im Rezeptionsgebäude“, stimmte Flann mürrisch zu.

„Ich werde dort sein, aber du kannst dich ruhig anderweitig beschäftigen. Thorsten hat seine Lektion hoffentlich gelernt.“

Darla war der Gedanke, dass der Tiger ihretwegen seine Freizeit in dem runtergekommenen Abstellraum verbrachte unangenehm.

„Ich sehe dir gerne beim Arbeiten zu. Außerdem gehe ich kein Risiko ein. Ich bleibe bei dir.“

Seine Stimme duldete keinen Widerspruch, sodass sie erst gar nicht versuchte, ihn umzustimmen.

Sie unterbrachen das Gespräch, weil das Essen heiß war, darüber hinaus hatten beide ziemlichen Hunger.

~~°~~

„Ich würde übermorgen gerne nach Hause fahren, um ein paar Dinge zu holen. Magst du mitkommen?“

Flann saß, nachdem sie die Küche wieder in Ordnung gebracht hatten, auf der Couch im Wohnzimmer und sah seine Kleine fragend an.

Strahlend nickte sie.

„Nichts könnte mich zurückhalten. Ich bin wahnsinnig gespannt auf dein Cottage.“

Zufrieden zog er sie an sich, dabei glitt ein diabolisches Schmunzeln über sein Gesicht.

„Dann sollten wir mein spezielles Zimmer ausprobieren. Dort habe ich viel mehr Möglichkeiten, dich in den siebten Himmel zu katapultieren. Obwohl es mit dem Gürtel ja auch gut funktioniert hat."

Leise lachend schob er seine Hand in ihre Jogginghose, um nach den Striemen zu tasten.

„Ich glaube kaum, dass Matthias uns fahren lässt. Er hat Angst, dass er die Kontrolle verliert. Sonst hätte er dich ja direkt nach Hause schicken können", bemerkte Darla, gleichzeitig sog sie hart die Luft ein.

Es tat weh, wenn er über die frischen Spuren fuhr, allerdings machte es sie auch an.

Flann überlegte einen Moment. Er hatte überhaupt nicht darüber nachgedacht, warum Demmer ihn in der Anlage behalten wollte.

„Ich sage ihm einfach, dass ich meine Hanteln holen muss. Er will ja, dass ich in Form bin."

Auf diese achtlos dahin gesagten Worte verzog Darla das Gesicht. Sie hatte völlig ausgeblendet, dass ihr Liebster in wenigen Tagen erneut in den Ring steigen würde.

„Ich hasse die Vorstellung, dass du kämpfen musst", flüsterte sie, dabei unterdrückte sie die Tränen.

Im Moment lagen Himmel und Hölle so verdammt dicht nebeneinander.

Flann zog sie fest an sich, streichelte sie, gleichzeitig drückte er ihr einen Kuss auf den Scheitel.

„Ich werde gewinnen. Mach dir keine Gedanken."

Er hatte gut reden! Natürlich machte sie sich fürchterliche Sorgen, zumal sie wusste, wozu ihr Onkel fähig war.

„Ich spreche morgen mit Demmer, dann sehen wir ja, was er dazu sagt, wenn wir uns für eine Nacht verabschieden."

Damit hakte der Tiger das Thema vorerst ab. Es brachte nichts, darüber zu diskutieren, was dieser Drecksack sagen würde.

Zustimmend nickte Darla, die auch lieber an etwas anderes dachte, als an ihren verbrecherischen Verwandten.

„Gibt es eigentlich noch mehr mystische Wesen? Ich meine, neben Geistern und Gestaltwandlern?“, wollte sie plötzlich wissen.

Flann lachte leise auf.

„Oh ja, so ziemlich alles, was du dir vorstellen kannst. Die magische Welt ist sehr vielfältig.“

Mit großen Augen sah sie ihn an.

„Du nimmst mich jetzt nicht auf den Arm, oder?“

Schnell schüttelte er den Kopf.

„Nein, allerdings gibt es bei uns auch Gesetze und gegen eins verstoße ich gerade. Die Geheimhaltung steht an erster Stelle.“

Er seufzte leicht, als er darüber nachdachte, dass er schon lange gegen die Gemeinschaft der magischen Wesen handelte.

„Dann ist es verboten, dass wir zusammen sind?“

Besorgt musterte sie ihn.

Sofort strich er ihr zart über die Wange.

„Das ist kein Problem. Als meine Gefährtin kannst du einen Eid schwören, unsere Geheimnisse zu bewahren, danach steht einem gemeinsamen Leben nichts im Weg.“

Flann spürte deutlich, dass sie aufatmete, und musste lächeln.

Überall witterte seine Kleine Probleme, die sie trennen würden, obwohl nur ihr Onkel wirklich zu einem Hindernis werden könnte.

„Ist es dir erlaubt, mir ein wenig mehr zu erzählen?“

Es fiel ihr schwer, die Neugier zu bezähmen, das sah er ihr an der Nasenspitze an.

Lächelnd strich er ihr eine Strähne hinters Ohr, küsste sie leicht auf die Lippen, bevor er die Schultern zuckte.

„Was willst du denn wissen? Ich denke, ich darf dir die Wahrheit sagen. Zumal du ja sowieso schon Etliches mitbekommen hast."

Jetzt musste Darla erst einmal überlegen. Es gab so viele Dinge, über die sie gerne etwas erfahren würde.

„Weißt du auch irgendetwas über Wiedergeburt? Oder über die Anderwelt?"

Sie hielt die Luft an, da sie die Frage aus einem ganz bestimmten Grund gestellt hatte.

„Ja, wir alle glauben an eine Form der Reinkarnation. Allerdings gibt es da keine Beweise. Anderwelt, das bedeutet Himmel oder Hölle, je nachdem, in welchen Teil du kommst. Eine Verbindung herzustellen ist fast unmöglich, jedenfalls zu den guten Menschen. Den Wiedergängern möchtest du nicht begegnen, das kann ich dir versichern."

Seufzend zeichnete sie mit dem Zeigefinger kleine Kreise auf seine Brust.

„Ich würde so gerne noch einmal mit meinen Eltern sprechen. Denkst du, eine Banshee ..."

Sofort schüttelte Flann den Kopf. Es tat ihm in der Seele weh, dass er ihr diese Hoffnung nehmen musste, aber auch die magischen Wesen konnten keine Verbindung zu den Toten herstellen.

„Nein, die Todesfee kündigt den Tod nur an, mehr nicht. Sie wird keine Botschaften überbringen können."

Mit weit aufgerissenen Augen starrte Darla ihren Tiger an.

„Es gibt sie also wirklich?"

Mit einem Schmunzeln nickte er.

„Ja, es existieren sogar einige davon. Sie leben allerdings nur hier in Irland. Es machte mal eine Geschichte die Runde, dass jemand es geschafft hat, eine Banshee einzufangen und nach Spanien zu bringen. Sie wäre beinahe gestorben."

Darlas Augen glänzten vor Aufregung, als sie ihn auffordernd ansah.

„Erzähl bitte weiter. Was ist passiert?"

Einen Moment musste Flann überlegen. Es war schon eine Weile her, seit er diesen Bericht gehört hatte.

„Ein durchgeknallter Vampir wollte Macht über den Tod. Deshalb hat er eine Banshee gekidnappt. Keine Ahnung, wie er das gemacht hat. Normalerweise fängt man sich einen üblen Fluch ein, wenn man sie berührt. Er hielt sie in Spanien gefangen, wo sie von Tag zu Tag durchsichtiger und schwächer wurde."

Erneut überlegte er, was damals passiert war.

„Gott sei Dank wurde sie befreit. Man brachte sie zurück, doch erst auf irischem Boden konnte sie sich erholen."

Nachdenklich blickte Darla aus dem Fenster.

„Ich hätte nie gedacht, dass die Mythen wahr sind", murmelte sie.

Jetzt lachte Flann leise auf.

„Nicht alle, mein Mädchen. Zombies sind eine reine Erfindung der Menschen."

Das beruhigte sie.

„Und was ist mit Nessie? Gibt es das Ungeheuer von Loch Ness wirklich?"

Darla war sich selbst unsicher, was sie glauben sollte. Aber die Vorstellung, dass eine Art Drachen in dem Gewässer hauste, gefiel ihr irgendwie.

„Ja, sie lebt in dem berühmten See. Allerdings ist sie ein Leviathan."

Ungläubig schüttelte seine Kleine den Kopf.

„Jetzt nimmst du mich auf den Arm. Ein solches Monster existiert bestimmt nicht in Schottland. In Zusammenhang mit Nessie ist bisher nie davon geredet worden, dass sie Menschen frisst."

Flann nickte leicht.

„Stimmt, weil sie das auch selten tut. Sie ist völlig verspielt. Die menschliche Mythologie tut ihr unrecht, wenn sie als bedrohliches Wesen dargestellt wird. Allerdings gibt es mehrere ihrer Art und mit den anderen möchtest du eher nicht zusammentreffen."

An der Aussage knabberte Darla wirklich. Ein Seeungeheuer im Loch Ness!

„Was ist mit Irland? Was lauert da in den Gewässern?"

Ihre Stimme klang neckend, trotzdem hörte der Tiger den angespannten Unterton.

„Alles Mögliche, aber hauptsächlich Fische."

Lachend schlug sie ihm auf den Arm.

„Das meine ich nicht, das weißt du genau."

Schnell drückte er sie an sich.

„Ehrlich gesagt habe ich keine Ahnung. Es machen immer mal Gerüchte die Runde, dass im Lough Dergh und im Lough Ree ein Ungeheuer sein Unwesen treibt. Ich konnte bisher nichts dergleichen entdecken, trotzdem ist an den alten Geschichten meistens etwas dran. Was ich dir bestätigen kann, ist, dass es die irischen Elfen wirklich gibt. Der größere Teil ist keineswegs freundlich."

Auch davon hatte Darla gelesen.

„Du willst mir damit sagen, dass du bereits einen Dullahan gesehen hast? Einen kopflosen Reiter?"

Für sie war diese Welt aufregend und am liebsten wäre sie losgelaufen, um selbst Kontakt zu den magischen Wesen aufzunehmen.

„Ja, ich musste ihn in seine Schranken weisen. Wir haben uns geprügelt, bis er sich verdrückt hat. Der Mistkerl wollte die Schwester meiner Frau holen. Das ist jetzt knappe zweihundert Jahre her. Seitdem habe ich zumindest vor den irischen Elfen meine Ruhe."

Fast schon ehrfurchtsvoll sah seine Freundin ihn an.

„Man kann ihn anfassen?"

Laut lachend schüttelte Flann den Kopf.

„Ja, das ist durchaus möglich, aber man muss verdammt vorsichtig sein. Alle magischen Geschöpfe besitzen übernatürliche Fähigkeiten. Leider sind sie den Menschen eher feindselig gegenüber, wenn man vom Grogoch absieht."

Darla überlegte, was sie als Nächstes ansprechen sollte. So viele Fragen tobten durch ihr Gehirn.

„Ich dachte immer, dass das meiste nur Geschichten sind, um sich zu amüsieren oder zu gruseln."

Sie kuschelte sich an ihn, denn der Gedanke, dass dort draußen irgendwo ein Vampir lauerte, ängstigte sie schon ein bisschen. Andererseits wusste sie, dass sie hier in Flanns Armen absolut sicher war.

„Wieso haben die Menschen keine Ahnung von der magischen Welt?"

Einen Augenblick überlegte der Tiger.

„Weil die meisten deiner Spezies ziemlich arrogant sind. Sie denken, dass sie alles kontrollieren können. Allerdings wurde von unserer Seite auch dafür gesorgt, dass das alte Wissen untergeht. Natürlich gibt es immer noch Normale, die in der Lage sind, uns zu sehen oder an uns zu glauben."

Darüber dachte Darla eine Zeit lang nach, wobei ihr die Augen zufielen.

Mit einem liebevollen Lächeln betrachtete Flann sie, dabei wurde ihm erneut bewusst, was für eine wundervolle Gefährtin er bekommen hatte.

~~°~~

Am nächsten Tag weckte sie der Regen, der gegen die Fensterscheiben prasselte.

Verwundert sah Darla sich um, denn sie konnte sich überhaupt nicht daran erinnern, ins Bett gegangen zu sein. Außerdem bemerkte sie, dass sie völlig nackt war.

„Hast du mich hergebracht?“

Ein wenig verunsichert sah sie ihren Tiger an, der neben ihr lag und sie betrachtete.

Ein leichtes Nicken gab ihr die Antwort.

„Könntest du mich vielleicht das nächste Mal einfach wecken? Ich bevorzuge es, einen Schlafanzug anzuziehen.“

Verschnupft zog sie die Decker höher, als sie erkannte, dass er fasziniert den Ansatz ihrer Brüste beobachtete.

„Das habe ich, mein Mädchen. Aber du hast nur selig gelächelt, um gleich darauf wieder einzuschlafen. Der Tag war aufregend und so habe ich beschlossen, dass ich dich schlafen lasse. Außerdem mag ich es, dich ohne irgendwelche Stofffetzen spüren zu können.“

Mit einer ähnlichen Antwort hatte sie durchaus gerechnet, trotzdem sah sie ihn immer noch missmutig an.

„Ist das jetzt eine neue Regel? Ich muss nackt neben dir liegen?“

Sofort zog Flann eine Augenbraue hoch, dabei sah er sie warnend an.

„Pass auf deinen Ton auf, Darla. Ich bin höflich, daher erwarte ich es auch von dir. In dem Fall benötige ich keine besondere Situation, um dich zu strafen.“

Bei den Worten zog es in ihrem Unterleib, sodass sie für einen Augenblick in Versuchung kam, ihn weiter zu provozieren.

Doch als sie sich umdrehte und mit dem Po über das Laken streifte, spürte sie die Striemen mehr als deutlich.

„Lass es besser. Eine Bestrafung kann sehr unangenehm werden. Oder hast du schon mal das Vergnügen gehabt, nur mit einem Mantel und Schuhen bekleidet einkaufen zu gehen? Abgesehen von einer Woche Keuschhaltung. Vielleicht kommt auch eine Überreizung deiner Klitoris infrage."

Sofort klappte sie den Mund fest zu, da ihr diese Aussichten ein wenig zu weit gingen. Obwohl ihr dummes Kopfkino natürlich daraufhin ansprang.

„Um auf deine Frage zurückzukommen, nein, ich erwarte nicht, dass du unbekleidet schläfst. Es ist deine Entscheidung, es sei denn, ich sage dir etwas anderes. Gestern hatte ich das Bedürfnis, dich ohne störenden Stoff in meinen Armen zu halten."

Jetzt senkte sie betroffen den Kopf. Wie konnte sie gegen seine Wünsche wettern, wenn es ihn glücklich machte, sie einfach nur zu spüren? Bisher hatte er verdammt wenig für sich verlangt.

Ständig stand sie an erster Stelle.

„Es tut mir leid. Ich fühle mich nur nicht wirklich wohl, sobald ich nackt bin."

Das war ihm bewusst, aber gerade deshalb würde er sie immer wieder ihrer Kleider berauben. Sie musste dringend lernen, dass sie für ihn perfekt war.

„Lass uns aufstehen. Ich werde mich gleich mit meinem Onkel befassen."

Sie war angespannt, außerdem hatte sie Angst vor der Begegnung, was er sofort roch.

„Niemand zwingt dich, das zu tun. Wir finden einen anderen Weg, mein Mädchen."

Flann sah sie ernst an.

Ihr Vorhaben war verdammt gefährlich und er wollte sich auf keinen Fall ausmalen, was passierte, sollte Demmer herausfinden, dass sie die Daten kopiert hatte.

„Doch, Flann, ich muss es tun, um wieder in den Spiegel sehen zu können. Ich will das schlechte Gewissen, dass ich nicht mal versucht habe, diesen Mörder zu stoppen, endlich loswerden."

Das verstand er zu gut, sodass er jetzt nicht weiter in sie drang.

Sie frühstückten gemeinsam, nachdem sie sich für den Tag zurechtgemacht hatten.

Darla trug ein entzückendes Kleid mit angeschnittenen Ärmeln, das ihr bis zum Knie reichte und Blumen auf dunkelblauem Grund zeigte. Es kaschierte ihre Problemzonen, was ihr gerade heute extrem wichtig war.

Auf Make-up verzichtete sie völlig, zumal sie kein Interesse auf sich ziehen wollte.

Flann entschied sich für ein schwarzes, eng anliegendes Shirt mit langen Armen, dunkle Jeans und Westernstiefel.

„Was für ein Klischee", murmelte Darla, als sie die Stiefel betrachtete.

Schmunzelnd stimmte er ihr zu.

„Du hast recht, allerdings passt es nicht wirklich zu einem Bodybuilder, oder?"

Sie lachte mit ihm, anschließend machten sie sich auf den Weg zu ihrem Onkel.

~~°~~

Unwillig forderte Demmer sie auf, einzutreten, als der Tiger hart an die Tür des Büros klopfte.

Erstaunen zeichnete sich auf seinem Gesicht ab, als das Paar eintrat, allerdings grinste er sie gleich darauf höhnisch an.

„Sieh mal einer an. Da ist ja unser Liebespaar oder hast du die Nase bereits voll von ihr? Ihre Figur ist ja ziemlich zum Abgewöhnen."

Getroffen zuckte Darla zusammen, doch sofort strich Flann ihr leicht über den Rücken, zumal er einen Arm um ihre Taille gelegt hatte.

Zu gerne würde er dem Mistkerl so richtig die Fresse polieren, nur heute verzichtete er besser auf diese Genugtuung.

„Du bist ein Idiot, Demmer. Aber wir haben etwas mit dir zu besprechen."

Flann sah ihn warnend an, woraufhin er auf die zwei Stühle vor seinem Schreibtisch deutete.

„Na, da bin ich ja mal gespannt. Auf keinen Fall bekommst du eine finanzielle Unterstützung, weil meine gefräßige Nichte dir jedes Haar vom Kopf frisst."

Er lachte über seine Bemerkung, doch verstummte, als der Tiger leise fauchte.

„Ich werde das Programm heute fertigstellen. Da ich bei Flann bleibe, möchte ich verhindern, dass du rumerzählst, ich sei unzuverlässig. Allerdings erwarte ich dafür, dass du mir mein volles Gehalt für den Monat überweist. Außerdem ziehe ich die Kontovollmacht zurück."

Darla knetete ihre Finger, während sie ihre Forderungen hervorstieß, trotzdem wich sie dem Blick ihres Onkels nicht aus.

„So, du glaubst, dass du machen kannst, was du willst? Was ist mit den ganzen Jahren, in denen ich dich durchgefüttert habe? Denkst du, dass ich das nur aus Nächstenliebe tat?"

Bösartig musterte er sie, dabei kroch Flann der Geruch von Hass in die Nase.

„Spinnst du? Ich wurde von Anfang an gezwungen, mitzuarbeiten. Sobald ich zu Hause war, hast du mich mit Aufgaben überschüttet. Genau genommen müsstest du mir etliche Stunden noch bezahlen."

Ihre Stimme war lauter geworden, während sie sich jetzt an die Armlehnen ihres Stuhls klammerte, um sich selbst davon abzuhalten, Matthias ins Gesicht zu springen. Das Maß war einfach voll!

„Wenn es dir nur um Kohle geht, dann nenn deinen Preis."

Flann zog die Aufmerksamkeit des Mannes auf sich, gleichzeitig legte er eine Hand auf Darlas Arm, um sie zur Zurückhaltung zu mahnen.

„Pah, so reich bist du nicht. Außerdem ist es kaum deine Angelegenheit. Ist das alles?"

Demmer sah bereits auffordernd zur Tür.

„Nein, ich werde morgen mit Darla nach Reanisglen fahren. Ich benötige meine Hanteln, damit ich am Samstag fit bin. Wir kommen irgendwann Donnerstag wieder."

Flann hielt seinem Blick stand, gleichzeitig zeigte seine gesamte Haltung, dass er von dem Plan keinen Schritt abweichen würde.

„Das ist gut, dann brauche ich mir ihren Anblick nicht mehr anzutun. Aber du weißt ja, solltet ihr zwei vorziehen, zu verschwinden ..."

Sofort hob der Tiger abwehrend seine Hände. Demmer brauchte seine Drohung keinesfalls komplett auszusprechen.

„Komm, mein Mädchen, wir haben gesagt, was zu sagen war."

Er stand auf, reichte seiner Freundin eine Hand und schob sie aus dem Büro.

Matthias sah den beiden mit einem hasserfüllten Blick nach. Zu gerne hätte er sie jetzt schon getrennt, allerdings schmeckte Rache kalt genossen noch besser.

„Das ging leichter, als ich dachte. Nur seine Aussage, dass ich ihm etwas schulde, gefällt mir nicht."

Darla saß vor ihrem Computer, während Flann neben ihr am Tisch lehnte.

„Er wird versuchen, uns zu schaden, damit rechne ich fest. Aber wir finden einen Weg."

Schnell beugte er sich zu ihr rüber, um ihr einen sanften Kuss zu geben, anschließend setzte er sich auf einen Stuhl, sodass sie mit ihrer Arbeit anfangen konnte.

„Ich muss nur noch meinen Laptop holen. Soll ich dir etwas mitbringen?"

Mit einem Seufzer stand sie auf, doch ihr Tiger stoppte sie.

„Lass mich gehen. So kann ich mir auch gleich ein Buch aussuchen."

Dankbar sah sie ihn an, denn so hatte sie Zeit, um schon mal die Daten zu suchen, die sie kopieren wollte.

Seit ihr der Gedanke gekommen war, dass sie ihrem Onkel auf diese Weise das Handwerk legen könnte, hatte sie immer einen USB-Stick in ihrer Laptop-Tasche.

Nervös klickte sie sich durch ein Verzeichnis, als hinter ihr die Tür aufging. Sofort wechselte sie zum Desktop und drehte sich um. Ihr war klar, dass es sich kaum um Flann handelte. So schnell war der Tiger auch wieder nicht.

„Schön, dass ich dich endlich mal alleine zu fassen bekomme."

Thorsten kam in den Raum, schloss die Zimmertür und lehnte sich dagegen.

„Flann ist gleich zurück. Du solltest dir also gut überlegen, was du tust, wenn du an deinem Leben hängst."

Darla sah ihn gleichgültig an. Vor ihm hatte sie seit einiger Zeit keine Angst mehr, er war ihr einfach nur lästig.

„Willst du wirklich mit diesem Tier zusammen sein?"

Genervt verdrehte sie die Augen. Die Diskussion würde sie auf keinen Fall mit ihm führen.

„Komm schon, Darla, gib mir eine Chance. Ja, unsere Beziehung hat einen schlechten Start gehabt, aber du weißt, dass da was zwischen uns ist."

Was laberte der Idiot denn da? Sie verband nicht mal eine lockere Freundschaft!

Unwillig stieß sie die Luft aus, dabei sah sie ihn ärgerlich an.

„Lass mich bitte in Ruhe arbeiten! Ich möchte das Programm fertigstellen, ehe ich kündige."

Niemand musste wissen, dass sie weder ein Arbeitsvertrag noch eine mündliche Vereinbarung an den Job band.

„Du willst Demmer verlassen? Das kannst du nicht. Der bringt dich um."

Thorsten sah sie an, wie eine Kuh, die anfängt zu steppen.

„Was geht es dich an? Kümmere dich um die Nutten oder geh auf der Autobahn spielen."

Energisch drehte sie sich endgültig zu ihrem Bildschirm um, mit der Aktion wollte sie ihm signalisieren, dass das Gespräch zu Ende war.

Nur leider verstand Thorsten keine vorsichtigen Hinweise.

Zu allem Überfluss stellte er sich jetzt auch noch hinter sie, legte seine Hände auf ihre Schultern und beugte sich zu ihrem Ohr.

„Du brauchst keineswegs eifersüchtig werden. Ich baue dort nur meinen Druck ab. Außerdem weiß ich, dass du den Tiger umgarnst, weil dein Onkel das will. Ich spreche mit ihm, damit du die demütigende Aufgabe nicht länger übernehmen musst. Es ist unnötig, mir vorzuspielen, dass du das Tier magst."

Bei so viel Dummheit verschlug es Darla die Sprache, doch ehe sie etwas sagen konnte, ertönte die Stimme ihres Liebsten.

„Würdest du bitte so freundlich sein und deine dreckigen Griffel von meiner Freundin nehmen?"

Thorsten zuckte zusammen, was sie deutlich spürte, allerdings ließ er sie keineswegs los, sondern nahm ihre Hand, nachdem er sich umgedreht hatte.

„Sie findet es aber völlig in Ordnung. Vielleicht sollte ich dir etwas über die Hintergründe erzählen? Demmer hat sie auf dich angesetzt, weil er dich so besser unter Kontrolle halten kann. Oder dachtest du, dass sie wirklich Gefühle für dich hat?“

Zornig sprang Darla auf, löste ihre Finger aus seiner Umklammerung, ehe sie ihm mit aller Kraft ins Gesicht schlug.

„Was denkst du Vollidiot eigentlich, wer du bist? Hast du Lack gesoffen, du hirnamputierte Amöbe? Oder bist du von Natur aus so dämlich? Merkst du dich noch, du Arschkrampe?“

Sie schrie ihm die Beleidigungen entgegen, nicht länger in der Lage, sich unter Kontrolle zu halten.

Außerdem befürchtete sie, dass ihr Freund ihm glaubte.

In Thorstens Augen blitzte Empörung auf, aber ehe er sich auch nur rühren konnte, wurde Darla bereits hinter den breiten Rücken des Tigers gezogen.

„Hast du etwas dazu zu sagen? Oder möchtest du lieber gehen?“

Freundlich deutete Flann auf die Tür, die noch offenstand.

Ohne eine Antwort zu geben, drückte der Lakai sich an ihm vorbei, doch gerade, als er sich in Sicherheit wähnte, stoppte der Gestaltwandler ihn.

„Ach, Thorsten?“

Der Speichellecker von Demmer blieb wie erstarrt stehen und starrte ihn an.

„Sehe ich noch einmal, dass du meine Gefährtin anpackst, endest du als Fischfutter, verstanden?“

Ängstlich nickte der Kerl, ehe er Fersengeld gab.

Lachend drehte Flann sich zu seiner Kleinen um, die ihn allerdings furchtsam ansah.

„Was ist? Hat er dir wehgetan?“

Mit einem besorgten Blick musterte er seine Freundin, die leicht den Kopf schüttelte.

„Nein, aber ich habe Angst, dass du ihm glaubst. Es wäre ein kluger Schachzug von meinem Onkel, mich in der Weise einzuspannen.“

Darla sah zu ihm auf, dabei hielt sie den Atem an, während sie jeden Muskel anspannte. Hoffentlich hatte Thorsten kein Misstrauen gesät.

Kopfschüttelnd zog Flann sie von ihrem Stuhl hoch, legte beide Arme um sie und drückte sie fest an sich.

„Was denkst du nur von mir? Diesem Arsch traue ich nur so weit, wie ich ihn werfen kann. Außerdem bin ich in der Lage zu riechen, wenn jemand lügt. Schon vergessen?“

Aufatmend ließ sie sich an ihn sinken, gleichzeitig genoss sie die Geborgenheit, die sie in dem Moment fühlte.

Seufzend löste sie sich wieder von ihm, nahm den Laptop und den USB-Stick aus der Tasche, die er neben ihren Schreibtisch gestellt hatte, anschließend nickte sie ihm zu.

Flann schloss die Tür, lehnte sich mit dem Rücken dagegen, denn das war das Einzige, was er tun konnte, um seinem Mädchen Schützenhilfe zu geben. Solange er dort stand, betrat niemand den Raum, jedenfalls nicht, ohne sie zu warnen.

Darla verband den Minispeicher mit dem Computer, bevor sie die Dateien kopierte, die ihr irgendwie hilfreich erschienen. Natürlich kam sie nicht an alles heran, aber das, was sie sicherte, würde Demmer todsicher in den Knast bringen.

Es dauerte eine ganze Weile, ehe sie das Speichermedium abmeldete und Flann reichte.

„Da ich ja hierbleibe, kann ich dir den Stick gleich geben“, flüsterte sie.

Zustimmend nickte der Tiger, während er das kleine Teil in seiner Hosentasche verschwinden ließ.

„Sag mal, solltest du dich nicht irgendwie auf den Kampf am Wochenende vorbereiten? Wahrscheinlich wird Matthias dir einen Gegner suchen, der ziemlich gefährlich ist."

Besorgt musterte sie ihren Liebsten, der bereits den Kopf schüttelte.

„Nein, mach dir keine Sorgen. Ich bin in Topform. Ein paar Tage Auszeit schaden da nicht wirklich. Allerdings werde ich morgen eine Trainingseinheit einlegen, außerdem nehme ich die Hanteln mit."

Damit setzte er sich auf den freien Stuhl, wo er sich in sein Buch vertiefte.

Auch Darla machte sich erneut an ihre Arbeit, obwohl sie sich zwingen musste, sich auf das Programm zu konzentrieren.

Eine ganze Zeit lang herrschte Stille in dem winzigen Raum, nur das Klappern der Tastatur verriet, dass sich überhaupt jemand hier aufhielt.

Gegen Mittag stand Flann auf, legte den Roman zur Seite, ehe er sich hinter seine Kleine stellte. Sanft massierte er ihre verspannten Schultern, was sie leise aufseufzen ließ.

„Das tut gut", murmelte sie.

Gekonnt lockerte der Tiger ihre Muskeln, bevor er sie von ihrem Stuhl zog.

„Eine Pause steht dir zu, also lass uns eine Kleinigkeit essen. Anschließend können wir ein Stück laufen."

Der Vorschlag kam gerade recht. Darla fühlte sich wie eingesperrt, außerdem war die Vorstellung, frische Luft zu schnappen, sehr verführerisch.

Schnell liefen sie zu dem kleinen Cottage, wo sie sich für Obst und belegte Brote entschieden.

Kurz darauf schlenderten sie Hand in Hand an dem alten Rezeptionsgebäude entlang.

„James wird es ärgern, wenn wir ihn schon wieder stören“, wandte Darla zögernd ein, doch ihr Tiger zog sie einfach weiter.

„Der nörgelnde Geist interessiert mich gerade überhaupt nicht. Ich möchte mit dir zum Hafen.“

Die Sonne schien von einem klaren, blauen Himmel, selbst die Temperatur passte sich dem perfekten Sommertag an. Das Wetter war sommerlich, aber keineswegs zu heiß.

Dieses Mal ließ sich das Gespenst von Terryglass Castle nicht sehen, sodass Darla aufatmete. Sie fühlte sich in seiner Nähe ziemlich unwohl.

Am Ende des Wegs kletterten sie über das kleine Tor, wobei sie natürlich darauf achteten, dass niemand zusah.

An dem Tag ankerten weniger Schiffe in dem Hafen, was wohl daran lag, dass viele bei dem traumhaften Wetter auf den See rausgefahren waren.

Nachdenklich sah sie auf das Wasser hinaus, als sie an einem der Anleger stehen blieben.

„Vielleicht ist das Wesen im Lough Dergh das gleiche wie im Lough Ree? Immerhin sind die beiden Seen durch den Shannon verbunden.“

Flann legte einen Arm um ihre Schultern, ehe er über ihre Äußerung nachdachte.

„Ich bin mir da unsicher. Es gibt einige Schleusen, die es überwinden müsste. Ein Leviathan überlebt es nicht an Land, außerdem würde man ihn auf jeden Fall sehen. Die sind nämlich extrem groß.“

Natürlich konnte das Wesen die Umwege über die zahlreichen Seitenarme gemacht haben, trotzdem war es ziemlich unwahrscheinlich, dass es unerkannt die gesamte Strecke geschwommen war.

„Vielleicht ist es auch längst ins Meer geflohen. Die letzte Sichtung ist schon fast vierzig Jahre her.“

Sie schlenderten weiter, sahen sich die Schiffe an und genossen es einfach, zusammen zu sein.

Viel zu schnell wurde es Zeit, um zurückzukehren, was Darla ins Gedächtnis rief, dass Flann bald wieder einen dieser mörderischen Kämpfe überstehen musste.

„Vielleicht ist es besser, wenn ich mit ihm zurückfliege, um herauszufinden, wo die Unterlagen sind, die dich belasten. Ich könnte sehen, wer von seinen Vertrauten beauftragt ist, die Sachen weiterzuleiten."

Augenblicklich schüttelte der Tiger den Kopf.

„Und dann? Was sollte das bringen? Sobald wir Demmer anzeigen, lösen wir eine riesige Kettenreaktion aus. Solange wir die nicht stoppen können, müssen wir mit den Umständen leben."

Darla war klar, dass ihr Onkel sofort dafür sorgen würde, dass alles, was er über den Gestaltwandler wusste, an die Öffentlichkeit kam. Außerdem hetzte er seine Killer auf sie.

Sie hatten nur eine Chance, wenn sie ihn vorher mundtot machten. Er durfte keine Möglichkeit bekommen, mit einem seiner Untergebenen zu sprechen. Allerdings würde er auch in Untersuchungshaft Kontakt zu seinem Anwalt haben dürfen. Da lag der Hase im Pfeffer.

Mittlerweile waren sie am Rezeptionsgebäude angekommen und hier sollten sie das Thema auf jeden Fall vermeiden.

Flann griff gerade nach der Türklinke, als Gina auf sie zukam.

Mit einem verführerischen Lächeln ging sie direkt zu dem Tiger, strich leicht über seinen Arm, bevor sie ihm zuzwinkerte.

„Wie wäre es mit etwas Entspannung? Ich stehe dir gerne zur Verfügung, allerdings nicht nur, weil Demmer es befiehlt."

Darla übersah sie komplett, was diese mit den Zähnen knirschen ließ.

„Entschuldige, aber siehst du vielleicht, dass Flann im Moment mit mir unterwegs ist?“

Wütend starrte die andere Frau sie an, doch dann zuckte sie nur mit den Schultern.

„Er lässt sich im Leben nicht mit der Verwandten des Bosses ein. Dafür hat Demmer uns allen zu viel angetan.“

Mit den Worten drehte sie sich wieder zu dem Tiger, der die Arme ablehnend vor der Brust verschränkt hielt.

„Ich habe keine Ahnung, wie du auf das schmale Brett kommst, dass ich ausgerechnet bei dir mein Vergnügen suche. Vielleicht war ich letztens zu undeutlich. Ich musste die Show mit dir abziehen, weil ich genau wie du unter Druck gesetzt werde. Außerdem bitte ich dich, meine Freundin mit Respekt zu behandeln, sonst sehe ich mich gezwungen, dir Manieren beizubringen. Glaub mir, das wird dir auf gar keinen Fall gefallen.“

Einen Augenblick überlegte er, warum Gina überhaupt noch in Terryglass war. Matthias hatte davon geredet, dass er auf die Nutten verzichten könnte, wenn Darla sich um ihn kümmern würde.

„Wieso bist du hier? Ich dachte, ihr wärt mittlerweile woanders im Einsatz?“

Misstrauisch musterte er die Frau, die ihn mit großen Augen anstarrte.

„Nein, wie kommst du darauf? Demmers Männer sind doch auch geblieben.“

Sie ließ den Satz so stehen, denn jeder wusste, was sie damit sagen wollte.

„Du entschuldigst uns? Ich habe jedenfalls keine Zeit, den restlichen Tag hier herumzustehen.“

Darla drückte jetzt die Eingangstür auf und verschwand im Inneren. Auf gar keinen Fall würde sie weiterhin die Verachtung dieser Frau ertragen. Sie hatte noch keine drei Schritte gemacht, als Flann auch schon neben ihr war.

„Ich will nichts von ihr“, bemerkte er.

Sofort stimmte sie ihm zu.

„Ja, das weiß ich. Trotzdem möchte ich verhindern, mich mit ihr vor der Tür zu streiten. Sie ist vernarrt in dich und kann nicht verstehen, warum du auf ihr Angebot verzichtest. Ganz einfach.“

Sie schenkte ihm ein liebevolles Lächeln. Eifersucht war an dieser Stelle völlig unangebracht. Aber eine Frage formte sich in ihr.

„Wieso hast du gedacht, dass Matthias die Frauen wegschickt?“, wollte sie wissen, als sie in ihrem provisorischen Büro ankamen.

Verlegen zuckte Flann mit den Schultern. Er erinnerte sich genau an die Aussage von Demmer.

„Dein Onkel hat es mir gesagt.“

Langsam schüttelte Darla den Kopf.

„Vertrauen ist keine Einbahnstraße, mein Lieber. Normalerweise interessiert es dich doch gar nicht, wo diese Frauen sind, oder? Warum hast du dich mit Matthias darüber unterhalten?“

Flann zog sie fest in seine Arme, gleichzeitig seufzte er leise.

„Ich gebe dir recht, allerdings würde ich dir die Antwort gerne schuldig bleiben. Die Hintergründe sind sehr unschön.“

Ganz kurz überlegte sie, aber alles war besser, als das, was ihr im Kopf herumschwirrte.

„Sag es mir, sonst rede ich mir nur ein, dass du ein Auge auf sie geworfen hast.“

In den meisten Fällen war die Fantasie schlimmer als die Wahrheit, das war auch Flann klar, zumal er oft genug mit dem Kopfkino seiner Subs gespielt hatte.

„Demmer meinte, er könne die Nutten wegschicken, nachdem ich ihm mitgeteilt habe, dass du bei mir bleibst. Er würde auf diese Weise Geld sparen, deshalb hat er dir freigegeben."

Deutlich sah er, wie die Wut in seiner Kleinen anstieg. Ihre Augen schossen Blitze, gleichzeitig schnappte sie empört nach Luft.

„Er stellt mich auf die gleiche Stufe wie seine Bordsteinschwalben? Im Prinzip bin ich jetzt die Bezahlung für deine Leistungen?"

Sie wollte sich von ihm befreien, aber er dachte gar nicht daran, sie loszulassen.

„Du weißt, dass das Unfug ist. Ich bekomme Geld von ihm für jeden Kampf. Ich liebe dich. Du bist meine Gefährtin. Was Demmer sagt oder meint, ist völlig unerheblich."

Der Versuch, sie mit den Worten zu besänftigen, ging absolut nach hinten los.

„Ich bin also eine nette Zugabe? Was bildet dieser Scheißkerl sich eigentlich ein? Es ist egal, dass sein Plan nicht aufgegangen ist. Er tut so, als ob ich sein Eigentum wäre, das er mal eben jemandem überlassen kann, dem er einen Gefallen schuldet."

Sie schrie es fast.

Flann verstand ihren Ärger sehr gut, nur gab es keinen Weg, Demmers Worte zu ändern.

„Du hast jedes Recht böse zu sein, nur bringt es uns keinen Schritt weiter. Wir sind zusammen und nur das zählt."

Seine ruhige Art sorgte dafür, dass sie langsam wieder klar denken konnte. Im ersten Moment hatte sie nur rotgesehen. Ihr eigener Onkel sah in ihr nicht mehr, als eine Belohnung.

Wie gut, dass er sie nie an einen seiner Männer verschachert hatte.

„Setz dich an deine Arbeit und versuch, die Worte des Mistkerls zu vergessen. Am Ende wird er verlieren, so oder so."

Flann ließ sie los, drückte sie auf ihren Stuhl, anschließend drehte er sie so, dass sie auf ihren Monitor sehen konnte.

Einen Augenblick schloss sie die Augen, um sich zu sammeln, dann widmete sie sich der Programmierung.

Kapitel 10 - Sanfte Auszeit

Am späten Nachmittag streckte Darla sich und klappte den Laptop zu, nachdem sie das Programm auf den Rechner vor ihr übertragen hatte.

„Fertig“, murmelte sie.

Flann stand auf, kam zu ihr rüber, um ihr erneut die verspannten Nackenmuskeln zu massieren.

„Musst du es irgendwie einrichten? Oder jemandem die Funktion zeigen?“

Seufzend schüttelte sie den Kopf.

„Nein, ich habe es auf den Hauptcomputer gespeichert. Matthias kann es direkt nutzen. Es ist selbsterklärend, da es eine Suchleiste gibt. Jetzt muss er nur die Datenbank freigeben, allerdings ist das nicht mein Problem. Außerdem wird er das wohl noch können.“

Flann drehte sie mitsamt dem Stuhl herum, um ihr fragend in die Augen zu sehen.

„Was meinst du damit?“

Müde bog sie den Kopf hin und her.

„Er betreibt eine Softwarefirma. Glaubst du wirklich, dass er so gar keine Ahnung hat? Nein, Matthias ist Informatiker. Zumindest hat er vor über zwanzig Jahren dieses Fach studiert.“

Etliche Fragen stürzten auf Flann ein, zumal er sich nicht mit dem Zeug auskannte, nur wollte er dazu außer Hörweite von Demmer sein.

„Lass uns rüber nach Portumna fahren, um essen zu gehen.“

Den Vorschlag nahm Darla gerne an.

„Das klingt gut, aber vorher wäre es schön, wenn du mich zu meinem Onkel begleitest. Ich will ihm zumindest sagen, dass er das Programm ab sofort benutzen kann."

Gemeinsam gingen sie zu dem Cottage, das Matthias für sich beanspruchte, denn er hatte bereits Feierabend gemacht.

Auf ihr Klopfen hin öffnete ein leicht bekleidetes Mädchen ihnen, das sie bei ihrer Ankunft kurz gesehen hatten. Sie sah verschüchtert aus, außerdem zitterte sie.

„Ich möchte mit meinem Onkel sprechen", verlangte Darla, als keine Reaktion kam.

„Ich frage ihn, ob er Sie sehen will."

Damit schnappte die Tür ins Schloss, gleichzeitig atmete Flann tief durch.

Am liebsten hätte er Demmer sofort den Hals umgedreht, dann wäre wenigstens dieses Problem gelöst. Nur durfte er das einfach noch nicht.

Es dauerte ein paar Minuten, ehe die Haustür erneut geöffnet wurde und Matthias erschien.

Er schwankte, sein Gesicht war gerötet, außerdem glänzten seine Augen. Offensichtlich hatte er sich nur schnell eine Jogginghose angezogen, denn er stand ihnen mit nacktem Oberkörper und barfuß gegenüber.

Zumindest wussten sie jetzt, dass er die Frauen keineswegs nur wegen seiner Männer bei sich behielt.

„Was willst du?"

Seine Stimme klang leicht verwaschen, sodass Darla am liebsten einfach gegangen wäre.

„Ich bin fertig. Das Programm ist einsatzbereit. Du solltest nur darauf achten, dass die Datenbank ordentlich gepflegt wird. Außerdem musst du sie freigeben."

Wütend starrte Demmer sie an.

„Glaubst du, ich bin blöd?"

Er hob seine Hand, sodass Darla sofort einen Schritt zurückwich, doch Flann hatte bereits sein Handgelenk gepackt.

„Solltest du sie noch einmal verletzen, wirst du in Zukunft auf deinen Arm verzichten müssen."

Als ob er seine Kraft demonstrieren wollte, drückte er kurz zu, was Demmer einen Schmerzlaut entlockte.

„Pass auf, ich kann dich weiterhin zwingen", zischte Matthias, der im betrunkenen Zustand wohl mehr Mut hatte.

„Lass ihn los. Ich habe meine Pflicht erledigt. Es gibt nichts weiter zu tun."

Darla legte ihrem Tiger sanft eine Hand auf den Unterarm, sodass er ihren Onkel losließ.

Sie sah den Dreckskerl noch einmal voller Abscheu an.

„Ich hoffe, dass wir uns nie wiedersehen."

Mit den Worten drehte sie sich um und ließ den Kerl stehen.

Flann ging mit einem Grinsen neben ihr her, öffnete ihr galant die Beifahrertür, ehe er auf der Fahrerseite einstieg.

„Wow, du hast ihm mit mehr Rückgrat gegenübergestanden, als viele seiner Männer es tun würden. Ich bin wirklich beeindruckt."

Darla lachte leise auf.

„Davon habe ich so lange geträumt. Wie ich ihm einfach mitteile, dass ich gehe. Keine Erklärung, keine Entschuldigung. Aber ich befürchte, dass er es kaum so hinnehmen wird."

Flann hätte ihr jetzt gerne gesagt, dass Matthias keine andere Möglichkeit blieb, als ihre Entscheidung zu akzeptieren, nur wäre das gelogen.

„Wir sind zusammen, das ist alles, was zählt. Mach dir dann Gedanken, wenn es notwendig ist."

Noch einmal atmete Darla tief durch, denn so mutig, wie sie getan hatte, war sie bei Weitem nicht.

„Ich habe einfach Angst, dass er mir mein Glück kaputtmacht“, gab sie leise zu.

Das verstand Flann durchaus.

„Er kann mich niemals dazu zwingen, dich zu vergessen oder zu verletzen. Egal, was geschieht. Wir werden einen Weg finden, ihn zu Fall zu bringen.“

Liebevoll drückte er kurz ihre Hand, ehe er sich wieder auf die Fahrbahn konzentrierte.

„Was mich interessiert, wenn er Informatiker ist, wird er nicht bemerken, dass du die Dateien kopiert hast?“

Jetzt lächelte Darla leicht.

„Nein, er hat sich in den letzten zehn Jahren kaum darum gekümmert, wie sich die Branche weiterentwickelt hat. Matthias ist auf dem Stand von damals stehen geblieben. Er kann gerade so die Abhör-Apps auf meinem Handy installieren.“

Sie legte eine Hand auf seinen Oberschenkel.

„Mach dir keine Sorgen um mich. Ich war vorsichtig und werde nicht auffliegen.“

Aufatmend lächelte er. Flann würde es sich niemals verzeihen, sollte ihr etwas zustoßen, weil er dem Plan zugestimmt hatte.

„Was genau hast du kopiert?“

Aktuell war ihm bewusst, dass er die Füße stillhalten musste, egal, was für Beweise sie besaßen. Aber jetzt plante er, noch intensiver nach einem Ausweg zu suchen als bisher. Er wollte in Ruhe mit seinem Mädchen leben, ohne ständig Angst vor Demmer haben zu müssen.

„Dies und das. Einige Ausschnitte des letzten Kampfes, ein paar Rechnungen, ein paar Belege und einen Vertrag, der Stillschweigen verlangt. Dort steht übrigens nicht im Detail drin, was der Unterzeichner weitertragen könnte.“

Flann runzelte die Stirn.

„Sondern?“

Einen Augenblick konzentrierte Darla sich auf den Wortlaut, den sie gelesen hatte.

„Der Vertragspartner bestätigt, dass er absolutes Stillschweigen über die Kämpfe bewahrt, egal, wo sie stattfinden oder wer involviert ist."

Das war genug, um Demmer ans Messer zu liefern, falls er selbst unterschrieben hatte.

„Und so einen Vertrag unterzeichnet dein Onkel mit seinem richtigen Namen? Damit macht er sich erpressbar."

Jetzt seufzte Darla leicht.

„Stimmt, deshalb hat er seinen Prokuristen gezwungen, zu unterschreiben. Er nutzt dafür eine Scheinfirma. Allerdings denke ich, dass die Aufzeichnungen der letzten Veranstaltung genügen, um ihn auffliegen zu lassen."

Erneut zeigte Flanns Stirn tiefe Falten.

„Du kommst an solche brisanten Unterlagen heran, aber nicht an meine Adresse? Außerdem frage ich mich die ganze Zeit, wie du von hier an die Dateien gekommen bist."

Mit einem stolzen Lächeln zuckte Darla mit den Schultern.

„Wie ich schon sagte, ich denke seit ein paar Jahren darüber nach, diese Sachen zu sichern. Deshalb habe ich mich mit dem Laptop in sein System gehackt. Alles, was nicht Passwort geschützt ist, konnte ich kopieren. Die Verträge, die wegen der Kämpfe unterschrieben werden müssen, sind für mich zugänglich, da ich ja weiß, was er treibt. Genauso komme ich an die Aufzeichnungen der Kämpfe oder das, was davon übrig geblieben ist."

Sie überlegte einen Moment.

„Matthias hält mich für zurückgeblieben. Außerdem glaubt er, dass er mich völlig unter Kontrolle hat. Daher ist er nachlässig. Was kaum heißt, dass er mich in seine Buchhaltung oder tiefer in seine Geschäfte schauen lässt."

Einen Augenblick ließ Flann die Aussage sacken, denn sein Mädchen hatte in ein Bienennest gestochen. Er betete, dass Demmer niemals erfuhr, dass sie etwas kopiert hatte.

„Wieso existieren eigentlich Aufzeichnungen der Kämpfe? Das ist doch eine Sicherheitslücke."

Diese Frage tobte ihm schon länger im Kopf herum.

„Normalerweise lässt Matthias die Videos sofort löschen. Es sei denn, es tauchen Qualitätsprobleme bei der Übertragung auf. Die Stellen bekomme ich auf den Tisch, damit ich mir ansehen kann, ob es an der Kamera liegt, oder ob es Probleme mit der Leitung gibt. So habe ich dich quasi kennengelernt. Es scheint, dass deine Magie öfter die Übertragungsleitungen beeinflusst. Die Kunden schätzen es gar nicht, wenn das Bild unscharf oder der Bildschirm plötzlich dunkel wird."

Das konnte er sich gut vorstellen, zumal sie einen beachtlichen Preis zahlten, um zusehen zu dürfen.

„Schade, dass ich nicht wirklich zaubern kann", murmelte Flann.

Zu gerne würde er das ganze Programm sabotieren, allerdings müsste er dann wohl wesentlich öfter in den Käfig, als derzeit vorgesehen war.

Er parkte den Wagen vor dem Pub, in dem sie das letzte Mal bereits ihr Essen geholt hatten.

Höflich hielt er ihr die Beifahrertür auf und streckte ihr eine Hand hin, nachdem er ausgestiegen war.

Dankbar nahm sie seine Hilfe an, anschließend gingen sie in das Gebäude.

Der Wirt bediente sie persönlich, was kaum verwunderte, denn um diese Uhrzeit gab es nur zwei Gäste, die an der Bar ihr Stout tranken.

Schweigend studierten sie die Karte, bis Darla ihren Tiger ansah.

„Gibst du mir bitte eine Empfehlung? Ich möchte ungern Schnitzel mit Pommes bestellen.“

Anscheinend gab es das recht einfache Gericht überall auf der Welt.

„Normalerweise würde ich dir zu *Irish Stew* raten, allerdings ist es dafür doch etwas zu warm. Angesichts des Wetters solltest du in der Tat ein Steak nehmen.“

Das war zwar nicht unbedingt das traditionelle irische Essen, aber alles andere passte besser zu kälteren Temperaturen. Eintopf aß man ja auch in Deutschland eher im Herbst oder Winter.

Darla sah sich die Gerichte noch einmal an, ehe sie leicht nickte. Ihr Tiger hatte recht, außerdem schmeckten Steak und Salat immer.

„Wenn du magst, fahre ich zurück, dann kannst du etwas trinken“, bot sie ihm an, als der Gastwirt nach ihren Getränkewünschen fragte.

Dem stimmte Flann erfreut zu.

„Unter den Umständen hätte ich gerne ein großes Stout.“

Er mochte das herbere Bier lieber als das Ale.

Der Wirt nickte, ehe er sich an Darla wandte.

„Und was darf es für die bezaubernde Dame sein?“

Sie schenkte ihm ein Lächeln, ehe sie ein Glas Mineralwasser bestellte.

„Ich freue mich darauf, deinen Wagen zu fahren. Danke für dein Vertrauen.“

Schnell beugte sie sich über den Tisch, um ihrem Tiger einen Kuss auf die Lippen zu drücken.

Erstaunt musterte er sie, als sie wieder auf ihrem Platz saß.

„Ich müsste dir dankbar sein, weil ich mein Bier genießen kann. Hast du wirklich geglaubt, dass ich dir den Pick-up nicht überlasse?“

Verlegen zuckte Darla mit den Schultern.

„Es ist ein großes, teures Auto."

Bei der Bemerkung konnte Flann sich bereits denken, wieso sie davon ausgegangen war, dass er selbst hinter dem Steuer sitzen würde.

„Matthias lässt dich nur bestimmte Wagen fahren, richtig?"

Ihre Lippen pressten sich kurz aufeinander, ehe sie ihm ein verrutschtes Lächeln zeigte.

„Stimmt. Seinen Sportwagen darf ich nicht mal ansehen, geschweige denn mitfahren. Den Mercedes fährt nur sein Chauffeur, aber da bin ich schon mal eingestiegen, ohne direkt rauszufliegen. Im Grunde gibt es für mich nur einen kleinen Polo, was völlig in Ordnung ist. Zumal man in Frankfurt eher selten passende Parkplätze für die riesigen Karossen findet."

Sie seufzte leise.

„Es ist allerdings demütigend, dass er mir nicht zutraut, auch größere oder schnellere Autos zu fahren."

Das verstand Flann, deshalb holte er den Autoschlüssel aus der Hosentasche und reichte ihn ihr.

„Du kannst den Wagen jederzeit nehmen. Er ist ein Gebrauchsgegenstand, kein geliebtes Wesen."

Glücklich lächelte sie ihn an, gleichzeitig legte sie den Schlüssel neben ihren Teller. In ihrem Sommerkleid gab es keine passenden Taschen.

Das Essen wurde serviert und sie ließen es sich schmecken, dabei fragte Darla ihn über sein Zuhause aus.

„Ich bin wahnsinnig neugierig. Beschreib es mir bitte."

Einen Augenblick sah Flann sie fast fassungslos an.

„Dazu bin ich nicht in der Lage. Es ist halt ein echtes Cottage, aus Steinen gebaut, unverputzt, eher rustikal."

Er lebte jetzt schon einige Zeit dort, sodass es ihm wirklich schwerfiel, ihr ein Bild zu vermitteln.

„Vom Schlafzimmer und vom Wohnzimmer aus blickt man direkt aufs Meer. Selbst innen habe ich auf Tapeten größtenteils verzichtet, weil ich es mag, wenn man die Balken noch sehen kann. Natürlich gibt es eine Fußbodenheizung, die Fenster sind modern, damit es nicht zieht."

Er lachte leise. Als er das Cottage gebaut hatte, musste er oft ordentlich frieren, denn der Wind pfiff durch alle Ritzen.

„Im Wohnzimmer findest du einen offenen Kamin, eine Stereoanlage, eine Couch, was man halt so braucht. Nur einen Fernseher suchst du bei mir vergebens."

Darla schloss kurz die Augen, um sich sein Zuhause vorstellen zu können.

„Die Küche ist modern eingerichtet. Wie bereits gesagt, bin ich nicht der weltbeste Koch, deshalb gibt es auch eine Mikrowelle. Im Bad habe ich einen Whirlpool einbauen lassen, neben Dusche und Badewanne. Ich mag es, wenn es prickelt."

Bei den Worten sah er sie eindringlich an, sodass ihr sein Blick direkt eine Gänsehaut über den Rücken jagte.

„Ich freue mich schon darauf, mit dir zusammen ein Bad zu nehmen."

Augenblicklich sprang ihr Kopfkino an, dabei vergaß sie ihre Fragen zu seinem Cottage.

„Kannst du mal an etwas anderes denken?", schimpfte sie leise.

Mit einem unverschämten Grinsen schüttelte Flann den Kopf.

„Nein, wieso auch? Ich habe die sinnlichste Frau an meiner Seite, mit der ich sogar meine Neigung ausleben darf. Weshalb also sollte ich die Gedanken an heißen Sex vermeiden?"

Bei seinen offenen Worten wurde sie sofort rot. Schnell sah sie sich nach den restlichen Gästen um, doch die achteten gar nicht auf sie.

„Musst du hier darüber sprechen? Was, wenn dich jemand hört?“

Ihr war es peinlich, in der Öffentlichkeit über solche Themen zu reden.

Außerdem war sie es nicht gewöhnt.

Flanns Lächeln wurde breiter, besonders, weil er es liebte, sie so in Verlegenheit zu bringen.

„Ich sehe keine Veranlassung, über die schönste Sache der Welt zu schweigen. Es ist doch ein Teil unseres Lebens, oder siehst du das anders?“

Darla schloss kurz unangenehm berührt die Augen, ehe sie ihn ärgerlich ansah.

„Ich möchte bitte das Thema wechseln. Unser Liebesleben gehört hier kaum her“, zischte sie.

Jetzt lachte Flann auf.

„Ich finde, es ist völlig in Ordnung, auch in diesem Pub über meine Gedanken zu reden. Darüber hinaus liebe ich es, wenn sich deine Wangen so wunderschön rot färben. Genauso wie dein Hintern, während ich ihn spanke.“

Natürlich sah er es gar nicht ein, seine Stimme zu senken oder irgendwie leiser zu sprechen.

Zu allem Überfluss spürte sie die Striemen immer noch, sodass ihr augenblicklich heiß wurde.

Warum schaffte er es, sie innerhalb von Sekunden zu erregen?

Ihr Ärger war verflogen und übrig blieb nur die Sehnsucht, sich wieder in seine Hände zu begeben.

„Ich kann es kaum erwarten, bis wir morgen endlich zu Hause sind. Die Vorstellung, wie du stöhnst, während meine Peitsche dich unaufhaltsam auf den Orgasmus zutreibt, macht mich enorm an.“

Bei diesen Worten hatte er wenigstens den Anstand, sich zu ihr zu beugen, um ihr seine Fantasie zuzuflüstern. Trotzdem brannten ihre Wangen und sie spürte noch mehr Hitze in sich hochsteigen.

Außerdem prickelte es zwischen ihren Beinen, sodass sie jetzt die Schenkel aneinander presste.

Die Vorstellung, durch seine Peitsche den Höhepunkt zu erreichen, stellte seltsame Dinge mit ihr an. Auf der einen Seite erregte es sie, andererseits fürchtete sie sich davor.

„Wie ich sehe, turnt es dich genauso an", bemerkte Flann zufrieden.

Darla verzichtete auf eine Antwort, weil sie sich weder verraten noch im Ton vergreifen wollte.

Stattdessen widmete sie sich ihrem Essen, das sie jetzt kaum schmeckte, da ihre Gedanken bei der kommenden Session weilten.

„Können wir vielleicht gleich schon zu dir? Oder ist es zu weit?"

Bittend sah Darla ihn an.

Nachdem er ihr solche Ideen in den Kopf gesetzt hatte, wäre sie am liebsten sofort losgefahren.

„Ich glaube nicht, dass Demmer uns in Ruhe fahren lässt. Zumal er mir nur eine Nacht genehmigt hat. Auf keinen Fall möchte ich, dass er uns zurückpfeift, ehe wir uns um uns kümmern konnten."

Allein die Erwähnung ihres Onkels fühlte sich wie eine kalte Dusche an. Dass er am längeren Hebel saß, hatte sie gekonnt verdrängt.

Flann strich ihr zärtlich über die Wange, während er sie verliebt ansah.

„Aber ich werde dich später trotzdem zum Stöhnen bringen."

Das Versprechen flüsterte er ihr zu, dabei bekam seine Stimme einen dunklen Unterton.

Bei der Aussicht beeilte Darla sich, zu Ende zu essen. Auf keinen Fall wollte sie mehr Zeit als nötig in dem Restaurant verschwenden.

„Möchtest du ein Dessert?“, erkundigte Flann sich höflich, als der Wirt die Teller abgeräumt hatte.

Jetzt hatte Darlas Lächeln etwas Sinnliches.

„Ja, gerne, allerdings nicht hier. Ich bevorzuge es, mit dir alleine zu sein, wenn ich meinen Nachtisch bekomme.“

Vorsichtig sah sie sich erneut nach den anderen Gästen um, denn aktuell bewegte sie sich auf ungewohntem Terrain.

Noch nie hatte sie es öffentlich darauf angelegt, einen Mann zu verführen. Aber sie liebte es zu sehen, wie Flanns Blick gierig wurde.

Erstaunt musterte er sie.

„Was du kannst, kann ich auch“, flüsterte sie ihm zu.

Bei der Antwort lehnte sich der Tiger bequem zurück, dabei verschränkte er die Arme hinter dem Kopf.

„Na, dann leg mal los.“

Irritiert sah sie ihn an, bis ihr klar wurde, was er von ihr erwartete.

„Du willst nicht, dass ich dir jetzt und hier beschreibe, was ich gerne hätte, oder?“

Fassungslos starrte sie ihn an, während sie ihm die Frage zu zischte.

Gleichgültig zuckte Flann mit den Schultern.

„Du wolltest mir doch beweisen, dass du auch mit meinem Kopfkino spielen kannst. Das war deine Idee. Möchtest du lieber einen Rückzieher machen?“

Sein süffisantes Schmunzeln trieb sie dazu, heftig den Kopf zu schütteln.

„Auf keinen Fall. Du willst wissen, was ich gerne mit dir anstelle, wenn wir im Ferienhaus sind?“

Mit einem Blitzen in den Augen nickte er.

Darla lehnte sich etwas vor, damit sie ihm ihre Fantasie zuflüstern konnte. Allein bei der Vorstellung, dass einer der anderen Gäste sie hörte, wurde ihr regelrecht schlecht.

„Sobald wir zurück sind, werde ich dich nach allen Regeln der Kunst verwöhnen. Ich freue mich schon auf den prickelnden Geschmack, wenn meine Zungenspitze deine Eichel umkreist, ehe ich ihn tief in den Mund nehme.“

Bei der Idee musste sie selbst schlucken, zumal sie deutlich spürte, dass sie nass wurde.

Flann behielt seinen Gesichtsausdruck bei, so als ob ihn das nichts anginge. „Das hört sich gut an. Wie geht es weiter?“

Entsetzt sah sie ihn an. Wollte er wirklich, dass sie noch mehr ins Detail ging? Außerdem sah er aus, als ob sie ihn langweilte.

„Wahrscheinlich gar nicht. So wie es aussieht, erregt dich diese Vorstellung kein bisschen.“

Ihre Augen schossen Blitze, bis er sie gierig ansah.

„Du täuschst dich. Ich habe meine Mimik nur besser unter Kontrolle.“

Flann stand auf, hielt ihr eine Hand hin und zog sie hoch, anschließend gingen sie zur Theke, um zu zahlen.

Als sie im Auto saßen, wollte Darla sofort den Motor starten, doch er stoppte sie.

„Du glaubst wirklich, dass mich die Aussicht darauf, von dir mit der Zunge verwöhnt zu werden, kaltlässt?“

Unschlüssig zuckte sie mit den Schultern.

„Was soll ich denn sonst denken? Du hast mich angesehen, als ob ich dich langweile.“

Jetzt nahm Flann ihre Hand, um sie auf die beachtliche Beule in seiner Jeans zu drücken.

„Bist du immer noch davon überzeugt, dass du mich nicht erregen kannst?“

Darla grinste ihn an, während sie leicht den Kopf schüttelte.

Sein Körper sprach eine völlig andere Sprache, was ihr einen Steinbruch vom Herzen fallen ließ.

Genüsslich strich sie ein paar Mal über seine Erektion, bis er ihr Handgelenk festhielt.

„Lass uns endlich fahren, ehe ich mich in meine Hose ergieße, wie ein blutiger Anfänger.“

Auffordernd sah er sie an, woraufhin Darla von ihm abließ, um den Motor zu starten.

Sie brauchte eine kleine Weile, ehe sie sich an das Auto und den Linksverkehr gewöhnt hatte.

Bei ihrem Angebot war ihr völlig entfallen, dass die Leute in Irland ja auf der anderen Straßenseite fuhren.

Gott sei Dank war der Pick-up ein Automatik, sodass sie keine Probleme mit dem Schalten hatte. Trotzdem atmete sie heimlich auf, als sie den Wagen, ohne einen Unfall zu bauen, auf dem Parkplatz der verlassenen Ferienanlage parkte.

„Puh, das hatte ich mir einfacher vorgestellt“, gab sie leise zu.

Flann drehte ihr Kinn so, dass sie ihn ansehen musste.

„Du bist richtig gut gefahren. Ganz ehrlich. Wie gesagt, steht dir das Auto jederzeit zur Verfügung.“

Ein Strahlen in ihren Augen zeigte ihm, wie sehr sie sich über sein Lob freute. Außerdem war sie wirklich stolz auf sich, dass sie sich überhaupt getraut hatte, unter den Umständen zu fahren.

„Lass uns reingehen. Ich brenne darauf, deine Fantasie in die Realität umzusetzen“, raunte er ihr zu, was sie sofort wieder heiß werden ließ.

Schnell stiegen sie aus und liefen Hand in Hand zu ihrem Ferienhäuschen.

Ein wenig aufgeregt folgte Darla ihrem Tiger ins Wohnzimmer, wo sie verlegen in der Mitte des Raums stehen blieb. Jetzt fehlte ihr die Courage, um den ersten Schritt zu machen.

„Was möchtest du tun, mein Mädchen?“

Flann stellte sich dicht hinter sie und legte beide Arme um sie, während er ihr diese Frage ins Ohr flüsterte.

„Ich würde dich gerne verwöhnen, dich schmecken“, gab sie unsicher zu.

Das Angebot nahm er selbstverständlich an.

Vorsichtig drehte er sie zu sich, sah ihr tief in die Augen, ehe er sie verlangend küsste.

Seine Zunge drang fast schon brutal in ihren Mund ein, raubte ihr den Atem und brachte sie so aus dem Gleichgewicht, dass sie sich an ihn klammerte.

Sein Geschmack berauschte sie, seine Zungenspitze sorgte dafür, dass ein Feuerwerk der Lust in ihrem Kopf explodierte.

Ein wenig unwillig löste sie sich von ihm, ehe sie ihm einen leichten Schubs gab.

„Setz dich.“

Normalerweise hätte er sie jetzt wegen ihres Tonfalls getadelt, aber im Moment verkniff er sich nur ein Schmunzeln. Sein kleiner Sturkopf dachte doch tatsächlich, dass sie das Kommando übernehmen konnte. Da würde sie im Laufe der Zeit eines Besseren belehrt werden.

Flann behielt immer die Kontrolle, selbst, wenn er sich verwöhnen ließ.

Erwartungsvoll setzte er sich auf die Couch, lehnte sich zurück und sah sie lächelnd an.

Darla kniete sich zwischen seine Beine, sodass er sie ein wenig weiter auseinanderstellen musste, anschließend öffnete sie zuerst den Gürtel, der sie an die letzte Session erinnerte.

Es folgten der Knopf und der Reißverschluss, doch jetzt stoppte sie, weil sie die Hose kaum ausziehen konnte, solange er saß.

So hatte sie sich das irgendwie nicht vorgestellt. Außerdem hatte sie während eines Blowjobs immer mit dem Mann im Bett gelegen.

Mit einem leichten Lachen hob Flann seinen Hintern vom Sofa, woraufhin sie die Jeans mitsamt der Shorts herunterzog.

„Gar nicht so einfach, die Führung zu übernehmen, oder?"

Sein Tonfall bekam etwas Neckendes, doch sie ignorierte ihn gekonnt.

Auf keinen Fall wollte sie in Zukunft ständig den dominanten Part spielen, nur im Augenblick gefiel es ihr ganz gut.

Sanft streichelte sie über seinen Schaft, während er genüsslich die Augen schloss.

Mit den Fingernägeln kratzte sie leicht über die gesamte Länge, ehe sie ihn fest in die Hand nahm.

Es fühlte sich verdammt gut an, zumal er noch weiter anschwoll.

Darla beugte sich herunter, leckte mit der Zungenspitze über seine Eichel, anschließend biss sie vorsichtig hinein.

Sofort spürte sie seinen Griff in ihrem Nacken.

„Pass gut auf, was du tust, mein Mädchen", raunte er ihr zu.

Lachend sah sie zu ihm auf.

„Glaubst du wirklich, dass ich mich selbst auf diese Weise bestrafe? Vertrau mir, Flann."

Die Spitze hatte er wohl verdient, zumal er sie ja auch ständig aufforderte, sich auf ihn zu verlassen.

Mit einem tiefen Atemzug ließ er sie los, lehnte sich wieder zurück und schloss die Augen.

Zufrieden leckte Darla erneut über seine Eichel, nahm den Lusttropfen auf, um den salzigen Geschmack zu genießen.

Ihre Hand fuhr seinen Schaft auf und ab, gleichzeitig lutschte sie an ihm wie an einem Lolli.

Erst als er leise stöhnte, ging sie einen Schritt weiter, glitt mit ihren Lippen über die samtweiche Haut, um ihn tief aufzunehmen.

Während sie vorsichtig seine Hoden massierte, trieb sie ihn mit ihrer Zunge unaufhaltsam auf einen Orgasmus zu.

Immer wieder stoppte sie kurz, um an ihm zu saugen, bevor sie ihn erneut so in den Mund nahm, dass er fast in ihre Kehle stieß.

Flann kostete es enorm Kraft, sie einfach gewähren zu lassen. Am liebsten hätte er ihren Kopf festgehalten, um hart zwischen ihre Lippen zu stoßen. Andererseits liebte er, was sie mit ihm anstellte.

Ihre Zähne kratzten leicht über seinen Schaft, gleichzeitig schenkte ihre Zunge ihm den Himmel auf Erden.

Als sie jetzt das Tempo erhöhte, stoppte er sie mit einem gezielten Griff in ihre Haare.

„Wenn du so weiter machst, werde ich kommen", brachte Flann heiser hervor.

Der Anblick, wie sie zu ihm aufsah, während sie seinen Penis im Mund hatte, hätte ihn fast abspritzen lassen, doch er hielt sich eisern unter Kontrolle.

Sein kleiner Sturkopf zuckte nur leicht mit den Schultern, ehe sie erneut mit der Zungenspitze an seinem Bändchen spielte.

Mit einem genüsslichen Seufzen löste er seine Finger aus ihren Haaren, lehnte sich zurück und überließ sich völlig ihrer fantastischen Fürsorge.

Natürlich spürte er sofort, dass sie es jetzt darauf anlegte, ihn kommen zu lassen.

Sie bewegte den Kopf schneller, ließ ihre Lippen sinnlich über seinen Schaft gleiten, dabei übte sie genau den richtigen Druck aus.

Außerdem nahm sie ihn verdammt tief auf, obwohl sie ein paar Mal gegen ein Würgen ankämpfen musste.

Dieser exquisiten Folter konnte er nicht lange standhalten, sodass er viel zu früh mit einem Fauchen kam.

Darla schluckte alles, was er ihr gab und leckte zum Schluss noch einmal sanft über seine Spitze, ehe sie sich auf die Fersen zurücksetzte.

Flann saß mit geschlossenen Augen vor ihr, genoss die Nachwehen für einen Moment, bis er auffordernd auf den Platz neben sich klopfte.

Gehorsam stand Darla auf, setzte sich, woraufhin er sie sofort an sich zog.

„Das war fantastisch. Ich bin sogar fast eifersüchtig auf den Mann, der dir das beigebracht hat", murmelte er.

Als sie auflachte, sah er sie träge an.

„Was ist daran so komisch?"

Sie schüttelte den Kopf, gleichzeitig lief sie rot an.

„Ich habe noch nie jemanden auf diese Weise verwöhnt. Bisher hat keiner stillgehalten, während ich ihn verwöhnen wollte. Sie haben mich benutzt."

Flann betrachtete sie, dabei lotete er aus, ob sie ihn anlog, aber er erkannte nur offene Neugier.

„Das hätte ich nicht gedacht. Du bist wirklich gut, außerdem freue ich mich, dass das deine Premiere war."

Glücklich kuschelte Darla sich an ihn. Die Vorstellung, dass sie ihn vielleicht nur bedingt befriedigen konnte, verflog bei seinen Worten.

Nach einer kleinen Weile schob Flann sie ein Stückchen weg, stand auf und zog sich vernünftig an.

„Dann sollte ich mich jetzt wohl revanchieren, oder?"

Der süffisante Unterton in seiner Stimme ließ sie aufhorchen.

„Wenn du das gerne möchtest, stehe ich dir natürlich zur Verfügung."

Herausfordernd erwiderte sie seinen Blick, doch als er sie musterte, bekam sie ein flaues Gefühl im Magen.

„Habe ich denn keine Belohnung verdient?", wollte sie ein wenig verunsichert wissen.

Flann tat, als ob er überlegen müsste, dabei wiegte er den Kopf hin und her.

„Sicher hast du das. Nur bestimme ich, wie diese aussehen wird."

Das hatte sie sich schon gedacht, deshalb nickte sie zustimmend.

„Komm, wir gehen ins Schlafzimmer. Dort ist es für meine Zwecke besser."

Er hielt ihr eine Hand hin, half ihr hoch und ging mit ihr in das Nachbarzimmer.

Hier blieb er vor dem großen Bett stehen, platzierte sie so, dass sie fast mit dem Hintern am Bettgestell lehnte, ehe er einen Schritt zurücktrat.

Er betrachtete sie so intensiv, dass sie das Gefühl hatte, seinen Blick spüren zu können. Ihre Brustwarzen zogen sich noch etwas fester zusammen, als er sie ansah, außerdem musste sie ein erregtes Stöhnen unterdrücken.

Ihn mit dem Mund zu befriedigen, hatte sie keineswegs kalt gelassen.

„Heute möchte ich, dass du nur fühlst. Gib dich mir hin", raunte er ihr zu, als er ihr das Kleid öffnete.

Sanft streifte er ihr das Kleidungsstück vom Körper, dabei strich er mit den Fingerspitzen über ihre samtweiche Haut.

Augenblicklich bekam Darla eine Gänsehaut. Es fühlte sich extrem gut an, auch weil er sie gerade auszog, als ob er ein Geschenk auspacken würde.

Zärtlich glitten seine Finger über ihre Schultern, liebkosten ihren Nacken, streichelten an ihren Schulterblättern entlang, bis er am Verschluss ihres BHs nestelte.

Völlig ohne Hast zog er ihn ihr aus, betrachtete sie erneut, bevor er zart über ihre Nippel strich.

Sie stöhnte leise auf, drückte sich seinen Berührungen entgegen und schaffte es nicht, den Blick von ihm zu nehmen.

Es fühlte sich fast so an, als ob er sie verzaubert hätte. Seine Fingerspitzen liebkosten zuerst ihre Vorhöfe, ehe sie ihre vollen Brüste umkreisten.

Auffordernd bog sie das Kreuz durch, damit er fester zupackte, aber er dachte gar nicht daran.

„Wild war gestern, mein Mädchen. Heute wird es sanft“, flüsterte er, als er sich zu ihr lehnte, um seine Hände in ihren Slip zu schieben.

Viel zu zart massierte er ihre Pobacken, anschließend schob er ihre Unterhose von ihren Hüften.

Erneut streichelte er sie, erkundete ihren Körper mit seinen Fingern, bis er wirklich jede erogene Stelle gefunden hatte.

Darla fühlte sich, als ob ihr gesamter Leib vibrieren würde. Ihre Brustwarzen zogen sich so hart zusammen, dass es fast schon schmerzte, gleichzeitig spürte sie, wie sich die Feuchtigkeit in ihrem Schoß sammelte.

Vorsichtig spreizte sie die Schenkel, in der Hoffnung, dass Flann ihr einen Orgasmus schenkte, aber er lachte nur leise.

„Du bist gierig“, tadelte er sie.

Verlegen wandte sie den Blick ab, allerdings hätte sie es besser wissen müssen. Sofort packte er ihr Kinn und zwang sie, ihn anzusehen.

Seine bernsteinfarbenen Iriden leuchteten liebevoll und sie verlor sich für einen Moment in ihnen.

Augen, der Spiegel der Seele, wie sehr diese Aussage doch genau jetzt zutraf. Deutlich erkannte sie, wie tief er sie liebte, was ihr Herz höherschlagen ließ.

„Ich mag es, wenn du deinen Wünschen folgst. Halt dich nicht zurück."

Sein Lächeln wurde breiter.

In einem Impuls legte sie ihre Hände an seine Wangen, zog seinen Kopf ein Stückchen zu sich, um ihn zärtlich zu küssen. Ja, sie mochte auch seine sanfte Seite!

Vorsichtig leckte sie über seine Lippen, dabei schloss sie die Lider, um ihn intensiver schmecken zu können.

Als er stöhnend den Mund öffnete, schob sie ihre Zunge hinein. Sein Geschmack verursachte ein Feuerwerk der Gefühle. Ein leises Seufzen entkam ihr, woraufhin Flann sofort die Führung übernahm.

Mit einem Lächeln nahm er ihre Hände von seinen Wangen und legte sie auf das Bettgestell hinter ihr. Kurz darauf strich er mit der Zungenspitze über ihren Gaumen, sorgte dafür, dass sie jeden rationalen Gedanken vergaß.

„Festhalten", befahl er ihr heiser, als er den süßen Kuss beendete.

Ein leichtes Nicken antwortete ihm, was ihm an dem Abend absolut reichte.

Seine Finger streichelten jetzt langsam von ihren Schultern über ihre Arme, bis zu ihren Fingerspitzen. Anschließend rieb er über ihre harten Nippel, was ihm ein unterdrücktes Stöhnen einbrachte.

Lächelnd stimulierte er ihre Brustwarzen mit den Handflächen, woraufhin sie keuchend die Luft ausstieß.

Sie hielt sich immer noch zurück, was er deutlich spürte, aber das würde er ihr in den nächsten Wochen abgewöhnen. Er wollte ihre puren, ungefilterten Emotionen.

Fast unwillig ließ er von ihren Brüsten ab, glitt tiefer, doch als er ihren Bauch berührte, versuchte sie ihm auszuweichen.

„Stillhalten!"

Seine Anweisung kam so hart, dass sie ihre Erwiderung sofort runterschluckte.

Flann legte ihr erneut eine Hand auf die Bauchdecke, streichelte sie, während er jede ihrer Reaktionen genau beobachtete.

Es wurde höchste Zeit, dass jemand ihr half, diese dummen Selbstzweifel abzulegen.

Erst als sie sich entspannte, packte er sie an den Hüften, schob sie so, dass sie jetzt wirklich am Fußende des Bettes lehnte, bevor er sanft über ihre Oberschenkel strich.

Ihre Atemzüge beschleunigten sich, gleichzeitig drückte sie ihr Becken ein wenig vor.

„Geduld, mein Mädchen."

Sie hörte das Lächeln in seiner Stimme, was ihr genau sagte, dass er mehr mit ihr vorhatte.

Flann schob ihre Beine weiter auseinander, woraufhin sie sich ein erleichtertes Seufzen verkneifen musste.

So wie es aussah, hatte er langsam Erbarmen mit ihr.

Sanft strichen seine Finger über ihre Schamlippen, berührten sie nur leicht, was sie dazu brachte, die Augen zu öffnen.

„So geht das nicht."

Mit den Worten ließ er von ihr ab, sah sie noch einmal eindringlich an, ehe er sich umdrehte und zum Schrank ging.

Entsetzt blickte Darla seine muskulöse Rückseite an. Wollte er sich jetzt etwa anziehen und sie dermaßen erregt stehen lassen?

In ihrem Magen formte sich ein dicker Klumpen, der dafür sorgte, dass sie schwer schluckte.

Als er sich wieder zu ihr umwandte, hielt er ein T-Shirt von ihr in der Hand, was ihren Verdacht noch bestätigte.

Verzweifelt kämpfte sie gegen die Tränen der Enttäuschung an. Was hatte sie denn so Schlimmes getan?

Flann bemerkte sofort den Stimmungsumschwung seines kleinen Sturkopfes. Allein an ihrem Blick las er ab, dass sie sich einen Haufen Unsinn einredete.

„Ich verbinde dir die Augen, damit du endlich loslassen kannst."

Mit der Erklärung hatte sie überhaupt nicht gerechnet. Aufatmend schlang sie die Arme um seinen Hals, als er wieder vor ihr stand. Sie benötigte diesen Körperkontakt einfach.

Lächelnd zog Flann sie dicht an sich, gab ihr die Sicherheit, die sie jetzt brauchte.

„Hältst du mich wirklich für so einen Egoisten? Niemals, mein Mädchen. Besonders nicht, nach dem, was du mir geschenkt hast."

Seine Worte beschämten und beruhigten sie gleichermaßen. Natürlich müsste sie ihn mittlerweile gut genug kennen, doch ihr Misstrauen schlug immer mal wieder durch.

„Entschuldige", murmelte sie.

Augenblicklich erschien ein sanftes Lächeln auf seinem Gesicht.

„Es gibt nichts zu entschuldigen. Mir ist bewusst, dass du noch Zeit brauchst, um wirklich zu vertrauen."

Mit einem erleichterten Seufzen drückte sie sich an ihn, schmiegte ihre Wange an seine Brust, während sie die Auszeit in seinen Armen genoss.

Eine Weile standen sie so, bis Flann sie streichelte.

Ihre Lust flammte sofort wieder auf, nur um gleich darauf weiter anzusteigen.

Mit dem T-Shirt verband er ihr die Augen, anschließend sorgte er dafür, dass sie ihre Hände auf das Metall des Fußendes legte, ehe er ihre Schenkel erneut auseinanderschob.

Darla zuckte zusammen, als sie seine Zungenspitze an ihrer Scham fühlte. Seine Handflächen lagen an ihren Hüften, um sie in der Position zu halten, während er unendlich zärtlich über ihre äußeren Schamlippen leckte.

Sanft biss er in ihre Labien, ehe er sich weiter vortastete.

Seine Zunge drängte sich in ihre Weiblichkeit, tauchte tief in sie ein, anschließend umkreiste sie ihre Klitoris.

Laut aufstöhnend klammerte sie sich an das Bettgestell. Bisher hatte sich noch nie jemand die Mühe gemacht, sie auf die Weise zu verwöhnen. Ihre Erregung erreichte einen neuen Höhepunkt.

Flann saugte an ihrer Perle, kratzte mit den Zähnen darüber, nur um kurz darauf wieder über ihre Schamlippen zu lecken.

Seine linke Hand lag weiterhin auf ihrer Hüfte, während er mit dem Zeigefinger seiner Rechten tief in sie stieß.

Dieser Kombination hatte sie nichts entgegenzusetzen. Hemmungslos stöhnte sie, drückte ihr Becken nach vorne und gab sich ihm völlig hin.

Als er den Finger krümmte, um einen ganz bestimmten Punkt in ihr zu stimulieren, schrie sie leise auf.

Ihre Beine zitterten, ihre Hände krallten sich an das Metall hinter ihr, gleichzeitig spürte sie, wie der Orgasmus unaufhaltsam auf sie zuraste.

Flann strich erneut über die Stelle, die sie so sehr zum Zittern brachte, während er heftig an ihrer Klitoris saugte.

Darlas innere Muskeln krampften sich zusammen, dabei stöhnte sie laut auf, denn genau in dem Augenblick erreichte sie den Höhepunkt.

Die Gedanken zerplatzten, die Welt schien stillzustehen, als die Lust wie ein Vulkan in ihr explodierte.

Gerade als ihre Beine unter dem Ansturm der Gefühle nachgaben, ließ Flann von ihr ab und fing sie auf.

Fürsorglich legte er sie auf dem Bett ab, zog ihr das T-Shirt von den Augen und hielt sie fest im Arm.

Glücklich lächelte sie ihn an, kaum in der Lage, ihre Empfindungen zu begreifen.

„Du bist wunderschön, wenn du kommst“, flüsterte er ihr zu, anschließend küsste er sie liebevoll.

Darla schmeckte sich zum ersten Mal, trotzdem flaute ihre Lust weiter ab. Sie fühlte sich völlig befriedigt.

Müde kuschelte sie sich an ihn, schloss die Augen und schlief ein.

Flann betrachtete sie eine ganze Zeit lang, dabei wurde ihm wieder einmal bewusst, wie sehr er sie liebte.

Kapitel 11 - Zu Hause

Darla wurde wach, weil jemand sie zart streichelte.

„Du bist unersättlich, Flann“, murmelte sie, gleichzeitig machte sich ein sinnliches Lächeln auf ihren Lippen breit.

„Findest du? Ich wecke dich lediglich, da wir gleich los sollten. Ich will jedenfalls genug Zeit haben, um dir mein Spielzimmer zu zeigen.“

Bei den Worten öffnete sie die Augen, um ihm begeistert zuzunicken.

Schnell schlug er die Decke zurück, sah sie aber sofort eindringlich an.

„Dreh dich um, ich möchte sehen, ob noch Striemen übrig sind.“

Sein Befehl machte sie ein wenig verlegen, trotzdem gehorchte sie ohne einen Protest. Auf keinen Fall wollte sie ihn provozieren und am Ende eine Strafe erleben, statt eines lustvollen Spiels.

Zart strichen seine Fingerspitzen über ihren Po.

„Man sieht überhaupt nichts mehr“, teilte er ihr schmunzelnd mit.

Damit stand einer überaus anregenden Session nichts im Weg.

„Schade.“

Darla war das Wort herausgerutscht, ehe sie darüber nachdenken konnte. Verlegen sah sie ihn von der Seite aus an. Was würde er jetzt von ihr halten? Dass sie so heiß auf Spuren war?

„Ich verpasse dir gerne neue Andenken, die auch ein wenig länger sichtbar bleiben."

Seine Stimme klang heiser, was ihr sagte, dass der Gedanke, sie wieder zu zeichnen, ihn kaum kalt ließ.

Erleichtert atmete sie auf. Wobei sie sich hätte denken können, dass ihn ihre Sehnsucht nach weiteren Striemen keinesfalls abstieß.

Ein Klaps auf ihren Allerwertesten sorgte dafür, dass sie ihre Aufmerksamkeit erneut dem Tiger zuwendete.

„Los, raus jetzt aus den Federn, oder soll ich dich unter die Dusche tragen?"

Süffisant lächelte er sie an, aber auf das Spiel ging sie zu gerne ein.

Nachdenklich musterte sie ihn.

„Meinst du, dass du dazu genug Kraft hast? Du hast noch nicht gefrühstückt."

Sofort sprang er auf, warf sie über seine Schulter und lief rüber ins Badezimmer.

„Überzeugt?", wollte er wissen, als er sie vorsichtig an seinem Körper herunterrutschen ließ.

Lachend schlang sie die Arme um seinen Hals, küsste ihn stürmisch, anschließend ging sie zur Dusche.

„Es war ja nur ein kleines Stückchen."

Neckend sah sie ihn über die Schulter hinweg an, ehe sie endgültig in der Duschkabine verschwand.

Flann sah ihr hinterher, zu gerne hätte er mit ihr gemeinsam geduscht, aber dazu war dieses Teil hier zu eng.

Nach dem Frühstück packten sie ein paar Sachen zusammen, ehe sie eilig zum Parkplatz liefen.

„Darla? Hast du dein Handy dabei? Ich möchte dich erreichen können, falls etwas sein sollte."

Demmers Stimme stoppte sie sofort.

Jetzt war er tadellos gekleidet und genauso arrogant, wie sie ihn kannte.

„Ich bin nicht mehr deine Angestellte. Erinnerst du dich? Das Katalogisierungsprogramm war mein Abschiedsgeschenk. Es gibt für dich keinen Grund, mich anzurufen."

Offen begegnete sie seinem Blick. Sie würde sich nie wieder einschüchtern lassen.

„Du vergisst, was ich alles für dich getan habe", bemerkte er bösartig.

Schnell nickte sie.

„Genau wie du. Du weißt, dass ich meine Schuld bei dir längst abgearbeitet habe. Können wir jetzt bitte vorbei?"

Energisch deutete sie auf den Wagen.

„Flann? Sorg dafür, dass sie erreichbar ist."

Es war ja klar, dass dieses Dreckschwein den Trumpf ausspielte.

„Lass ihn in Ruhe. Er hat mit der Sache zwischen uns absolut nichts zu tun. Oder kannst du nicht für dich selbst einstehen? Brauchst du immer ein Druckmittel?"

Aufgebracht funkelte sie ihn an, gleichzeitig achtete sie darauf, genug Abstand zu halten. Die Wahrscheinlichkeit, dass er zuschlug, war ziemlich hoch.

Doch dieses Mal überraschte er sie mit einem fast nachsichtigen Lächeln.

„Es ist kräftesparend, wenn man solche Mittel hat. Das wirst du irgendwann vielleicht auch lernen. Flann?"

Der Tiger fauchte leise, trotzdem nickte er leicht.

„Hol deine Handtasche, mein Mädchen. Er sitzt leider am längeren Hebel."

Es ärgerte sie maßlos, dass sie nachgeben musste, aber ihrem Gefährten zuliebe gehorchte sie.

Schnell lief sie zum Ferienhaus, als sie wiederkam, zeigte sie ihrem Onkel demonstrativ das Smartphone, ehe sie es in der Tasche verschwinden ließ.

„Zufrieden?“

Wütend sah sie ihm in die Augen, als er langsam nickte.

„Ich erwarte euch morgen spätestens um 17:00 Uhr zurück.“

Mit der Anweisung drehte Demmer sich um und ging in das verfallene Rezeptionsgebäude.

„Dieser Drecksack“, murmelte Darla, die immer noch an der gleichen Stelle stand.

Flann zog sie fest in seine Arme.

„Lass uns fahren, umso mehr Zeit bleibt uns.“

Dem stimmte sie zu gerne zu. Allein die Aussicht, ihrem Onkel für einen ganzen Tag aus dem Weg gehen zu können, hob ihre Laune augenblicklich.

Kurz darauf fuhren sie auf die Straße, die von Terryglass wegführte.

Aufgeregt sah Darla aus dem Seitenfenster. Sie wollte so viel wie möglich von dieser wunderschönen Landschaft sehen.

Weite Wiesenflächen wechselten sich mit Feldern ab, wobei nur ab und zu ein Baum ihre Sicht störte. Die Grüne Insel trug ihren Namen absolut zu Recht.

Sie lachte leise auf, als sie ein Schild sah, auf dem *Franfort* stand.

„Ich wusste gar nicht, dass du mich nach Hause bringen willst“, bemerkte sie belustigt.

Flann amüsierte sich mit ihr.

„Das Dörfchen kann man kaum mit deiner Stadt vergleichen. Es gibt auch noch ein *Townland* mit gleichem Namen.“

Interessiert sah sie ihn von der Seite aus an.

„Was genau ist das?“

Einen Augenblick musste er nach der richtigen Übersetzung suchen, dann nickte er leicht.

„Eine Gemarkung sagt man wohl in Deutschland dazu."

Kurze Zeit später fuhren sie durch Thurles, wo Darla sich fast die Nase an der Scheibe platt drückte, als sie eine riesige Kirche erkannte.

„Das ist die Mariä-Himmelfahrt-Kathedrale. Ziemlich beeindruckender Bau. Man hat sie zwischen 1865 und 1879 gebaut. James Joseph McCarthy war damals ein sehr begehrter Baumeister. Wir sollten sie auf jeden Fall ansehen, wenn wir am Sonntag zurückfahren."

Flann, ihr wandelndes Lexikon, hatte ihre Neugierde selbstverständlich sofort bemerkt.

„Es gibt hier eine Reihe von Sehenswürdigkeiten. Alte Schlösser, eine verlassene Abtei und natürlich einige Burgruinen. Wir können immer mal wieder herkommen, um uns das anzusehen."

Die Idee fand Darla toll, denn sie wusste, dass Flann ihr zu jedem Bauwerk die passenden Informationen geben konnte.

„Wo warst du, als die Kathedrale gebaut wurde?"

Erneut musste er einen Moment überlegen.

„Ich war in Kilkenny, ein Gast des Grafen von Ormonde, James Edward William Theobald Butler. Intrigen waren zu der Zeit auch hier in Irland an der Tagesordnung. Leider."

Er seufzte leise.

„Hm, hat der Geist James irgendwas mit dem Adeligen zu tun?"

Darla lenkte jetzt ihre Aufmerksamkeit völlig auf das Gespräch, da Flann gerade auf die Autobahn abgebogen war.

„Nein, es war schon immer ein beliebter Name. Unser James war nur ein einfacher Verwalter."

„Was für eine Rolle hast du damals gespielt?"

Sofort kam sie auf das vorige Thema zurück, weil es sie brennend interessierte. Sie wollte so viel wie möglich über ihren Tiger wissen.

„Ich war einer der Chronisten. Nicht sonderlich berühmt, deshalb hat Butler mich gewählt. Die Familie war im 18. Jahrhundert verarmt und nun durch eine Heirat saniert. Trotzdem sah man kaum ein, allzu viel Geld an eine Chronik zu verschwenden. Die Restauration des Schlosses in Kilkenny stand an erster Stelle."

Erstaunt musterte Darla ihren Liebsten erneut von der Seite.

„Wow, das muss ein sehr interessanter Job gewesen sein. Ich hätte eher gedacht, dass du Soldat oder so was geworden wärst."

Flann lachte leise, ehe er wieder ernst wurde.

„Ich war auch Soldat, Fischer, Graf, Farmer und vieles mehr. Bei den Adelsständen wurde es immer schwieriger, die weiterhin aufrecht zu halten. Jeder wusste, dass ich keine Kinder hatte, somit starb meine Linie ständig aus. Außerdem wollte ich irgendwann aus diesen Intrigen aussteigen. Es ist verdammt anstrengend, wenn man nie sagen darf, was man eigentlich denkt."

Das konnte Darla gut verstehen.

Eine Zeit lang schwiegen sie, weil beide ihren Gedanken nachhingen. Erst als Flann wieder von der Autobahn abbog, richtete sich Darlas Aufmerksamkeit erneut auf die Landschaft, die jetzt an ihr vorbeizog.

Ihr Tiger fuhr einen Umweg, um ihr den *Lough Mahon* zu zeigen, der zu Cork gehörte.

„Auf der anderen Seite liegt mein Fitnessstudio", erklärte er mit einem stolzen Lächeln.

Cork war größer, als Darla es sich vorgestellt hatte, obwohl sie nur einen sehr kleinen Teil der Stadt sah.

Sie ließen den See hinter sich, um endgültig zu Flanns Haus zu fahren.

Jetzt wechselten sich grüne Wiesen und Dörfer ab, bis sie den ersten Blick auf den Atlantik werfen konnte.

Staunend sah sie auf die dunkelblaue Fläche, die sich plötzlich vor ihr ausbreitete.

„Wow“, entfuhr es ihr, als ihr Liebster vor einem recht großen Cottage parkte.

„Das ist die keltische See oder auch Atlantischer Ozean genannt“, bemerkte Flann lächelnd.

Stumm nickte sie, gleichzeitig sah sie immer noch still auf das Meer.

Ihr Tiger stieg aus, lief zur Beifahrertür und half ihr, aus dem Pick-up zu klettern.

Sie gingen ein paar Schritte auf die Klippen zu, bevor er sie eng an sich zog, während sie auf die tiefblaue See hinausblickten.

„Ich liebe den Anblick“, murmelte Darla.

Dem stimmte Flann gerne zu, genau deshalb hatte er das Cottage hier errichtet.

„Das Haus habe ich schon vor fast 200 Jahren gebaut. Durch einen Vertrauten konnte ich es bis heute behalten. Mittlerweile ist es natürlich modernisiert worden. Immer wenn ich verschwinden muss, kümmert sich eine Treuhandgesellschaft darum, bis ich es wieder für mich beanspruchen kann.“

Erst jetzt richtete Darla ihren Blick auf das Gebäude. Es war ein typisches Steincottage, wie man sie in Irland sehr oft vorfand, besonders auf dem Land.

„Komm, ich zeige dir dein neues Heim.“

Auffordernd schob Flann sie ein Stückchen von sich, packte ihre Hand, um sie mit sich zum Cottage zu ziehen.

Er schloss die Haustür auf, öffnete sie und ließ seiner Liebsten den Vortritt.

„Willkommen zu Hause.“

Mit einem warmen Gefühl im Herzen und einem Lächeln auf den Lippen ging sie zwei Schritte, ehe sie sich umsah.

Sie befand sich in einem großen Wohnzimmer, dessen Wände aus rohem Stein bestanden. Man konnte die Balken sehen, was dem Raum einen rustikalen Charme verlieh.

Zu ihrer Rechten bemerkte sie einen offenen Kamin, der in die Wand eingearbeitet war, gegenüber stand eine Couchgarnitur aus schwarzem Leder mit einem niedrigen Glastisch.

An der Kopfseite erkannte sie eine Bar, der sie aber im Moment keine Beachtung schenkte.

Das Fenster auf der anderen Seite interessierte sie viel mehr, denn man blickte dort direkt auf das Meer.

Für einen kurzen Augenblick sah sie sich selbst auf dem Sofa sitzen, in ein Plaid gewickelt, mit einem Buch in der Hand, während der Kamin für Wärme sorgte. Draußen peitschte ein Sturm die See.

Darla stand völlig entrückt im Raum. Es kam ihr vor, als ob sie sich in einem Film befinden würde.

„Alles in Ordnung, mein Mädchen?“

Flanns Stimme riss sie aus ihrer Vision heraus. Schnell nickte sie, gleichzeitig sah sie ihn an.

„Ich hatte gerade einen Traum“, bemerkte sie leise.

Ihr Tiger schob sie auf einen Sessel zu, nötigte sie sich zu setzen, dabei sah er sie ziemlich besorgt an.

„Du bist blass geworden, außerdem hast du mit einem völlig leeren Blick auf den Kamin gestarrt. Sicher, dass es dir gut geht?“

Lächelnd nickte sie.

„Ja, absolut. Ich habe mich selbst gesehen. Es war offensichtlich Winter. Es stürmte. Ich saß mit einem Buch gemütlich in diesem Zimmer.“

Jetzt atmete Flann erleichtert auf.

„Wer weiß, vielleicht durftest du für einen Moment in die Zukunft sehen.“

Er küsste sie auf den Scheitel, ehe er sie aus dem Sessel hochzog und in die Küche brachte.

Wie erwartet fand man hier alles, was man brauchte, um eine ordentliche Mahlzeit zu kochen. Allerdings war es fast steril sauber.

„Hältst du dich manchmal in dem Raum auf? Es ist so aufgeräumt."

Darla sah bezeichnend auf die Arbeitsfläche, die aussah, als ob sie neu sei.

Verlegen zuckte Flann mit den Schultern.

„Wie gesagt, ich kann zwei oder drei Gerichte zubereiten, aber damit hat es sich auch schon. Meistens wärme ich mir etwas in der Mikrowelle auf, wenn ich nicht gleich in der Stadt esse."

Verstehend nickte sie, gleichzeitig nahm sie sich vor, dass das ein Ende hatte, sobald sie hier einzog. Auf keinen Fall würde sie sich weiterhin mit Fast Food oder Fertiggerichten vollstopfen, das war bei ihrem Onkel oft genug geschehen.

Sie verließen die Küche durch eine weitere Tür und kamen über einen kleinen Flur ins Badezimmer.

„Was für ein Luxus", entfuhr es ihr.

Der Boden bestand aus Fliesen in einem Schachbrettmuster, die Wände zierte ein Mosaik aus cremefarbenen, hell- und dunkelblauen Minifliesen, die mit einer goldenen Borte verziert waren.

Außer einer riesigen Dusche, bei der Darla die Massagedüsen sah, gab es zwei Waschbecken, eine Badewanne sowie einen Whirlpool, der auf einer Erhöhung stand.

Genau, wie Flann gesagt hatte, konnte man vom Bad aus auch auf den Atlantik blicken.

Ein großes Badelaken hing über einem Gestänge, das es offensichtlich vorwärmte, außerdem gab es natürlich Spiegelschränke über den Becken und einen Schrank neben der Duschkabine.

„Ich mag es, wenn ich das Meer sehen kann", bemerkte ihr Tiger, während er sie leicht an sich zog.

„Oh ja, ich auch."

Sie kehrten in den Flur zurück, um in den oberen Stock zu gehen, der aus nur zwei Zimmern bestand. Zuerst gingen sie nach rechts ins Schlafzimmer.

Der Raum war in einem hellen Gelb gehalten, das sofort für gute Laune sorgte. Das große Himmelbett stand so, dass man auf den Atlantik blicken konnte, jedenfalls, wenn die Vorhänge zurückgezogen waren.

„Hast du Angst, dass dich jemand sieht?"

Lachend deutete Darla auf den Stoff, der das Bett einhüllte.

„Nein, aber die Bettvorhänge schützen uns im Winter. Hier an der See kann es extrem kalt werden, da nutzt die beste Isolierung nichts mehr. Darüber hinaus habe ich in dem Raum auf eine Heizung verzichtet."

Er zuckte leicht mit den Schultern.

„Ich habe eine viel höhere Körpertemperatur, wie du vielleicht mitbekommen hast. Ich brauche weniger Wärme. Außerdem mag ich frische Luft."

Dem konnte sie nur zustimmen, auch sie schlief meistens bei offenem Fenster.

Ein Schrank, eine Kommode und ein großer Spiegel vervollständigten die Einrichtung des Raums.

„Ich freue mich schon auf die Nacht. Es ist bestimmt ein ganz besonderes Erlebnis, vom Bett aus in die Ferne sehen zu können."

Verträumt blickte sie auf den Atlantik, dessen Wellen sich nur leicht kräuselten.

„In erster Linie ist es dunkel“, bemerkte Flann trocken.

Mit gerunzelter Stirn schlug sie ihm auf den Oberarm.

„So dumm bin selbst ich nicht. Ich weiß, dass es nachts dunkel ist. Allerdings kann man den Himmel genauso erkennen wie das Meer, also wird man auch Sterne sehen.“

Gutmütig nickte er.

„Sicher, wenn das Wetter mitspielt und man die Vorhänge offenlässt“, damit deutete er auf die Übergardinen.

Ärgerlich stieß Darla die Luft aus.

„Du bist unmöglich. Natürlich sollte man freie Sicht haben. Aber wieso willst du mir die romantische Vorstellung eigentlich ausreden?“

Liebevoll strich er ihr über die Wange, als sie sich ihm zudrehte, während sie gleichzeitig die Arme in die Seiten stemmte.

„Weil ich es liebe, wenn deine Augen blitzen, besonders weil du nicht weißt, ob du mir ins Gesicht springen sollst oder dich besser beherrscht“, gab er offen zu.

Jetzt musste Darla lachen.

„Du hast recht. Es ist wunderschön und ja, man kann nachts die Sterne beobachten“, stimmte er ihr zu.

Flann lächelte sie charmant an, beugte sich zu ihr, um sie liebevoll zu küssen.

Anschließend legte er einen Arm um ihre Schultern. So brachte er sie in den Nachbarraum, der ihr Kopfkino sofort heiß laufen ließ.

„Mein Spielzimmer! Und ich brenne darauf, mit dir einiges hier auszuprobieren.“

Seine Stimme klang heiser.

Der gesamte Raum war in einem dunklen Rotton gehalten, der durch goldfarbene Borten aufgelockert wurde. Allein das sorgte für den Eindruck von Macht und Eleganz.

Allerdings interessierten Darla die Einrichtungsgegenstände viel mehr. Sie erkannte ein spanisches Pferd. Dabei handelte es sich um ein Gestell, einem Bock für einen Tapeziertisch ähnlich, worauf die Sub nackt Platz nahm. Mit der Zeit drückte die schmale Sitzfläche sehr unangenehm auf die intimste Zone der Frau.

Natürlich frage Darla sich direkt, wie es sich anfühlte, wenn man gezwungen war, dort zu sitzen, sodass sie sich fast schon von dem Möbelstück losreißen musste.

Ein Deckenhaken fiel ihr auf, genau wie eine Art Garderobe, wo alle möglichen Schlagwerkzeuge hingen. Bei einigen wurde ihr mulmig, denn sie sahen ziemlich biestig aus.

Ein Strafbock, auf dem sie sich in verschiedenen Positionen präsentieren konnte, stand in der Ecke, neben einem Pranger, der einen zum Knien zwang.

„Sieh dich ruhig um. Solltest du etwas ausprobieren wollen, stehe ich dir später gerne zur Verfügung."

Die Stimme ihres Tigers riss sie aus ihrer Betrachtung. Ihn hatte sie fast völlig vergessen.

Einen Augenblick überlegte sie, dabei streifte ihr Blick den Spreizstuhl, anschließend wanderte er zum Kreuz an der Wand. Der Stuhl sah so schon sehr unbequem aus, denn die Sitzfläche bestand aus zwei schmalen Holzbalken, die ein V bildeten. Sobald sie sich darauf setzte, musste sie die Beine spreizen, sodass Flann einen guten Einblick bekam.

„Ich kann dir sagen, dass ich aktuell auf den Spreizstuhl und das Pferd gerne verzichten möchte", antwortete sie ausweichend.

Ihr Blick streifte den Deckenhaken.

„Es fühlt sich bestimmt toll an, wenn man sich fallen lässt, nur von Seilen getragen. Allerdings habe ich keine Ahnung, ob du dich überhaupt für Bondage oder Shibari interessierst."

Offen sah sie ihn jetzt an, dabei bemerkte sie den gierigen Schimmer in seinen Augen.

„Oh ja, dafür interessiere ich mich sehr. Okay, für Bondage. Ich bin mehr für den Westernstil. Aber du darfst mir vertrauen, dass ich dich niemals fallen lasse, wenn wir den Haken benutzen."

Sie lehnte sich leicht an ihn, ließ den Blick noch einmal durch den Raum schweifen, der so viel Vergnügen versprach, ehe sie wieder runtergingen.

Es gab eine separate Toilette mit Waschbecken und den Hinterausgang, der in einen verwilderten kleinen Garten führte.

„Wie himmlisch. Hier kann ich mich austoben."

Glücklich schlang Darla ihre Arme um Flanns Hals. Stürmisch küsste sie ihn, denn mit diesem Cottage gingen fast alle ihre Träume in Erfüllung.

„Du darfst tun, was immer du willst, allerdings sei dir bewusst, dass wir auf einem Felsen stehen. Ich glaube nicht, dass bei dem Boden allzu viel wächst."

Sofort machte Darla eine abwehrende Handbewegung.

„Dann baue ich Kräuter und Gemüse in Eimern an. Das ist kein Problem. Aber hier habe ich Platz."

In ihrer Vorstellung sah sie bereits die akkuraten Beete, die sie mit verschiedenen Gemüsesorten versorgten.

„Am liebsten würde ich augenblicklich anfangen", bemerkte sie enthusiastisch.

Bedauernd schüttelte Flann den Kopf.

„Das muss noch ein wenig warten, denn heute werde ich dich sicherlich nicht mit dem Garten teilen."

Mit sanfter Gewalt brachte er sie zurück in die Küche.

„Wir sollten kurz einkaufen. Wie gesagt, normalerweise esse ich in der Stadt, außerdem hatte ich keinen Besuch erwartet."

Er deutete auf den fast leeren Kühlschrank.

„Wir können uns auch etwas bringen lassen oder ins Restaurant gehen. Morgen gibt es dann ein Frühstück in Cork."

Lachend hob Darla eine Hand, um seine Vorschläge zu stoppen.

„Liebling, wir werden kaum verhungern. Wenn du möchtest, fahren wir einkaufen und ich koche uns später eine Kleinigkeit."

Die Idee gefiel Flann, nur bedeutete es, dass er weniger Zeit bekam, sich um seinen kleinen Sturkopf zu kümmern.

„Ich finde, wir sollten lieber auswärts essen. Wir können die Auszeit besser nutzen, als in der Küche zu stehen."

Das sah Darla auch so, obwohl sie genauso gerne seinen Herd ausprobieren würde, allerdings konnte sie das in den kommenden Wochen ja jeden Tag.

„Dann lass uns später etwas bestellen oder in ein Restaurant gehen. Nur bitte keine Pizza, die habe ich definitiv zu oft gegessen."

Gutmütig stimmte Flann zu, zumal es nicht unbedingt sein Lieblingsgericht war.

Sie gingen zurück ins Wohnzimmer, wo der Tiger sich auf die Couch fallen ließ, anschließend klopfte er auffordernd auf den Platz neben sich.

Glücklich kuschelte Darla sich an ihn.

Sie fühlte sich angekommen und sie konnte sich verdammt gut vorstellen, mit ihm zusammen in diesem Cottage zu leben.

„Ich zerstöre deine Illusionen nur sehr ungern, doch ich weise dich darauf hin, dass ich in ein paar Jahren umziehen werde."

Mit einem erschrockenen Blick musterte sie ihn. Wollte er ihr damit sagen, dass er sie nicht für immer bei sich behielt?

„Du kommst natürlich mit mir. Aber du wirst deinen Garten und auch alles andere zurücklassen. Es ist nicht einfach, ständig neu anfangen zu müssen. Darüber solltest du dir im Klaren sein."

Das erleichterte Aufseufzen seiner Kleinen zauberte ihm ein Lächeln ins Gesicht.

„Glaubst du wirklich, dass ich die materiellen Werte über unsere Liebe stelle? Niemals!"

Damit war das Thema für sie beendet und sie kuschelte sich nur dichter an ihren Tiger.

Einen Garten konnte sie genauso in einem anderen Teil des Landes anlegen, außerdem hatte sie bisher auch keinen gehabt.

„Bist du müde?"

Darla fuhr mit ihrem Zeigefinger leicht eine Falte nach, die sich auf seiner Stirn zeigte.

„Nein, aber ich möchte dir ein wenig Zeit geben, hier anzukommen, ehe ich mich mit dir vergnüge."

Dafür war sie ihm sogar dankbar, denn nach den ganzen Eindrücken brauchte sie in der Tat eine Weile, ehe sie sich völlig auf ihn einlassen konnte.

„Wie sah dein Leben bisher aus? Ich meine, abgesehen von deinem Job."

Flann hielt sie fest in seinen Armen, was ihr Sicherheit gab.

„Da kann ich kaum etwas erzählen. In meiner Freizeit habe ich viel gelesen, mir YouTube-Videos angesehen oder auch mal mit Bekannten gechattet. Echte Freundschaften musste ich meiden. Ich hatte Angst, dass jemand hinter die Machenschaften meines Onkels kommt."

Mit einem leisen Seufzen dachte sie daran, wie oft sie sich einsam gefühlt hatte.

„Ab und zu bin ich ins Kino gegangen. Ganz selten zu einem Konzert, aber ohne Begleitung macht das einfach keinen Spaß."

Das konnte Flann verstehen. Er würde sich auch nur ungern alleine in einen Kinosaal setzen.

„Was liest du? Was magst du für Filme? Ich weiß noch immer zu wenig von dir."

Aufmerksam sah er sie an. Er wollte alles an ihr kennenlernen.

„Ich mag ganz unterschiedliche Bücher. Auf der einen Seite verschlinge ich Klassiker wie Berthold Brecht oder Goethe, aber genauso Liebesromane. Horror geht gar nicht, dazu bin ich zu ängstlich. Das Gleiche gilt fürs Fernsehen. Action-Streifen kann ich mir ständig ansehen, genau wie Liebesfilme."

Jetzt beobachtete sie ihren Liebsten mit Argusaugen. Viele Männer machten einen weiten Bogen um solche Liebesschnulzen.

„Ich mag *Bodyguard*."

Die Aussage erstaunte Darla, sodass sie misstrauisch die Stirn runzelte.

„Du nimmst mich auf den Arm, oder?"

Sofort schüttelte der Tiger den Kopf.

„Nein, gar nicht. Ich mag die Art, wie Kevin Costner langsam die Kontrolle übernimmt. Es ist eine schöne Geschichte."

Das Staunen in ihrem Gesicht brachte ihn zum Lachen.

„Nicht alle Männer stehen nur auf Ballerei und viel Blut. Wobei mir der Film *Secretary* noch besser gefällt."

Als Darla an den Streifen erinnert wurde, glitzerten ihre Augen gierig auf.

„Ja, den finde ich auch toll, allerdings ist es schade, dass sie ein psychisches Problem hat. Das macht den Eindruck, als ob eine Sub irgendwie angeschlagen sein muss."

Dem stimmte er zu, zumal die meisten Frauen, die sich ihm unterworfen hatten, völlig normal waren.

„Trotzdem gibt es einige anregende Szenen“, murmelte er und sah seiner Kleinen tief in die Augen.

„Ja, besonders, wenn er ihr den Hintern versohlt, während sie ihm den Brief vorliest.“

Darlas Stimme klang jetzt auch rau, weil sie wusste, dass Flann gleich etwas Ähnliches mit ihr anstellen würde.

„Komm!“

Er stand auf, reichte ihr eine Hand und zog sie von ihrem Platz.

Sie gingen zu seinem Spielzimmer, wobei die Nervosität in Darla bei jedem Schritt anstieg.

Schweigend führte er sie in die Mitte des Zimmers, wo er sie einen Moment fest im Arm hielt. Erst als er spürte, dass sie sich ein wenig entspannte, ließ er sie los, um ein Stückchen zurückzutreten.

„Zieh dich aus, mein Mädchen.“

Sie holte tief Luft, ehe sie schnell ihre Kleidung abstreifte, dabei vermied sie es, ihn anzusehen. Es war ihr immer noch peinlich, allerdings kam sie sich auch kindisch vor, gegen seinen Befehl zu protestieren.

Langsam faltete sie ihre Sachen zusammen, anschließend legte sie den kleinen Stapel auf den Spreizstuhl, wo er hoffentlich nicht störte.

Erst jetzt sah sie auf ihren Herrn, der mit verschränkten Armen am Strafbock lehnte. Auf seinem Gesicht erkannte sie ein süffisantes Lächeln.

Er hatte sie durchschaut und gemerkt, dass sie nur Zeit schinden wollte.

„Du möchtest also Bondage erleben?“, erkundigte er sich.

Zaghaft nickte sie, wobei sie fast einen Rückzieher gemacht hätte. Die Vorstellung, nur von Seilen gehalten, von der Decke zu hängen, machte ihr auch etwas Angst, weil sie dachte, dass es bestimmt wehtat. Besonders bei ihrem Gewicht. Außerdem war sie unsicher, ob es wirklich halten würde.

Flann kam jetzt zu ihr, hob ihr Kinn mit dem Handrücken an, um ihr tief in die Augen zu sehen.

„Was für Bedenken hast du?“

Sie zuckte leicht mit den Schultern.

„Alles und nichts. Ich befürchte, dass es ziemlich wehtut. Die Seile schneiden doch bestimmt ein. Oder, dass ich zu schwer bin und auf die Nase knalle“, gab sie leise zu.

Jetzt lachte Flann auf.

„Nein, wenn das passiert, mache ich schwerwiegende Fehler. Ich zeige es dir.“

Er holte schnell einige Seile aus einem Schrank, den Darla bisher kaum beachtet hatte, anschließend schob er sie unter den Deckenhaken, an dem er einen Holzring befestigte.

Sanft brachte er sie dazu, sich auf den Boden zu setzen, wo er sich hinter sie kniete.

Aufgeregt wartete sie darauf, dass er sie fesseln würde, doch sie spürte nur seine Fingerspitzen, die sie zärtlich streichelten.

„Muss ich irgendetwas machen?“

Darla fühlte sich verdammt unsicher, was sie auf der anderen Seite wieder erregte. Sich selbst in der Situation zu verstehen, war einfach unmöglich.

„Nein, ich hole mir, was ich brauche. Entspann dich und vertrau mir. Ich weiß, was ich tue.“

Sein Atem kitzelte sie am Hals, als er ihr die Antwort ins Ohr flüsterte.

Ein wenig beruhigt lehnte sie sich an ihn, genoss seine Berührungen, dabei fiel die Nervosität langsam von ihr ab.

Gerade, als sie seufzend die Augen schloss, nahm Flann ihre Hände, um sie auf ihren Rücken zu ziehen. Sanft drückte er ihre Arme zusammen, sodass ihre Handflächen jetzt am gegenüberliegenden Ellbogen lagen.

Darla bemerkte, dass er ein Seil um ihre Handgelenke schlang, was er gleich darauf eine Handbreit über ihren Brustwarzen entlang führte.

Es fühlte sich rau an, gleichzeitig spürte sie allerdings auch seine Fingerkuppen, die sie zart berührten. Diese Mischung erregte sie, während ihre Nervosität erneut zunahm.

„Lass die Augen zu“, raunte er ihr zu.

Gehorsam nickte sie.

Flann legte das Seil jetzt zwei Mal unter ihren Brüsten um ihren Oberkörper. Immer wieder bemerkte sie, dass er etwas in ihrem Rücken verknotete.

„So schön“, murmelte er, als er ihre Nippel mit den Handflächen stimulierte.

Darla stöhnte leise auf. Sie konnte sich nur noch bedingt bewegen, aber genau das fühlte sich so befreiend an. Gerade, weil sie sich in der Situation bedingungslos auf ihren Tiger einlassen musste.

Fast hätte sie frustriert aufgeseufzt, als Flann von ihr abließ, um sie in eine stehende Position zu ziehen, ehe er ein weiteres Seil um ihre Hüften legte.

Allerdings biss sie sich auf die Lippen, als er das raue Hanfseil anschließend mehrfach um ihren Oberschenkel schlang und dabei ihre Schamlippen streifte.

Erneut verknotete er etwas in ihrem Rücken. Sie wurde leicht angehoben, als er das Seil durch den Bondagering zog.

Unruhig öffnete sie die Lider, denn jetzt kamen die Bedenken hoch, dass sie vielleicht doch zu schwer war.

Augenblicklich war Flann bei ihr, sah ihr tief in die Augen.

„Vertrau mir, mein Mädchen. Es wird dir gefallen.“

Leidenschaftlich küsste er sie, drang stürmisch mit der Zunge in ihren Mund ein. Er strich mit der Zungenspitze über ihre Zähne, ehe er sie zu einem sinnlichen Tanz aufforderte.

Darla genoss seinen Geschmack, der sie sofort noch mehr erregte. Mit einem Aufstöhnen schloss sie die Lider, sodass sie den Kuss intensiver genießen konnte.

„Möchtest du aufhören?“, erkundigte Flann sich, als er von ihr abließ.

Energisch schüttelte sie den Kopf.

„Gut, dann lass die Augen geschlossen und gib dich mir hin.“

Erneut küsste er sie hart, ehe er ein weiteres Seil um ihre Hüften schlang. Sorgfältig setzte er einen Knoten, anschließend führte er auch dieses Seilstück um ihren Oberschenkel herum, wobei er jetzt mit Absicht ihre Schamlippen streifte.

Zu gerne würde er den rauen Hanf zwischen den Labien durchziehen, doch das hob er sich lieber für ein späteres Mal auf. Bei ihrem ersten Flug wollte er sie auf keinen Fall überfordern.

Routiniert fesselte er ihr rechtes Fußgelenk, bevor er ein weiteres Seil an dem Hüftseil festknotete, das er durch den Bondagering zog.

Darla fühlte die Nervosität genauso ansteigen, wie ihre Lust. Es entstand eine sehr explosive Mischung.

Zu gerne hätte sie hingesehen, als er jetzt das Hanfseil an ihrem Oberschenkelseil befestigte und ihr Bein anhob.

In dieser Position war es ziemlich schwierig das Gleichgewicht zu halten, da sie sich bereits ein wenig auf den Zehenspitzen des rechten Fußes drehte. Nur gab es keine Möglichkeit, wirklich stillzustehen.

„Ganz ruhig, Kleines, es ist alles in Ordnung.“

Seine Stimme beruhigte sie sofort.

Trotzdem klopfte ihr Herz unruhig, während ihr Atem schneller ging. Sie fühlte sich in den Seilen geborgen, obwohl sie immer noch befürchtete, dass es wehtun könnte oder dass sie zu schwer sei.

Als ihr Tiger das Seil nahm, das um ihr Fußgelenk gebunden war, schluckte sie nervös. Jetzt gab es kein Zurück mehr.

Ganz sanft zog er ihr den rechten Fuß vom Boden, was sie dazu brachte, die Luft anzuhalten, bis sie erleichtert feststellte, dass keine ihrer Befürchtungen zutrafen.

„Ich habe dir doch versprochen, auf dich aufzupassen“, raunte Flann ihr ins Ohr.

Ein Lächeln glitt über ihr Gesicht. Die Gefühle von Freiheit, Geborgenheit und Liebe fluteten ihren Kopf.

Einen Augenblick gab er ihr, um ihre Emotionen zu genießen. Aus Erfahrung wusste er, dass die meisten Frauen sich während einer Suspension, also einem Hängebondage, extrem befreit fühlten. Vielleicht gerade, weil sie die Verantwortung komplett abgeben mussten.

Nach einer kleinen Weile strich er zärtlich über ihre Schulter, berührte ihre Brüste, die durch die Seile sehr schön zur Geltung kamen.

„Sollte irgendetwas wehtun, oder wenn ein Körperteil anfängt zu kribbeln, sag mir sofort Bescheid. Dann kann es sein, dass ich einen Fehler gemacht habe und eins der Hanfseile deine Durchblutung stört oder auf einen Nerv drückt.“

Leicht nickte sie, doch bis jetzt war alles völlig in Ordnung.

Erneut streichelte Flann sie, massierte ihre Brüste, anschließend rieb er über ihre Nippel, die sich noch härter zusammenzogen.

Die Gänsehaut, die ihren Körper zierte, sagte ihm deutlich, dass sein kleiner Sturkopf extrem erregt war.

Sanft berührte er ihre Schamlippen, strich darüber, nur um gleich darauf über ihre Beine zu streichen.

Darla stöhnte frustriert auf, denn in dieser Position konnte sie sich ihm nicht mal entgegendrücken. Egal, was sie versuchte, um ihm mit ihrem Leib verständlich zu machen, dass sie ihn wollte: Es klappte einfach nicht.

Sie war ihm völlig ausgeliefert, was sie noch heißer machte.

„Bitte, Flann“, flehte sie.

Sofort hatte sie seine komplette Aufmerksamkeit.

„Alles in Ordnung, mein Mädchen?“

Sie hob die Lider, um ihn anzusehen, gleichzeitig nickte sie vorsichtig.

„Ich bin total erregt“, flüsterte sie leise.

Diese Tatsache auszusprechen kostete sie enorme Überwindung, sodass sie jetzt nicht weiterreden konnte.

Liebevoll strich Flann ihr über die Wange.

„Keine Angst, du bekommst deinen Höhepunkt. Ein wenig Geduld wirst du sicherlich noch haben.“

Er musste sich das Lachen verkneifen. Es war wunderschön anzusehen, wie sehr sie es genoss, völlig hilflos in seinen Seilen gefangen zu sein.

Ihr Aufatmen zeigte ihm, dass sie sich wirklich nach einem Orgasmus sehnte.

Erneut streichelte er sie, ehe er ihr einen Schubs gab, sodass sie sich um die eigene Achse drehte.

Erschrocken schrie sie, allerdings lachte sie gleich darauf befreit auf. Es war ein wenig wie auf einem Karussell. Wie gerne hätte sie die Arme ausgebreitet.

Noch einmal gab Flann ihr einen leichten Stoß, bevor er sie stoppte, um sein erregendes Spiel aufs Neue zu beginnen.

Immer wieder strich er über ihre Labien, tauchte kurz in ihre Weiblichkeit ein, nur um sich sofort zurückzuziehen.

Natürlich genoss Darla seine zärtlichen Berührungen, aber jetzt war sie so verdammt erregt, dass sie ihn am liebsten angefleht hätte, sie zu nehmen. Die rauen Seile, die sie hielten, stachelten ihre Lust weiter an.

Endlich hatte er ein Einsehen und massierte ihre Klitoris, doch gerade, als sie sich in den Höhepunkt fallen lassen wollte, klatschte seine Hand hart auf ihren Hintern.

Ihr Kopf ruckte ein wenig nach vorn, gleichzeitig wurde ihr Mund trocken. Sie liebte das brennende Gefühl auf ihren Hinterbacken.

„Zuckerbrot und Peitsche, mein Mädchen“, bemerkte Flann mit einem süffisanten Unterton.

Stumm nickte sie, allerdings glänzten ihre Augen vor Gier.

Noch einmal versenkte er zwei Finger tief in ihr, anschließend umkreiste er ihre intimste Stelle so gekonnt, dass sie laut aufstöhnte. Doch bevor sie in der Lage war zu kommen, schlug er zu.

Immer wieder stimulierte er sie, sodass sie die Wellen des Orgasmus bereits spüren konnte, ehe er durch einen kurzen Schmerz dafür sorgte, dass sie ihr Ziel nicht erreichte.

Darla sehnte sich nach der Erlösung, gleichzeitig hoffte sie, dass er weiter machte. Sie verstand ihre eigenen Gefühle nicht.

Auf der einen Seite genoss sie es extrem, nur von Seilen getragen über dem Boden zu schweben. Andererseits wünschte sie sich einen Höhepunkt, weil sie dachte, die Spannung kaum noch aushalten zu können.

Als Flann von ihr abließ und einen Schritt von ihr wegging, schluckte sie schwer.

„Flann?“

Ihre Stimme klang angstvoll, was ihn dazu brachte, augenblicklich zu ihr zu gehen.

„Was ist los, Darla?“

Verlegen musterte sie für einen Moment die Decke, bevor sie ihm in die Augen sah.

„Du lässt mich aber nicht hier hängen, oder?“

Sofort schüttelte er beruhigend den Kopf.

„In diesem Zimmer werde ich dich niemals alleine lassen. Das verspreche ich dir. Schon gar nicht, während du in einer Suspension gefangen bist.“

Zart strich er ihr eine Strähne aus der Stirn, küsste sie, ehe er schnell zu dem Regal mit den Schlagwerkzeugen ging.

Er suchte sich eine kurze Peitsche, eine sogenannte Bullwhip, anschließend holte er noch einen kabellosen Vibrator.

Erwartungsvoll sah sie ihm zu, vor der Whip hatte sie ehrlich Respekt und auf das andere Toy freute sie sich.

Flann kam zu ihr zurück, legte die Peitsche auf den Boden, um sie liebevoll anzusehen.

„Denk daran, dein Stoppwort heißt Ghost“, erinnerte er sie mit einem Lächeln.

Darla nickte.

„Ja, ich habe es mir gemerkt.“

Zufrieden brummte er, während er den Vibrator einschaltete. Kurz darauf spreizte er ihre Schamlippen, um mit dem Toy an ihrer Klitoris entlang zu fahren.

Stöhnend versuchte sie sich an ihn zu drücken, allerdings klappte es auch jetzt wieder nicht.

Langsam bewegte Flann den Vibrator, reizte sie gezielt, um sie unaufhaltsam auf den Höhepunkt zuzutreiben. Aber erneut sorgte er dafür, dass sie keinen Orgasmus bekam.

So schnell würde er sie keinesfalls aus seinen Fängen lassen.

Er schaltete das Gerät aus, legte es auf den Boden, gleichzeitig nahm er sich die Peitsche.

Seine Kleine gab ein Stöhnen von sich, halb Frust, halb Lust, dabei ließ sie ihn kaum aus den Augen.

„Vertrau mir. Ich werde nie weitergehen, als du es erträgst“, versprach er heiser.

Das glaubte sie ihm sogar, nur wusste sie ja selbst nicht, wo genau ihre Grenzen waren. Bisher hatte sie nur diese eine Session mit Flann gehabt.

„Schließ die Lider, mein Mädchen.“

Gehorsam befolgte sie seinen Befehl und sofort spürte sie, wie das Ende der Bullwhip über ihren Körper strich.

Ein paar Mal streichelte ihr Tiger sie, bis sie sich entspannte, erst dann schlug er zu, allerdings war der Hieb gut auszuhalten.

Mit einem Lächeln wartete sie auf den nächsten Schlag, obwohl sie genau wusste, dass er härter ausfallen würde.

Jetzt am Anfang gab Flann ihr viel Zeit, um ihre Empfindungen zu sortieren oder den Schmerz in Lust zu verwandeln. Nur das würde sich schnell ändern.

Jeder weitere Treffer kam etwas fester auf ihrem Po auf.

Es tat weh, sehr sogar, trotzdem oder gerade deshalb wollte sie mehr.

Darla liebte das brennende, ziehende Gefühl, wenn die Bullwhip auf ihrem Hintern auftraf.

Die Seile gaben ihr Halt und Sicherheit. Die Peitsche trieb sie auf einen Orgasmus zu, während sie langsam an den Punkt kam, an dem sie sich fühlte, als ob sie schwerelos sei.

Fast hätte sie protestiert, als Flann die Whip auf den Boden legte, um sie erneut mit dem Vibrator zu verwöhnen. Aber auch jetzt ließ er sie nicht kommen.

Es war frustrierend und gleichzeitig so unendlich erregend.

„Lass dich gehen, mein Mädchen“, befahl er, als er wieder zur Peitsche wechselte.

Die Schläge kamen mittlerweile schneller, außerdem steigerte der Tiger die Intensität.

Darla war klar, dass er es auf ihre Tränen abgesehen hatte, nur war sie noch nicht so weit, sie ihm zu schenken. Weinen bedeutete Schwäche, die sie nur sehr selten oder unter Zwang zuließ.

Gekonnt ließ Flann die Bullwhip auf ihrem Hintern tanzen, während er es genoss, ihre leisen Seufzer und Schreie zu hören.

Nach einem besonders harten Treffer schrie Darla erstickt auf. Die erste Träne rann ihr über die Wange, doch als er sie ansah, schüttelte sie leicht den Kopf.

„Mir geht es gut“, flüsterte sie.

Noch wollte sie mehr, brauchte sie mehr.

Flann tat ihr den Gefallen gerne, zumal er es liebte, ihren weißen Hintern mit roten Striemen zu verzieren.

Immer wieder ließ er das harte Leder auf ihrer weichen Haut auftreffen, wobei Darla abwechselnd stöhnte und schrie.

Er trieb sie weiter, bis sie nur leise schluchzte, während Tränen ihre Wangen benetzten.

Sofort warf er die Peitsche auf den Boden, hockte sich so, dass sie ihm in die Augen sehen konnte, ehe er sie zärtlich küsste.

„Du hast mich unendlich stolz gemacht, mein Mädchen“, flüsterte er ihr zu.

Ein Lächeln erschien auf ihrem Gesicht.

„Jetzt sollst du auch deine Belohnung bekommen.“

Schnell nahm Flann den Vibrator, um sie gezielt kommen zu lassen.

Dieses Mal sorgte er dafür, dass sie den Höhepunkt bekam, denn das hatte sie sich absolut verdient.

Darla schrie auf, als die Welt um sie herum zerbarst. In ihrem Kopf explodierte ein Feuerwerk der Lust, gleichzeitig verkrampfte sich ihr gesamter Körper.

Sie flog zu den Sternen, ohne ihre Umgebung überhaupt wahrzunehmen.

Flann gab ihr genug Zeit, um den Orgasmus zu genießen, anschließend löste er die Seile, ließ sie vorsichtig auf den Boden runter, ehe er sie liebevoll in die Arme nahm.

Zitternd lehnte sie an ihm, immer noch von dem gigantischen Höhepunkt überwältigt, während er ihr zärtlich die Tränen von den Wangen küsste.

„Ich danke dir für dein Vertrauen“, raunte Flann ihr zu, als sie sich langsam beruhigte.

Strahlend sah sie ihn an.

„Ich danke dir für diese wahnsinnige Erfahrung. Es war unbeschreiblich schön."

Geschickt befreite er sie jetzt von den Seilen, anschließend nahm er sie wieder fest in die Arme.

Eine Weile saßen sie aneinander gekuschelt.

„Was ist mit dir?", erkundigte Darla sich scheu, als eine ganze Zeit vergangen war.

Flann zuckte mit den Schultern.

„Ich bin völlig auf meine Kosten gekommen. Den Rest hole ich mir, falls ich noch etwas brauche, heute Abend vor dem Einschlafen."

Zärtlich küsste er sie, anschließend schob er sie ein kleines Stückchen von sich, um aufzustehen.

„Lass uns aufräumen und ins Wohnzimmer gehen. Dort ist es gemütlicher."

Er zog sie mit einer Hand hoch, legte einen Arm um ihre Taille, um mit ihr runterzugehen.

Darla zitterten die Beine, weil sie die Haltung an den Seilen nicht gewohnt war, sodass sie sich an ihren Liebsten klammerte.

An der Treppe hatte er Mitleid und hob sie auf seine Arme.

„Halt dich gut fest, mein Mädchen."

Lächelnd sah er sie an, küsste sie auf die Nasenspitze, ehe er sie bis ins Wohnzimmer trug.

Hier setzte er sie auf das Sofa, drehte sich allerdings sofort wieder zur Tür.

„Flann?"

Sein Verhalten konnte Darla nicht einschätzen, außerdem brauchte sie ihn jetzt.

„Keine Panik, meine Kleine, ich hole nur schnell deine Sachen."

Erleichtert ließ sie sich in die Polster sinken und schloss für einen Augenblick die Lider.

Kapitel 12 - Zukunftsmusik

Als sie die Augen wieder öffnete, lag sie auf der Couch mit einem kuscheligen Plaid zugedeckt.

Offensichtlich war sie eingeschlafen, was sie kaum verwunderte, die letzten Tage steckten ihr in den Knochen, außerdem hatte die Session sie ziemlich gefordert.

Vorsichtig streckte sie sich, nur um kurz darauf schmerzvoll das Gesicht zu verziehen. Niemals hätte sie damit gerechnet, dass man von einem Bondage Muskelkater bekommen konnte.

Gerade als sie sich aus der Decke schälte, ging die Tür auf und Flann erschien.

Er war verschwitzt, außerdem atmete er heftig, sodass sie sich erschrocken aufsetzte.

„Ist etwas passiert?"

Sie sah alle möglichen bösartigen Szenarien vor ihrem inneren Auge. Angefangen damit, dass ihr Onkel sie zurückbeorderte bis hin zu einem Unfall.

Lachend schüttelte Flann den Kopf.

„Nein, ich war joggen. Erinnerst du dich, dass ich dir gesagt habe, dass ich hier eine Trainingseinheit einlegen werde?"

Beruhigt ließ sie sich zurücksinken. Darauf hätte sie auch sofort kommen können.

„Ich würde gerne rüber zum Studio fahren und nach dem Rechten sehen. Magst du mitkommen?"

Jetzt war ihr Interesse geweckt.

„Auf jeden Fall! Ich bin total neugierig auf meine neue Arbeitsstelle."

Aufgeregt schnappte sie sich ihre Kleidung, die auf dem Sessel neben ihr lag, und sah ihren Liebsten fragend an.

„Kann ich schnell duschen? Ich fühle mich ein wenig klebrig."

Gutmütig stimmte Flann zu, stieg aber direkt hinter ihr die Treppe rauf. Als er das Badezimmer betrat, musterte sie ihn misstrauisch.

„Möchtest du noch etwas mit mir besprechen?"

Mit einem breiten Grinsen schüttelte er den Kopf, schob sie allerdings weiter in den Raum, ehe er ihr die Kleider abnahm, um sie achtlos über die Badewanne zu legen.

„Nein, ich werde mit dir zusammen duschen. Wir sparen so enorm Zeit."

Skeptisch blickte Darla von der Duschkabine zu dem Tiger, dabei überlegte sie, ob sie widersprechen konnte.

Ehe sie sich zu einer Antwort durchgerungen hatte, streifte Flann bereits seine Klamotten ab, legte einen Arm um ihre Schultern und brachte sie so zu der Kabine.

„Ich glaube nicht, dass du rumzicken solltest", raunte er ihr leise ins Ohr, gleichzeitig kratzte er mit den Fingernägeln über eine Strieme.

Augenblicklich stimmte sie ihm zu. Eine Strafe würde sie im Moment kaum ertragen.

Mit einem Seufzer gehorchte sie, allerdings hielt Flann sie zurück, als sie an ihm vorbeigehen wollte.

„Warte, ich reguliere die Wassertemperatur. Ich will verhindern, dass du frierst."

Er griff an ihr vorbei, dabei streifte er unabsichtlich ihre Brüste, sodass die Brustwarzen sich sofort zusammenzogen.

Darla verkniff sich schnell ein erregtes Stöhnen, denn die Aussicht, mit ihrem Tiger zu duschen, machte sie an.

Erst als das Wasser schön warm war, betrat sie die Duschkabine und atmete hörbar auf. Ihre Muskeln lockerten sich, was sie deutlich spürte.

„Was ist los?“

Besorgt musterte Flann sie, doch sie winkte bereits ab.

„Nichts Wichtiges.“

Augenblicklich packte er ihr Kinn, zwang sie, ihm ins Gesicht zu sehen, bis sie die Augen verdrehte.

„Bitte, Liebster, ich habe nur ein wenig Muskelkater, der die Verspannungen in meinen Schultern verstärkt.“

Er lachte leise auf.

„Ich will auch solche Dinge wissen, mein Mädchen. Zumal ich dir da effektiv helfen kann.“

Ohne ihre Antwort abzuwarten, drehte er sie um und massierte sanft ihre Nackenpartie.

Jetzt hätte sie beinahe wollüstig aufgestöhnt. Es tat so unfassbar gut, wie er gekonnt ihre Muskeln lockerte.

„Genau deshalb möchte ich im Bilde sein, wie es dir geht.“

Sein Atem kitzelte sie am Hals, als er ihr ins Ohr raunte.

Dankbar blickte sie ihn an, nachdem er die Massage beendet hatte. Sie fühlte sich viel beweglicher, außerdem waren die Schmerzen verschwunden.

„Danke schön, das tat wirklich gut.“

Liebevoll küsste er sie. Für ihn war es selbstverständlich, dass er alles dafür tat, damit es ihr gut ging.

Gerade als sie zum Duschgel greifen wollte, schnappte er sich die Tube, drückte etwas von dem Gel in seine Handfläche, dabei lächelte er sie an.

„Dreh dich um, ich werde dich waschen.“

Seine Ankündigung beschämte und erregte sie gleichermaßen, aber nachdem er sie so verwöhnt hatte, fand sie es ungehörig, zickig zu sein. Sie drehte sich, sodass sie jetzt wieder mit dem Rücken zu ihm stand.

Flann zog sie dichter an sich, schäumte das Duschgel zwischen seinen Händen auf und fuhr zuerst über ihre Schultern.

Sanft massierte er das duftende Gel in ihre Haut, anschließend glitt er tiefer, umfasste ihre Brüste, die so perfekt in seine Handflächen passten.

Darlas leises Seufzen sorgte genauso dafür, dass er hart wurde, wie das sinnliche Einseifen ihres Körpers.

Seine Fingerspitzen zupften an ihren Nippeln, bis diese sich noch fester zusammenzogen.

Als er vorsichtig über ihren Bauch strich, spannte sie sich merklich an, trotzdem ließ er sich keineswegs davon abhalten. Seine Kleine würde lernen, dass er alles an ihr liebte.

„Spreiz die Beine, mein Mädchen“, flüsterte er ihr zu.

Sofort schüttelte sie den Kopf.

„Ich dachte, du fühlst dich klebrig. Und das wollen wir beide nicht, oder?“

Seine Stimme klang nachsichtig, zeigte ihr jedoch genauso, dass er auf keinen Fall nachgab.

„Das stimmt, nur kann ich mich selbst waschen.“

Sie wollte sich zu ihm umdrehen, doch im gleichen Moment schlang er einen Arm um ihren Oberkörper, der sie festhielt.

„Daran zweifele ich keineswegs, trotzdem werde ich es für dich tun.“

Auch jetzt hörte sie weder Ärger noch eine Warnung, allerdings schwang erneut in seinem Unterton mit, dass er am Ende seinen Willen bekam.

„Was hält dich davon ab, zu gehorchen?“

Einen Augenblick überlegte sie, denn die gesamte Situation erregte sie, gleichzeitig schämte sie sich, ihm eine so intime Aufgabe zu überlassen.

„Ich bin kein kleines Kind mehr, das man waschen muss“, murmelte sie.

„Dem stimme ich absolut zu, trotzdem würde ich es gerne für dich tun. Außerdem rieche ich, wie allein der Gedanke dich heißmacht.“

Noch einmal fuhr er mit seinen seifigen Fingern über ihre Brustwarzen.

„Lass es zu“, flüsterte er ihr ins Ohr.

Endlich gab sie sich einen Ruck und stellte ihre Beine schulterbreit auseinander.

„Braves Mädchen.“

Jetzt drückte Flann sich erneut etwas Duschgel in seine Handfläche. Nur dieses Mal nahm er das Sportduschgel, das er normalerweise benutzte.

Darla machte sich keine Gedanken darüber, bis er genüsslich ihr Geschlecht wusch. Mit einem sadistischen Lächeln ließ er einen Finger tief in sie rutschen.

„Das brennt“, schrie sie erschrocken auf.

Sofort legten sich seine Arme fest um ihren Oberkörper, hielten sie so, dass sie dachte, sie sei in einer Stahlklammer gefangen.

„Hättest du direkt gehorcht, wäre dir diese Erfahrung erspart geblieben“, raunte er ihr ins Ohr, während er sie an sich presste.

Zu gerne hätte sie jetzt aufbegehrt, nur die Ausrede, dass sie sich in keiner Spielsituation befanden, zog so gar nicht. Im Gegenteil, spätestens als er ihr befahl, die Schenkel zu spreizen, wusste sie es genau.

Ihre Gegenwehr stoppte, stattdessen lehnte sie sich freiwillig gegen ihn.

„Du hast recht“, gab sie kleinlaut zu.

Noch einmal verteilte er etwas von dem Duschgel an ihrer intimsten Stelle.

Es brannte, trotzdem heizte es ihr enorm ein. Ähnlich wie die Schläge mit der Bullwhip und doch wieder ganz anders.

Der Schmerz war irgendwie sanfter, aber gleichzeitig sehr intensiv.

Kurz ließ er sie los, um den Duschkopf von der Wand zu nehmen, anschließend spreizte er mit einer Hand ihre Schamlippen, während er den Wasserstrahl auf ihre Klitoris hielt.

Schluchzend schrie sein kleiner Sturkopf auf, krallte sich in seine Oberschenkel, um einen Halt zu haben.

Flann sah genau, wie sie auf ihren Orgasmus zutrieb, doch war die Stimulation zu gering.

Langsam ließ er den Strahl um ihre Perle kreisen, sorgte dafür, dass sie den Schmerz vergaß und nur noch Lust verspürte.

„Bitte, Flann!"

Sie flüsterte nur, dabei hörte sich ihre Stimme verdammt sexy an.

„Du möchtest kommen? Schon wieder?"

Neckend biss er sie in den Hals, was sie mit einem leisen Quietschen quittierte.

Einen Moment überlegte Darla, was sie antworten könnte. Immerhin hatte er sie genau an den Punkt gebracht, an dem sie sich nach einem Höhepunkt sehnte, doch schnell schluckte sie die freche Erwiderung herunter.

„Ja, ich flehe dich an."

Sie drehte den Kopf, um ihn anzusehen.

Sein breites Grinsen fachte ihren Widerstand an, allerdings behielt sie die Kontrolle. Sie gehörte ihm! Das sollte sie niemals vergessen.

„Aber nur, weil du so schön gebettelt hast."

Ehe sie eine Antwort auf diese Unverschämtheit geben konnte, fühlte sie seine Finger an ihrer Perle. Sofort biss sie sich auf die Lippen, um ja keinen Kommentar loszulassen, der ihn gestoppt hätte.

Gekonnt trieb der Tiger sie auf den zweiten Orgasmus des Tages zu, genoss es, wie sie in seinen Armen kam, wobei sie sich fest an ihn presste.

Darla liebte es, erneut zu kommen, obwohl es sich jetzt wie ein Tsunami anfühlte, der sie mit sich riss.

Ein Wirbelsturm der Lust sorgte dafür, dass sie keinen klaren Gedanken mehr fassen konnte. Ihre inneren Muskeln zogen sich rhythmisch zusammen, während sie zu den Sternen flog.

Als sie in der Lage war, wieder halbwegs normal zu atmen, bemerkte sie, dass sie sich mit aller Kraft in Flanns Oberschenkel krallte. Sofort löste sie den Griff, anschließend sah sie die Kratzspuren, die sie entsetzten.

„Das tut mir leid."

Sie wusste nicht, was sie tun oder sagen konnte. Niemals wollte sie ihren Liebsten verletzen.

Flann lachte leise auf, drehte sie zu sich, um sie fest in seine Arme zu ziehen.

„Mach dir darüber keine Gedanken. Das siehst du nicht mehr, wenn wir die Dusche verlassen."

Fast hätte sie sich an die Stirn getippt, doch sein Blick stoppte sie sofort.

„Wir Gestaltwandler haben enorme Heilungskräfte. Sonst wäre ich kaum in der Lage, diese wundervollen Dinge mit dir anzustellen. Erinnere dich, dass der Mafiosi mich ziemlich verletzt hat."

Nachdenklich nickte sie. Sie war ja mit dem Verbandskasten zu ihm geeilt, weil sie glaubte, er bräuchte Hilfe.

Jetzt kam es ihr vor, als ob das schon mindestens zwei Monate zurücklag, dabei handelte es sich nur um wenige Tage.

Erleichtert legte sie kurz den Kopf an seine Brust, bevor sie sich das Duschgel schnappte, um sich zu revanchieren.

„Verbrenn dich nicht."

Flann lächelte sie hintergründig an, doch sie runzelte nur die Stirn.

Schnell drückte sie etwas von dem seifigen Gel in ihre Handfläche, stellte die Tube ins Regal zurück, anschließend schäumte sie es leicht auf.

Liebevoll glitten ihre Fingerkuppen über seine breiten Schultern. Sie spürte die massiven Muskeln an seinen Oberarmen und ergriff seine sehnigen Finger.

Darla ließ sich Zeit, seinen Körper auf diese Weise zu erkunden. Sie genoss es, seine Haut unter ihren Fingerspitzen zu fühlen. Kurz verweilte sie bei seinen kleinen Brustwarzen, wobei sie mit dem Verlangen kämpfte, hinein zu zwicken.

Allerdings warnte sein Blick sie, sodass sie darauf schnell verzichtete und sich stattdessen seinen harten Bauchmuskeln zuwandte.

Ein Seufzen entkam ihr, als sie über sein Sixpack fuhr. Es fühlte sich aber auch zu gut an.

Mit einem sinnlichen Lächeln drückte sie sich an ihn, griff um ihn herum, um seine Pobacken einzuseifen. Du meine Güte, hatte der Mann einen knackigen Hintern! Sie konnte kaum genug von ihm bekommen.

Sanft rieb sie über seine Hüften, anschließend nahm sie sein Glied vorsichtig zwischen beide Hände.

Jetzt war es an Flann, erregt aufzustöhnen. Er genoss es sehr, dass sie ihn auf so intime Art berührte. Wieder knurrte er leise, als seine Kleine zärtlich seine Hoden massierte.

Mit einem unschuldigen Blick sah sie zu ihm auf, während sie noch einmal zart um seine Wurzel kreiste.

Als sie auch seine Beine eingeseift hatte, zog er sie erneut an sich, küsste sie leidenschaftlich, anschließend rieb er Shampoo in seine Haare, ehe er sich das Duschgel vom Körper spülte.

Darla folgte seinem Beispiel und kurz darauf stellte Flann das Wasser aus.

Mit einem glücklichen Lächeln verließ sie die Duschkabine, nur um sofort in ein vorgewärmtes Handtuch gehüllt zu werden.

Schnell trockneten sie sich gegenseitig ab, kleideten sich an, dann föhnte Darla sich.

Hand in Hand gingen sie zum Auto, um nach Cork zu fahren, wo sich das Fitnessstudio befand.

„Wolltest du nicht trainieren, wenn wir hier sind? Oder reicht das Joggen?“, erkundigte Darla sich, als sie auf die Straße zur Stadt abbogen.

„Das werde ich auch, meine Kleine. Im Studio ist es einfacher, als bei mir zu Hause.“

Seine Antwort irritierte sie.

„Aber wieso hast du geduscht? Du schwitzt doch gleich eh wieder. Darüber hinaus dachte ich, dass das Rennen eine Art Aufwärmtraining ist.“

Jetzt lachte Flann.

„Nein, joggen ist gut für die Kondition und so verschwitzt, wie ich war, wollte ich dir eine gemeinsame Autofahrt keineswegs zumuten. Außerdem gibt es einen bezaubernden Sturkopf, dem ich nur schwer widerstehen konnte.“

Empört schnaubte Darla.

„Als ob ich dich unter die Dusche gezwungen oder dich verführt hätte.“

Ein kurzer Seitenblick traf sie.

„Weißt du es denn immer noch nicht? Du führst mich ständig in Versuchung, weil ich es einfach nicht schaffe, meine Hände bei mir zu behalten, wenn ich dich sehe.“

Mit diesem Kompliment konnte sie nur sehr schlecht umgehen, trotzdem strahlten ihre Augen.

„Was soll ich gleich tun, während du trainierst? Denkst du, ich kann auch etwas für meine Figur tun?“

Sofort schüttelte er den Kopf.

„Tut mir leid, mein Mädchen, aber heute wird das bestimmt nichts. Ich muss mich auf den Kampf vorbereiten, da bin ich kaum in der Lage, mich um dich zu kümmern. Entweder du siehst zu oder unterhältst dich mit den Leuten. Ich stelle dir gerne meinen Stellvertreter und meine Trainer vor."

Er überlegte einen Augenblick.

„Wenn du magst, kannst du dir auch Cork ansehen. Die Stadt ist wirklich schön."

Jetzt lehnte sie schnell ab.

„Ohne dich macht mir das keinen Spaß, da schaue ich dir lieber beim Training zu."

Ihr Gesicht zeigte deutlich ihre Ablehnung, was den Tiger zum Schmunzeln brachte. Außerdem wollte er ihr seine Heimat gerne zeigen.

„Wissen deine Leute etwas über dich?"

Erneut schüttelte er den Kopf.

„Nein, weder von den Kämpfen noch von meiner zweiten Gestalt."

Mehr brauchte er nicht zu sagen, bei Darla war sein Geheimnis absolut sicher.

Noch ehe sie die nächste Frage stellen konnte, parkte er auf einem geteerten Parkplatz vor einem ziemlich großen Fitnessstudio.

„Das da gehört dir?"

Erstaunen klang in Darlas Stimme mit, denn mit einem riesigen Bau, der zwei Stockwerke besaß, hatte sie nicht gerechnet.

„Ja, das ist mein Studio. Komm, lass uns reingehen."

Mit einem Schmunzeln stieg er aus, ging zur Beifahrertür und öffnete ihr höflich die Tür.

Sofort legte er einen Arm um ihre Taille, dabei merkte er, dass sie sich erneut verspannte.

„Wovor hast du Angst, Darla?"

Flann blieb stehen, packte sie an den Oberarmen und drehte sie so, dass er sie ansehen konnte.

Unsicher zuckte sie mit den Schultern.

„Was, wenn deine Leute mich nicht mögen?“

Ihr Blick bekam etwas Klägliches. Sie hatte sich immer eine kleine Muckibude vorgestellt, sobald ihr Liebster von seinem Studio redete. Mit so einem riesigen Geschäft hatte sie keineswegs gerechnet.

Allein die Größe des Gebäudes schüchterte sie ein. Außerdem wurde ihr in dem Augenblick erst so richtig bewusst, dass ihr Freund kein einfacher Trainer war.

„Darla, bitte, wieso sollte dich irgendeiner nicht leiden können? Was ist los?“

Sie atmete tief ein, ehe sie ihn erneut ansah.

„Mir ist gerade klar geworden, was für ein Unternehmen du leitest. Ich bin unsicher, ob ich zu dir passe. Du stellst so viel mehr dar als ich.“

Jetzt waren ihre Bedenken heraus, doch Flann stieß seufzend die Luft aus.

„Ich bin kein anderer, als der, der in Terryglass bei dir war. Denkst du wirklich, dass Besitz einen besseren Menschen aus mir macht? Du bist meine Freundin, meine Dualseele.“

Zärtlich strich er ihr eine Strähne aus dem Gesicht, ehe er sie küsste.

„Nein, ich glaube auf keinen Fall, dass Geld eine Person über eine andere stellt, allerdings kenne ich dich ja. Ich weiß, dass du fürsorglich, hilfsbereit, liebevoll und großzügig bist. Dazu kommt jetzt auch noch, dass du ein solches Unternehmen aufgebaut hast. Bitte, sag mir, dass es keine Kette ist“, bemerkte Darla unglücklich, als er von ihr abließ.

„Keine Sorge, von Fitnessstudios als Geldmaschinen halte ich nichts. Bei uns trainiert niemand ohne Trainingsplan oder Trainer. Beides ist im Mitgliedsbeitrag enthalten.“

Er atmete erneut durch.

„Ich hatte 500 Jahre Zeit, um etwas aus meinem Leben zu machen, da ist das hier keine große Kunst."

Bei den Worten deutete er mit dem Daumen auf das Gebäude hinter sich.

Irgendwie leuchtete ihr das ein, trotzdem hatte sie ein beklemmendes Gefühl, als er sie jetzt umdrehte und auf den Eingang zuschob.

„Vielleicht ist es auch, weil ich so selten unter Menschen bin, die ich nicht kenne", gab sie leise zu.

„Gar kein Problem, ich bin doch bei dir. Ich passe immer auf dich auf."

Er öffnete die Tür, schob sie durch und ging direkt in ein Büro, in dem ein junger Mann über einem Trainingsplan brütete.

„Hey, Dean, was machst du da?"

Flann hielt Darlas Hand fest in seiner, während er seinem Mitarbeiter über die Schulter schaute.

„Flann? Ich dachte, du kommst erst nächste Woche zurück?", antwortete der Trainer.

In dem Moment fiel sein Blick auf die schüchterne Frau, die sein Chef mitgebracht hatte.

„So, so, der Mann, der dich gebucht hat, sieht aber verdammt hübsch aus."

Bei der Bemerkung lächelte Darla ihn erfreut an, gleichzeitig musste sie einige neugierige Fragen unterdrücken.

„Das ist nicht mein Kunde, sondern meine Freundin, Darla."

Flann zog sie jetzt dicht an sich, dabei sah er seinen Stellvertreter eindringlich an.

„Ich erstelle einen Trainingsplan für ein Mitglied. Schwerpunkt: Muskelaufbau", antwortete Dean schnell.

Verstehend nickte der Tiger, sah noch einmal auf den Plan, ehe er auf eine Stelle tippte.

„Ich würde ihn weniger Beinarbeit und mehr Hanteltraining machen lassen. Aber achte darauf, dass er nie alleine auf der Hantelbank sitzt."

Bei der Bemerkung verdrehte Dean die Augen.

„Ich bin nicht erst seit gestern hier, Chef. Sonst hättest du mir die Verantwortung, während du weg bist, wohl kaum übertragen."

Dem stimmte Flann zu, deshalb klopfte er seinem Stellvertreter kurz auf die Schulter.

„Ganz genau, darum verschwinde ich auch wieder. Ich zeige Darla das Studio, ehe ich selbst ein wenig trainieren will. Wir müssen morgen zurück, der Kunde erwartet jeden Tag seine Stunden, aber ich wollte meinem Mädchen wenigstens einen kleinen Einblick geben, was ich so mache."

Dean lächelte.

„Hast du schon mal hinter einer Theke gestanden? Wir könnten nämlich Unterstützung gebrauchen."

Bei der Frage schlug Flann ihm leicht auf den Hinterkopf.

„Personalentscheidungen treffe ich immer noch selbst. Außerdem hat sie bereits zugesagt."

Lachend zog er Darla aus dem Büro, um ihr das Studio zu zeigen.

„Wie du siehst, ist es wie jedes andere Fitnessstudio auch. Wir haben Räume für die Kurse, einen Bereich für die Cardio-Geräte, einen für die Bodybuilder und natürlich einen für die, die sich einfach in Form bringen wollen. Hanteltraining ist nicht unbedingt für alle geeignet", fasste Flann zusammen, als sie den Rundgang beendet hatten.

Er brachte sie in den Thekenraum, sorgte dafür, dass sie sich auf einen der Hocker setzte, bevor er ihr die Frau vorstellte, die die Mitglieder bediente.

„Hey, Theresa, das hier ist meine Freundin Darla, würdest du ihr zeigen, was man hinter dem Tresen wissen muss? Sie ist nämlich deine Unterstützung ab nächste Woche.“

Sofort strahlte diese ihren Chef an.

„Du hast jemanden für dich gefunden? Ich gratuliere euch.“

Schnell eilte sie auf die zwei zu, umarmte zuerst Flann, ehe sie auch Darla an sich drückte.

„Ich freue mich schon darauf, mit dir zusammenzuarbeiten. Gerade am Wochenende ist es sehr anstrengend, wenn man alleine ist.“

Ein wenig vorwurfsvoll sah sie auf ihren Vorgesetzten.

Flann hob beide Hände in einer abwehrenden Geste.

„Ich kann nichts dafür, dass Kathy schwanger geworden ist. Da musst du dich bei ihrem Mann beschweren.“

Lachend knuffte Darla ihn in die Seite.

„Das will ich doch schwer hoffen. Allerdings freue ich mich auch auf meine neue Aufgabe.“

Den letzten Satz sagte sie zu Theresa, die sie sofort vom Stuhl zog, um sie mit hinter die Theke zu nehmen.

„Hast du schon mal was Ähnliches gemacht?“

Betreten schüttelte Darla den Kopf.

„Nein, ich bin Programmiererin. Aber sehr lernfähig.“

Theresa lachte leise, dabei machte sie mit der Hand eine abwehrende Bewegung.

„Das ist keine große Herausforderung. Komm, ich zeige es dir.“

Flann schmunzelte, denn genauso hatte er seine Angestellte eingeschätzt.

„Kann ich dich alleine lassen?“, flüsterte er ihr ins Ohr, als sie am Rand des Tresens stand.

Strahlend lächelte sie ihn an.

„Ja, hau schon ab. Sollte ich Sehnsucht nach dir haben, werde ich dich bestimmt irgendwo hier finden.“

Mit den Worten drehte sie sich zu ihrer Kollegin um, die sie auffordernd ansah.

Mit gutem Gewissen ging Flann zum Cardio-Bereich, wo er sich auf einem Laufband aufwärmte.

Für die Anwesenden war es nichts Neues, dass der Chef selbst trainierte, sodass ihn niemand beachtete.

Immer wieder hörte er seine Kleine lachen, während sie mit Theresa zusammen die Mitglieder bediente.

Zufrieden stellte er fest, dass Darla sich genauso problemlos hier einfügte, wie er es sich gedacht hatte.

~~°~~

Darla stand zuerst ein wenig verlegen hinter dem Tresen, da sie so gar keine Ahnung hatte, was zu tun war.

„Es ist wirklich nicht schwer. Meistens wollen die Leute etwas zu trinken und quatschen. Sollte jemand nach einem Probetraining fragen, rufst du den Chef oder Dean. Darum kümmern wir uns nicht. Ansonsten gibt es noch die Sauna- und die Spindschlüssel."

Aufmerksam sah Darla sie an.

„Wer in die Sauna möchte, der muss seine Mitgliedskarte als Pfand abgeben. Es kostet nur fünf Euro. Ein Zusatzbonus für die Mitgliedschaft sozusagen. Normalerweise stecken die Schlüssel für die Spinde, doch manchmal verklemmen sich die Dinger. Oft hilft ein wenig Caramba."

Theresa hielt ihr eine Sprühdose vor die Nase.

Das Zeug kannte sie, daher nickte sie leicht.

„Siehste, mehr ist es nicht. Also mach kein Gesicht, als ob du gleich gefoltert wirst."

Die fröhliche, freundliche Art der jungen Frau brachte Darla dazu, mit ihr zu lachen.

„Sag mal, wie hast du unseren Chef eigentlich kennengelernt? Es ist schon verwunderlich, dass er sich so schnell bindet."

Die Frage kam völlig arglos, trotzdem musste Darla schlucken. Sie sollte sich schleunigst eine Geschichte einfallen lassen, die sie auch für später behalten konnte.

„Er ist mir über den Weg gelaufen, als er joggen war."

Theresa grinste leicht.

„Hat er dich vielleicht über den Haufen gerannt? Das sieht ihm so gar nicht ähnlich."

Sofort schüttelte Darla den Kopf.

„Nein, ich war am Hafen in Terryglas, wo ich mir gerne das Castle ansehen wollte. Leider gab es keine Hinweisschilder und er war der Einzige, der offensichtlich bereits unterwegs war."

Sie hoffte, dass sich ihre Wangen jetzt nicht rot färbten und damit alles verrieten, doch ihre Kollegin lachte schon wieder.

„Im Laufschritt ins Glück. Könnte fast ein Liebesroman werden."

Bei der Beschreibung stimmte Darla in ihr Lachen ein.

„Ja, aber genau so war es. Wir haben uns angesehen, dabei hat es extrem gefunkt."

Versonnen dachte Theresa einen Augenblick nach.

„Ich wünsche euch jedenfalls alles Gute. Der Chef ist in Ordnung."

Ein Kunde unterbrach ihr Gespräch, woraufhin Darla die Bedienung übernahm. Eine einfache Flasche Wasser konnte sie durchaus verkaufen.

„Siehst du, es hat gar nicht wehgetan", witzelte Theresa, als sie die Kasse zuklappte.

Lachend schüttelte Darla den Kopf.

„Nein, das war auch keine Herausforderung. Aber wenn ich mir ansehe, was für Drinks ihr mixen müsst, dann kommen mir schon Bedenken."

Sie deutete auf die Getränkekarte, doch ihre zukünftige Kollegin winkte bereits ab, gleichzeitig zeigte sie auf einen Zettel, der auf einem Regalbrett unter der Theke lag.

„Wir nutzen Spickzettel", flüsterte Theresa ihr verschwörerisch zu.

Darla kicherte leise, ehe sie sich zusammennahm und einen genauso geheimnisvollen Blick aufsetzte.

„Na, dann ist ja gut. Ich dachte schon, ich müsste zuerst die ganzen Rezepte auswendig lernen."

Die Frauen lachten laut los, bis der nächste Kunde kam, der auch prompt einen Protein-Shake haben wollte.

„Tob dich aus. Ich passe auf."

Theresa drückte ihr den Zettel in die Hand, auf dem stand, was in den Drink kam.

Freundlich stellte sie das Glas vor den jungen Mann, der sie anlächelte.

„Ein neues Gesicht hier im Gym, was für eine Freude."

Er lehnte sich leicht vor, um sie mit einem Handschlag zu begrüßen.

„Ich bin Derek und mit wem habe ich das Vergnügen?"

Ehe Darla reagieren konnte, schob ihre Kollegin schon seinen Arm zur Seite.

„Mit der Freundin des Chefs, der dir die Griffel bricht, solltest du sie nicht bei dir behalten."

Ihre Stimme klang zuckersüß, doch in ihrem Blick erkannte jeder eine deutliche Warnung.

„Musst du dich eigentlich immer einmischen, Theresa? Ich habe mit der bezaubernden Frau neben dir gesprochen, nicht mit dir, du Besen."

Gleichgültig zuckte sie mit den Schultern, ließ ihn los, während sie geringschätzig das Gesicht verzog.

„Ich weiß, bin keineswegs taub, aber sie ist neu hier und kennt dich nicht. Sollte es nach mir gehen, wird sie dich auch niemals besser kennenlernen.“

Genau in dem Augenblick kam Flann, der kurz nach seiner Kleinen sehen wollte.

„Probleme?“

Sofort schüttelte Derek den Kopf.

„Ach woher! Wie kommst du nur darauf? Ich habe nur versucht, die Bekanntschaft deiner neuen Bedienung zu machen. Allerdings hatte der Besen vom Dienst etwas dagegen.“

Mit einem Grinsen zeigte er auf Theresa.

„Als Erstes rate ich dir aufzupassen, wie du meine Angestellten betitelst. Sie müssen sich so ein Verhalten keineswegs gefallen lassen. Du hast also Glück, dass sie dich nicht gleich rausgeworfen hat. Zweitens ist das meine Freundin, du solltest ausgesprochen höflich sein und Flirtversuche aller Art unterlassen. Drittens kennen wir dich gut genug, um zu wissen, dass jede Frau, die für dich neu ist, potenziell in Gefahr ist. Dein Ruf als Herzensbrecher eilt dir voraus.“

Bei dem letzten Satz schnaubte Theresa abfällig. Offensichtlich kannte sie den Herrn bereits etwas besser.

„Keine Sorge, ich spann dir dein Mädel schon nicht aus. Aber reden wird ja wohl noch erlaubt sein.“

Derek sah Flann beleidigt an, allerdings vermied der jede Reaktion auf diese Aussage.

Er ging hinter den Tresen, um seine Kleine liebevoll zu küssen.

„Magst du mitkommen? Ich hätte dich gerne in meiner Nähe.“

Darla betrachtete nachdenklich ihren Freund, ehe sie ihren Blick auf den Gast richtete.

„Lass mich einen Moment hier, bitte. Ich komme später zu dir.“

Fragend zog Flann eine Augenbraue hoch, doch dann stimmte er seufzend zu. Er kannte Derek schon länger und wusste, dass dieser öfter mal übergriffig wurde.

Allerdings war auch Theresa noch da und sollte Darla schreien, wäre er innerhalb kurzer Zeit bei ihr.

Erneut küsste er sie, ehe er zurück zur Hantelbank ging.

„Ehrlich, ich habe keine Ahnung, warum ihr alle so unhöflich seid. Ich bin ein Mitglied wie jeder andere.“

Derek sah bei der Äußerung besonders Darla an, die ihm freundlich zulächelte.

Theresa drehte ihm einfach nur den Rücken zu. Sie hatte ihre Lektion gelernt, was diesen Kerl anging.

„Du kommst nicht aus Irland, oder?“, wollte er jetzt wissen.

Darla schüttelte leicht den Kopf.

„Nein, wieso fragst du?“

Sein Lächeln wurde breiter.

„Ich habe es an deinem Akzent gehört. Lass mich raten, Schweden?“

Bei der Annahme lachte sie laut auf.

„Völlig daneben.“

Ihr gefiel es, dass er höflich blieb und sie offensichtlich interessant fand.

„Gib mir noch einen Versuch, bitte.“

Sofort nickte sie ihm aufmunternd zu.

„Holland?“

Wieder schüttelte sie den Kopf.

„Nein, aber nahe dran. Deutschland.“

Jetzt verzog er abfällig das Gesicht, womit sie so gar nicht gerechnet hatte.

„Flann ist sich auch für nichts zu schade. Er geht sogar mit einem Nazi ins Bett.“

Bei den Worten blickte Darla ihn wütend an.

„Wie kannst du so etwas sagen? Wieso wagst du es, mich mit diesem Abschaum zu vergleichen?"

Ihre Stimme war immer lauter geworden, sodass sich die anderen Gäste neugierig nach ihr umdrehten.

„Weil es so ist. Keine Ahnung, was du dem lieben Flann gesagt hast, aber für mich seid ihr alle nur Mörder und Verbrecher."

Empört stemmte Darla die Hände in die Seiten.

„So? Bist du so dumm? Oder tust du nur so? Stell dir vor, es gibt auch Deutsche, die sich gegen das Regime gestellt haben. Allerdings durfte ich bereits lernen, dass man besser nicht mit Leuten wie dir diskutiert. Du würdest es niemals verstehen."

Damit drehte sie sich zu einem Gast, der gerade eine Flasche Wasser bestellte.

Theresa lachte Derek frech ins Gesicht.

„Ziemlich dämlich, der Freundin vom Chef so etwas an den Kopf zu schmeißen."

Derek zuckte gleichgültig mit den Schultern.

„Halt dich da raus. Mach mir einen Shake. Aber zackig!"

Bei dem Befehlston fuhr sogar Darla zusammen, die einiges gewohnt war. Sie atmete tief ein, ehe sie sich umdrehte.

„Pass mal auf, du Großkotz. Was glaubst du eigentlich, was du hier zu melden hast? Zuerst beleidigst du meine Kollegin, dann mich und jetzt versuchst du, sie herumzukommandieren. Ich denke, es ist gesünder für dich, wenn du gehst. Aber zackig! Kannst ja zurückkommen, sobald du dich daran erinnerst, wie man sich ordentlich benimmt."

Damit drehte sie sich wieder um, während Theresa ihr vergnügt nachsah.

„Du hast mir gar nichts zu sagen. Nur weil du mit Flann ins Bett steigst, gibt es dir kaum das Recht, hier Befehle zu geben. Theresa? Wird es bald?"

Ein wenig unsicher geworden, wollte die Angesprochene gerade zu einem Shaker greifen, als Darla ihr eine Hand auf den Arm legte.

„Du bedienst so ein Ekelpaket auf gar keinen Fall. Sollte er darauf bestehen, wird Flann ihm gerne die Tür zeigen."

Derek, der die Anweisung deutlich hörte, schlug aufgebracht mit der Faust auf den Tresen.

„Ich lasse mich nicht von einer deutschen Nutte rauswerfen."

Genau in dem Augenblick stand Flann hinter ihm, der den Streit bereits mitbekommen hatte.

„Das reicht."

Ehe Derek sich wehren konnte, packte der Tiger ihn am Kragen und warf ihn raus.

„Deine Mitgliedschaft ist hiermit beendet. Ich werde dir den restlichen Beitrag zurücküberweisen. Lass dich hier nie wieder sehen!"

Er schloss nachdrücklich die Tür, anschließend ging er zu seiner Freundin.

„Alles in Ordnung?"

Darla schmunzelte.

„Natürlich oder glaubst du, dass so ein Klappspaten es schafft, mich aus der Bahn zu werfen? Ich habe schon schlimmere Beleidigungen geschluckt."

Zärtlich zog Flann sie an sich.

„Genau aus dem Grund wollte ich dich mitnehmen. Derek wird schnell ausfallend, wenn er nicht landen kann."

Verstehend nickte sie.

„Aber auf diese Weise konnte ich dir zeigen, dass ich auch mit unbequemen Gästen klarkomme. Außerdem habe ich es mir selbst beweisen wollen."

Sie lachte leise, gleichzeitig schmiegte sie sich an ihn.

„Wow, das war richtig gut. Ich hätte mich nicht getraut, ihm die Meinung zu sagen", bemerkte Theresa.

Darla winkte leicht ab.

„Ich wusste doch, dass Flann sofort hier ist, sollte der Typ zudringlich werden.“

Trotzdem zeigte sich Theresa weiterhin beeindruckt.

„Möchtest du vielleicht weitertrainieren?“

Darla sah ihren Freund an, der sie immer noch im Arm hielt, dabei sagte ihr Blick deutlich, dass sie einen Moment mit ihrer Kollegin alleine sein wollte.

„Ich bin ja schon weg, Chefin.“

Lachend machte sich Flann auf den Weg zu seinen Hanteln.

„Wieso hast du so einen Respekt vor dem Kerl?“

Offen sah sie Theresa an, die verlegen ein Abtrockentuch zerknüllte.

„Ich war mal mit ihm liiert. Oder besser gesagt, ich dachte, wir seien zusammen, aber ihm ging es nur um Sex.“

Mitfühlend legte Darla eine Hand auf den Arm der Kollegin.

„Ich kenne das. Ist mir mehr als einmal passiert. Hat er dich geschlagen? Oder dir sonst wehgetan?“

Sofort schüttelte sie den Kopf.

„Trotzdem traue ich ihm nicht. Besonders, wenn er böse wird, habe ich immer Angst, dass er die Kontrolle verliert.“

Eine Bestellung unterbrach sie und erlöste Theresa aus der unangenehmen Situation.

Kurz darauf scherzten die Frauen wieder miteinander und ihr Lachen schallte durch das Studio.

Als Flann zurückkam, hatte er bereits geduscht, was man deutlich an seinen feuchten Haaren sah.

„Ich entführe dir Darla jetzt. Kommende Woche habt ihr viel Zeit, um euch auszutauschen.“

Freundlich nickte er seiner Angestellten zu, gleichzeitig packte er Darlas Hand, um sie mit sich zu ziehen.

„Euch einen schönen Abend. Bis bald. Ich freue mich darauf, mit dir zusammenzuarbeiten.“

Theresa winkte hinter dem Paar her.

„Bis Montag“, antwortete Darla, während Flann sie unnachgiebig mit sich zog.

Erst als sie am Auto ankamen, blieb er stehen.

„Was sollte das? Ich konnte mich nicht mal richtig verabschieden.“

Aufgebracht sah sie ihn an.

„Ich habe dafür gesorgt, dass du dich losgeeist hast. Ich kenne Theresa. Sie hat dich wirklich ungern gehen lassen.“

Er öffnete die Beifahrertür, half ihr liebevoll einzusteigen, ehe er selbst hinter dem Lenkrad Platz nahm.

„Weißt du etwas Näheres über sie und Derek?“, erkundigte Darla sich, als sie vom Parkplatz fuhren.

Ernst nickte Flann.

„Ja, er hat mit ihr im Prinzip das abgezogen, was die Männer von Demmer mit dir getan haben. Es ist bekannt, dass er bösartig wird, sobald er nicht bekommt, was er will.“

Einen Augenblick überlegte sie.

„Aber wieso ist er Theresa gegenüber so gemein gewesen? Sie waren doch ein Paar?“

Flann lachte unfroh auf.

„Nein, das waren sie nie. Er ist mit ihr ins Bett gestiegen, wenn er Druck hatte. Ansonsten ließ er sie links liegen. Eines Tages hatte sie die Nase voll davon und hat ihm gesagt, dass sie die Beine nicht mehr breitmacht. Deshalb behandelt er sie so. Bisher hat er sich allerdings im Studio immer zurückgehalten.“

Nachdenklich sah er auf die Straße.

„Wieso hast du ihn überhaupt als Mitglied aufgenommen? So ein Ekelpaket würde ich achtkantig rausschmeißen.“

Ein Vorwurf schwang in ihrer Stimme mit.

„Wegen einer gescheiterten Beziehung kann ich niemandem die Mitgliedschaft verweigern. Ich habe ihm am Anfang bereits gesagt, dass er sich zu benehmen hat. Außerdem hat Theresa zu dem Zeitpunkt noch nicht bei mir gearbeitet."

Das verstand sie, doch jetzt fiel ihr siedend heiß ein, dass sie im Prinzip jemanden rausgeworfen hatte, ohne die entsprechende Erlaubnis zu haben.

„Es tut mir leid, dass ich mich eingemischt habe. Ich hatte kein Recht, ihn rauszuwerfen."

Flann lachte laut auf. Genau so hatte er seine Kleine eingeschätzt, immer suchte sie die Schuld bei sich.

„Ich bin froh, dass du es getan hast. Damit hast du mir nicht nur eine überfällige Entscheidung abgenommen, sondern auch einen Grund gegeben, die Mitgliedschaft zu beenden."

Dankbar lächelte Darla ihn an, ehe sie sich entspannt zurücklehnte.

Sie freute sich ehrlich auf ihren neuen Job, allerdings nahm sie sich vor, gleich am Montag Bewerbungen zu schreiben. Auf keinen Fall wollte sie auf Dauer hinter dem Tresen stehen, dafür liebte sie das Programmieren zu sehr.

Nach einer halben Stunde parkte Flann den Wagen vor seinem Cottage.

Gut gelaunt gingen sie ins Haus, um sich etwas zu essen zu bestellen.

„Was möchtest du denn gerne?"

Mit der Frage legte er einen Stapel Speisekarten auf den Tisch.

Lachend sah Darla sich die Karten an.

„Du bist wirklich bestens vorbereitet", bemerkte sie kichernd.

Gutmütig zuckte er mit den Schultern.

„Ich hab dir doch gesagt, dass ich öfter was kommen lasse, als selbst zu kochen."

Abwartend sah er sie an, bis sie sich für ein Restaurant mit irischer Küche entschieden hatte.

Schnell schnappte er sich sein Handy, um ihr Abendessen zu ordern.

„Ich kann es kaum erwarten, bis das Wochenende um ist. Für mich geht gerade ein Traum in Erfüllung. Du bist wirklich das Beste, was mir passieren konnte. Und ich hatte solche Angst davor, dich anzusprechen."

Darla lachte leise, als sie an ihre Aktion vor ein paar Tagen dachte.

„Das hat man überhaupt nicht bemerkt. Allerdings war ich ein Idiot. Es war absolut unnötig, dass ich mich so grob verhalten habe."

Schnell winkte sie ab.

„Das ist längst vergessen. Hauptsache ist doch, dass wir jetzt zusammen glücklich sind."

Dem stimmte er von Herzen zu.

„Lass uns rausgehen. Ich möchte den Wind in meinem Gesicht spüren", bat sie plötzlich.

Sie fühlte sich so lebendig wie seit einer Ewigkeit nicht mehr.

Lächelnd erfüllte Flann ihr den Wunsch.

Gemeinsam liefen sie ein Stück an den Klippen entlang, während die Sonne bereits tief über dem Wasser stand und der Wind ihnen das Haar zerzauste.

Genüsslich einatmend blieb Darla stehen, den Blick auf das Meer gerichtet.

Blutrot flammte es am Horizont auf, als die Sonne langsam im Ozean versank.

„Es ist wunderschön hier", flüsterte sie.

Flann zog sie mit ihrem Rücken an seine Brust, anschließend legte er beide Arme um ihren Oberkörper.

Gemeinsam betrachteten sie den Sonnenuntergang, bis Flanns Smartphone klingelte.

Mit gerunzelter Stirn zog er es aus der Hosentasche, dabei hoffte er, dass es jetzt nicht Demmer war, der ihnen den Abend versaute. Als er allerdings auf sein Display sah, hätte er beinahe erleichtert aufgelacht.

Es handelte sich nur um den Lieferdienst.

„Wir sind sofort da“, antwortete er, nachdem er sich gemeldet hatte.

„Das Essen ist da.“

Schnell packte er seine Kleine an der Hand und lief mit ihr zum Cottage zurück, wo sie bereits erwartet wurden.

Kurz darauf saßen sie in der Küche am Tisch, wo sie es sich schmecken ließen.

Während Flann sich erneut für ein Steak entschieden hatte, probierte Darla ein Gericht, das sich *Champ* nannte.

Es war ein Kartoffelbrei mit Frühlingszwiebeln und Schnittlauch, der fantastisch schmeckte.

„Wow, das ist lecker. Glaubst du, ich bekomme irgendwo das Rezept?“, wollte sie wissen, als sie etwas von dem Essen gekostet hatte.

Flann lachte leise. Er liebte es, wie sehr sie sich auch für Kleinigkeiten begeistern konnte.

„Du findest es überall im Netz. Es ist ein traditionelles irisches Gericht.“

Sie lächelte leicht, anschließend genoss sie ihr Abendessen.

Normalerweise aß sie nie so spät, allerdings hatte sie den Tag über vergessen, dass sie außer dem Frühstück noch nichts zu sich genommen hatte.

Völlig gesättigt, zufrieden und glücklich saß sie kurz darauf an Flann gekuschelt, der ihr leise aus einem Buch vorlas.

Er hatte sich für *Táin Bó Cúalnge*, den Rinderraub von Cooley, aus dem *Book of Leinster* entschieden, das vor langer Zeit in Terryglass entstanden war. Natürlich besaß er auch nur eine Kopie, denn das Original lag im Dublin Trinity College.

Es ging um einen Krieg zwischen Connacht und Ulster, bei dem ein bekannter brauner Bulle gestohlen werden sollte.

„Sie bekämpfen sich, indem sie den anderen ihre Rindviecher wegnehmen?“

Darla unterbrach ihren Liebsten, als ihr diese eine Sache durch den Kopf schoss.

„In der Geschichte ist das nur der Anfang. Später kämpfen sie auch Mann gegen Mann. Allerdings war es in Irland bis ins 16. Jahrhundert hinein die fast einzige Kriegsform. Man stahl den verfeindeten Familien ihr Vieh, denn Nutztiere waren wertvoller als Land. Natürlich gab es auch Streitigkeiten, bei denen Menschen verletzt wurden, nur eben viel seltener.“

Einen Augenblick überlegte Darla.

„Das sollten wir wieder einführen. Statt Leben zu vernichten, Besitztümer stehlen.“

Dem stimmte Flann gerne zu, zumal er wusste, wie es war, töten zu müssen.

Er las noch ein Stück vor, ehe er das Buch zur Seite legte.

„Lass uns schlafen gehen. Der Tag war lang genug.“

Darla folgte ihm müde ins Schlafzimmer, wo sie erstaunt feststellte, dass es bereits weit nach Mitternacht war.

An ihren Liebsten gekuschelt betrachtete sie die Sterne, bis ihr die Augen zufielen.

Flann seufzte, als er ihre unschuldige Miene sah. Er hoffte von ganzem Herzen, dass Demmer keinen Weg fand, sie zu trennen.

Über diesem Gedanken grübelte er noch eine Weile, ehe er einschlief.

Kapitel 13 - Gnadenlose Rache

Darla schlief bis weit in den Mittag hinein, ohne auch nur mitzubekommen, dass Flann leise aufgestanden war.

Mit einem Lächeln auf den Lippen öffnete sie die Augen, betrachtete für einen Moment den Ozean, ehe sie sich suchend umsah.

Schnell schlüpfte sie in einen Jogginganzug, anschließend ging sie in die Küche, wo sie eine Nachricht ihres Tigers fand.

„Guten Morgen, mein Mädchen, ich bin schon zum Training gefahren. Wenn du aufwachst, ruf mich bitte an, dann hole ich dich ab. Ich liebe dich, Flann."

Sie überlegte, wo sie ihre Handtasche mit dem Handy hatte, als sie die Haustür hörte.

Schnell lief sie ins Wohnzimmer und wurde im nächsten Moment in eine feste Umarmung gezogen.

„Du solltest anrufen", tadelte ihr Tiger leise.

Lachend schüttelte sie den Kopf.

„Das hatte ich auch vor. Ich bin gerade erst aufgewacht. Ich fühle mich in diesem Haus so unendlich sicher, dass ich extrem tief geschlafen habe."

Flann küsste sie noch einmal. Er hatte sie selbst für die paar Stunden vermisst. Ein Gefühl, das er so nicht wirklich kannte.

„Ich hab etwas zum Essen mitgebracht. Lass uns frühstücken."

Gemeinsam gingen sie zum Auto, um eine Dose Baked Beans, kleine Würstchen, Blut- und Leberwurst, Bacon, Eier sowie Toastbrot auszupacken.

„Wow, kommt deine Crew aus dem Studio zu Besuch?"

Darla deutete lachend auf die ganzen Lebensmittel, die sich auf dem Küchentisch türmten.

Fragend sah Flann sie an, dabei musste er sich ein Schmunzeln verkneifen.

„Nein, das ist alles für mich. Ich dachte, eine Scheibe trockenes Brot reicht für dich."

Jetzt stieß Darla ihren Ellenbogen in seine Seite.

„Du sollst mich nicht auf den Arm nehmen, nachher hebst du dir noch einen Bruch."

Schnell presste er sie an sich, ehe sie ihm erneut eine verpassen konnte.

„Das sind die Zutaten für ein irisches Frühstück. Obwohl die Grapefruit und die Marmelade fehlen."

Mit großen Augen sah sie ihn an.

„Du nimmst mich auf den Arm, oder?"

Ernst schüttelte er den Kopf.

„Nein, allerdings ist das auch eher ein Sonntagsfrühstück, bei dem man sich wirklich Zeit lässt."

Gemeinsam machten sie sich daran, die Würstchen, den Speck, Blut- und Leberwurst sowie die Eier zu braten, während die gebackenen Bohnen in Tomatensoße langsam im Topf erhitzt wurden.

Flann steckte einige Scheiben Brot in den Toaster, gleichzeitig deckte Darla den Tisch.

„Schade, dass wir nicht draußen essen können. Das Wetter ist herrlich", bemerkte sie, als sie sich gesetzt hatten.

„Wir werden einfach Gartenmöbel anschaffen. Außerdem sollten wir eine Terrasse bauen. Das dürfte kein Problem sein."

Nachdenklich sah er durch das Fenster, als er über die Umsetzung der Idee nachdachte.

„Das wäre der absolute Hammer."

Darla schob sich ein kleines Würstchen in den Mund.

„Ich könnte das auf keinen Fall jeden Tag essen. Es ist lecker, keine Frage, aber es macht auch extrem satt“, bemerkte sie, nachdem sie das Besteck zur Seite gelegt hatte.

Ihr Tiger lächelte, anschließend vernichtete er die Reste, die eine beachtliche Menge darstellten.

„Du meine Güte, wieso kannst du so viel in dich hineinstopfen und eine so verdammt knackige Figur haben?“

Ein wenig Neid klang aus ihrer Stimme mit.

„Ich besitze Tigergene, außerdem brauche ich in meiner Tiergestalt wesentlich mehr Nahrung. Dann bin ich allerdings auch 300 Kilo schwer“, antwortete er mit einem Schulterzucken.

Da leuchtete es ein, dass er die Nahrungsmittel so gut verwertete, deshalb wünschte Darla sich, dass sie die gleichen Gene hätte.

„Theresa und Dean lassen dich grüßen, sie freuen sich, dich im Team zu haben.“

Flann lächelte, als er ihr erstauntes Gesicht sah.

„Dein Stellvertreter kennt mich doch gar nicht.“

Fragend runzelte sie die Stirn. Wie konnte er darüber froh sein, dass sie im Studio arbeitete, wenn er gerade mal zwei Sätze mit ihr gesprochen hatte?

„Es ist ein echtes Problem, die Besetzung der Theke zu regeln. Aber Dean besitzt auch ein gutes Gespür für Menschen.“

In dem Moment fiel Darla ein, was sie Theresa erzählt hatte.

„Ach, ehe ich es vergesse, ich musste mir eine Story ausdenken, wie wir uns kennengelernt haben. Ich habe gesagt, dass ich dich traf, als du joggen warst. Ich wollte mich nach dem Weg zum Castle in Terryglass erkundigen und da hat es gefunkt.“

Ein wenig unsicher sah sie ihn an. Sie hätte es ihm gestern schon sagen müssen. Hoffentlich hatte er sich keine gegenteilige Geschichte ausgedacht.

„Das ist gut! Ich bin jeder Frage in der Richtung aus dem Weg gegangen. Wir werden bei deiner Version bleiben."

Jetzt atmete Darla auf. Nicht auszudenken, wenn sie aufflogen, weil Flann den Leuten eine völlig andere Story auftischte.

„Wir sollten langsam zurück, richtig? Oder bleibt noch Zeit für einen Spaziergang?"

Bittend sah sie ihn an. Ihr graute es, in die verfallene Anlage zurückzukehren, besonders da ihr dann wieder bewusst wurde, dass ihr Liebster in zwei Tagen in den Käfig musste.

„Wir packen unsere Klamotten, anschließend können wir gerne ein Stück gehen. Die Fahrt dauert ungefähr zweieinhalb Stunden, da müssen wir auf jeden Fall rechtzeitig losfahren. Ich habe keine Lust auf Stress mit Demmer."

Dem stimmte sie von Herzen zu, zumal es bereits Mittag war. Jetzt ärgerte sie sich, dass sie so lange geschlafen hatte.

Schnell packten sie ihre Sachen zusammen, holten die verderblichen Lebensmittel und räumten alles in den Pick-up. Zum Schluss lud Flann seine Hanteln ein, damit er morgen noch einmal trainieren konnte.

„Komm."

Er streckte ihr seine Hand hin, als sie das Auto fertig beladen hatten.

Sofort ließ sie sich an ihn ziehen, schmiegte sich einen Moment an ihn, ehe sie eng umschlungen an der Klippe entlangliefen.

Darla genoss den Wind, der ihr die Haare ins Gesicht wehte, denn auch jetzt fehlte ihr ein Haargummi. Sie atmete tief ein, betrachtete fasziniert das tiefblaue Wasser, auf dem sich die Sonne spiegelte.

Es stimmte sie traurig, dass sie gleich fahren mussten. Zu gerne würde sie das Kapitel Demmer hinter sich lassen.

Alles, was sie sich erträumt hatte, fand sie hier in Reaniesglen bei ihrem Tiger.

Leise seufzend ging sie neben Flann her.

„Was ist los, mein Mädchen?"

Natürlich reagierte er sofort auf sie.

Vorsichtig zuckte sie mit den Schultern.

„Ich musste daran denken, wie gerne ich vergessen würde, dass es meinen Onkel gibt. Schade, dass wir nicht einfach zur Polizei gehen können."

Dem stimmte er zu, dabei überkam ihn das schlechte Gewissen, weil er Darla in seine Probleme hineinzog.

Mit einem anderen Mann an ihrer Seite hätte sie unter Umständen die Chance, ein normales Leben zu führen. Allerdings war er zu egoistisch, um sich von ihr zu trennen.

„Wir finden einen Weg, meine Kleine. Außerdem lebt ein Matthias Demmer auch nicht ewig."

Die Aussage stimmte sie kaum fröhlicher.

„Nein, nur altere ich genauso wie er. Du wirst mich eines Tages begraben müssen."

Seufzend nickte er.

„Wahrscheinlich hast du recht, aber ich verbringe lieber ein Menschenleben mit dir, als komplett auf dich zu verzichten."

Liebevoll küsste er sie. Natürlich wusste er, dass es ihm das Herz brach, wenn sie starb, doch diese Vorstellung schob er weit von sich.

„Lass uns jetzt die schöne Aussicht genießen. Es gibt für alles eine Lösung."

Dankbar lächelte sie ihm zu, trotzdem warf der Gedanke, zusammen mit der Tatsache, dass er in zwei Tagen kämpfen musste, dunkle Schatten auf ihre Zukunft.

Nach einer halben Stunde drehten sie um und fuhren zurück nach Terryglass.

„Möchtest du noch etwas ansehen? Vielleicht die Kirche in Thurles?“, wollte Flann wissen, als sie gerade Cork passiert hatten.

Einen Augenblick überlegte Darla, ehe sie den Kopf schüttelte.

„Tut mir leid, aber mir ist nicht nach Sightseeing. Lass uns zuerst meinen Onkel loswerden.“

Unsicher sah sie ihn an, doch er nickte zustimmend. Auch ihm stand der Sinn kaum danach, den Touristen zu spielen.

„Mach dir keine Sorgen, mein Mädchen. Wir finden einen Weg.“

Flann spürte deutlich, dass sie Angst hatte, ihn zu verlieren.

„Ich hoffe es so sehr. Das, was ich gerade erlebe, ist genau das Leben, das ich mir gewünscht habe. Ein kleines Häuschen am Meer, Platz für eigene Gemüsepflanzen, einen Mann, der mich respektiert und liebt. Ich fürchte, dass es ein Traum ist, aus dem ich bald aufwachen werde.“

Das verstand der Tiger ziemlich gut, da es ihm ganz ähnlich erging. Kurz drückte er ihre Hand, ehe er sich wieder auf den Verkehr konzentrierte.

„Genauso fühle ich mich auch. Aber ich verspreche dir, ich tue alles, damit wir sorgenfrei leben können. Vielleicht dauert es noch etwas, weil ich erst Demmer loswerden muss, allerdings suche ich mit Hochdruck nach einer Lösung.“

Bei den Worten legte Darla ihre Finger auf seinen Arm.

„Ich weiß.“

Die restliche Fahrt schwiegen sie, jeder in seinen eigenen Gedanken versunken.

Als sie auf dem Schotterparkplatz der Ferienanlage parkten, kam Demmer auch schon aus dem Haus.

„Konnte er uns nicht wenigstens heute mit seiner Anwesenheit verschonen?“, murmelte Darla.

Flann lächelte sie an, aber er hätte genauso gerne auf eine Begegnung mit dem Kerl verzichtet.

Sie stiegen aus und liefen auf den Mann zu, der mit verschränkten Armen auf sie wartete.

„Flann, ich erwarte dich in fünf Minuten in meinem Büro. Alleine. Wir müssen etwas wegen des Kampfes besprechen.“

Ehe jemand antworten konnte, drehte Demmer sich um und ging auf das Rezeptionsgebäude zu.

Knurrend sah der Tiger ihm hinterher, dann half er, die Sachen ins Ferienhaus zu tragen.

„Was glaubst du, was er will?“

Angstvoll sah Darla ihn an, als sie die Lebensmittel verstaut hatten.

Unwillig zuckte Flann mit den Schultern.

„Ich schätze, ich werde es gleich erfahren. Mach dir keine Sorgen, mein Mädchen. Er kann mich niemals dazu bringen, dich nicht mehr zu lieben.“

Sanft küsste er sie, bevor er sich auf den Weg zu Demmers Büro machte.

Darla sah ihm hinterher, dabei beschlich sie ein ungutes Gefühl. Irgendetwas führte ihr Onkel im Schilde.

~~°~~

Flann hielt sich nicht damit auf, anzuklopfen, sondern stürmte direkt in den Raum.

„Was gibt es so Wichtiges?“

Mit verschränkten Armen blieb er vor Demmers Schreibtisch stehen.

„Setz dich! Ich werde deine kostbare Zeit etwas länger in Anspruch nehmen.“

Matthias deutete auf einen Stuhl, gleichzeitig musterte er den Tiger kalt.

„Ihr scheint der Meinung zu sein, dass meine nichtsnutzige Nichte einfach so kündigen kann. Da kläre ich dich mal lieber auf. Mein Unternehmen verlässt man nicht lebend, verstanden?"

Flann zog die Augen zu Schlitzen zusammen.

„Was willst du damit sagen? Soll sie weiterhin für dich Programme erstellen?"

Demmer wiegte den Kopf von einer Seite zur anderen, wobei er bösartig grinste.

„Wie kann ich es dir am besten erklären? Sie wird mit mir nach Frankfurt kommen und auch dort bleiben. Sie weiß einfach zu viel."

Jetzt lachte der Tiger höhnisch auf.

„Und wie willst du mich davon abhalten, sie bei mir zu behalten? Du bist kaum in der Lage, sie mit Gewalt in ein Flugzeug zu zwingen. Die Flughafenpolizei würde sich sicherlich freuen."

Angespannt starrte er den Mann an, der sich gerade zwischen ihn und seine Liebste drängte.

„Sie wird freiwillig mitkommen. Du wirst sie dazu bringen. Mir ist es egal, was du ihr sagst. Von mir aus trenn dich von ihr oder denk dir etwas aus. Solltest du mir den Gefallen verweigern, werde ich nicht nur deiner Mutter einen Besuch abstatten, sondern auch die fette Darla erschießen lassen."

Wut übermannte Flann, sodass er sich an die Tischplatte klammern musste, damit er dem widerlichen Kerl nicht den Hals umdrehte.

„Du drohst, deine einzige Verwandte zu töten? Was bist du nur für ein Mensch?"

Verachtung klang aus seiner Stimme.

Matthias zuckte nur leicht mit den Schultern.

„Ein erfolgreicher, würde ich sagen. Und was deine Frage angeht: Warum sollte ich da Skrupel haben? Ich ließ meinen eigenen Bruder umbringen, weil ich nicht länger teilen wollte. Was könnte mich also davon abhalten, auch dessen Brut zu beseitigen?"

Fassungslos schüttelte Flann den Kopf.

„Ich verlasse Darla auf keinen Fall. Du musst erst einmal an sie herankommen."

Ihm war klar, dass der Einwand keinen Erfolg brachte. Demmer würde einen seiner Leute auf seine Kleine ansetzen. Selbst Flann war kaum in der Lage, sie ständig zu beschützen, besonders dann nicht, wenn niemand wusste, wann der Killer zuschlug.

„Sollte sie am Sonntag darauf verzichten, mit mir zurückzufliegen, wirst du ihre Leiche innerhalb des nächsten Monats begraben können. Ich habe ein paar fähige Männer, die du noch nie gesehen hast. Wie willst du sie schützen? Es könnte passieren, sobald sie das Haus verlässt oder vom Einkaufen wiederkommt. Vielleicht wird sie auch vergiftet. Wer weiß das schon? Bist du sicher, dass du das Risiko eingehen möchtest?"

Demmer lehnte sich mit einem süffisanten Grinsen zurück, während Flanns Gedanken rotierten.

„Was bringt es dir, wenn wir uns trennen? Du kannst mich doch besser unter Kontrolle halten, solange wir zusammen sind."

Er brauchte mehr Informationen, um eine Lösung zu finden.

„Ich will gar nicht, dass ihr euch trennt. Ihr könnt gerne zusammenbleiben. Du darfst sie nach Absprache mit mir auch besuchen. Sie soll nur mit nach Frankfurt kommen. Sie gehört mir. Ihre Schuld bei mir ist noch lange nicht abgetragen, aber das ist eine Sache, die ich mit ihr kläre, sobald wir in Deutschland sind."

Flann fauchte leise.

„Sie fliegt morgen, ich bezahle den Flug. Außerdem gibst du mir dein Wort, dass du sie anständig behandelst. Tu ihr weh und du verlierst deinen Arm, glaub mir, dann ist mir sogar meine Situation egal."

Einen Augenblick überlegte Demmer. Er wusste, dass er den Tiger keineswegs zu weit treiben durfte. Sollte Flann ihn jetzt erledigen, würde ihn niemand aufhalten können.

„Sie wird allein unter der Trennung von dir leiden. Da brauche ich gar nichts zu tun. Es wird mir eine Freude sein, zuzusehen, wie sie langsam vor die Hunde geht, weil sie dich nur sporadisch treffen darf."

Hass sprühte aus seinem Blick.

„Wieso tust du ihr das an? Was hat sie dir getan?"

Es musste doch irgendeinen Hintergrund geben, warum Demmer seiner Nichte kein bisschen Glück gönnte.

„Marla, ihre Mutter, sollte meine Frau werden. Aber als sie meinen Bruder traf, hatte sie nur Augen für ihn. Kurz, nachdem sie geheiratet hatten, kam das Balg auf die Welt. Beide haben das verdammte Gör dermaßen vergöttert. Es war ekelhaft."

Jetzt wurde Flann einiges klar. Verletzte Eitelkeit und Eifersucht trieben ihn dazu, seiner Kleinen das Leben zur Hölle zu machen.

„Sonst noch etwas? Ich möchte meinem Mädchen gerne schonend beibringen, dass sie erst einmal zurück muss."

Demmer dachte einen Moment nach.

„Sei dir nicht zu sicher, dass du den Kampf am Wochenende überlebst."

Mit den Worten deutete er auf die Tür. Flann war entlassen.

Zornig lief er über den Flur, dabei überlegte er, wie er Darla dazu bringen konnte, nach Frankfurt zu fliegen.

Sie durfte keinesfalls in der Nähe sein, wenn er kämpfte. Er brauchte seine Konzentration für seinen Gegner. Außerdem wollte er ihr ersparen zuzusehen, falls er wirklich starb.

„Na, Tigermann, hat der Chef dir gesagt, dass es dein letzter Kampf werden wird?"

Thorstens Stimme stoppte ihn.

Langsam drehte Flann sich um, packte den Mistkerl blitzschnell an der Kehle und verwandelte den Nagel seines Zeigefingers in eine Kralle.

Drohend kratzte er über den Adamsapfel des Speichelleckers.

„Was weißt du? Sag mir die Wahrheit."

Leichenblass hing der kleine Mann in seinem Griff und starrte ihn panisch an.

„Lüg mich bloß nicht an. Ich rieche es!", warnte Flann.

Endlich räusperte sich der Kerl.

„Dein Gegner wird einen Säbel haben", flüsterte er.

Der Tiger ließ ihn achtlos fallen, denn mit einer ähnlichen Antwort hatte er bereits gerechnet. Allerdings war es ein Vorteil zu wissen, was auf ihn zukam.

Es war eine extreme Herausforderung, aber es gab immer noch eine Chance zu überleben.

Ohne auf den Idioten zu achten, setzte Flann seinen Weg zu Darla fort. Er musste dringend mit ihr reden, dabei hätte er lieber seinen rechten Arm verloren, als ihr von der bevorstehenden Trennung zu erzählen.

Bis er die Lösung für ihr Problem fand, würden sie beide fürchterlich leiden, zumal er kaum glaubte, dass Demmer ihn wirklich in sein Haus ließ.

~~°~~

Darla beschlich ein verdammt ungutes Gefühl, als Flann gegangen war. Bestimmt betraf es in irgendeiner Weise auch sie.

Ein entsetzlicher Gedanke formte sich in ihrem Kopf. Was, wenn ihr Liebster die nächste Runde nicht überlebte? Schnell schob sie die Vorstellung von sich.

In dem Fall hätte Matthias sie auch in sein Büro bestellt, alleine um ihr entsetztes Gesicht zu sehen.

Aber was, um alles in der Welt, konnte er geplant haben? Waren sie zu weit gegangen, indem sie nach Cork fuhren?

Unruhig lief sie in dem Haus auf und ab, dabei hoffte sie, dass vielleicht James auftauchte, den sie bitten wollte, für sie zu spionieren. Doch von dem sonst so aufdringlichen Geist gab es keine Spur.

Endlich hörte sie die Haustür und rannte sofort in den kleinen Flur.

„Was ist los?“

Angstvoll sah sie auf ihren Tiger, nur konnte sie in dessen Miene absolut keinen Hinweis ablesen.

Er legte ihr stumm eine Hand in den Rücken und brachte sie ins Wohnzimmer.

„Setz dich, wir müssen reden.“

Entsetzt schüttelte sie den Kopf. Fingen so die Unterhaltungen an, bei denen sich das Paar am Ende trennte?

„Du darfst mich nicht verlassen“, stieß sie gequält hervor.

Sofort zog Flann sie an sich, hielt sie einen Moment fest, während sie ihr Gesicht an seiner Brust vergrub.

„Das werde ich auch nicht. Allerdings musst du morgen nach Frankfurt zurückfliegen.“

Irritiert hob sie den Kopf, um ihm in die Augen zu sehen.

Er atmete tief ein.

„Demmer hat gedroht, dich zu töten, solltest du dich weigern, mit ihm zurückzufliegen.“

Sofort setzte sie eine kämpferische Miene auf, doch Flann hob die Hand, um sie zu stoppen.

„Gib mir ein bisschen Zeit, mein Mädchen. Ich erzähle dir alles."

Stumm nickte sie, während sie abwartete, bis er sich ein wenig gesammelt hatte.

Flann überlegte verzweifelt, was er ihr mitteilen konnte und was er besser für sich behielt.

„Demmer wird dich umbringen lassen, solltest du wirklich darauf bestehen, hier in Irland zu bleiben. Außerdem hat er gedroht, dass er mich auffliegen lässt."

Mit Tränen in den Augen sah sie ihn an.

„Wir trennen uns? Genau das hat er gefordert, oder?"

Augenblicklich schüttelte Flann den Kopf.

„Nein, mein Mädchen, davon kann keine Rede sein. Ich gebe dich niemals auf. Wir können uns nur eine Weile nicht sehen. Ich werde Demmer um Erlaubnis fragen müssen, wenn ich zu dir kommen will."

Ein bitterer Geschmack machte sich in ihrem Mund breit, als sie darüber nachdachte, was ihr Onkel ihr damit antat.

„Gibt es keinen anderen Weg? Der Killer muss mich doch erst mal erwischen."

Seufzend drückte der Tiger sie an sich.

„Das Risiko ist einfach zu hoch. Ich bin kein Bodyguard und mein Cottage ist kaum gesichert. Du könntest nicht mal den Garten anlegen, auf den du dich so freust, geschweige denn im Studio arbeiten."

Darla zuckte mit den Schultern.

„Dann ist das so, aber wir wären zumindest zusammen."

Trotzig verzog sie den Mund.

„Erstens hältst du es keine Woche aus, ständig eingesperrt zu sein. Zweitens hat Demmer ziemlich deutlich gemacht, dass er mich als Druckmittel benutzen wird. Bitte, mach es uns nicht noch schwerer. Ich fahre dich morgen zum Flughafen nach Dublin."

Tränen ließen ihre Sicht verschwimmen. Sollte ihr Glück wirklich nur so kurz andauern? Ihr war klar, dass Matthias Flann kaum erlauben würde, sie regelmäßig zu sehen, ganz zu schweigen davon, dass sie nach Irland flog.

„Warum tut er mir das an? Er ist mit mir blutsverwandt."

Ein ersticktes Schluchzen mischte sich in die Frage.

Darla verstand es einfach nicht. Sie hatte niemandem etwas getan, im Gegenteil. Ständig ordnete sie sich Demmer unter, gab nach und tat am Ende, was er wollte. Wieso war er nicht froh, dass sie endlich weg war? Er betonte doch immer, was für ein fürchterlicher Anblick sie für ihn darstellte.

„Deine Mutter war wohl mit ihm zusammen, als sie deinen Vater traf und sich in ihn verliebte", erklärte Flann leise.

Die Information machte es ihr unter Umständen leichter, den Hass ihres Onkels zu akzeptieren.

Sanft strich er ihr über den Rücken, denn jetzt drückte sie ihr Gesicht fest an seine Brust, während ihr ganzer Leib vor unterdrücktem Weinen bebte.

„Wir werden uns wiedersehen, das verspreche ich dir, mein Mädchen. Oder glaubst du, dass ich dich einfach so vergessen kann?"

Flann verstand sie sehr gut. Von einer Minute zur anderen hatte Matthias ihre gesamten Zukunftspläne vernichtet.

„Er wird uns nie in Ruhe lassen. Was willst du schon gegen ihn unternehmen? Sobald du ihm unbequem wirst, wird dein Geheimnis an die Öffentlichkeit gezerrt. Dann sehen wir uns nie wieder."

Darla fiel das Sprechen schwer, weil sie kaum in der Lage war, die Schluchzer zu unterdrücken.

Für sie stand fest, dass sie sich über kurz oder lang trennen mussten. Ihr Onkel zerstörte systematisch ihr Glück.

Allein das Wissen, dass sie Flann schon morgen verlassen würde, zerfetzte ihr Herz. Sie konnte sich nicht vorstellen, wie es war, in Frankfurt zu leben, während er hier auf der Insel blieb.

„Demmer wird sterben", murmelte der Tiger, gleichzeitig presste er Darla an sich.

Auch er kämpfte gegen den unbändigen Schmerz an, der in ihm tobte, nur hielt er sich eisern unter Kontrolle. Er musste für sie beide stark sein.

„Du kannst ... ihn nicht umbringen. Er besitzt ... Aufzeichnungen von ... deiner Verwandlung", erinnerte sie ihn stockend.

Das war ja das Problem, außerdem besaß der Drecksack genug Kontakte, um dafür zu sorgen, dass Flann sofort in einem Labor endete.

„Das habe ich keineswegs vor. Allerdings ist er ein Mensch, dessen Uhr langsam abläuft. Sobald er eines natürlichen Todes stirbt, gibt es die Anweisung, die Dateien zu vernichten."

Mit tränenumflorten Augen und nassen Wangen blickte Darla ihn an. Hoffnungslosigkeit stand ihrem Gesicht.

„Und das glaubst du wirklich? Ich denke, es ist ihm egal, was nach seinem Ableben mit dir passiert. Wahrscheinlich lässt er die Unterlagen an den Höchstbietenden versteigern, denn das entspricht seiner bösartigen Art."

Sie beruhigte sich ein wenig, obwohl die Aussicht auf eine baldige Trennung ihr tief ins Herz schnitt.

„Ich weiß noch nicht wie, aber wir werden wieder zusammen sein. Ich tue alles, was in meiner Macht steht", versprach Flann nachdrücklich.

Erneut schmiegte Darla sich fest an ihn, während sie die Tränen mit aller Gewalt zurückdrängte.

Sie konnten sich für unbestimmte Zeit nicht sehen, das war schlimm, trotzdem würde sie es überleben, solange sie die Hoffnung hatte, dass sie einen Weg fanden.

„Ich werde genauso nach einer Möglichkeit suchen, wie wir den Dreckskerl loswerden."

Flann wollte ihr widersprechen, doch sie legte einen Finger auf seine Lippen.

„Du wirst mich davon nicht abhalten können. Ich will, dass er für seine Taten blutet!"

Immer noch zittrig atmete sie tief durch, anschließend sah sie ihren Liebsten bittend an.

„Lass mich bis Sonntag hierbleiben. Ich kann mit Demmer zurückfliegen. Er besteht darauf, dass ich nach Frankfurt komme, also soll er auch den Flug bezahlen."

Eisige Kälte klang in ihrer Stimme mit.

Jetzt rutschte Flann unruhig auf der Couch herum. Auf der einen Seite wollte er ihr nichts über den bevorstehenden Kampf erzählen, andererseits durfte sie auf keinen Fall dabei sein.

Er würde sich kaum konzentrieren können, solange sie zusah, wie jemand versuchte, ihn zu töten.

So wie es aussah, konnte er sie nur überzeugen, morgen schon zu fliegen, indem er ihr die Wahrheit sagte.

„Flann? Was ist? Du verheimlichst mir etwas, oder?"

Alarmiert sah sie ihn an und ihr Herz machte einen Aussetzer, als er leicht nickte.

„Ja, es wird anders werden. Ich muss mich konzentrieren können, daher darf ich mir keine Gedanken um dich machen, sonst kann es böse für mich ausgehen."

Ihre Augen weiteten sich vor Entsetzen, als ihr bewusst wurde, dass er den Kampf eventuell nicht überlebte.

„Was verlangt er von dir?"

Jetzt schüttelte Flann langsam den Kopf.

„Bitte, mein Mädchen, ich will dir die Details ersparen. Tu mir einen Gefallen: Flieg morgen nach Frankfurt. Ich rufe dich an, sobald ich aus dem Käfig bin."

Der Gedanke, dass er dieses Versprechen unter Umständen brechen würde, schlich sich bei ihm ein, doch er schob ihn sofort zur Seite.

„Schick mich nicht weg! Ich bleibe hier im Cottage, das schwöre ich. Aber ich sterbe, wenn ich in meinem Zimmer sitze, während du um dein Leben kämpfst."

Flehend sah sie ihn an. Allein die Vorstellung, dass sie auf seinen Anruf warten musste, ehe sie wusste, ob er überlebt hatte, ließ sie zittern.

Schnell hob Flann sie hoch, setzte sie auf seinen Schoß und hielt sie fest im Arm.

„Glaub mir, ich würde dich gerne einen Tag länger hierbehalten, nur lenkt es mich zu stark ab. Außerdem will ich verhindern, dass du mit dem Drecksack zurückfliegst. Ich habe ihm auch gesagt, dass er sich in Acht nehmen soll, wie er mit dir umgeht. Falls er dir wehtut, möchte ich es sofort wissen."

Flanns ruhiger Tonfall beruhigte sie ein wenig. Hätte sie allerdings gewusst, was in seinem Kopf vorging, wäre sie noch ängstlicher geworden.

Ihr Liebster wollte ihr den Anblick ersparen, sollte er bei dem Kampf sterben. Demmer würde sie bestimmt holen, damit sie sich von seinem Tod überzeugen konnte.

Dieser Hundesohn ergötzte sich am Leid anderer Leute, besonders liebte er es, wenn Darla litt.

„Tust du mir den Gefallen?"

Eindringlich sah er sie an, bis sie leicht nickte.

„Ich will keinesfalls schuld sein, dass du stirbst", gab sie kleinlaut nach.

Vorsichtig atmete Flann auf, der Punkt wäre schon mal geklärt. Jetzt musste er nur noch überleben, um anschließend einen Weg zu finden, den Drecksack zu stoppen.

~~°~~

Sie saßen eine ganze Weile aneinandergeschmiegt, als ob sie die Nähe des anderen speichern wollten.

Jetzt fand Flann keine tröstenden Worte mehr, denn auch ihm fiel es extrem schwer, sie zurückzuschicken, besonders, da er fürchtete, dass Demmer ihr das Leben zur Hölle machen würde.

Außerdem belastete ihn der Gedanke, dass er den anstehenden Kampf unter Umständen verlieren könnte.

Was sollte dann aus seinem Mädchen werden? In dem Fall hatte Matthias freie Bahn, um sie weiter zu quälen.

Endlich schob Flann sie seufzend von seinem Schoß, nahm sein Handy, um nachzuschauen, welche Airline morgen nach Frankfurt flog.

Bei Airlingus hatte er Glück, sodass er sofort einen Flug buchte.

„Gibst du mir bitte deinen Personalausweis? Damit ich das Ticket verifizieren kann?“

Darla nickte unglücklich, stand auf und holte ihr Portemonnaie, wo sie auch ihre Papiere aufbewahrte.

Mit einem zärtlichen Lächeln nahm er ihr den Ausweis aus der Hand, um die Buchung abzuschließen.

Anschließend schrieb er eine Telefonnummer auf einen Zettel.

„Sollte mir etwas passieren, dann ruf bitte David an. Er wird dir helfen. Wir waren mal enge Freunde.“

Mit den Worten gab er ihr das Papierstück.

Fragend sah sie ihn an.

„Wer ist das? Wieso kann er erst aktiv werden, wenn du tot bist?“

Allein der Gedanke erschreckte sie so sehr, dass sie erneut gegen die Tränen ankämpfen musste.

„Er gehört zu den Wächtern von Ballygannon. Allerdings können die Jungs leider auch nicht zaubern. Die Leute dort sind so etwas wie die Polizei der magischen Welt. Sobald einer unserer Art über die Stränge schlägt, rücken sie aus. Sie haben die Banshee befreit, von der ich dir erzählte.“

Bei der Antwort rutschte Darla unruhig auf dem Platz neben ihm hin und her, bis sie die Striemen vom Vortag daran erinnerten, dass sie besser still sitzen blieb.

„Aber wieso kann er denn nicht jetzt schon helfen? Ich könnte zu ihnen fahren und um Hilfe bitten.“

Aufgeregt legte Darla eine Hand auf seinen Arm.

„Wenn sie dich beschützen, wird niemand an dich herankommen. Vielleicht können sie auch Matthias in Schach halten.“

Hoffnung keimte in ihr auf, die Flann sofort wieder zerstörte.

„Tut mir leid, mein Mädchen, doch David und seine Jungs sind dummerweise kaum in der Lage, deinen Onkel zu stoppen. Er hat sich zu gut abgesichert.“

Flann seufzte leise. Natürlich hatte er so oft an die Wächter von Ballygannon gedacht, nur zweifelte er daran, dass sie ihm wirklich helfen konnten. Außerdem war ihm das Risiko zu groß, zumal es keineswegs nur um ihn ging.

Darla sah ihn verletzt an.

„Ich bekomme das Gefühl, dass du gar nicht aus der Situation herauskommen willst“, warf sie ihm vor, doch als sein Gesicht getroffen zuckte, legte sie sofort bittend eine Hand auf seinen Arm.

„Es tut mir leid, aber ich weiß nicht, wie ich mit dem Gedanken umgehen soll, dass du übermorgen vielleicht umgebracht wirst."

Tränen schimmerten erneut in ihren Augen.

Zärtlich zog Flann sie an sich.

„Ich werde alles tun, um zu überleben, glaub mir. Darüber hinaus gab es bereits einige Kämpfe, die ziemlich gefährlich wurden. Mach dir keine Sorgen, ich habe dir etwas versprochen und ich pflege, meine Versprechen zu halten. Die Nummer von David ist nur zur Sicherheit."

Stumm nickte sie, es brachte nichts, wenn sie weiterdiskutierten, außerdem wollte sie die letzten paar Stunden keinesfalls mit Streitereien beenden.

„Bist du hungrig?", erkundigte Flann sich, als er bemerkte, dass es schon nach acht am Abend war.

Langsam schüttelte sie den Kopf.

„Nein, ich bringe jetzt keinen Bissen herunter. Es tut mir leid, aber ich koche dir gerne etwas."

Seufzend atmete er aus.

„Mir geht es genauso wie dir, mein Mädchen. Ich würde dich am liebsten weit wegbringen, doch der verfluchte Chip in meinem Nacken verhindert es."

Wieder kuschelte sie sich an ihn, schloss die Lider und hoffte, dass sie sich nur in einem Albtraum befand. Leider war ihr zu bewusst, dass es sich um die bittere Wahrheit handelte.

Nach Mitternacht trug Flann sie ins Bett, wo sie in einen unruhigen Schlaf fiel.

Er selbst machte kein Auge zu. Die ganze Nacht betrachtete er seine Kleine, um sich jedes Detail einzuprägen, denn wenn er ehrlich war, glaubte er kaum daran, dass sie sich wiedersahen.

Natürlich würde er Himmel und Hölle in Bewegung setzen, nur hatte er keine Ahnung, wie man Demmer Einhalt gebieten konnte. Außerdem wusste er, dass seine Überlebenschance ziemlich sank, falls er wirklich gezwungen war, gegen jemanden mit einem Säbel zu kämpfen.

Traurig dachte er darüber nach, dass es nur seine Schuld war. Hätte er besser aufgepasst, gäbe es diesen Mistkerl mit seinen dreckigen Geschäften nicht in seinem Leben.

Ungeduldig schob er die Gedanken zur Seite. Es brachte ihn kaum weiter, sich mit Selbstvorwürfen zu zerfleischen. Zuerst würde er zusehen, dass er lebend aus dem Käfig kam, anschließend wollte er alles daran setzen, um endlich wieder frei zu sein.

Als es dämmerte, küsste er Darla auf die Stirn, erhob sich und ging joggen. Er musste sich in Form halten, außerdem half es ihm, das Chaos in seinem Kopf zu klären.

Locker lief er über den Schotter des Parkplatzes, ehe er in die Allee einbog, die nach Terryglass führte.

Seine Gedanken kreisten um David, dabei überlegte er mittlerweile ernsthaft, den alten Freund um Hilfe zu bitten. Sie hatten zwar seit gut hundert Jahren keinen wirklichen Kontakt mehr, wenn man von ein paar Telefonaten absah, trotzdem wusste er genau, dass er sich auf ihn verlassen konnte.

Schnell schüttelte er die Hoffnung von sich. Demmer ließ die Informationen, wo er die Aufzeichnung über Flanns Verwandlung aufbewahrte, kaum offen herumliegen. Genauso wenig hatte er solche brisanten Dinge auf einem Computer gespeichert, der mit dem Internet verbunden war. So dumm war der Scheißkerl auf keinen Fall.

Außerdem hatte Matthias bereits von den Wächtern in Ballygannon gehört. Gerüchte gab es ja genug.

Einen Fehler durften sie sich leider nicht leisten, denn das bedeutete, Darlas oder sein eigenes Leben aufs Spiel zu setzen.

Noch mal dachte er daran, dass er keine großen Probleme hätte, wenn es nur um ihn ginge.

Im Bogen lief er am Castle vorbei zur Anlage, gleichzeitig überlegte er, wie er Theresa und seinen Leuten erklären konnte, warum Darla nach Frankfurt geflogen war. Wahrscheinlich musste er so tun, als ob sie sich getrennt hätten. Das behagte ihm so gar nicht, außerdem wurde es höchste Zeit, eine weitere Bedienung einzustellen. Doch dabei handelte es sich um das kleinste Problem.

Zurück im Cottage setzte er sich ins Wohnzimmer, um sich seinen Hanteln zu widmen, aber zuerst sah er nach seiner Liebsten.

Darla schlief tief und fest, was ihn kaum wunderte, da es erst sechs Uhr in der Früh war.

Seine Runde hatte er an diesem Morgen auf eine gute Stunde ausgedehnt, sodass er sich das Aufwärmen sparen konnte.

Leise lief er ins Nachbarzimmer, um zu trainieren. Später, wenn er Darla zum Flughafen gebracht hatte, würde er noch etwas für seine Beweglichkeit tun, deshalb hatte er ein Springseil mitgebracht.

Obwohl seine Tigergene ihn bei dem Kampf unterstützten, wollte er alles tun, um in Form zu sein.

Um sechzehn Uhr fünfundfünfzig ging ihr Flug, bis Dublin brauchten sie ungefähr zwei Stunden, außerdem sollte sie mindestens anderthalb Stunden früher vor Ort sein, also mussten sie spätestens um dreizehn Uhr losfahren.

Flann seufzte. Wie gerne würde er sie hierbehalten, aber das war einfach keine Lösung.

Gerade als er seine Gewichte weglegte, kam auch Darla ins Wohnzimmer.

„Guten Morgen, Liebster“, nuschelte sie, gleichzeitig fuhr sie mit der Hand durch ihre verstrubbelte Mähne.

Sofort stand er auf, um sie zärtlich an sich zu ziehen.

„Ich hoffe, du hast trotz allem gut geschlafen.“

Schnell nickte sie.

„Ich war vollkommen fertig, deshalb habe ich überhaupt nichts mehr mitbekommen. Und du?“

Besorgt strich sie mit den Fingerspitzen über eine tiefe Falte auf seiner Stirn.

„Du siehst aus, als ob du die gesamte Nacht wach gelegen hättest.“

Er stimmte ihr leise zu.

„Wir magischen Wesen brauchen weniger Schlaf. Keine Sorge.“

Mit einem liebevollen Kuss stoppte er ihre Erwiderung, anschließend ging er unter die Dusche, während sie Kaffee aufsetzte.

Als sie sich beide für den Tag fertiggemacht hatten, deckten sie den Tisch, um zu frühstücken.

Darla bemühte sich, zuversichtlich zu erscheinen, aber man merkte ihr deutlich an, dass sie ihre gute Laune nur vorspielte, um ihren Tiger nicht noch mehr zu belasten.

„Du darfst ruhig zeigen, dass du traurig bist, mein Mädchen. Ich bin es auch.“

Flann sah sie eindringlich an, doch sie schüttelte nur den Kopf.

Stumm widmete sie sich ihrem Toast, der an dem Morgen wie Pappe schmeckte, allerdings war es ihr egal.

Die gesamte Welt bekam einen Grauschleier, den sie einfach nicht abstreifen konnte.

„Ich packe schon mal meine Klamotten“, murmelte sie, als sie die Küche wieder in Ordnung gebracht hatten.

Bedrückt sah Flann ihr hinterher. Zu gerne würde er sie aufmuntern, nur schaffte er das nicht, ohne sie anzulügen. Keiner wusste, was am nächsten Tag passierte.

Zum ersten Mal in seinem Leben war er richtig verunsichert, denn er hatte keine Ahnung, ob er jetzt zu ihr gehen sollte, oder ob sie ihre Ruhe brauchte.

Unschlüssig stand er im Flur, bis er sie leise weinen hörte.

Sofort ging er zu ihr, nahm sie zärtlich in die Arme und strich ihr tröstend über den Rücken.

„Ich habe fürchterliche Angst, dass ich dich nie wiedersehe“, flüsterte sie erstickt.

Das Gefühl teilte er, nur würde er es im Moment auf keinen Fall zugeben. Er wollte sie nicht tiefer in dieses Loch hineinziehen.

„Egal, was passiert, ich werde dich immer lieben“, raunte er ihr zu.

„Ich dich auch.“

Darla schlang ihre Arme um seinen Hals, klammerte sich an ihn und küsste ihn mit der gesamten Liebe, die in ihr war, gleichzeitig liefen ihr die Tränen über die Wangen.

Die gemeinsame Zeit verging viel zu schnell, zumal sie noch einmal runter zum Hafen gingen.

Darla wollte einen letzten Blick auf den Lough Dergh werfen, während sie sich an ihren Tiger kuschelte.

Auch die Fahrt zum Flughafen verlief weitestgehend schweigend. Es gab nichts mehr zu sagen und keiner konnte den anderen in irgendeiner Weise trösten, deshalb hielten sie lieber den Mund.

Als sie das Flughafengebäude betraten, lief Flann zielstrebig auf einen Geldautomaten zu.

Er hob 1000,- Euro ab und drückte ihr das Geld in die Hand.

Sofort wollte Darla protestieren, doch er legte ihr sanft einen Finger auf die Lippen.

„Ich will dich nicht kaufen, aber ich möchte, dass du im Notfall eine Reserve hast. Solltest du mehr brauchen, werde ich dir etwas überweisen. Das hier ist nur für außergewöhnliche Situationen.“

Fast schon bittend sah er sie an, bis sie zaghaft nickte, ehe sie die Scheine schnell einsteckte.

„Danke für alles“, flüsterte sie, anschließend stellte sie sich auf die Zehenspitzen, um ihn zu küssen.

Beide verzichteten darauf, sich gegenseitig zu versichern, dass sie sich wiedersahen, denn ob das stimmte, stand in den Sternen.

Gemeinsam suchten sie den Schalter von Airlingus, wo Darla ihren Trolley abgeben konnte. Das kleine Ding platzte fast aus allen Nähten, aber eine Alternative hatten sie auf die Schnelle nicht gefunden.

Ein paar Kleider nahm Flann mit nach Reaniesglen, weil sie nicht mehr in den Rollkoffer passten.

Nachdem die Formalität erledigt war, gingen sie Hand in Hand zur Lounge, wo sie auf den Abflug warteten.

Dieser Abschied war das Schlimmste, was Darla bisher erlebt hatte, abgesehen vom Tod ihrer Eltern. Sie riss sich extrem zusammen, um weder in Tränen auszubrechen, noch ihren Tiger anzuflehen, sie bei sich zu behalten.

„Es wird Zeit, du musst einchecken.“

Flann zog sie hoch, legte einen Arm um ihre Schultern und brachte sie zum Check-in. Hier zog er sie eng an sich, sah sie an, als ob er sich ihr Gesicht für immer einprägen wollte, ehe er sie liebevoll küsste.

Ein letztes Mal berauschte er sich an ihrem Geschmack, zeigte ihr seine Liebe auf diese Weise, weil Worte kaum genügten.

Jetzt schimmerten auch in seinen Augen Tränen, die er einfach nicht mehr zurückhalten konnte.

„Geh“, befahl er rau, als er sich von ihr gelöst hatte.

Es hatte keinen Zweck, den Abschied länger hinauszuzögern.

Darla nickte kurz, drehte sich um und ging zu der wartenden Frau, die ihr Ticket checkte.

Auf keinen Fall wollte sie sich noch einmal umdrehen, denn dann würde sie ihn anflehen, bei ihm bleiben zu dürfen.

Selbst einen Abschiedsgruß verkniff sie sich, weil sie wusste, dass sie ihre Stimme keineswegs unter Kontrolle hatte. Ihr Herz schrie gequält auf, während sie einfach nur einen Fuß vor den anderen setzte.

Die ganze Prozedur, bis sie im Flugzeug saß, registrierte sie nur am Rande. Sie antwortete, wenn sie etwas gefragt wurde, lächelte mechanisch und fuhr komplett auf Autopilot.

Der Grauschleier um sie herum verdichtete sich, sodass sie das Gefühl bekam, dass die gesamte Welt in diesem tristen Grau versank.

Nur eins nahm sie sich fest vor: Falls Flann den Kampf nicht überlebte, würde sie sofort zur Polizei gehen.

Sollte Demmer sie ruhig töten, aber vorher brachte sie ihn hinter Gitter!

Kapitel 14 - Kampf auf Leben und Tod

Während Darla im Flugzeug saß, fuhr Flann zurück, um die restliche Zeit zu nutzen. Er wollte sich möglichst gut vorbereiten.

Natürlich wäre es besser, wenn er jemanden hätte, mit dem er Ausweichtaktiken ausprobieren könnte, nur musste es jetzt auch ohne gehen.

In dem Moment, als er die Möbel im Wohnzimmer zur Seite schob, um Platz zum Seilspringen zu haben, erschien James.

„Was willst du?“

Flann knurrte leise. Der aufdringliche Geist hatte ihm gerade noch gefehlt.

„Wo ist die junge Frau? Hast du schon genug von ihr?“

Suchend sah er sich um.

Über das Thema wollte der Tiger sich so überhaupt nicht unterhalten, deshalb sah er die Gestalt nur fragend an.

„Ich habe gehört, dass du gegen einen Mann mit Säbel antreten sollst. Vielleicht kann ich helfen?“

Erstaunt über die Geste, musterte Flann ihn.

„Und wie willst du das machen?“

Unschlüssig zuckte James mit den Schultern.

„Keine Ahnung, eventuell hilft es, wenn ich einfach im Käfig erscheine. Ich bin ja schon tot, daher stellt es für mich keine Gefahr dar.“

Einen Augenblick dachte Flann nach. Es könnte ihm sogar wirklich einen Vorteil bringen, den Gegner auf diese Weise zu irritieren. Natürlich würden auch die Kunden am Bildschirm den Geist sehen, nur interessierte ihn das kaum.

Vielleicht hielten sie das Gespenst für ein gebeamtes Bild.

„Was willst du dafür haben?"

Misstrauisch sah der Tiger ihn an.

„Weißt du, ich musste über deine Worte letztens nachdenken. Du hattest recht. Ich war abscheulich und sollte ich diese Welt jemals verlassen wollen, muss ich mich wohl ein wenig anstrengen. Du warst fair zu mir, hast mich nicht übersehen, da ist es doch ein guter Anfang, dir zu helfen."

Erneut zuckte das Gespenst mit den Schultern.

„Du bist immer noch hier, weil du deine Schandtaten nie bereut hast?"

Jetzt wurde Flanns Blick neugierig.

Langsam nickte James.

„Ja, ich habe geglaubt, im Recht zu sein. Außerdem ist mir fürchterlich langweilig und diesen Kerl da drüben mag ich nicht."

Bei der Aussage musste der Tiger lachen. Das sah dem Geist mal wieder ähnlich, statt seine Taten ehrlich zu bereuen, suchte er nur eine Beschäftigung.

„Mir kommt dein Angebot gelegen, denn ich kann jede Hilfe brauchen. Danke schön."

Irritiert musterte James seinen Gesprächspartner.

„Wieso bedankst du dich? Ich habe doch noch gar nichts getan."

Flann lächelte leicht.

„Allein, dass du diesen Vorschlag machst, zeigt mir, dass jemand da ist, der auf meiner Seite steht. Dafür danke ich dir. Aber jetzt muss ich trainieren, sonst wird das morgen ein kurzer Kampf."

Nachdenklich stimmte das Gespenst zu.

„Sag mal, kannst du die Übertragung stören? Ich möchte verhindern, dass Darla mitbekommt, sollte ich sterben“, erkundigte Flann sich plötzlich.

Er wusste, dass sie auch von Deutschland auf die Kameras zugreifen konnte.

„Ich denke schon. Immerhin bin ich reine Energie. Wir können es ja mal ausprobieren. Sie testen ja vorher alles Mögliche.“

Jetzt sah der Geist aus, als ob er sich auf ein großes Abenteuer einlassen würde. Aufgeregt lief er in dem Zimmer herum, während er ein paar Ideen vor sich hinmurmelte.

„Lass uns später rübergehen, dann sehen wir ja, was geht und was nicht. Aber ich muss mich langsam vorbereiten.“

Obwohl er kaum damit gerechnet hatte, verschwand James, sodass er sich seinem Training widmen konnte.

Natürlich schweiften seine Gedanken ständig zu seiner Kleinen, sie fehlte ihm jetzt schon!

Immer wieder sah er vor seinem inneren Auge, wie sehr sie sich über Kleinigkeiten gefreut hatte. Deutlich erinnerte er sich an ihr Lachen, als sie sich mit Theresa angefreundet hatte oder das Strahlen, das in ihrem Gesicht erschien, als sie den verwilderten Garten hinter seinem Cottage entdeckte.

Während er seilsprang, rief er sich die kostbaren Momente mit Darla ins Gedächtnis. In der nächsten Zeit würde das alles sein, was ihm blieb, davon war er überzeugt.

Siedend heiß fiel ihm ein, dass er nach dem Kampf mit einem anderen Mädchen ins Bett steigen musste. Wahrscheinlich zeigte Demmer ihr das Video, um sie zu quälen.

So ein Mist! Darüber hatten sie gar nicht gesprochen. Ein Blick auf die Uhr sagte ihm, dass sie vielleicht schon angekommen war.

Schnell warf er das Seil auf die Couch, holte sich sein Handy und rief ihre Nummer auf.

Ungeduldig wartete er darauf, dass sie sich meldete, doch es ging nur der Anrufbeantworter dran.

„Ruf mich bitte an, mein Mädchen. Ich habe etwas Wichtiges vergessen. Ich liebe dich."

Mit einem Fluch auf den Lippen legte er auf. Sie zu betrügen, war mit das Schlimmste, was er tun musste. Darüber hinaus hatte er so gar keine Lust, mit einer anderen ins Bett zu steigen.

Müde ließ er sich auf die Couch fallen. Aber auch jetzt drehten sich seine Gedanken nur um Darla.

Als es immer später wurde, suchte er in seinem Smartphone nach den Nachrichten. Kalte Angst griff nach ihm, weil sie sich nicht meldete. War etwas passiert? Oder hatte Demmer jemanden beauftragt, ihr das Telefon wegzunehmen?

Nervös blätterte er durch die Seiten, doch er fand keinen Bericht über einen Flugzeugabsturz.

Noch einmal wählte er ihre Nummer.

„Darla, bitte, ruf mich an!"

Vielleicht war seine erste Nachricht ja irgendwie nicht angekommen.

~~°~~

Als das Flugzeug landete, wäre Darla am liebsten sitzen geblieben, nur wusste sie genau, dass man sie zur Not mit Gewalt hinausbringen würde.

Seufzend ging sie die Gangway hinunter, suchte sich den Weg zur Gepäckausgabe und wartete auf ihren Rollkoffer.

In ihr fühlte es sich an, als ob man ihr das Herz herausriss. Nichts erschien ihr wichtig, sodass sie vergaß, ihr Handy einzuschalten.

Mit dem Bus fuhr sie zum Haus ihres Onkels, wo die Haushälterin ihr aufmachte, nachdem sie geklingelt hatte.

„Sie sind schon zurück? Ich dachte, Sie würden bis Sonntag bleiben?“

Darla runzelte die Stirn. Sie hätte sich eine etwas nettere Begrüßung gewünscht.

„Ich hoffe, Sie hatten auch einen angenehmen Tag, Frau Herzmann. Dürfte ich reinkommen? Ich bin nämlich ziemlich müde.“

Sofort trat die Hausdame einen Schritt in die Wohnung, gleichzeitig sah sie sich nach ihrem Arbeitgeber um.

„Ist Herr Demmer noch beim Auto?“

Langsam schüttelte Darla den Kopf.

„Nein, er ist in Irland geblieben und kommt erst am Montag.“

Mit der Information ließ sie die Frau stehen, um in ihr Zimmer zu gehen, wo sie ihre Sachen auspackte.

Bei jedem Kleidungsstück musste sie erneut die Tränen unterdrücken, denn fast alles, was in ihrem Koffer war, hatte Flann ihr gekauft.

Sorgfältig räumte sie die Kleider weg oder stopfte sie in den Wäschekorb, anschließend setzte sie sich auf ihr Bett.

Sie fühlte sich einsamer als je zuvor, zumal sie fest damit rechnete, ihren Tiger nie wiederzusehen. Matthias würde es kaum zulassen, dass sie sich mit ihm traf.

Ihr fiel ein, dass ihre Mutter wohl mal mit dem Mistkerl liiert war. Das erklärte natürlich einiges, nur konnte man sie doch nicht für das, was ihre Mama getan hatte, verantwortlich machen.

Außerdem schaffte niemand es, seine Gefühle einfach abzustellen. Es passierte bestimmt jedem Menschen, dass ein anderer ihn auf diese Weise verletzte.

Bei dem Gedanken musste sie wieder an Flann denken. Sie vermisste ihn so sehr, dass sie jetzt wenigstens seine Stimme hören wollte.

Unsicher sah sie auf die Uhr, die schon halb zehn am Abend anzeigte, trotzdem holte sie ihr Smartphone aus der Handtasche und schaltete es ein.

Mit schlechtem Gewissen sah sie, dass ihr Tiger sie bereits vier Mal angerufen hatte.

Schnell rief sie die Nachrichten ab, dabei machte sich Nervosität in ihr breit. Flann hörte sich so besorgt an, es musste etwas geschehen sein.

Eilig tippte sie auf das Bedienfeld, wählte seine Nummer und wartete darauf, dass er sich meldete.

„Gott sei Dank, Darla. Ich dachte schon, dass dir was passiert ist."

Seine Stimme klang dermaßen erleichtert, dass ihr schlechtes Gewissen noch weiter anstieg.

„Ich habe vergessen, das Handy wieder einzuschalten, als ich aus dem Flugzeug gestiegen bin. Es tut mir leid, Flann, aber ich bin so durcheinander. Ich glaube nicht, dass ich diese Situation lange durchstehe."

Sie unterdrückte ein Schluchzen, was ihr alles andere als leicht fiel.

„Halt es durch, mein Mädchen. Für uns."

Flanns Stimme klang jetzt so sanft, dass sie doch anfing zu weinen.

„Ich habe solche Angst um dich. Wenn dir etwas passiert, weiß ich nicht, wie ich das jemals verkraften soll."

Allein der Gedanke, dass sie ihn nie wiedersehen konnte, schnürte ihr die Kehle zu.

„James hat mir Unterstützung angeboten. Aber wir müssen noch über die *Show* danach reden."

Es fiel ihm schwer, dieses Thema anzusprechen, das hörte sie deutlich.

Flann räusperte sich mehrfach, um weitersprechen zu können.

„Bitte, Schatz, ich weiß, dass Matthias dich zwingt. Außerdem wird er mir wahrscheinlich die Aufnahmen zeigen."

Darla nahm ihm die Sorgen ab, bevor er überhaupt etwas dazu sagen konnte.

Erleichtert atmete er auf.

„Ich liebe nur dich, daran musst du immer denken. Egal, was du eventuell später siehst, es ist nur gespielt."

Traurig lächelte sie. Das wusste sie doch, zumal sie bereits einmal zugesehen hatte.

„Ich weiß. Mach dir darum keine Gedanken, konzentrier dich besser darauf, am Leben zu bleiben."

Darla riss sich eisern zusammen, um ihm klar und deutlich zu antworten. Keinesfalls sollte er ständig im Kopf haben, wie schlecht es ihr ging.

Zu gerne hätte sie mehr darüber erfahren, auf welche Weise der Geist ihrem Freund helfen wollte, aber die Frage verkniff sie sich lieber. Solange diese dämliche App auf ihrem Smartphone war, würde sie nichts in der Richtung erwähnen. Es war schon gefährlich genug, dass Flann das Gespenst genannt hatte.

„Ich vermisse dich, meine Kleine."

Auch ihrem Tiger hörte man an, dass er an der Trennung schwer knabberte.

Das Telefonat machte es im Moment kaum besser, deshalb beschloss er, es zu beenden.

„Ich rufe dich morgen früh noch mal an und direkt nach dem Kampf."

Im Stillen fügte er hinzu, dass er das nur tun könnte, wenn er dazu in der Lage war.

„Ich warte auf deinen Anruf. Ich liebe dich."

Fast meinte sie, sein Lächeln hören zu können.

„Ich dich auch, meine Kleine. Ich dich auch. Bis morgen."

Darla verabschiedete sich und legte auf. Ihr Herz war schwer, weil sie nach wie vor glaubte, dass es eine Trennung auf Raten war.

Traurig ging sie ins Bad, um sich für die Nacht fertigzumachen. Allerdings war sie hellwach, als sie im Bett lag.

Sie rief sich jedes Detail ihres Tigers in Erinnerung. Auf keinen Fall wollte sie irgendetwas vergessen, was ihn betraf.

Erst als die Sonne die ersten Strahlen über den Horizont schickte, schlief sie ein.

Aber auch jetzt träumte sie von einer glücklichen Zukunft mit Flann.

~~°~~

Am nächsten Tag riss sie das Klingeln ihres Smartphones aus dem Schlaf.

„Ja, bitte?"

Beim Klang von Flanns Stimme war sie sofort hellwach.

„Guten Morgen, mein Mädchen. Du hörst dich an, als ob du kaum geschlafen hättest."

Einen Augenblick überlegte sie, ob sie ihn anlügen sollte, doch dann entschied sie sich dagegen.

„Schön, dich zu hören, Liebster. Ja, ich habe bis vor zwei Stunden wach gelegen", gab sie verlegen zu.

Sie hörte Flann seufzen.

„Es hilft niemandem, wenn du krank wirst, Kleines. Bitte, versuch, die Hoffnung nicht zu verlieren."

Wie sollte sie an eine glückliche Zukunft glauben, solange es ihren Onkel gab? Trotzdem stimmte sie ihm leise zu.

„Du hast recht. Es war nur so ungewohnt, alleine einzuschlafen. Ich habe mich wahnsinnig schnell daran gewöhnt, mich an dich zu kuscheln. Du gibst mir so viel Sicherheit."

Einen Moment herrschte Stille zwischen ihnen, denn auch Flann hatte sich die halbe Nacht von einer Seite zur anderen gewälzt.

„Mir geht es ganz ähnlich. Es fehlt mir genauso, dass du in meiner Nähe bist. Außerdem ist das Bett zu groß."

Darla musste gähnen, was ihr Tiger natürlich hörte.

„Es ist ziemlich früh. Wie wäre es, wenn du dich noch etwas ausruhst? Sobald du ausgeschlafen bist, meldest du dich wieder."

Lieber hätte sie ihm weiterhin zugehört, allerdings wollte sie nicht, dass er sich Sorgen machte.

„Der Vorschlag klingt verdammt gut. Bis später, Liebster."

Jetzt gelang es ihr, die Traurigkeit aus ihrer Stimme herauszuhalten.

„Schlaf gut, mein Kleines."

Nachdem Flann das Gespräch beendet hatte, legte sie ihr Smartphone auf ihren Nachttisch.

Sie überlegte, sich ein neues Handy zu kaufen und gleich auch einen passenden Vertrag abzuschließen, doch da ihr Onkel eine Kontovollmacht hatte, würde er es sofort auf ihren Kontoauszügen sehen. Außerdem machte es keinen Sinn, ihr sauer verdientes Geld für ein zweites Gerät auszugeben.

Natürlich könnte sie die Vollmacht widerrufen, nur war in dem Fall Stress vorprogrammiert. Aktuell war sie dem Mistkerl ausgeliefert.

Seufzend drehte sie sich um, nur an Schlaf war kaum noch zu denken.

Für einen Moment fühlte sie sich versucht, einfach die Decke über den Kopf zu ziehen und die Realität auszublenden, doch dann nahm sie sich zusammen. Das Leben ging weiter, außerdem wollte sie alles tun, um einen Weg zurück zu Flann zu finden.

Eilig duschte sie sich, dabei überlegte sie, ob sie versuchen sollte, in die Büroräume ihres Onkels zu kommen. Den Gedanken verwarf sie schnell wieder, denn das war nicht nur ein gefährliches, sondern auch ein sinnloses Unterfangen. Die Alarmanlage stoppte sie.

Mürrisch lief sie in die Küche, machte sich ein Brot zurecht, gleichzeitig vermied sie jede Erinnerung an ihren Tiger.

Anschließend ging sie ins erste Stockwerk, wo die Softwarefirma untergebracht war.

Sie fuhr ihren Computer hoch, doch dann stutzte sie. Irgendetwas war ungewöhnlich. Schnell rief sie den Task Manager auf.

Dieses Arschloch hatte tatsächlich einen Mitarbeiter beauftragt, ein Programm zu installieren, das aufzeichnete, welche Seiten sie mit dem PC aufrief und diese Liste an ihn zu schicken!

Wütend starrte Darla einen Augenblick auf den Monitor. Aber was hatte sie denn erwartet? Dass er ihr Handy überwachte, ihren PC dagegen vergaß?

Gott sei Dank bekam er nie Zugriff auf ihren Laptop, den sie noch von ihren Eltern geschenkt bekommen hatte.

Das Passwort kannte er nicht, außerdem nahm sie das Gerät überall mit hin.

Natürlich könnte er sie zwingen, ihm die Zugriffsrechte einzuräumen, doch in dem Fall verriet er sich.

Bisher vermied er, dass sie von seinen Spionagetätigkeiten ihr gegenüber wusste.

Einen Augenblick dachte sie nach. Sie wollte die Zeit nutzen, solange Matthias in Irland war. Darüber hinaus würde sie wahnsinnig werden, sollte sie sich nicht ablenken können.

Schnell lief sie in ihr Zimmer, um ihren Laptop zu holen. Dann musste sie eben über Umwege gehen und sich über ihr Gerät in das System hacken.

In dem Fall wünschte sie sich, mehr kriminelle Energie zu haben. Sie schaffte es zwar, eine einfache Firewall auszutricksen, aber eine echte Hackerin war sie bei Weitem nicht.

Während der Laptop startete, surfte sie mit dem PC im Internet, sah sich Seiten an, die Sehenswürdigkeiten in Irland beschrieben, oder suchte Kochrezepte.

Sie musste verhindern, dass Matthias misstrauisch wurde.

Zum Schluss rief sie YouTube auf und ließ eine Playlist laufen.

Jetzt wandte sie sich ihrem Gerät zu und machte sich auf die Suche nach irgendetwas, das ihr helfen konnte.

Vielleicht fand sie ja heraus, wo der Dreckskerl die Aufzeichnungen von Flanns Verwandlung hatte.

Darla vergaß völlig die Zeit, sodass sie erschrocken zusammenzuckte, als ihr Smartphone klingelte.

Auf dem Display sah sie, dass es ihr Onkel war. Kurz überlegte sie, ob sie ihn einfach wegdrücken sollte, doch dafür würde er sich rächen, also nahm sie das Gespräch an.

„Was willst du?“

Ohne eine Begrüßung fuhr sie ihn an. Sie wollte, dass er sie in Ruhe ließ, denn sie konnte ihm niemals verzeihen, dass er ihr Leben zerstört hatte.

„Du checkst sofort die Leitungen. Irgendwas blockiert hier. Es ist, als ob wir einen Störsender hätten“, blaffte Matthias sie an.

Einen Augenblick herrschte Stille.

„Du hast Peter bei dir. Früher brauchtest du mich für solche Sachen auch nicht.“

Sie würde einen Scheiß tun! Vielleicht mussten sie auf den Kampf verzichten, weil die Übertragung streikte.

Bei dem Gedanken grinste sie breit, doch schnell schüttelte sie den Kopf, es gab ja immer noch die Zuschauer, die sich vor Ort aufhielten.

„Pass auf deinen Ton auf! Tu, was ich dir sage, sonst sorge ich dafür, dass dein Liebhaber den Tag nicht überlebt.“

Ehe sie in der Lage war, zu antworten, hatte er schon aufgelegt.

Seufzend stoppte sie die Playlist und startete die Programme, die ihr ermöglichten, die Verbindungen in Terryglass zu untersuchen.

Das Internet dort schien stabil zu sein, soweit sie es feststellen konnte, allerdings blieben die Bildschirme dunkel.

Das war so noch nie vorgekommen.

Schnell schnappte sie sich ihr Smartphone, um Flann anzurufen, legte es aber sofort wieder weg. Mit seiner Antwort begab er sich unter Umständen in Gefahr, denn Demmer hörte ihr Handy ja ab.

Darla fluchte leise, als plötzlich die Kameras ansprangen. Mit gerunzelter Stirn überprüfte sie alles erneut, nur hatte sich nichts geändert.

„Dann ist dieser Geist wohl doch zu etwas gut“, dachte sie, bis ihr einfiel, dass ihr Onkel Flann erschießen ließ, sollte er zu viel Geld verlieren.

Nur war das ihrem Liebsten bewusster als ihr.

Seufzend lehnte sie sich zurück und schloss kurz die Augen, um die Angst in den Griff zu bekommen, die sie erfasst hatte, als sie sich an den bevorstehenden Kampf erinnerte.

Während ihrer Suche nach den Aufzeichnungen oder einem Hinweis, wo die verdammten Dateien sein könnten, war sie abgelenkt, nur jetzt brach alles wieder über sie herein.

Ihr Blick glitt zur Uhr, noch gut vier Stunden, dann wusste sie, ob Flann überlebt hatte. Sein Auftritt war für achtzehn Uhr angesetzt.

Seufzend stand sie auf, um sich eine Flasche Wasser zu holen, ehe sie weitermachte.

Ihr Handy ließ sie hochschrecken. Ihr Display zeigte an, dass ihr Liebster anrief.

„Schön, dich zu hören", begrüßte sie ihn gespielt fröhlich.

Er schnalzte missbilligend mit der Zunge.

„Ja, das finde ich auch, trotzdem brauchst du dich gerade bei mir nicht zu verstellen. Ich weiß, dass es dir alles andere als gut geht."

Schnell biss er sich auf die Lippe. Anstatt sie zu tadeln, sollte er ihr besser sagen, wie sehr er sie liebte. Vielleicht war das seine letzte Möglichkeit.

„Ich liebe dich, mein Mädchen, vergiss das nie!"

Erneut stoppte er, weil es sich wie ein verdammter Abschied anhörte.

Darla hielt den Atem an, zumal sie keine Einzelheiten wusste.

„Sag mir ehrlich, hast du eine Chance, den Kampf zu gewinnen?"

Sie musste es einfach wissen, sonst würde sie hier durchdrehen.

„Ja, aber es wird knapp werden."

Der Ernst in seiner Stimme sagte ihr, dass er weder etwas beschönigte noch übertrieb.

Einen Augenblick überlegte sie, vielleicht sollte sie die Polizei rufen? Die Behörden konnten Flann doch nicht so ohne Weiteres einsperren, nur weil er anders war, oder?

„Kann ich irgendetwas tun? Soll ich jemanden für dich anrufen?“

Sie hoffte, dass er den versteckten Hinweis erkannte.

„Das kannst du, versuch, dir keine Sorgen zu machen. Falls ich sterbe, ist es meine eigene Schuld. Aber du musst mir versprechen, dass du dir einen Partner suchst, der dich glücklich macht.“

Tränen traten ihr in die Augen, allein bei dem Gedanken, dass sie ihren Tiger unter Umständen nie wiedersah.

„Wie soll ich jemals mit einem anderen Mann zusammen sein, wenn du meine wahre Liebe bist? Ich würde ihn immer mit dir vergleichen.“

Ihr Schlucken war deutlich zu hören, trotzdem hielt Flann das Thema für zu wichtig. Auf keinen Fall wollte er, dass sie bis zu ihrem Lebensende um ihn trauerte.

„Du bist eine starke Persönlichkeit, sonst hätte Demmer dich längst auf seine Seite gezogen. Also wirst du einen Weg finden und dein Glück machen. Versprich mir nur, dass du dich darum bemühst.“

Erst in dem Augenblick wurde ihr bewusst, dass er diese Sicherheit brauchte, um sich vollkommen auf den Kampf konzentrieren zu können.

„Das verspreche ich dir“, stieß sie unglücklich hervor.

Das Schweigen in der Leitung wurde bedrückend, aber keiner wusste, wie er dem anderen beistehen konnte.

„Ich melde mich, nachdem ich aus dem Käfig raus bin.“

Jetzt klang seine Stimme kalt, daran erkannte sie, dass er sich mental abschottete. Er musste töten oder wurde getötet, da hatten Gefühle keinen Platz.

„Ich liebe dich.“

Darla flüsterte, weil ein dicker Kloß ihr den Hals zuschnürte. Sie hielt das Gerät noch an ihr Ohr, als er bereits aufgelegt hatte, so als ob sie ihn auf diese Weise bei sich behalten könnte.

Tränen liefen ihr über die Wangen, die sie nicht mal spürte.

Angst, Verzweiflung und die tiefe Sehnsucht nach ihrem Tiger mischten sich zu einem verdammten schwarzen Loch, wogegen sie ankämpfen musste.

So gut sie es schaffte, drängte sie die Emotionen zur Seite, um sich wieder an ihre Suche zu machen. Irgendwo hier war ein Hinweis, der sie weiterbrachte!

Darla durchkämmte akribisch alle Verzeichnisse, in die sie sich reinhacken konnte, dabei vergaß sie die Zeit.

Als ob sie jemand darauf aufmerksam gemacht hätte, sah sie genau in dem Moment auf die Uhr, als Flanns Kampf begann.

Zitternd und mit Tränen in den Augen fing sie an zu beten, dass er überlebte.

~~°~~

Flann sah aus dem Fenster des Cottages, während er auf den Beginn seines Auftritts wartete. Bei dem Wort *Show* schmeckte er bittere Galle.

Was für Menschen amüsierten sich darüber, dass zwei Wesen aufeinander losgingen?

Es klopfte und wie erwartet stand Thorsten vor der Tür, doch dieses Mal versuchte er erst gar nicht, den Tiger zu provozieren.

Im Gegenteil, er hielt gehörigen Abstand. So wie es aussah, hatte wenigstens er seine Lektion gelernt.

Er begleitete ihn zu dem kleinen Abstellraum, wo er ihn in Ruhe ließ, bis der Kampf anfing.

Flann atmete gezielt, schaltete alle Gedanken aus, die nichts mit dem Fight zu tun hatten, gleichzeitig verbannte er seine Gefühle. Nur auf diese Weise sah er eine Chance, zu überleben.

Wie immer streifte er seine Sachen ab, bis er nur noch eine Jogginghose trug, anschließend konzentrierte er sich auf seine Atmung, bis Thorsten ihn holen kam.

Schweigend gingen sie den Gang entlang, den jemand offensichtlich gefegt hatte. Ein sinnloses Unterfangen, denn in den nächsten drei bis vier Monaten würden sich hier wieder Staub und Dreck ansammeln.

Die Anlage nutzte ja niemand.

Das Tappen seiner bloßen Füße war deutlich zu hören, wohingegen sich sein Begleiter so verhielt, als ob er fürchtete, entdeckt zu werden.

Sie betraten die ehemalige Diskothek und die Leute johlten auf, um ihren Champion zu begrüßen.

Am liebsten hätte er ihnen ins Gesicht gespuckt, doch er behielt seinen eiskalten Blick bei, mit dem er jeden Einzelnen zum Schweigen brachte.

Er kletterte in den Käfig, woraufhin die Tür hinter ihm zufiel.

Erst jetzt spürte er, dass Thorsten aufatmete.

„Ich hoffe, du verreckst elendig. Aber mach dir keine Sorgen, ich werde mich in dem Fall um Darla kümmern."

Natürlich stand die Made so weit entfernt, dass er ihn keinesfalls zu packen bekam. Manche Fehler wiederholte er leider nicht.

Flann drehte sich blitzschnell zu ihm um, sodass er noch einen Schritt zurückwich.

„Du spuckst verdammt große Töne. Wieso hast du mir das nicht vorhin ins Gesicht gesagt? Fehlt dir der Mut?"

Höhnisch lachte Flann auf, ehe er zur Käfigmitte ging.

„Begrüßt unseren Tiger. Ungeschlagen seit fünfzehn Jahren, aber wer weiß, ob ihm dieses Kunststück auch heute gelingen wird. Wie versprochen, haben wir etwas ganz Außergewöhnliches für euch, als Entschädigung dafür, dass die letzte Show ein wenig zu kurz war“, ertönte in dem Augenblick Demmers verhasste Stimme.

Die Leute klatschten wie befohlen, trotzdem spürte man die bedrückende Stimmung, besonders weil Flanns Blick immer noch eisige Pfeile in die Menge schoss.

„Verwandle dich!“, kam sofort die nächste Order, da Matthias erkannte, wie unbehaglich sich die Zuschauer fühlten.

Mit einem Fauchen kam Flann dem Befehl nach, entledigte sich seiner Jogginghose, ging auf die Knie und leitete die Verwandlung ein.

Wie schon in der Woche davor flimmerte es, ehe der gesamte Saal in blaues Licht getaucht wurde.

Flanns Gliedmaßen verformten sich mit einem furchterregenden Geräusch, seine Haut platzte auf, sein Kiefer zog sich in die Länge, gleichzeitig formten seine Finger sich zu tödlichen Krallen.

Es dauerte nur gute zehn Minuten, bis ein stattlicher bengalischer Tiger im Käfig stand.

Die Leute klatschten begeistert, als ob er ein Kunststück gezeigt hätte, doch er sah jeden Einzelnen mit seinen bernsteinfarbenen Tigeraugen an, sodass sie schnell wieder still waren.

Die Tür auf der anderen Seite des Saals öffnete sich und ein kleiner, drahtiger Kerl in der traditionellen Tracht der Ninjas erschien.

Sofort ertönte Demmers Stimme.

„Begrüßen Sie mit mir den heutigen Herausforderer, Black Shadow, ein geschätztes Mitglied der Yakuza.“

Am liebsten hätte Flann bei der Neuigkeit verzweifelt die Augen geschlossen, denn jetzt wurde die Situation richtig gefährlich.

Applaus brandete auf, sodass der Kämpfer kurz stehen blieb, um sein Katana, ein Langschwert, aus der Scheide zu ziehen.

So viel zu Thorstens Worten. Aber wie sollte der Idiot auch ein japanisches Schwert von einem Säbel unterscheiden?

Auf der anderen Seite ging die Käfigtür auf, damit der Mann eintreten konnte.

Hochmütig musterte er den Tiger, bevor er spöttisch auflachte, anschließend begann der Tanz.

Konzentriert umkreisten die Kämpfer sich, loteten die jeweiligen Schwächen und Stärken aus, bis der Ninja plötzlich auf Flann zusprang.

Geschmeidig wich er aus, allerdings war ihm klar, dass das nur das Anfangsgeplänkel war.

Er ging jetzt seinerseits auf den Gegner los, dessen Gesicht verhüllt war, doch der riss sofort seine Waffe hoch, gleichzeitig lachte er erneut.

Flann erkannte, dass es nur einen einzigen Vorteil gab: Durch das Katana war der Kerl unbeweglicher.

Einen Moment überlegte er, warum sein Herausforderer das traditionelle Schwert der Samurai gewählt hatte, das passte so gar nicht zu den Ninjas.

Als ob der Mann seine gedankliche Abwesenheit gespürt hätte, griff er an und versetzte ihm einen Hieb mit seiner Klinge, dem er gerade so ausweichen konnte.

Jetzt hoffte Flann nur, dass er keine Wurfsterne in seiner Kleidung versteckt bei sich trug.

Mit einem Knurren ging er auf seinen Gegner los, versuchte seine Abwehr zu durchbrechen, musste aber schnell einsehen, dass er kaum eine Chance besaß, ohne selbst verletzt zu werden.

Das Katana hatte eine messerscharfe Schneide mit gut 70cm Länge, sodass der Ninja ihn damit auf Abstand halten konnte.

In dem Raum herrschte absolute Stille, als sie sich erneut umkreisten.

Wieder griff der Herausforderer als Erster an und dieses Mal fügte er Flann einen Schnitt am rechten Hinterbein zu.

Blut lief ihm über das gestreifte Fell, allerdings spürte er den Schmerz kaum.

Der Mann starrte triumphierend in die Menge, was Flann für seinen Gegenangriff nutzte, doch ehe er seinen Gegner erreicht hatte, drehte der sich herum.

Erneut musste der Tiger einen Treffer wegstecken, sodass er jetzt auch aus einer Wunde an der Brust blutete.

Das hier entwickelte sich zu einem verdammten Schlachtfest, aber noch gab er nicht auf. Der Gedanke an sein Mädchen verlieh ihm Kraft. Bei seinem nächsten Angriff fügte er seinem Widersacher einen breiten Kratzer am rechten Arm zu. Der Ninja ließ das Katana fallen, was Flann mit einem Fauchen beantwortete.

Jetzt hatte er eine echte Chance, doch bevor er erneut angreifen konnte, hob der Mann die Waffe mit der linken Hand auf.

Herausfordernd sah er ihn an und man merkte deutlich, dass er darin geschult war, mit beiden Händen ein Schwert zu führen.

Ein weiterer Hieb traf Flann am Rücken, sodass er gequält aufbrüllte. Sofort setzte der Gegner nach, wobei es dem Tiger schwerfiel, auszuweichen.

Schwer atmend beobachtete er den angeblich japanischen Kämpfer, der ihn nur höhnisch auslachte.

Erneut begann der Tanz, nur dass dieses Mal der Tod auf den Gestaltwandler wartete, wenn nicht ein Wunder passierte.

Sie umkreisten sich, allerdings sah man dem Tiger an, dass er geschwächt war. Immer wieder knickte er mit dem Hinterlauf ein, außerdem verlor er verdammt viel Blut.

Die Menge feuerte ihren jeweiligen Favoriten an, die Luft war erfüllt von den Rufen der Leute, die die Wetten verkauften und man konnte die Gewalt fast riechen.

Flann setzte erneut zu einem Sprung an, erwischte den Ninja am Bein, fing sich aber gleichzeitig eine weitere Schnittwunde an der Schulter ein.

Entsetzt bemerkte er, dass er schwächer wurde. Seine Selbstheilungskräfte schafften es nicht, die Verletzungen schnell genug zu schließen, deshalb verlor er zu viel Blut.

Ihm wurde bewusst, dass das sein letzter Kampf war, sollte kein Wunder passieren. Selbst die Ablenkung durch James brachte ihm vermutlich kaum einen Vorteil, allerdings schien er sein Versprechen auch nicht zu halten.

Wieder und wieder musste Flann dem Schwert ausweichen. Mittlerweile blutete er aus zahlreichen Schnitten, während er sich nur mit Willenskraft auf den Pfoten hielt.

Der Ninja hieb ihm den Knauf des Katana gegen den Kopf, was ihn zu Boden schickte.

Mit geschlossenen Augen und nach Luft schnappend lag er im Ring. Sein letzter Gedanke galt Darla, die fürchterlich leiden würde.

Er spürte, dass sein Gegner vor ihm stand, trotzdem öffnete er die Lider nicht.

„So wie es aussieht, ist unser Tiger besiegt. Schade, wir werden ihn alle vermissen“, tönte es aus dem Lautsprecher.

Das war sein Todesurteil!

Flann machte keine Anstalten, sich irgendwie zu wehren. Er wusste, dass es vorbei war.

Genau in dem Moment, als der Mann sein Schwert hob, ertönte zorniges Gemurmel. Beschwerden wurden laut, sodass er mühsam die Augen öffnete.

Die großen Bildschirme, die die Show in Detailaufnahme zeigen sollten, flimmerten nur noch, was ihm sagte, dass wohl die Übertragung ausgefallen war.

Zufrieden schloss er erneut die Lider. Wenigstens konnte Demmer sein Mädchen nicht mit den Bildern seines Todes quälen.

„Einen Moment mal. Das nennt man heute einen fairen Kampf?“

James Stimme klang deutlich durch den Raum, und als Flann wieder hinsah, erkannte er den Geist, der auf der Treppe zum Käfig stand.

Irritiert blickten die Zuschauer auf die Erscheinung, genau wie der Ninja, der seinen Augen nicht zu trauen schien.

Der ehemalige Verwalter nickte leutselig in die Runde, bevor er durch die Stäbe in die Mitte des Käfigs lief.

„Ein Mann mit einem Schwert gegen einen Tiger? Ich dachte, hier gäbe es Ehrenmänner. Da habe ich mich wohl getäuscht.“

Aus den Augenwinkeln sah Flann, dass Demmers Leute hektisch herumliefen, anscheinend glaubten sie an eine Projektion oder Ähnliches.

„Was soll das? Von einem Kampf mit einem Gespenst hat niemand geredet“, rief der Ninja erbost, als ihm bewusst wurde, dass James wirklich ein Geist war.

Um seiner Empörung Nachdruck zu verleihen, drehte er sich zu dem Raum, in dem er den Veranstalter vermutete.

Das war Flanns Chance. Mit reiner Willenskraft stand er auf, um in der nächsten Sekunde seinen Gegner anzuspringen. Ohne zu überlegen, biss er ihm in den Nacken, sodass das Genick mit einem ekelerregenden Geräusch brach.

James nickte ihm erfreut zu, das war das Einzige, was er sah, bevor er zusammenbrach.

Das Toben der kleinen Zuschauermenge, die erstaunten Rufe der Mitarbeiter und das Öffnen der Käfigtür bekam er nicht mehr mit.

~~°~~

Während Flann um sein Leben kämpfte, rannte Darla in ihrem Zimmer auf und ab. Sie hatte die Recherche für den Tag beendet, zumal jeder Hinweis ins Leere lief.

Die Angst um ihren Liebsten sorgte dafür, dass sie sich kaum noch konzentrieren konnte, sodass sie es vorgezogen hatte, das Büro zu verlassen.

Ständig sah sie auf die Uhr, doch die Minuten zogen sich wie Stunden.

Der Gedanke, dass sie nie wieder Flanns Stimme hören würde, nahm ihr die Luft zum Atmen. Tränen schwammen in ihren Augen, die sie krampfhaft zurückdrängte.

Noch wollte sie die Hoffnung nicht aufgeben!

Gleichzeitig schwor sie sich wieder, dass ihr Onkel bezahlen würde, sollte ihrem Tiger wirklich etwas Ernsthaftes passieren.

Ständig lief sie zur Tür, weil die Versuchung, sich vom Büro aus in die Übertragung zu hacken, extrem groß war. Doch sie hielt sich an ihr Versprechen, zumal ihr irgendetwas sagte, dass ihr Liebster einen Grund gehabt hatte, sie nicht zusehen zu lassen.

Darla weigerte sich, dem Gedanken weiteren Raum zu geben, da ihr bereits klar war, dass es darum ging, ihr die Bilder seines Todes zu ersparen.

Als eine Stunde um war, nahm sie ihr Handy in die Hand. Vielleicht hatte sie das Klingeln überhört?

Das war ein dünner Strohhalm, an den sie sich klammerte. Falls das Smartphone irgendein Geräusch von sich gab, würde sie es hören, denn ansonsten war es in ihrem Zimmer totenstill.

Fahrig legte sie es zurück auf den Tisch, ehe sie ihre Wanderung wieder aufnahm.

Hatte Flann vielleicht vergessen, dass er anrufen wollte? Auch den Gedanken strich sie sofort aus ihrem Gehirn.

Am Ende ihrer Nerven schnappte sie sich das Handy, rief seine Nummer auf und wartete ungeduldig darauf, dass er sich meldete.

Zu ihrem Leidwesen hörte sie nur seine Stimme auf dem Anrufbeantworter.

Jetzt liefen ihr die Tränen über die Wangen. Es musste etwas Schreckliches passiert sein!

Die Kämpfe dauerten nie länger als eine Stunde.

Schnell bat sie ihn, sie anzurufen, sobald er ihre Nachricht bekam, dann legte sie das Gerät wieder aus der Hand.

Erneut wanderte sie ruhelos im Zimmer herum, versuchte die Hoffnung aufrecht zu halten, nur zeichnete es sich immer deutlicher ab, dass Flann kaum in der Lage war, sich zu melden. Doch noch wollte sie nicht an die schlimmste Option glauben.

Im Viertelstundentakt sprach sie ihm auf die Mailbox, aber es folgte kein Rückruf.

Verzweifelt warf Darla sich auf ihr Bett, vergrub ihr Gesicht im Kissen und ließ ihrer Trauer freien Lauf.

Für sie stand fest, dass Flann den Kampf verloren hatte.

Mittlerweile waren mehr als drei Stunden vergangen und er hatte auf keine Nachricht reagiert.

Ihr Versprechen fiel ihr ein: Sollte ihr Tiger tot sein, würde sie ihren Onkel ans Messer liefern. In dem Fall war es ihr egal, was dann mit ihr passierte.

Aber zuerst musste sie Gewissheit haben.

Zittrig wischte sie sich die Tränen ab, nahm ihr Handy und wählte die Nummer von Matthias.

„Was willst du? Die Übertragung wurde erneut gestört, außerdem ist hier eine Projektion aufgetaucht. Wie kann das sein?", blaffte Demmer sie sofort an.

Einen Moment holte sie tief Luft, hörte auf das leise Stimmengewirr im Hintergrund, ehe sie ihm antwortete.

„Das war kein Bild, aber du glaubst mir ja eh nicht. Was ist mit Flann?"

Sie hielt ihre Stimme eisern unter Kontrolle, während sie auf eine Auskunft wartete.

„Was sollte das denn gewesen sein? Kommst du mir jetzt mit deinem esoterischen Kram? Pass nur auf, ich bin morgen zurück."

Darla verlor die Nerven.

„Du verdammter Hurensohn, sag mir sofort, was mit Flann ist, sonst sabotiere ich die Übertragungen von hier aus, dann sehen deine feinen Kunden überhaupt nichts mehr auf ihren Monitoren."

Ihre Stimme überschlug sich, als sie ihm die Beleidigung entgegenschrie.

Mit vielem hatte sie gerechnet, aber bestimmt nicht damit, dass ihr Onkel schallend lachte.

„Hast du endlich begriffen, wie weit man mit Erpressung kommt? Er hat gewonnen, nur ob er die Nacht überlebt, kann niemand sagen und jetzt lass mich in Ruhe arbeiten."

Vor Erleichterung sank Darla zu Boden. Er lebte!

Kapitel 15 - Herber Rückschlag

Als Flann aufwachte, brauchte er einen Moment, um sich zurechtzufinden. Sein Schädel brummte, außerdem tat ihm jeder Knochen im Leib weh.

Er lag auf einer schmalen Pritsche in dem Raum, in dem er immer auf den Kampf wartete.

„Ich dachte schon, du wachst gar nicht mehr auf!“, hörte er James Stimme neben sich.

Mühsam drehte er den Kopf, um den Geist anzusehen.

„Danke, ohne dich wäre ich jetzt wahrscheinlich tot.“

Sofort verzog das Gespenst sein Gesicht zu einer hochmütigen Grimasse.

„Das heißt ja dann wohl, dass du mir etwas schuldig bist, oder?“

Seufzend stimmte Flann zu, obwohl James vor dem Kampf beteuert hatte, dass er ihm aus reiner Nächstenliebe half.

„Ich möchte beim nächsten Mal wieder dabei sein. Ich durfte noch nie etwas so Aufregendes erleben.“

Wenn sein Gesamtzustand nicht so erbärmlich wäre, hätte Flann jetzt laut gelacht. Das sah dem ehemaligen Verwalter ähnlich, dass er Gefallen an solchen Spektakeln fand.

„Du hättest ihre Gesichter sehen müssen, als dieser seltsame Schwertkämpfer umgefallen ist. Viele haben gegen dich gewettet, aber sie wurden alle eines Besseren belehrt.“

James ging um die Pritsche herum.

„Schade, dass deine Angebetete dich nicht gesehen hat. Sie wäre sehr stolz auf dich.“

Flann fluchte laut.

Darla! Sie hatte er völlig vergessen. Bestimmt machte sein kleiner Sturkopf sich die schlimmsten Sorgen.

„Ich muss sie anrufen."

Er nahm seine gesamte Kraft zusammen und stemmte sich hoch, doch er merkte, dass er seiner Selbstheilungskraft noch etwas Zeit geben musste, damit er überhaupt aufstehen konnte.

Die Tür ging auf und James verschwand auf der Stelle.

„Ich habe keine Ahnung, was für ein Spiel du gespielt hast, aber die Leute sind komplett aus dem Häuschen."

Demmer stand vor der Pritsche, um auf ihn herunterzusehen.

„Ich hatte geplant, dass du stirbst, nur scheint es, dass dein Glücksstern noch nicht untergegangen ist. Wie gesagt, die Kunden sind begeistert. Die Wetten sind in Höhen gestiegen, die wir bisher nie erreichen konnten. Dein Geist soll beim nächsten Mal auch wieder auftreten."

Langsam schüttelte Flann den Kopf.

„Ich habe keine Macht über ihn."

Bei der Antwort lachte Matthias abfällig.

„Du willst mir jetzt nicht mit so einem esoterischen Mist kommen, oder? Ich nehme an, dass Darla eine Projektion eingespielt hat, um dich zu retten."

Genau in dem Moment trat James durch die Wand.

„Ich muss doch sehr bitten. Sehe ich aus wie ein schlechter Schwarz-Weiß-Film?"

Demmer zuckte sichtbar zusammen, rieb sich die Augen und versuchte, irgendeine logische Erklärung zu finden.

„Unser geschätzter Tiger hat recht, ich bin ein Geist. Darüber hinaus besitzt er keinesfalls genug Macht, um über mich zu verfügen. Außerdem mag ich Sie nicht."

Abfällig musterte er Matthias, der empört nach Luft schnappte, ehe sich ein kaltes Lächeln auf sein Gesicht schlich.

„Aber wir können doch sicherlich ins Geschäft kommen. Wenn Sie wirklich eine Erscheinung sind, kann niemand Sie besiegen."

Stolz nickte James.

„Bis auf einen Exorzisten", erinnerte Flann ihn leise, nur winkte das Gespenst sofort ab.

„Ich möchte, dass Sie auch beim nächsten Mal wieder mitspielen. Die Leute sind fasziniert von der Show."

Hochmütig sah James auf Matthias herunter, was ihm nur gelang, weil er einen guten halben Meter über dem Boden schwebte.

„Und was hätte ich davon? Oder wollen Sie meinen Freund hier erneut in einen unfairen Kampf schicken? In dem Fall sorge ich dafür, dass die Übertragung viel früher ausfällt, glauben Sie mir."

Missmutig hob Demmer seine Hände in einer abwehrenden Geste.

„Ich wollte dem Tiger lediglich einen Denkzettel verpassen, da er sich angemaßt hat, meine Nichte bei sich zu behalten."

Jetzt fauchte Flann leise. Selbst James schüttelte tadelnd den Kopf.

„Ich habe deutlich gehört, dass Sie planten, ihn umbringen zu lassen. Irgendwo kann ich Sie ja verstehen. Untergebene, die nicht tun, was man sagt, sind einfach nur lästig. Aber auf so unfaire Weise? Wenn Sie ihn schon töten wollen, dann tun Sie es gefälligst mit eigenen Händen."

Flann verdrehte die Augen, denn das war genau die Art des aufdringlichen Geistes.

„Ach, das habe ich doch nur aus der Wut heraus gesagt", versuchte Demmer die Wahrheit zu biegen.

„Er ist seit fünfzehn Jahren mein Champion. Keiner der anderen hat mir jemals so viel Geld eingebracht."

James nickte nachdenklich.

„Wahrscheinlich, weil die restlichen Kämpfer nur einfache Menschen sind. Die magischen Wesen stellen eben eine Klasse für sich dar."

Flann störte das Gespräch, denn er hätte jetzt lieber seine Ruhe gehabt, um seine Heilung anzutreiben.

„Was verlangen Sie für Ihren Auftritt?", wollte Demmer geradeheraus wissen.

Der Tiger konnte ein leises Seufzen nicht unterdrücken.

„Ist es zu viel verlangt, dass ihr eure Geschäfte draußen besprecht? Ich würde gerne ein wenig ausruhen."

Leider beachtete ihn niemand.

„Ich möchte, dass Sie Ihre Nichte anrufen und ihr sagen, dass es ihrem Partner gut geht. Noch besser, Sie lassen die beiden telefonieren."

Bei der Forderung horchte der Gestaltwandler auf. Sollte James sich wirklich so sehr gedreht haben?

Demmer nickte gleichgültig. Sie erfuhr es ja doch, dass ihr geliebter Flann überlebt hatte.

„Außerdem will ich, dass der Zaun um meine Burg so befestigt wird, dass niemand mehr darübersteigen kann. Ich hasse es, wenn etliche Menschen durch mein Refugium stapfen."

James überlegte erneut, was er für seine Mitwirkung verlangen sollte.

„Und ich bekomme einen Teil der Einnahmen. Es ist immer gut, Geld zu haben."

Demmer musterte den Geist nachdenklich.

„Für ein Gespenst sind das aber ziemlich materielle Wünsche."

Lauernd sah er sich in dem Raum um, ob er nicht doch einen Beamer entdeckte. Allerdings wäre ihm die Installation eines solchen Gerätes sicherlich aufgefallen.

„Ich bin hier! Es ist sehr unhöflich, sich abzuwenden, wenn man mitten in einem Gespräch steckt."

James wedelte ungeduldig mit der Hand vor Demmers Augen.

„Ich willige ein. Sie bekommen wie jeder andere Kämpfer ein Prozent von den Einnahmen. Außerdem lasse ich den Zaun reparieren."

Sofort zog der Geist eine Augenbraue hoch.

„Was ist mit dem Telefonat?"

Wütend zog Demmer sein Smartphone aus der Tasche, rief Darlas Nummer auf und wartete, bis sie sich meldete.

„Hier ist jemand, der dich sprechen will."

Ohne ein weiteres Wort drückte er Flann das Gerät in die Hand, der es nur mühsam festhalten konnte.

„Darla? Entschuldige, mein Mädchen, aber ich war leider nicht in der Lage, mich früher zu melden."

Tief atmete er, um ein wenig Kraft zu schöpfen, ehe er weitersprach.

„Das ist ganz egal, Hauptsache ist, dass du lebst. Ich dachte, du hättest verloren."

Man hörte deutlich, dass sie gegen die Tränen ankämpfte.

„Es war verdammt knapp, doch ich lebe und komme auch wieder auf die Beine. Du weißt ja, meine Selbstheilungskräfte sind beachtlich."

Darla lachte unter Tränen.

„Wenn dir etwas zugestoßen wäre ..."

Sofort unterbrach Flann sie liebevoll.

„Sch, sch, nicht, mein Liebling. Denk nicht mal darüber nach. Es ist dank James gut ausgegangen. Ich bin nur noch ziemlich schwach."

Zu gerne wäre sie jetzt bei ihm, aber sie musste sich mit der Situation abfinden.

„Ruh dich aus, mein Herz. Ich bin beruhigt, dass du überlebt hast. Ich liebe dich.“

Sie wollte ihm die Erholung gönnen, die er brauchte.

„Ich dich auch.“

Ihm wurde das Handy aus der Hand genommen, bevor er es fallen ließ. In der Tat war er längst nicht so fit, wie er dachte.

Demmer klappte das Smartphone zu und verstaute es in seiner Hosentasche.

„Damit wäre das geklärt. Willkommen an Bord.“

James nickte ihm enthusiastisch zu, anschließend verließ Matthias den kleinen Raum. Für ihn wurde es Zeit, die nächste Ansage zu machen.

„Das ist großartig, einfach phänomenal. Wir werden die Stars dieser Show. Der große Kämpfer Flann und sein Berater James. Ich kann es kaum erwarten.“

Der Tiger verzog gequält das Gesicht. Darauf, das Zugpferd für die unsäglichen Käfigkämpfe zu sein, hätte er gerne verzichtet.

„Können wir später weiterreden? Ich bin unendlich müde.“

Flann flüsterte die Bitte nur noch, weil er sich nur mühsam wachhalten konnte.

„Kein Problem, Partner. Ich passe auf. Sollte etwas sein, werde ich dich wecken.“

Diese Fürsorglichkeit war dem Tiger zwar unheimlich, aber im Moment nahm er es einfach hin. Völlig fertig schloss er die Augen und war in den nächsten Sekunden eingeschlafen.

~~°~~

Gegen Mitternacht wachte Flann auf. Er fühlte sich bereits wesentlich besser. Der Schlaf hatte ihn regeneriert.

Langsam stand er auf, zog sich seine Sachen über, ehe er ein wenig schwankend in das Ferienhaus rüberging.

Auf dem Vorplatz liefen Demmers Leute herum, um die gesamten Aufbauten abzubauen. Sie würden in spätestens zwei Stunden verschwunden sein.

„Matthias sagt, dass du den Schlüssel erst mal behalten sollst. Er ist schon ins Hotel nach Dublin gefahren. Alle weiteren Anweisungen gibt er dir in den nächsten Tagen."

Thorsten stand ein Stückchen von ihm weg. Jetzt war er besorgt, dem Tiger nur nicht zu nahe zu kommen. Außerdem verhielt er sich extrem zurückhaltend.

Flann nickte ihm zu und beeilte sich, ins Haus zu gehen. Er war bei Weitem noch nicht wiederhergestellt, sodass er sich für eine erneute Konfrontation mit dem Speichellecker zu schwach fühlte.

Aufatmend zog er die Tür des Ferienhauses hinter sich ins Schloss, anschließend lehnte er sich einen Moment dagegen.

Er war dem Tod gerade so von der Schippe gesprungen, was er auch nur James zu verdanken hatte.

Wie gut, dass der sich so gerne in Szene setzte, denn an seine Läuterung glaubte der Tiger keine Sekunde.

Langsam und gebückt lief Flann durch die Wohnung, bis ins Wohnzimmer, wo er sich auf die Couch fallen ließ, nachdem er sein Handy vom Tisch genommen hatte.

Egal, wie spät es war, er wollte wenigstens die Stimme seiner Kleinen hören. Es tat ihm unendlich leid, dass sie so viel Angst um ihn hatte ausstehen müssen.

Schnell rief er ihre Nummer auf und wartete darauf, dass sie sich meldete.

„Flann? Ist alles in Ordnung?"

Sie klang verschlafen, aber extrem süß. Wie gerne würde er sie jetzt in seine Arme ziehen.

„Ja, ich wollte dich nur sprechen. Außerdem dachte ich, du bist beruhigter, wenn du weißt, dass es mir besser geht."

Sie seufzte erleichtert.

„Ich hatte solche Angst, dass du stirbst", flüsterte sie, dabei erkannte er deutlich, dass die Tränen ihr die Kehle zuschnürten.

„Ganz ruhig, mein Mädchen, so schnell bekommt man mich nicht klein. Sobald ich wieder fit bin, werde ich zu dir kommen."

Er hörte, dass sie leise schniefte. Offensichtlich weinte sie.

„Nicht weinen, Darla. Alles ist gut. Wir finden einen Weg."

Verdammter Mist, dass er sie nicht einmal an sich ziehen konnte, um sie zu trösten.

„Ja, ich weiß. Aber ich bin unendlich glücklich, dass du den Kampf überlebt hast. Es tut mir leid, dass ich dich jetzt mit meinem Geheule belaste."

Flann schüttelte den Kopf über seine Kleine. Sie hatte mehr Stärke bewiesen als viele andere und entschuldigte sich noch.

„Du weißt, dass du bei mir immer deine Gefühle zeigen darfst. Außerdem ist es menschlich, dass dich die Sache mitnimmt."

Erneut ertönte ein Schniefen, was ihm sagte, dass sie mit aller Gewalt die Tränen zurückhielt.

„Wenn ich jetzt bei dir wäre, könntest du dich in meinen Armen ausweinen."

Er fluchte innerlich, dass er sie mit in dieses Leben gezogen hatte. Vielleicht wäre es besser, sich von ihr zu trennen?

Den Gedanken schob er augenblicklich von sich. Er wollte kein weiteres Leid verursachen, zumindest im Moment nicht.

„Ich habe heute versucht ... mich abzulenken. Aber es hat nur zeitweise geklappt."

Die kurze Pause in dem Satz sagte ihm, dass sie sich auf Demmers Computer umgesehen hatte, nur durfte sie es ihm nicht offen mitteilen.

„Unter den Umständen ist das verständlich. Ich hoffe, dass du so etwas nie wieder durchstehen musst."

In Gedanken fügte er hinzu, dass er auch auf eine ähnliche Erfahrung verzichten konnte.

„Was ist denn eigentlich genau passiert?“

Flann holte tief Luft, ehe er ihr von dem Kampf erzählte.

„Dieses Arschloch! Er hat versucht, dich zu töten, um mir wehzutun. Ich kann verstehen, dass meine Mutter lieber meinen Vater genommen hat.“

Darla hoffte, dass Demmer das Gespräch abhörte. Einmal nur wollte sie ihn treffen, ihm Schmerzen zufügen.

„Es hat ja nicht geklappt, weil James erschienen ist. Er ist jetzt übrigens Teil der Show.“

Bei den Worten stieß sie resignierend die Luft aus.

„Na super, dann kann ich mich ja auf etwas gefasst machen. Seine Energie stört die Übertragung ständig. Was glaubst du, wer dafür verantwortlich sein wird?“

Die Aussichten wurden immer ekelhafter.

„Mach dir keine Sorgen, die zwei Ausfälle hat er extra provoziert. Das erste Mal war ein Test, um zu schauen, ob es klappt und beim zweiten Mal hat er mir das Leben gerettet.“

Darla blieb skeptisch, nur konnte sie es kaum ändern.

„So sehr ich es liebe, deine Stimme zu hören, aber du solltest dich ausruhen. Du klingst fürchterlich müde.“

Flann hörte die Besorgnis, sodass er zustimmte.

Er hätte seinem Mädchen gerne die gesamte Nacht zugehört, nur brauchte sie ihren Schlaf.

„Ich vermisse dich, meine Kleine. Lass uns später weitertelefonieren. Träum was Schönes.“

Die Worte trieben ein Lächeln auf ihre Lippen.

„Ich dich auch. Bis morgen.“

Als sie aufgelegt hatte, fühlte Flann sich einsamer denn je. Missmutig wickelte er sich in das Plaid, weil er es nicht ertrug, jetzt ins Schlafzimmer zu gehen, wo ihn ein leeres Bett erwartete.

Doch ehe er einschlafen konnte, klingelte sein Smartphone erneut.

Seine Stimmung sank, als er sah, dass es Demmer war.

„Ich hoffe, du bist wieder einigermaßen aufnahmefähig. Den Schlüssel für die Ferienwohnung schickst du mir morgen zu. Ich hatte keine Lust zu warten, bis du aufwachst."

Matthias machte eine kleine Pause, sodass Flann eine böse Ahnung beschlich.

„Was deine Beziehung zu Darla angeht, will ich, dass du sie verlässt. Du bist kein Umgang für meine Nichte."

Jetzt kicherte er sogar hämisch.

„Vergiss es, Demmer. Ich verlasse sie niemals, eher musst du mich umbringen und das ist anscheinend schwerer, als du es dir vorgestellt hast."

Flann knurrte leise. Er würde sich nie zwingen lassen, seiner Kleinen das Herz zu brechen.

„Ganz wie du meinst, mein Guter. Vielleicht sollte ich anerkennen, dass du mir mit James ein weiteres außergewöhnliches Wesen für meine Show eingebracht hast. Allerdings wirst du sie in den nächsten vier Wochen nicht sehen. Falls du trotzdem in Frankfurt auftauchst, sperre ich sie so lange ein, bis du wieder weg bist. Außerdem wird nicht nur deine Mutter, sondern auch deine Schwester leiden."

In hilflosem Zorn ballte Flann die Fäuste.

„Du Schwein, lass meine Familie in Ruhe", schrie er, erntete jedoch nur ein amüsiertes Kichern.

„Ich stelle mir gerade ihre Gesichter vor, wenn sie Ausschnitte aus diesem Kampf sehen. Ich könnte ihnen erzählen, dass der nächste Gegner eine Pistole benutzen darf. Außerdem stöhnt deine Mutter so herrlich schmerzerfüllt, während ich sie nehme."

Matthias hörte sich so selbstgefällig an, dass es Flann schlecht wurde.

Er sah rot vor Wut, musste sich aber zusammennehmen, da er niemanden gefährden durfte.

„Du bist das Letzte, Demmer."

Stinksauer drückte der Tiger das Gespräch weg, anschließend rief er zuerst seine Mutter, dann seine Schwester an. Beiden sprach er eine Nachricht auf den Anrufbeantworter, damit sie wussten, dass er lebte.

Er wollte auf jeden Fall verhindern, dass sie ungerechtfertigt um ihn trauerten.

~~°~~

Die nächsten zwei Wochen vergingen, ohne dass sich etwas Grundlegendes änderte.

Flann hatte für sein Studio eine neue Bedienung gefunden, nur brachte er es nicht übers Herz, seinen Leuten zu sagen, dass er sich getrennt hatte.

Er entschuldigte Darlas Abwesenheit damit, dass es ihrem Onkel schlecht ginge und sie sich um ihn kümmern müsse.

Seine Angestellten schluckten die Geschichte, allerdings betrachteten sie ihn immer wieder verstohlen, wenn sie dachten, er würde es nicht mitbekommen.

Natürlich verstand er ihr Verhalten, denn mit jedem Tag, den er Darla nicht sehen konnte, wurde er missmutiger.

Obwohl sie täglich mehrmals telefonierten, fehlte sie ihm, darüber hinaus machte er sich Sorgen. Er wusste, dass Demmer sich keinesfalls für den Rest seines Lebens zurückhielt.

Irgendwann langweilte er sich, dann musste seine Kleine körperliche Züchtigungen oder Schlimmeres über sich ergehen lassen.

Die ständigen Gedanken höhlten ihn aus, dazu kam, dass er einfach keine Lösung für das Problem fand.

An dem Abend saß er in seinem Wohnzimmer und grübelte über die Situation nach.

Falls er sich Hilfe holte, würden seine Schwester Fenja und seine Mutter Mary unter Umständen getötet werden.

Alleine schaffte er es nicht, sie zu beschützen, außerdem war da ja auch noch Darla. Wie sollte er es schaffen, gleichzeitig in Frankfurt, Dingle und Cork zu sein?

Natürlich gab es die Möglichkeit, sie alle zu sich in sein Cottage zu holen, doch damit spielte er dem Killer nur in die Hände.

Flann fluchte. Erneut dachte er an David. Aber was konnten die Wächter schon tun? Sie waren für die durchgeknallten magischen Wesen zuständig.

Auch sie müssten einen Weg finden Demmer auszuschalten, ohne dass dieser seine Leute vorher beauftragte, seine Liebsten umzubringen oder die Aufzeichnungen weiterzuleiten.

Selbstverständlich gab es die Möglichkeit den Mistkerl einzusperren oder gar zu töten, nur dann hatte sein Rechtsanwalt den Auftrag, sofort dafür zu sorgen, dass die mörderischen Pläne ausgeführt wurden.

Die Gerüchte über das Hospital und das Pflegeheim in Ballygannon, die direkt neben dem Hauptquartier der Wächter lagen, kamen ihm in den Sinn.

Die Iren spekulierten schon seit Jahren, ob es damit eine besondere Bewandtnis hatte.

Flann lachte unfroh auf. Das Geheimnis war einfach, denn in dem Krankenhaus wurden, außer den Menschen, genauso magische Wesen behandelt, das Gleiche galt für das Pflegeheim.

Es brachte ihn also kaum weiter, David in die Sache hineinzuziehen.

Demmer hatte bereits von den Söldnern, so nannten die Normalen die Wächter, gehört.

Offiziell traten sie als Söldnergruppe auf, die von Regierungen oder reichen Privatleuten auf der gesamten Welt angefordert wurden, wenn es brannte. Trotzdem kamen immer wieder Gerüchte auf, dass etwas nicht mit den Jungs stimmte.

Matthias hatte ihm schlichtweg verboten, auch nur in die Nähe von Ballygannon zu fahren.

Außerdem war Flann sich unsicher, ob auf seinem Smartphone mittlerweile eine Abhörapp installiert wurde.

Nach dem letzten Kampf hatte Demmer genug Zeit. Leider kannte der Tiger sich mit solchen Programmen kein bisschen aus, sodass er es nicht mal erkennen könnte.

Die Wächter waren also keine Option, wenn er seine Liebsten nicht gefährden wollte.

Zuerst sollte er herausfinden, wo sich die Aufzeichnungen seiner Verwandlung befanden, denn mit den Ausschnitten der illegalen Kämpfe würde Demmer kaum zu den Behörden gehen können.

Dummerweise gab es ja auch noch den Auftrag, Flanns Leute sofort zu töten, falls Matthias verschwand oder auf unnatürliche Weise starb.

Sobald die Unterlagen vernichtet waren, müsste sein Tod wie ein Unfall aussehen, damit sie alle in Frieden leben konnten.

In seine Gedanken hinein klopfte es.

Ein Lächeln glitt über sein Gesicht, wahrscheinlich wollte Mary mal wieder nach ihm sehen. Sie kam in den letzten Tagen öfter vorbei, um ihm Gesellschaft zu leisten, dabei hatte er ihr selbstverständlich auch von Darla erzählt.

Er erinnerte sich genau, wie seine Mutter ihn angestrahlt hatte, als er ihr mitteilte, dass er seine Seelengefährtin gefunden hatte. Natürlich musste er anschließend mit der gesamten Geschichte herausrücken.

Schnell stand er auf, öffnete die Tür und sah in Darlas graugrüne Augen.

„Überraschung!“

Ohne zu überlegen, riss er sie in seine Arme, presste sie fest an sich, weil er fürchtete, dass er sich das alles nur einbildete.

„Bitte, Liebster, du zerquetschst mich.“

Lachend drückte sie gegen seine Brust, doch Flann dachte gar nicht daran, sie loszulassen, er lockerte lediglich seinen Griff.

Leidenschaftlich küsste er sie, erkundete mit seiner Zunge ihren Mund, während er sich an ihrem Geschmack berauschte.

Wie sehr hatte er sie vermisst!

Aber auch Darla kam ihm mit Feuereifer entgegen, kostete von ihm und sog seine Zärtlichkeiten in sich auf.

Atemlos ließ er von ihr ab, um ihr tief in die Augen zu sehen. Flann konnte sein Glück nicht fassen.

„Darf ich vielleicht reinkommen?“

Liebevoll lächelte sie ihn an, gleichzeitig deutete sie auf den Raum hinter ihrem Liebsten.

Sofort löste er seine Umarmung, schnappte sich ihren Rucksack, den sie achtlos auf den Boden hatte fallen lassen, und zog sie an der Hand ins Wohnzimmer.

Einen Moment sah Darla verträumt aus dem Fenster, dabei erinnerte sie sich an die Vision, die sie vor ein paar Wochen gehabt hatte.

„Wieso hast du nicht gesagt, dass Demmer dich herkommen lässt?“, erkundigte Flann sich, was sie aus ihren Träumereien holte.

Langsam drehte sie sich um, bemerkte, dass er den Rucksack auf einen Sessel gelegt hatte, ehe sie ihn schmunzelnd ansah.

„Weil das nicht der Wahrheit entspricht. Außerdem wollte ich dich überraschen.“

Jetzt zog der Tiger eine Augenbraue hoch.

„Du bist zu mir geflogen, obwohl Demmer es verboten hat?"

Eifrig nickte sie, dabei strahlten ihre Augen, als ob sie etwas Phänomenales geleistet hätte.

„Setzen wir uns, dann erzähle ich dir tolle Neuigkeiten."

Stumm stimmte Flann zu, der sich fühlte, als ob die Katastrophe bereits greifbar im Raum stünde.

„Ich habe heute Morgen herausgefunden, wie man den Chip in deinem Nacken deaktiviert. Damit weiß Demmer gar nicht, wo du bist und selbst wenn er die Aufzeichnungen an die Behörden weitergibt, kann er niemandem verraten, wie sie dich finden. Vielleicht müsstest du dir die Haare färben oder einen Bart wachsen lassen. Wahrscheinlich ist es auch hilfreich, in ein anderes Land zu ziehen, aber wir bekommen endlich die Chance, zusammen zu sein."

Darla brach ab, als sie bemerkte, dass ihr Liebster ernst den Kopf schüttelte.

Mit einer so ablehnenden Reaktion hatte sie nun gar nicht gerechnet. Liebte er Irland so sehr, dass er auf eine Zukunft mit ihr verzichten würde?

„Es geht nicht nur um mich, Darla. Wenn ich Demmer den Gehorsam verweigere, bringt er meine Mutter und meine Schwester um."

Sie fühlte sich, als ob sie mit voller Wucht gegen eine Wand geprallt wäre.

„Deine Mutter lebt? Und du hast eine Schwester?", fragte sie tonlos.

Stumm nickte Flann.

„Ich dachte, du wüsstest das, zumal du nie gefragt hast."

Sofort schüttelte sie den Kopf.

„Nein, ich habe doch gesagt, dass deine Daten unter Verschluss gehalten werden. Als du von deinem Vater erzähltest, wollte ich keine weiteren Wunden aufreißen, also hielt ich meinen Mund."

Ihre Hochstimmung hatte einen heftigen Dämpfer bekommen, aber nicht genug, denn genau in dem Moment klingelte Flanns Smartphone.

„Was willst du?", knurrte der Tiger, als er den Anruf angenommen hatte.

Allein an seiner bösartigen Stimme erkannte Darla, dass es sich um ihren Onkel handeln musste.

„Meine nichtsnutzige Nichte ist verschwunden. Ich denke, dass sie bei dir auftaucht. Wenn sie da ist, schick sie umgehend zurück, sonst weißt du ja, was passiert. Die reizende Mary vermisst mich sicherlich schon."

Flann fauchte warnend.

„Lass meine Mutter in Ruhe, du stinkender Haufen Dreck. Ich habe keine Ahnung, wo Darla steckt. Vielleicht hatte sie nur die Nase voll von deiner Gegenwart."

Bei der Antwort hielt Darla die Luft an, doch Matthias keckerndes Lachen hörte sie deutlich.

„Wieso ist denn dann ihr Handy bei dir? Lüg mich nicht an, Flann. Schick sie zurück und ich sehe über den Ausrutscher hinweg."

Jetzt hätte sie sich am liebsten die Hand vor die Stirn geschlagen. Wie konnte sie vergessen, dass ihr Onkel in der Lage war, sie jederzeit zu orten?

„Heute wird das wohl nicht klappen. Aber ich schaue nach, welchen Flug ich buchen kann."

Ohne auf eine Antwort zu warten, legte er auf.

„Was hat er deiner Mutter angetan?"

Darla wollte es wissen, obwohl sie ahnte, dass es sich kaum um eine verbale Abreibung gehandelt hatte.

Flann schluckte schwer, anschließend atmete er mehrfach tief durch, um seine Wut unter Kontrolle zu bekommen.

„Er hat sie geschlagen und vergewaltigt. Solange sie und Fenja nicht in Sicherheit sind, bin ich gezwungen, weiterhin in den Käfig zu steigen."

Entsetzt schloss Darla die Augen.

Was hatte sie angerichtet?

„Ich bin schuld, falls er dich jetzt wirklich töten lässt", flüsterte sie.

Sofort nahm Flann sie zärtlich in die Arme, hob ihr Kinn an, bis sie ihn ansehen musste.

„Nein, das wird er nicht. Der letzte Kampf hat ihm noch mehr Geld eingebracht, außerdem hat James betont, dass er sich weigert aufzutreten, wenn ich beseitigt werde. Der Geist hat einen Narren an mir gefressen. Du hast doch nur helfen wollen. Rede dir keinen Unsinn ein!"

Sanft strich er ihr eine Strähne aus dem Gesicht.

Flann fühlte sich trotz der Umstände einfach nur glücklich, dass er sie wenigstens für eine Nacht bei sich hatte.

Die gesamte schlechte Stimmung der zwei Wochen verflog in dem Augenblick, als er seinen kleinen Sturkopf sah.

„Er wird uns nicht für immer auseinanderhalten können", murmelte er, ehe er sie erneut leidenschaftlich küsste.

Sein Kuss vernebelte ihr die Sinne. Wie sehr hatte sie das Gefühl vermisst! Erst jetzt fühlte sie sich wieder lebendig.

Atemlos ließ Flann von ihr ab.

„Hast du Hunger?"

Schnell schüttelte sie den Kopf.

„Nein, ich habe am Flughafen eine Kleinigkeit gegessen. Ich weiß ja, dass in deinem Kühlschrank meistens Leere herrscht", neckte sie ihn liebevoll.

Er lachte mit ihr, strich ihr mit den Fingerknöcheln über die Wange, ehe er leise seufzte.

„So ungern ich die Stimmung zerstöre, aber ich werde dir für morgen einen Flug buchen. Es bringt uns nur Schwierigkeiten, Demmer über Gebühr zu ärgern."

Geknickt stimmte sie zu. In der Tat war ihre Reise ziemlich überstürzt geplant gewesen, weil sie sich so sehr über ihren Fund gefreut hatte.

„Hey, mein Mädchen, wir haben immerhin eine ganze Nacht für uns."

Stumm nickte sie. So hatte sie sich die Sache allerdings nicht vorgestellt.

Schnell brachte sie ihren Rucksack in sein Schlafzimmer, wo sie einen Moment sehnsüchtig auf die keltische See blickte. War es doch nur ein Wunschtraum, als sie sich selbst gesehen hatte, wie sie im Winter vor dem Kamin ein Buch las?

Tränen der Enttäuschung brannten in ihren Augen, aber sie drängte sie energisch zurück.

„Darla, bring bitte deinen Personalausweis mit, wenn du runterkommst", rief Flann ihr zu.

Gehorsam holte sie ihr Portemonnaie aus dem Rucksack, anschließend ging sie zu ihrem Liebsten.

Er buchte ihr einen Flug mit Lufthansa, der um Viertel nach zwölf startete. Somit würde sie kurz vor halb vier am Nachmittag in Frankfurt sein.

„Kann ich nicht erst abends fliegen? Matthias ist doch eh schon sauer."

Bittend sah sie ihn an, wobei sie jetzt natürlich ihr Handy im Schlafzimmer liegen gelassen hatte.

„Nein, so gerne ich dich hier bei mir habe, ich werde das Risiko nicht eingehen, ihn noch mehr zu verärgern."

Schnell schickte Flann die Flugdaten an Demmer, damit dieser die Bestätigung sah, dass er gehorchte.

Darla schmiegte sich an ihren Liebsten.

„Es tut mir leid. Ich glaubte wirklich, dass ich die Lösung gefunden hätte."

Zerknirscht sah sie ihn an.

„Es ist genauso meine Schuld. Ich habe dir zu wenig erzählt. Ich dachte, du weißt so ziemlich alles über mich."

Er atmete ihren wundervollen Duft nach Flieder und Sehnsucht ein.

„Demmer ist sich sicher, dass ich gehorche, weil er sich sonst an meiner Mutter und meiner Schwester schadlos hält. Fenja hat er bisher noch in Ruhe gelassen, obwohl sie natürlich auch Bescheid weiß."

Flanns Stimme klang bitter.

„Mach dir keine Vorwürfe. Du konntest doch nicht ahnen, dass mein Onkel sich in der alten Anlage aufhält, als du dich verwandelt hast. Genauso wenig warst du in der Lage, zu wissen, dass er deine Familie in die Sache reinzieht."

Tröstend strich Darla ihm über den Arm.

„Das ist es ja gerade. Ich hätte es riechen können. Nur war ich so verdammt selbstsicher."

Seufzend zog er sie dichter an sich, weil er den Kontakt einfach brauchte.

„Lass uns den Abend genießen, was anderes bleibt uns kaum übrig."

Darla schob sämtliche Sorgen zur Seite. Natürlich würde es morgen in Frankfurt entsprechende Maßnahmen geben, das war ihr klar.

Wahrscheinlich sperrte Matthias sie jetzt endgültig im Haus ein, aber darüber wollte sie sich Gedanken machen, wenn es so weit war.

„Komm, wir gehen nach oben, ich möchte dich richtig spüren", schlug Flann nach einer kleinen Weile heiser vor.

Sofort stimmte sie ihm zu. Auch den Sex mit ihm hatte sie vermisst, ein Vibrator war nun mal kein ausreichender Ersatz.

Gemeinsam gingen sie ins Schlafzimmer, wo Flann sich mit dem Rücken an die Tür lehnte.

„Zieh dich aus, ich will dich ansehen."

Jetzt war er wieder ganz ihr Herr, was ihr eine wollüstige Gänsehaut über den Körper schickte.

Langsam streifte sie ihre Kleider ab, dabei bemerkte sie, dass die Scham ihre Lust anstachelte.

Verlegen sah sie zu Boden, kaum in der Lage, sich nicht mit den Händen zu bedecken.

Flann trat zu ihr, hob ihr Kinn mit dem Handrücken an und sah ihr liebevoll ins Gesicht.

„Du bist immer noch wunderschön, mein Mädchen."

Sanft küsste er sie, bevor er ihren Körper mit den Fingerspitzen erkundete.

„Bleib still stehen", raunte er ihr zu, dabei kitzelte sein Atem die Seite ihres Halses.

Stumm nickte sie, obwohl es ihr verdammt schwerfiel. Seine Zärtlichkeiten stachelten ihre Lust an, außerdem brannte sie darauf, ihn ebenfalls zu berühren.

Mit der Hand schob er ihre Beine bis auf Schulterbreite auseinander.

Jetzt spürte sie deutlich, dass die Feuchtigkeit bereits aus ihr heraussickerte. Peinlich berührt schloss sie die Augen.

Wieso hatte sie sich nicht besser im Griff? Flann musste ja denken, sie sei nur zu ihm gekommen, weil sie notgeil war. Den Gedanken strich sie sofort wieder, dazu kannte er sie zu gut.

Trotzdem war es ihr unangenehm.

„Du bist heiß", stellte er das Offensichtliche fest, während er zart über ihre offenen Schamlippen streichelte.

Seufzend schob sie ihr Becken ein wenig nach vorne, in der Hoffnung, er würde weitergehen, aber das tat er natürlich nicht.

„Lass mich dich genießen. Ich habe dich zu sehr vermisst, um es jetzt zu übereilen.“

Zu gerne hätte sie widersprochen, nur wusste sie, dass es ihr nichts einbrachte. Außerdem hatte er ja recht.

„Ich will dich“, flüsterte sie.

Ein leises Lachen war die Antwort.

„Das sehe ich, mein Mädchen. Geduld, du kommst auf deine Kosten.“

Hart küsste er sie, eroberte ihren Mund, brachte sie zum Stöhnen, ehe er erneut zärtlich über ihre zarte Haut streichelte.

Erst als Darla das Gefühl hatte, ihr ganzer Körper stünde in Flammen, hob er sie auf seine Arme, legte sie auf das Bett, ehe er sich die Kleider vom Leib riss und mit einem Satz über ihr war.

Er zog ihre Hände über ihren Kopf, anschließend sah er sie eindringlich an.

„Du kannst dich festhalten, aber du bleibst genau so liegen, verstanden?“

Schnell nickte sie.

Seine Dominanz stand spürbar im Raum, was sie noch weiter anheizte.

„Ja, ich gehorche.“

Zufrieden lächelte er, dann fuhr er zart mit der Zungenspitze an der Seite ihres Halses entlang. Leckte kurz über ihr Schlüsselbein, bis er an ihren Brüsten ankam.

Gierig saugte er an ihrer Brustwarze, biss kräftig in den weichen Hügel, nur um gleich darauf liebevoll über die Stelle zu lecken.

Dieser Mischung aus Schmerz und Lust hatte Darla nichts entgegenzusetzen. Sie stöhnte hemmungslos, hielt sich am Bettgestell fest, während sie sich unter seinen Zärtlichkeiten wand.

„Bitte, Flann", flüsterte sie, als er ihr erneut in den Nippel biss.

Wie sehr hatte sie den Lustschmerz vermisst! Aber jetzt sehnte sie sich danach, endlich die Erlösung genießen zu dürfen.

„Was möchtest du?"

Er klang heiser, erregt und so sexy.

„Schenk mir einen Höhepunkt, bitte."

Flehend sah sie ihn an, dabei versank sie für einen Moment in seinen bernsteinfarbenen Augen.

„Aber gerne."

Seine Zustimmung riss sie aus dem Bann, den er über sie gewoben hatte. Dieser Tiger brauchte keine Seile, um sie zu fesseln.

Seine Finger fanden zielsicher ihre Klitoris, die er jetzt stimulierte, während er ihr weiterhin Lustschmerz schenkte.

Abwechselnd saugte er an ihren Brustwarzen, ehe er hineinbiss, gleichzeitig umkreiste er ihren Lustpunkt, auf die Weise trieb er sie auf den Orgasmus zu.

Darla stieß leise Schreie aus, stöhnte, dabei krallte sie sich an das Bettgestell, um halbwegs ruhig liegen zu bleiben.

Kurz bevor sie kommen konnte, drang er mit einem Stoß in sie ein.

„Ich will dich."

Knurrend bewegte er sich in ihr, ohne seine Finger von ihrer Klitoris zu nehmen.

Sie schlang ihre Beine um seinen Hintern, zog ihn auf diese Weise noch dichter an sich. Sie wollte ihn hart und wild.

Langsam steigerte Flann seine Bewegungen, als er die Gier in ihren Augen bemerkte. Ihm gefiel es, dass sie so hemmungslos war.

Es dauerte nicht lange, da spürte sie den Orgasmus auf sich zurasen.

Ohne darüber nachzudenken, legte sie die Arme um seinen Nacken, während der Höhepunkt über ihr hereinbrach.

Zuckend klammerte sie sich an ihn, hielt die Luft an, um die Gefühle zu intensivieren, gleichzeitig ließ sie sich vertrauensvoll fallen.

Für einen Augenblick blieb die Zeit stehen, als auch ihr Tiger mit einem Knurren kam.

Eng umschlungen und außer Atem lagen sie auf dem Bett. Völlig befriedigt, aber noch nicht bereit, sich voneinander zu lösen.

Erst als sich ihr Puls wieder beruhigt hatte, rollte Flann sich von ihr, legte sich neben sie, ehe er sie fest in seine Arme zog.

Darla kuschelte sich an ihn, wollte gerade die Augen schließen, als ihr siedend heiß einfiel, dass sie kein Kondom benutzt hatten.

„Wir haben vergessen, zu verhüten", rief sie.

Nachlässig zuckte ihr Tiger mit den Schultern.

„Das fällt dir jetzt erst auf?", bemerkte er belustigt.

In der Tat hatte er noch nie darauf geachtet.

Fragend sah sie ihn an.

„Ich kann riechen, wenn du fruchtbar bist."

Lächelnd drückte sie sich wieder an ihn. Sie konnte sich eben doch auf ihn verlassen.

Die Nacht verging viel zu schnell und am nächsten Morgen mussten sie schon um acht Uhr los, damit Darla ihren Flieger bekam.

Dieses Mal brauchte sie kein Gepäck aufzugeben, da sie ja nur mit Handgepäck hergeflogen war, das sparte Zeit.

Kapitel 16 - Gefährliches Unterfangen

Auf der gesamten Fahrt zum Flughafen überlegten sie, wie sie Demmer loswerden konnten, aber jeder Plan wies erhebliche Risiken oder Fehler auf.

„Irgendwo muss es doch eine Lösung geben", rief Darla verzweifelt, als sie erneut ein undurchführbares Vorgehen verwarfen.

„Bleib ruhig, mein Mädchen. Wir finden einen Weg, ganz bestimmt!"

Flann legte ihr sanft eine Hand auf den Oberschenkel.

„Ja, wahrscheinlich, wenn ich zu alt bin, um noch Spaß am Leben zu haben."

Mürrisch verschränkte sie die Arme vor der Brust. Sie hasste es, ihren Liebsten schon wieder zu verlassen.

„Es sind erst knappe drei Wochen, seit wir uns überhaupt kennengelernt haben", erinnerte ihr Tiger sie, doch sie schnaubte nur.

Im Moment waren ihr diese Tatsachen völlig egal, sie wollte ihr Gück mit Flann in Irland genießen, sofort.

Sie parkten in einem Parkhaus des Flughafens, anschließend begleitete er sie ins Gebäude.

„Ich vermisse dich jetzt schon", flüsterte sie, als sie ihn zum Abschied fest an sich drückte.

Dem konnte er nur zustimmen, zumal er es genauso hasste, sie wieder zurückzuschicken.

Leidenschaftlich küsste er sie, dann wurde es Zeit, einzuchecken.

Darla winkte ihm traurig zu, ehe sie ihren Personalausweis aus ihrer Handtasche kramte. Sie hatte ihn am Vorabend nur frustriert in die Tasche fallen lassen.

Als sie ihn endlich fand, fiel ihr ein Stück Papier in die Hand. Die Telefonnummer von David.

Nachdenklich ging sie durch den Check-in, ließ die Kontrollen über sich ergehen, blieb allerdings vor einem Geschäft mit irischem Whiskey stehen.

In ihrem Kopf formte sich ein Plan, der zwar risikoreich war, aber vielleicht auch funktionierte.

Ihr Flug wurde aufgerufen und sie lief schnell zum richtigen Gate, passierte den Zoll, ehe sie in einen Warteraum kam. Von hier aus würden sie direkt zum Flugzeug gehen.

In einem Impuls ging sie zu einem Mitarbeiter des Flughafens, der die Fluggäste gerade zur Maschine schickte.

„Entschuldigen Sie bitte, aber ich kann nicht fliegen. Ich habe etwas Wichtiges vergessen. Können Sie mich bitte von der Passagierliste streichen?"

Auf jeden Fall musste sie verhindern, dass man sie am Ende noch ausrief, weil sie jetzt ganz bestimmt in Irland blieb.

Erstaunt sah der Mann sie an, ehe er leicht nickte.

„Sie müssen warten, bis die anderen Passagiere weg sind, dann bringe ich Sie zurück."

Dankbar lächelte sie ihn an.

Teil eins ihres Plans klappte schon mal ohne Probleme.

Sie setzte sich wieder, während die restlichen Leute zum Flugzeug gebracht wurden.

„Bitte, kommen Sie mit mir."

Der Angestellte vom Flughafen brachte sie sicher in den Bereich, der öffentlich zugänglich war.

„Brauchen Sie Hilfe?"

Offensichtlich war es ihm unerklärlich, wieso Darla im letzten Moment entschied, auf den Flug zu verzichten.

Energisch schüttelte sie den Kopf und schenkte dem Mann ein strahlendes Lächeln.

„Nein, es war nur eine falsche Entscheidung, Irland verlassen zu wollen."

Höflich bedankte sie sich, anschließend ging sie zu einem Informationsschalter. Für ihre weitere Reise durfte sie ihr Handy nicht benutzen, denn so leicht würde sie es Demmer nicht machen.

In einem freundlichen Ton erkundigte sie sich, wie sie am schnellsten nach Ballygannon kam.

Die Frau hinter dem Tresen lächelte ihr zu.

„Besitzen Sie einen Führerschein? Dann ist es am einfachsten, ein Auto zu mieten."

Darla lehnte diese Möglichkeit ab. Sie wollte ihre Daten nirgendwo hinterlegen. Auf keinen Fall sollte Demmer zu früh herausbekommen, was sie vorhatte.

Verstehend nickte die Dame und reichte ihr den Busfahrplan, bevor sie ihr erklärte, wo sie die Busse fand.

„Entschuldigen Sie, haben Sie auch eine Karte von Irland?"

Sofort händigte die freundliche Angestellte ihr das Gewünschte aus.

Darla bedankte sich herzlich, anschließend ging sie zurück zu der Lounge, wo sie schon einmal mit Flann gesessen hatte.

Jetzt kam der kniffelige Teil ihres Plans, von dem einiges abhing.

Mit einem tiefen Atemzug nahm sie ihr Handy und rief ihren Onkel an.

„Ach sieh mal einer an, Madame geruht, sich zu melden. Was glaubst du eigentlich, wer du bist?"

Mit der Begrüßung hatte sie durchaus gerechnet.

„Es tut mir leid, Matthias. Ich habe Flann so vermisst, kannst du das nicht verstehen? Hast du nie geliebt?"

Sie gab ihrer Stimme extra einen weinerlichen Klang.

Ein spöttisches Auflachen war die Antwort.

„Mach, dass du nach Hause kommst. Wieso darfst du telefonieren? Laut den Daten, die dein Liebhaber geschickt hat, müsstet ihr gerade erst gestartet sein."

Jetzt schluckte sie so, dass er sie hören konnte.

„Ich habe den Flieger verpasst, aber ich nehme direkt den nächsten, dann bin ich gegen Mitternacht in Frankfurt. Bitte, ich wollte dir einen Whiskey mitbringen, dabei ist mir entgangen, dass es schon so spät ist. Der Flughafen hier ist riesig, sodass ich es nicht mehr geschafft habe, ehe das Gate geschlossen war."

Darla hielt die Luft an, wenn er ihr diese Lüge nicht glaubte, wäre ihr gesamter Plan in Gefahr oder noch schlimmer, Demmer könnte sich an Flann schadlos halten.

„Der verdammte Tiger sollte dich doch rechtzeitig hinbringen. Wahrscheinlich lügst du und ihr liegt faul im Bett. Der wird sein blaues Wunder erleben."

Matthias wetterte wie erwartet gleich los.

„Flann hat mich pünktlich hier abgegeben. Er ist schon auf dem Rückweg. Du kannst ihn auf deiner Karte sehen. Und ich sitze in der Flughafenlounge, wo ich auch bleibe, bis mein Flug geht. Lass mein Handy orten, wenn du mir nicht glaubst."

Sie hörte, wie ihr Onkel etwas auf der Tastatur eingab.

„Du bist heute Nacht in Frankfurt, sonst ergeht es deinem Tiger schlecht, verstanden? Außerdem richtest du dich besser darauf ein, dass du in den nächsten zwei Monaten niemanden außer mir siehst."

Damit legte Demmer auf.

Darla holte tief Luft, ihr zitterten jetzt schon die Hände.

Sorgsam entfernte sie die SIM-Karte aus ihrem Handy, die sie in eine Ritze des Polsters, auf dem sie saß, steckte, anschließend wickelte sie das Smartphone in mehrere

Servietten. Langsam ging sie zur Toilette, wo sie das Gerät in einem Klopapierhalter versteckte. Mit etwas Glück fiel es hier niemandem auf.

Sollte ihr Onkel doch misstrauisch werden und nicht nur ihre SIM-Karte orten, sondern auch das Handy selbst, würde er aufgrund der winzigen Ungenauigkeit eher keinen Verdacht schöpfen.

Jetzt musste sie schnell sein, denn ab Mitternacht war Matthias gewarnt.

Eilig drängte sie sich durch die Reisenden, um noch rechtzeitig zum Busbahnhof zu kommen. Ihr Bus fuhr in genau zehn Minuten.

Völlig außer Atem kam sie an, kaufte eine Fahrkarte beim Busfahrer, ehe sie sich setzte. Ihr Herz schlug ihr bis zum Hals und das nicht nur, weil sie gerade so gerannt war.

Ihr war alles andere als wohl bei ihrem Plan, besonders, da das Leben ihres Liebsten auf dem Spiel stand, nur wollte sie auf keinen Fall länger Demmers Spielball sein.

Der Bus hielt nach dreizehn Minuten und sie musste umsteigen. Schnell hatte sie ihre Linie gefunden, doch nun sah sie sich suchend um, denn es schien, als ob kein Sitzplatz übrig war.

Eine ältere Dame winkte ihr vorsichtig zu.

„Hier bei mir ist Platz."

Dankbar setzte Darla sich neben sie, weil ihr die Knie immer noch zitterten. Jetzt, wo sie nicht mehr zurückkonnte, war sie sich unsicher, ob ihr Plan wirklich so gut war.

„Wo willst du denn hin, Kindchen?"

Die Frau neben ihr hatte enorme Ähnlichkeit mit einem Leprechaun, einem irischen Kobold, zumindest, wenn man nach den Abbildungen ging. Den unhöflichen Gedanken strich Darla sofort wieder aus ihrem Kopf.

„Ich muss zu Freunden nach Ballygannon."

Sie schenkte ihrer Sitznachbarin ein freundliches Lächeln, das diese erwiderte.

„Ah, ja, es ranken sich viele Gerüchte um den Ort. Hast du schon von den Söldnern gehört, die dort ihr Quartier haben?“

Neugierig blickte die Dame sie an.

Darla verschluckte sich fast. Wieso kam sie ausgerechnet auf die Wächter zu sprechen?

„Ja, habe ich. Wissen Sie mehr darüber?“

Vielleicht erhielt sie weitere Informationen. Es war unwahrscheinlich, dass ihr Onkel ihr jetzt schon auf die Schliche gekommen war, aber nicht unmöglich.

„Ich hörte Gerüchte, viel Tratsch und einmal konnte ich ein paar der Jungs sehen. Ansehnliche Kerle, muss ich wirklich sagen.“

Ihre Augen blitzten schelmisch auf, sodass Darla lachen musste.

„Ich bin mit meinem Freund ziemlich zufrieden. Wahrscheinlich würden Sie ihn auch als stattlich bezeichnen.“

Die alte Dame nickte wissend, doch das tat Darla nur als Höflichkeit ab.

„Du stammst nicht hier aus Irland, oder?“

Ehrlich gab Darla es zu, konnte sich ein Seufzen allerdings nicht verkneifen.

„Das hört man wohl sofort, oder?“

Lächelnd schüttelte ihre Gesprächspartnerin den Kopf.

„Nein, nur bin ich so vielen Menschen begegnet, dass ich sie schnell einschätzen kann. Es muss schwierig sein, eine Fernbeziehung aufrechtzuerhalten, auf diese Distanz.“

Irritiert musterte Darla sie. Woher konnte sie wissen, wie weit Flann und sie auseinander wohnten?

„Ich weiß einiges, mein Kind, aber ich meine es gut mit dir. Sei einer alten Frau nicht böse, wenn sie Unsinn vor sich hinplappert.“

Sie lachte leise, doch Darla sah sie misstrauisch an. Irgendetwas wusste sie, das war sonnenklar.

Gerade als sie nachfragen wollte, zeigte die Dame aus dem Busfenster.

„Siehst du den Stacheldrahtzaun dort hinten? Fast am Meer?"

Verwirrt schüttelte sie den Kopf. Sie sah weder einen Zaun noch ein Gebäude, nur eine grüne Fläche.

„Du musst genau hinsehen", flüsterte ihre Sitznachbarin und plötzlich sah sie den Zaun.

„Da ist das Lager der Söldner. Interessant, oder?"

Die Sicht verschwamm und es kam ihr vor, als ob sie aus einem Traum aufwachte.

Die seltsame Dame wurde ihr langsam unheimlich.

„Was sind Sie?"

Auch Darla flüsterte jetzt nur noch.

„Eine senile alte Frau, die oft genug nicht ernst genommen wird."

Sie lachte, als ob sie einen Witz gemacht hätte und ehe Darla ihr widersprechen konnte, hielt der Bus erneut.

„Du musst hier aussteigen, mein Kind. Verlier nie die Hoffnung, du bist auf dem richtigen Weg."

Völlig verwirrt über diese Worte stieg Darla aus, ohne etwas zu erwidern, doch als sie sich umsah, war die Dame verschwunden.

Ob sie wirklich eine der irischen Elfen gewesen war?

Energisch schob sie die Überlegungen von sich, es war egal, ob sie zu der magischen Welt gehörte oder nicht, sie hatte ihr jedenfalls den Weg gezeigt. Das Quartier der Wächter war natürlich nicht in der Karte eingezeichnet, sodass sie sich jetzt hätte durchfragen müssen.

Noch einmal atmete sie tief ein, rückte ihren Rucksack zurecht und machte sich auf den Weg.

Ziemlich schnell kam sie an dem Zaun an, an dem sie vorbeilief, bis sie ein großes Tor fand.

Hier gab es eine Überwachungskamera sowie eine Gegensprechanlage.

Beherzt drückte sie auf den Klingelknopf, anschließend wartete sie mit klopfendem Herzen.

Es war jetzt zwanzig nach zwei am Nachmittag. Sie musste sich verdammt beeilen.

„Ja, bitte? Was wollen Sie?", erklang eine Stimme, die sie zusammenzucken ließ.

„Ich möchte mit David reden. Er ist ein Freund von Flann O´Rory, dem Tiger."

Sie hoffte, dass sie den Mann hier auch antraf, sonst war alles umsonst.

„Wer sind Sie?"

Entschlossen sah sie direkt in die Kamera.

„Ich bin die Gefährtin von Flann, Darla Demmer. Bitte, ich brauche dringend Ihre Hilfe. Ich bin ein Mensch und weiß von der magischen Welt."

Sie wusste, dass sie sich mit der Aussage auf dünnes Eis begab.

„Sie sind so etwas wie die Polizei. Flann hat es mir erzählt. Er ist in Gefahr."

Verzweiflung klang in ihrer Stimme, als sich so gar nichts hinter dem Zaun regte.

Sie wollte schon zurück zur Bushaltestelle laufen, als sich das Tor öffnete und ein attraktiver, blonder Mann erschien, der sie ernst ansah.

„Ich bin David McDorrell", stellte er sich vor.

Dankbar nickte sie ihm zu, während sie mit den Tränen kämpfte.

„Bitte, ich brauche Ihre Hilfe. Wenn Sie uns nicht helfen können, weiß ich keinen Rat."

Der Wächter machte eine einladende Handbewegung.

„Kommen Sie erst einmal rein, Darla."

Gemeinsam gingen sie an einem Parkplatz vorbei, auf dem wunderschöne Autos und schnelle Motorräder standen, nur hatte sie keinen Blick für die Schönheiten.

Erst als sie im Büro des Mannes saß, atmete sie ein wenig auf.

„So und jetzt erzählen Sie bitte. Was ist mit Flann?"

David sah sie halb neugierig, halb ernst an.

„Er ist in illegale Käfigkämpfe verwickelt, die mein Onkel in Terryglass abhält", stieß sie hervor.

Langsam nickte er, als ob er davon bereits gehört hätte.

„Wir wissen, dass die alte Ferienanlage ungefähr alle drei Monate für solche Zwecke genutzt wird. Nur ist das nicht unser Problem. Wir mischen uns niemals in die Sachen der Normalen ein."

Er sagte es in einem völlig neutralen Ton, sodass Darla fassungslos den Kopf schüttelte.

„Aber Flann ist ein Gestaltwandler. Bitte, David, er meinte, dass Sie mal gute Freunde waren. Er ist in Gefahr."

Nachdenklich sah der Wächter die Frau vor ihm an. Ihre Verzweiflung war echt, nur glaubte er nicht, dass ausgerechnet ein O´Rory gegen die Geheimhaltung verstieß. Außerdem besaß dieser seine Telefonnummer. Er könnte ihn also auch selbst anrufen.

„Was ist mit ihm? Erzählen Sie mir bitte die ganze Geschichte, doch vorher möchte ich meinen Vorgesetzten herholen."

Stumm nickte Darla. Ihre Hoffnung, dass man ihr hier helfen würde, sank rapide.

David rief jemanden an und kurz darauf erschien ein großer, blonder Mann, mit stahlblauen Augen, der ihr höflich die Hand reichte.

„Steward McFlann, ich habe gehört, dass Sie Hilfe wegen eines Gestaltwandlers brauchen?“

Traurig schüttelte sie den Kopf.

„Nein, der Tiger braucht Ihre Unterstützung, sonst wird er vor die Hunde gehen.“

Offen sah sie ihn an.

„Genau wie ich“, fügte sie leise hinzu.

„Erzählen Sie uns die ganze Geschichte, damit wir entscheiden können, was zu tun ist.“

Aufmunternd lächelte David sie an. Sollte es sich wirklich um den Flann handeln, den er kannte, würde er keine Sekunde zögern.

Darla holte tief Luft, dann berichtete sie, wie sie auf den Tiger aufmerksam geworden war, mit nach Irland kam und seine Gefährtin wurde.

Tränen traten ihr in die Augen, als sie erzählte, dass ihr Onkel ihren Liebsten gegen einen bewaffneten Ninja antreten ließ.

„Ich weiß nicht mehr weiter. Mit jedem Kampf wird die Gefahr größer, dass Flann stirbt.“

Mit tränenüberströmten Wangen sah sie die beiden Männer an.

David kam zu ihr, legte ihr eine Hand auf die Schulter.

„Sie haben genau richtig gehandelt. Wir werden ihn da rausholen.“

Dankbar sah sie ihn an, gleichzeitig atmete sie auf. Endlich bekam sie Hilfe, obwohl sie keine Ahnung hatte, wie diese Leute vorgehen würden.

Steward öffnete die Tür, anschließend rief er leise nach der ersten Einheit, wer immer das auch war, während der andere Wächter per Telefon ein Flugzeug anforderte.

Innerhalb von Sekunden kamen fünf Männer und zwei Frauen ins Büro, die Darla neugierig ansahen.

„Das sind meine Jungs. Wir werden Ihren Gefährten raushauen."

David zeigte stolz auf die Leute in dem Raum.

„Brian wird zusammen mit Gerry und seiner Gefährtin Caitlin nach Frankfurt fliegen. Ihr bringt mir diesen Demmer. Niemand darf etwas erfahren. Die Maschine steht in einer Stunde zur Verfügung."

Die Angesprochenen nickten leicht, anschließend machten sie sich auf den Weg.

„Entschuldigung, aber wenn die Männer meines Onkels mitbekommen, dass er entführt wurde, werden die Aufzeichnungen von Flann direkt an die zuständige Behörde weitergeleitet. Außerdem wird man seine Mutter und seine Schwester töten."

Angstvoll sah Darla auf den Wächter, der jetzt wieder hinter seinem Schreibtisch saß.

Logan, ein durchtrainierter Kerl mit gestreiften Haaren, legte ihr sanft eine Hand auf den Arm.

„Machen Sie sich keine Gedanken. Wir wissen, was wir tun. Niemand wird mitbekommen, dass Ihr Onkel entführt wird."

„Patrick und Victoria, ihr fahrt auf dem schnellsten Weg nach Dingle. Ihr bringt mir Fenja O´Rory her."

David ließ sich nicht beirren, er sah die beiden eindringlich an.

„Wir gehen dann mal die Adresse heraussuchen."

Mit einem Nicken waren die zwei verschwunden.

Wieder schluckte Darla angstvoll.

„Keine Sorge, Patrick ist unser Mann für alles rund um den Computer. Seine Gefährtin Victoria ist ein Luftgeist, eine Sylphe. Sie werden Fenja auf jeden Fall finden."

Steward lächelte ihr zu, trotzdem fühlte sie sich verdammt mulmig.

„Logan, kannst du Flann zu uns bringen? Du hast das schnellste Auto."

David schmunzelte leicht, als er den begeisterten Blick seines Freundes sah. Logan liebte es, alle Geschwindigkeitsbegrenzungen zu übertreten.

„Muss ich mir die Adresse heraussuchen oder hat die jemand?", fragend sah er auf Darla.

„Ja, klar, er wohnt in Reaniesglen, in der Nähe von Cork. Wenn Sie zum Nohoval Cove fahren, sehen Sie ..."

David hob eine Hand, um sie zu stoppen.

„Im Ernst, er lebt wieder in dem alten Cottage? Ich weiß, wo das ist."

Er tippte auf seinem Handy herum und kurz darauf war auch Logan auf dem Weg, um den Auftrag auszuführen.

„Jorgan? Hol dir bitte bei Joleen die Adresse von Mary O´Rory. Bring sie her. Ich muss nicht betonen, dass du besser nicht fliegst, oder?"

Der Mann mit den schwarzen Haaren und der dunklen Aura nickte nur stumm, dann verließ er den Raum.

Erschöpft saß Darla in ihrem Stuhl. Sie plagte die Ungewissheit, ob sie richtig gehandelt hatte, doch David lächelte sie freundlich an.

„Vielleicht können wir zum Du wechseln? Ich kenne Flann wirklich schon lange. Wir haben vor vielen Jahren unseren heutigen Obersten Richter aus dem Killkenny Castle befreit, dabei hat er uns den Rücken freigehalten. Damals war er, glaube ich, Chronist."

Daran, dass er dort gearbeitet hatte, erinnerte sie sich sofort.

„Gerne, nur wie soll das denn alles funktionieren? Mein Onkel wird den Befehl geben, Flanns Familie zu töten, sobald er mit seinem Rechtsanwalt spricht. Sollten seine Handlanger vorher irgendetwas mitbekommen, geht eine Nachricht an den, der die Aufzeichnungen von Flanns Verwandlung hat."

David nickte leicht.

„Das habe ich durchaus verstanden, aber dein Onkel wird mit niemandem, außer meinen Leuten sprechen."

Irritiert sah sie ihn an.

„Ich verstehe das nicht, darüber hinaus fürchte ich, einen Fehler gemacht zu haben."

Geschmeidig stand der Wächter auf.

„Lass uns ins Wohnzimmer gehen, dort ist es bequemer."

Gemeinsam gingen sie in einen Raum, der eine atemberaubende Aussicht auf das Meer bot. Außerdem war er gemütlich eingerichtet mit genug Platz für die vielen Menschen, die sich in dem Gebäude aufhielten.

Höflich bot David ihr an, sich zu setzen.

„Leg deine Sachen ruhig ab, hier stiehlt niemand."

Erst jetzt bemerkte Darla, dass sie sich an den Rucksack klammerte. Schnell stellte sie ihn neben die Couch, ehe sie sich setzte.

„In den hundert Jahren, seit ich Flann das letzte Mal gesehen habe, ist eine ganze Menge passiert. Unsere Ärzte haben eine Methode entwickelt, mit der sie Gedanken entfernen. Manchmal geht das schief, dann bleiben Zombies übrig, die sich nicht mehr selbst versorgen können. Dafür gibt es unser Pflegeheim."

Erstaunt musterte Darla ihn. Wollte er sie auf den Arm nehmen? Oder war die Lösung wirklich so einfach?

„Du kannst mir vertrauen. Ich habe keinen Grund zu lügen."

David deutete auf die Bar.

„Darf ich dir etwas zu trinken anbieten?"

Schüchtern nickte sie.

„Ein Glas Wasser wäre toll."

Die ganze Situation überforderte sie, trotzdem bekam sie langsam das Gefühl, dass sie genau den richtigen Schritt unternommen hatte.

Ihr Gastgeber öffnete die Tür und fragte höflich nach dem Getränk für Darla.

„Glaubst du wirklich, dass dich jemand gehört hat?"

Er hatte normal gesprochen und bei der Größe des Hauses müsste die Person direkt im Gang gewesen sein.

Ehe er antworten konnte, brachte ein junger Mann ihr das Gewünschte.

„Danke, Lorenz", rief David ihm nach, als dieser bereits aus dem Raum war.

Darla nahm einen Schluck, sie war völlig verwirrt.

„Ich sehe schon, Flann war ziemlich oberflächlich, was uns angeht, oder?"

Stumm nickte sie.

„Die männlichen Wächter sind alle Gestaltwandler. Wir haben hier eine bunte Mischung von einem Luchs bis hin zu einem Drachen."

Erneut musterte sie den Mann skeptisch.

„Sind die nicht ausgestorben?"

Ihre Stimme klang ein wenig spöttisch, doch David nahm es ihr nicht übel.

„Das dachten wir auch, bis wir Jorgan fanden, der verletzt in unserem Wald lag."

Jetzt sah sie ihn entschuldigend an.

„Es tut mir leid, aber ich bewege mich erst seit Kurzem in eurer Welt."

Lachend winkte David ab.

„Das sind Interna, die kaum jemand außerhalb dieser Mauern erfährt. Genau wie die Information, dass wir Gedanken löschen können. Das muss unbedingt unter uns bleiben. Du kannst dir sicherlich vorstellen, was unseren Ärzten blüht, wenn sich das herumspricht."

Schnell nickte sie.

„Weißt du, ab und zu werden Menschen in unsere Angelegenheiten verwickelt. Wir bringen sie ins Krankenhaus, wo das Wissen über die magische Welt vernichtet wird. Stattdessen erzählen wir ihnen meistens, dass sie einen schweren Unfall hatten. Wir müssen uns schützen, denn keiner hat das Bedürfnis, in einem Labor als Testobjekt zu landen."

Das verstand Darla sehr gut. Trotzdem hatte sie Angst, dass etwas schiefging.

„Aber ihr könnt doch nicht alle Kunden meines Onkels operieren. Oder geht das so schnell?"

David schüttelte den Kopf.

„Du hast recht, dazu sind wir kaum in der Lage. Wir werden zuerst herausfinden, wo die Aufzeichnungen von Flann sind und natürlich, ob es noch weitere belastende Unterlagen gibt, die die magische Welt verraten. Anschließend zerstören wir das Gehirn deines Onkels, sodass er nur die grundlegenden Kenntnisse behält. Er wird sich bewegen, essen und sprechen können, aber nicht viel mehr. Ihm ist also ein Platz in unserem Pflegeheim sicher."

David trank einen Schluck Orangensaft, den er sich eingeschenkt hatte, während Darla an ihrem Wasser nippte.

„Was ist mit seinen Leuten? Sie haben unter Umständen den Befehl, alles auffliegen zu lassen oder Flanns Familie zu töten."

Beruhigend lächelte David ihr zu.

„Sobald dein Onkel unter dem Messer liegt, hat Gerry, unser Arzt kompletten Zugriff auf seine Gedanken. Nach der Operation wissen wir genau, welche Order wie ausgeführt werden soll. Zuerst geben wir die Nachricht heraus, dass er einen schweren Autounfall hatte und noch nicht ansprechbar ist. Das verschafft uns Zeit. Wir holen uns die Leute, die für uns gefährlich sind, dann erst streuen wir die Information, dass Demmers Gehirn leider unwiderruflich geschädigt ist."

Das könnte sogar klappen.

„Und was ist mit den Zuschauern? Sie fragen doch bestimmt nach neuen Kämpfen, oder?"

Erneut lächelte David.

„Wen sollen sie denn ansprechen, wenn dein Onkel ein Zombie ist? Sie werden wohl kaum zur Polizei laufen. So wie du erzählt hast, gibt es eine Verschwiegenheitsklausel, außerdem will erfahrungsgemäß keiner dieser Gangster auffallen."

Erst jetzt atmete sie ein wenig auf, bis ihr ein anderer Gedanke kam.

„Aber ihr werdet Flann einsperren. Immerhin hat er gegen euer Gesetz verstoßen."

Bei der Vermutung lachte David laut auf.

„Du hast komische Ideen, Darla. Niemand wird bestraft, weil er gezwungen wurde. Ihm ist ein Fehler unterlaufen, mehr nicht."

Genau in dem Augenblick flog die Tür auf und im nächsten Moment drückte Flann sie an sich.

„Du bist gefahren wie der Henker, stimmts?", wollte David von Logan wissen, aber das bekam Darla nur am Rande mit.

„Gott sei Dank, es geht dir gut. Demmer hat mich angerufen. Als ich dich danach nicht auf deinem Handy erreichen konnte, dachte ich mir schon, dass du eine Dummheit machst."

Ernst sah er sie an.

„Was hast du dir nur dabei gedacht? Die Jungs hier sind kaum in der Lage zu zaubern."

Jetzt räusperte David sich.

„Doch, sind wir und du wüsstest es, wenn du mir wenigstens etwas vertraut hättest."

Irritiert sah Flann sich um, ehe er seinen Freund umarmte.

„Es tut gut, dich zu sehen, aber es bedeutet für mich auch die Katastrophe schlechthin. Ich muss sofort meine Mutter und meine Schwester warnen."

David drückte ihn auf den Platz neben seiner Liebsten, gleichzeitig schüttelte er leicht den Kopf.

„Meine Leute sind schon unterwegs."

Jetzt atmete Flann sichtbar auf, während er dankbar ein Glas Whiskey von seinem Kumpel entgegennahm.

„Du kannst deiner bezaubernden Gefährtin danken, dass sie dich aus dem Schlamassel herausgeholt hat. Sie hatte nämlich so viel Grips, um uns einzuweihen."

Der Wächter setzte sich in den Sessel, der gegenüber dem Sofa stand.

Darla, der sich der Kopf vor lauter Neuigkeiten drehte, kuschelte sich dicht an ihren Tiger, dabei überließ sie es David, ihren Gefährten aufzuklären.

„Was sollen wir tun, um Mary, Fenja und mein Mädchen vor Demmer zu schützen? Wir können sie kaum für den Rest ihres Lebens hier einsperren."

Fragend sah Flann auf seinen Kumpel.

„Ein paar meiner Leute sind auf dem Weg nach Frankfurt, um den netten Herrn herzubitten. Wir bilden einen Stuhlkreis, anschließend ist alles wieder gut."

Verwirrt sah Darla den Mann an. Hatte er zu viel getrunken? Oder nahm er ihren Tiger einfach nur auf den Arm? Auch der runzelte die Stirn.

„Mir ist gerade nicht nach Scherzen zumute. Du bist doch im Bilde. Was glaubst du, was der Kerl tun wird? Däumchen drehen?"

Jetzt lachte David laut auf.

„Unsere Mediziner haben sich genauso weiterentwickelt wie unsere Techniker. Du hast eine ganze Menge verpasst in all den Jahren, mein Freund. Wir sind in der Lage, Gedanken zu entfernen und natürlich die Informationen, die wir brauchen, aus einem Gehirn herauszulesen."

Während ihr Liebster aufgeklärt wurde, schloss Darla die Augen.

Der Tag war nervenaufreibend gewesen, außerdem kannte sie die Hintergründe ja bereits.

„Jetzt sag du mir, warum hast du mich nie um Hilfe gebeten?", erkundigte der Wächter sich, als er mit seinem Bericht fertig war.

Verlegen zuckte Flann mit den Schultern.

„Erstens hatte ich mich damit abgefunden, dass Demmer über mich verfügt. Solange ich tat, was er wollte, war meine Familie in Sicherheit. Als ich meine Kleine kennenlernte, hat sich die Situation geändert. Nur wusste ich nicht, ob der Mistkerl nach dem letzten Kampf eine Abhör-App auf meinem Handy installiert hat. Er hat übrigens Gerüchte über euch gehört, sodass er mir verboten hat herzukommen. Zweitens hatte ich keine Ahnung, dass ihr schon so weit seid."

Er holte tief Luft.

„Und drittens hatte ich eine Scheißangst, dass durch meine Schuld jemand stirbt, den ich liebe. Gott sei Dank habe ich eine Gefährtin, die zwar ein ziemlicher Sturkopf ist, aber beherzt solche Dinge regelt."

Sein Arm lag fest um Darlas Schultern, die ihn jetzt glücklich anlächelte.

„Ich wollte einfach bei dir sein, doch dazu musste mein Onkel weg."

Ihr Gespräch wurde unterbrochen, weil jetzt Jorgan mit Mary zurückkam.

Die schwarzhaarige Frau umarmte zuerst ihren Sohn, anschließend zog sie auch Darla an sich.

„Ich freue mich, dass wir uns endlich kennenlernen. Allerdings hätte ich mir andere Umstände gewünscht. Was ist eigentlich hier los?“

Fragend sah sie in die Runde, woraufhin Flann ihr eine kurze Zusammenfassung lieferte.

Für einen Moment schloss sie die Augen, dann blickte sie Darla dankbar an.

„Ich muss zugeben, dass ich nicht begeistert war, als mein Sohn mir erzählte, dass ausgerechnet Demmers Verwandte seine Seelengefährtin ist. Nur jetzt verdanken wir dir einfach alles.“

Sie setzte sich neben ihre zukünftige Schwiegertochter und drückte sie fest an sich.

„Meinst du, euer Arzt schafft es, den Chip in Flanns Nacken zu entfernen? Ich bin zwar in der Lage, ihn zu deaktivieren, bin aber unsicher, ob er trotzdem noch geortet werden kann.“

Darla sah David an, doch Logan kam ihm zuvor.

„Das ist kein Problem für Gerry. Der Mann ist fähig, Gedanken herauszuoperieren. Mach dir keine Sorgen, Kleine, mein Bruder befreit deinen Gefährten von dem Teil.“

David sah auf sein Smartphone und schmunzelte.

„Wo wir gerade beim Thema sind. Wenn du willst, schalte das Ding ruhig aus. Unsere Jungs befinden sich schon auf dem Rückweg, allerdings sind ihnen insgesamt fünf Leute ins Netz gegangen. Demmer war wohl in einer Besprechung, in der es um den nächsten Kampf ging. Einer hat sich vor Angst gleich in die Hose gepinkelt.“

Bei der Aussage lachten Flann und Darla befreit auf.

„Das muss Thorsten sein. Er ist ein riesiger Feigling, außerdem hat er ein Auge auf mein Mädchen geworfen. Er gehört zu den Koordinatoren der Show.“

Steward setze sich zu ihnen, dabei bekam er Flanns letzten Satz mit.

„Dann sollte er seine Erinnerung an diese Sache besser schnell verlieren, oder?“

Flann stimmte von Herzen zu.

„Und bitte entfernt die Gedanken, die mit meiner Gefährtin zu tun haben. Seine Anbaggerversuche sind einfach nur lästig. Darüber hinaus hat er versucht, sie zu vergewaltigen.“

Alle wandten sich jetzt Darla zu, die verlegen abwinkte.

„Flann war früh genug da. Es ist nichts passiert, aber er hat recht, es wäre schön, wenn der Idiot mich endlich vergisst.“

Die Wächter versicherten, dass sie ihnen auch in der Sache halfen, ehe die Haushälterin Ellie zum Abendessen rief.

Natürlich hatte Steward ihr bereits mitgeteilt, dass es ein paar Gäste geben würde.

Pünktlich, als das Essen auf dem Tisch stand, kamen Fenja, Patrick und Victoria zurück.

Fenja baute sich vor ihrem Bruder auf, um ihm zornig ins Gesicht zu sehen.

„Kannst du mir mal sagen, was das hier soll? Du bist in Gefahr, deshalb muss ich mein Leben aufgeben?“

Flann lachte leise, genauso war seine Schwester, sie bekam immer nur die Hälfte mit.

„Ich freue mich, dich wiederzusehen.“

Er überwand ihre Gegenwehr mit Leichtigkeit und zog sie in eine feste Umarmung.

„Es geht nicht darum, dich auf Dauer festzuhalten. Aber wir sollten erst essen“, mischte sich jetzt Patrick ein.

Höflich deutete er auf einen Platz am Tisch, ehe er sich zu seiner Gefährtin setzte.

Während sich alle über die neuesten Ereignisse unterhielten, bekam Fenja von ihrem Bruder ein kurzes Update.

„Dann ist der Spuk endlich vorbei? Ehrlich?“

Ein glückliches Lächeln machte sich auf ihrem Gesicht breit.

„Noch nicht ganz. Unsere Leute sind mit Demmer und einigen seiner Handlanger auf dem Weg hierher. Sobald sie hier eintreffen, werden wir die Informationen holen, die nötig sind, um die Beweise zu vernichten. Erst danach seid ihr endgültig frei. Weil wir aber nicht wussten, ob es Komplikationen gibt, haben wir euch hergeholt", erklärte David freundlich.

Fenja nickte leicht.

„Wir möchten, dass ihr unsere Gastfreundschaft in Anspruch nehmt, bis wir die Operationen durchgeführt haben. Ist das in Ordnung?"

Stew sah sie abwartend an.

„Natürlich, sollte doch noch etwas schiefgehen, können wir einen neuen Plan machen."

Flann sprach aus, was alle dachten, sodass sich das Gespräch schnell erfreulicheren Themen zuwandte.

Scherzworte flogen durch den Raum, dabei war die gesamte Stimmung so gelöst, dass auch Darla sich langsam entspannte.

~~°~~

„Sag mal, Flann, wir kennen uns doch, oder? Irgendwie kommst du mir bekannt vor."

Steward betrachtete den Tiger nachdenklich.

„Ja, er war es, der das Feuer gelegt hat, als wir Ronwe befreit haben. Der alte Zausel hatte sich mit dem Kleriker in Kilkenny Castle angelegt", mischte David sich ein.

Die Frau neben Stew stieß warnend die Luft aus, woraufhin David abwehrend die Hände hob.

„Du weißt, dass ich deinen Großvater mag, aber damals war er wirklich extrem zerstreut, sonst hätten sie ihn niemals einsperren können.“

Sofort lachte sie mit ihm.

„Ja, das gebe ich zu.“

Jetzt drehte sie sich zu Darla.

„Ich bin übrigens Patricia, die Gefährtin von Steward und Enkelin unseres obersten Richters.“

Sie lächelte der anderen Frau freundlich zu.

„Ich freue mich, dich kennenzulernen. Es muss aufregend sein, wenn man so viel erlebt, wie ihr. Dagegen ist mein Leben fast langweilig.“

Sofort lachten die drei Gefährtinnen auf, die ebenfalls im Wohnzimmer saßen.

„Auf einige Erfahrungen hätte ich besser verzichtet. Ich bin Emily, die Gefährtin von David. Falls ihr möchtet, dann verbringt doch mal ein Wochenende mit uns. Wir besitzen ein hübsches Cottage ein paar Kilometer von Ballygannon entfernt.“

Erfreut nickte Darla, während auch Flann zustimmte.

„Darauf kommen wir gerne zurück, aber sobald die Sache ausgestanden ist, will ich zuerst mein Mädchen nach Hause bringen.“

Das verstanden natürlich alle.

„Wohnt ihr nicht hier? Das Gebäude ist so riesig, da ist bestimmt Platz genug“, wollte Darla jetzt neugierig wissen.

„Wir haben im Hauptquartier gewohnt, als wir noch Junggesellen waren. Nur mit Familie möchte man doch etwas mehr Privatsphäre. Die Welpen, also unsere jüngsten Mitglieder, besitzen keine eigenen Häuser, wir älteren schon. Allerdings ziehen wir es vor, zusammenzubleiben, so stehen unsere Cottages alle in einer kleinen Siedlung“, erklärte David lächelnd, während er Emily an sich zog.

„Ich bin übrigens Joleen. Normalerweise verkrieche ich mich im Computerraum, so wie Nerds das halt tun, wenn ich mich nicht um unsere Zwillinge kümmere“, stellte sich jetzt die dritte Frau vor.

Logan zog sie fest an sich, wobei man deutlich sah, wie sehr er sie liebte.

„Wir waren so dumm. Hätten wir uns bloß früher an euch gewendet“, murmelte Fenja, der langsam bewusst wurde, dass der Albtraum vorbei war.

„Niemand weiß, dass wir in der Lage sind, Gedanken zu entfernen. Das muss auch so bleiben. So gesehen gab es keine Hoffnung, selbst wenn ihr uns kontaktiert hättet.“

Steward sah sie eindringlich an.

„Wir werden bestimmt kein Wort darüber verlieren und da spreche ich für meine gesamte Familie“, versprach Flann, woraufhin Stew zufrieden nickte.

Der Abend tat Darla genauso gut, wie das gemeinsame Abendessen. Sie hörte gespannt zu, sobald die Gestaltwandler über ihre Abenteuer berichteten, lachte mit den Frauen, die diese Heldengeschichten zurechtrückten, und unterhielt sich abwechselnd mit Mary oder Fenja.

„Wir würden uns jetzt gerne zurückziehen. Der Tag war verdammt lang und noch aufregender.“

Flann sah David an, nachdem Darla bereits zum wiederholten Male gegähnt hatte.

„Die Idee ist gut. Fenja und ich können uns ein Bett teilen“, stimmte Mary zu, die auch gegen die Müdigkeit ankämpfte.

„Kommt, ich zeige euch die Zimmer.“

Der Wächter stand auf, küsste seine Frau, anschließend brachte er die Gäste in den Flur.

Gerade als sie die Treppe erreichten, flog die Tür auf. Brian, Gerry und Caitlin trieben Demmer zusammen mit seinen Leuten rein.

Darla sah auf ihren Onkel, der sich wild wehrte, während der Rest jetzt auch aus dem Wohnzimmer kam.

„Alles in Ordnung?“, erkundigte Steward sich, woraufhin Caitlin grinsend nickte.

„Natürlich, niemand hat uns bemerkt, denn Brian ist der Beste, wenn es darum geht, Schlösser zu knacken oder Alarmanlagen auszuschalten. Wir sind Profis, Onkelchen. Nur mein Wortschatz, was deutsche Schimpfwörter angeht, ist beachtlich gewachsen.“

„Nimm deine dreckigen Finger von mir, du Wichser. Ihr seid so was von geliefert, ihr Arschkrampen. Ich bin ein deutscher Bürger! Ich habe Rechte!“, schrie der Verbrecher in dem Augenblick los.

„Siehst du, das meine ich. Der flucht schon die ganze Zeit so. Zuerst hat er versucht zu handeln, als das nicht klappte, hat er gedroht. Jetzt beschimpft er uns.“

Als Demmers Blick auf seine Nichte fiel, verstummte er sofort, doch in seinen Augen flammte ein Hass auf, der seinesgleichen suchte.

„Du bist genauso eine verräterische Hure wie deine Mutter. Nur sie habe ich beseitigen lassen, was ich bei dir versäumt habe.“

Bei den Worten drängte sie sich an den anderen vorbei, um vor ihm stehen zu bleiben.

Einen Moment sah sie ihn direkt an, dann atmete sie tief durch.

„Ich würde dich ja hassen, aber selbst das Gefühl ist in deinem Fall Verschwendung, Onkel. Nein, ich bemitleide dich, weil du niemals erfahren wirst, was Liebe ist. Du warst immer zu selbstsüchtig, um wirkliche Gefühle zu empfinden. Tja, jetzt ist es zu spät.“

Mit den Worten drehte sie sich um und folgte David, der bereits auf der Treppe stand.

„Der dort braucht frische Hosen und eine Dusche“, bemerkte Brian, was Darla am Rande mitbekam.

Als sie sich umdrehte, deutete er gerade auf Thorsten, woraufhin sie sich ein spöttisches Auflachen verkneifen musste.

„Was habt ihr mit uns vor?“

Demmers keifende Stimme übertönte alles andere.

„Wieso hast du sie eigentlich nicht wieder betäubt, als wir im Van saßen?“, erkundigte sich Caitlin, dabei wandte sie sich an einen ruhigen, schwarzhaarigen Mann.

„Wahrscheinlich, weil Gerry so verhindert hat, dass ihr den Abschaum tragen müsst“, vermutete Logan.

Darla wollte jetzt endgültig ins Bett, zumal ihr die Gegenwart ihres Onkels zuwider war.

„Bleib stehen, du hinterlistige Schlampe, und erklär mir, was hier gespielt wird. Oder glaubst du, dass das keine Konsequenzen für dich hat?“

Einen Moment überlegte sie, dann stellte sie sich erneut vor ihn.

„Oh doch, es wird Konsequenzen haben. Wir werden endlich frei sein. Aber du ... lass es mich so sagen, du kennst den Film *Einer flog über das Kuckucksnest*, oder?“

Ohne ein weiteres Wort zu verlieren, ging sie mit David, Fenja, Mary und Flann die Treppe hoch, während die restlichen Wächter Demmer zusammen mit seinen Leuten in eine Gefängniszelle am anderen Ende des Ganges sperrten.

„Du hast dich absolut richtig verhalten. Vergifte nicht dein Herz durch Hass.“

Mary sah Darla liebevoll an, ehe sie ihre zukünftige Schwiegertochter in die Arme schloss.

„Außerdem war das Gesicht dieses Idioten Gold wert“, fügte Fenja hinzu.

Sie wünschten sich eine gute Nacht, ehe sie in ihren Zimmern verschwanden.

„Ich bin so stolz auf dich, mein Mädchen. Du hast uns alle gerettet“, bemerkte Flann, als sie endlich neben ihm im Bett lag.

„Du glaubst nicht, wie viele Bedenken ich hatte. Ich zittere immer noch vor Angst, wenn ich daran denke, dass es hätte schiefgehen können.“

Zärtlich zog der Tiger sie in seine Arme.

„Du bist das Beste, was mir passieren konnte. Ich liebe dich.“

Mit einem Lächeln auf den Lippen schlief sie ein.

~~°~~

Es war bereits Mittag, als Flann sich zusammen mit Darla zu Fenja, Mary, David und Emily ins Esszimmer setzte.

„Ich hoffe, ihr habt gut geschlafen?“, erkundigte David sich höflich.

Darla nickte.

„Ja, so gut wie schon lange nicht mehr.“

Sie wollten gerade mit einem verspäteten Frühstück anfangen, als auch Gerry mit einer Frau hereinkam, die sofort für eine warme, hoffnungsvolle Stimmung sorgte.

Es schien, als ob die Farben heller wurden, gleichzeitig bekam der gesamte Raum einen goldenen Schimmer.

„Hey, alle zusammen. Ich bin Lea, die Partnerin von Gerry.“

Sie reichte den Besuchern die Hand, ehe sie sich auf den Schoß ihres Liebsten setzte, der sich müde auf einen Stuhl fallen gelassen hatte.

„Wir sind fertig. Demmer kann sich ohne Hilfe nicht mal mehr anziehen. Was für ein Mistkerl! Wusstet ihr, dass er seinen Bruder und dessen Ehefrau hat umbringen lassen, weil er die Firma für sich haben wollte?“, bemerkte Gerry.

Als sein Blick auf Darlas entsetztes Gesicht fiel, stoppte er verlegen.

„Es tut mir leid, ich hätte vorsichtiger sein müssen.“

Sofort winkte sie ab.

„Nein, es wird Zeit, dass ich die Wahrheit erfahre. Nur was soll das bedeuten, dass er sein Geschäft nicht für sich hat? Mein Vater war doch nur ein Angestellter.“

Eine Ahnung beschlich sie, bei der sie die Hände zu Fäusten ballte.

„Was die illegalen Teile anging, stimmt das wohl, aber die Softwarefirma gehörte zur Hälfte seinem Bruder. Jetzt bist du stolze Besitzerin der Firma und einer großen Anzahl verbrecherischer Unternehmen. Demmer hatte seine Finger fast überall drin.“

Entsetzt schüttelte Darla den Kopf.

„Auf keinen Fall mache ich da mit. Ich lasse mich nicht in die Machenschaften dieses Mörders reinziehen.“

Verstehend nickte Gerry, genauso würde er auch handeln.

„Wir werden die Firmen für dich auflösen, wenn du willst. Allerdings solltest du dich daran gewöhnen, dass du mindestens so reich bist wie dein Gefährte“, bot David jetzt grinsend an.

„Das ... muss ... ein Traum ... sein“, stammelte sie, doch dann wandte sie sich wieder dem Arzt zu.

„Ist es wirklich vorbei?“

Bei der Frage betrat Steward den Raum.

„Ja, ist es. Ihr seid frei und könnt tun, was immer ihr wollt. Demmers Leute erinnern sich an gar nichts mehr, selbst dich haben sie vergessen. Wir mussten sie eben vom tragischen

Unfall ihres Arbeitgebers in Kenntnis setzen, in den sie auch verwickelt waren. Um den Rest kümmern wir uns. Wir werden die entsprechenden Unterlagen vernichten und in zwei bis drei Wochen bekannt geben, dass der Unternehmer Matthias Demmer leider so schwere Kopfverletzungen davongetragen hat, dass er ein Pflegefall ist, ohne Aussicht auf Heilung."

Emily klatschte begeistert in die Hände. Sie liebte es, wenn am Ende alles gut ausging.

„Dann könnt ihr ja ein paar Tage bei uns bleiben. Ich würde die Freunde meines Mannes gerne kennenlernen."

Auffordernd sah sie in die Runde, doch Flann schüttelte leicht den Kopf.

„Sei mir nicht böse, wir kommen ein anderes Mal, aber jetzt möchte ich mein Mädchen endlich nach Hause bringen."

Da war es wieder, dieses zauberhafte Wort, das alle Sehnsüchte in Darla weckte: zu Hause!

David stimmte ihnen zu, ihm würde es genauso gehen, wohingegen Fenja und Mary das freundliche Angebot annahmen.

„Vielen, vielen Dank für alles. Ich hoffe, wir sehen uns bald wieder. Sollte ich bei irgendetwas helfen können, weißt du ja, wo du mich findest."

Darla strahlte David an, der sie freundschaftlich an sich drückte.

„Ihr seid bei uns immer willkommen. Passt auf euch auf."

David drehte sich zu Flann um, den er ebenfalls umarmte.

„Wenn du dieses Goldstück jemals verlässt, dann bekommst du meine Peitsche zu spüren."

Der Wächter flüsterte nur, allerdings sorgte er dafür, dass auch Darla ihn hörte.

„Keine Sorge, jetzt lasse ich mein Mädchen nie wieder gehen."

Glücklich winkten sie den Leuten zu, während sie mit dem Van, der allen der Truppe zur Verfügung stand, vom Parkplatz fuhren.

In ein paar Tagen, wenn David Fenja und Mary nach Hause brachte, würde er Lorenz bei ihnen absetzen, damit er das Fahrzeug zurückholen konnte.

Auf der Rückfahrt ließen sie noch einmal die Ereignisse Revue passieren. Darla erzählte, wie sie die SIM-Karte zusammen mit ihrem Smartphone losgeworden war und ihren Plan umgesetzt hatte.

Sie beschrieb ihm auch ihre Busfahrt mit der seltsamen alten Dame.

„Glaubst du, dass das ein Leprechaun war?“

Lächelnd zuckte Flann mit den Schultern.

„Wer weiß das schon, aber eins ist sicher, es war eine mitfühlende Seele.“

Jetzt berichtete der Tiger, dass Demmer ihm die Hölle heißgemacht hatte, bis dieser bemerkte, dass Darla tatsächlich nicht in Reaniesglen war.

Die Fahrt verging und endlich standen sie vor dem gemütlichen, kleinen Cottage.

Sie stiegen schweigend aus, gingen ein paar Schritte auf die Klippen zu, wo Flann sein Mädchen mit dem Rücken an seine Brust zog. Beschützend schlang er die Arme um sie, während sie hinaus aufs Meer blickten, wo die Sonne Diamanten auf der Wasseroberfläche erscheinen ließ.

„Jetzt lass ich dich nie wieder gehen“, flüsterte er.

Glücklich schmiegte Darla sich an ihren Tiger. In dem Augenblick wurde ihr bewusst, dass sie zu Hause angekommen war.

Epilog

Darla saß in ein Plaid gewickelt vor dem prasselnden Kamin, einen Roman in ihrer Hand und sah auf den Ozean, der an dem Tag vom Wind gepeitscht wurde.

Sie erinnerte sich mit einem Stirnrunzeln, dass sie diese Szene bereits gesehen hatte, als sie zum ersten Mal Flanns Cottage betrat.

Nachdenklich ließ sie das Buch sinken, als ein glückliches Lächeln auf ihren Lippen erschien.

Im Sommer hatte Flann sein Versprechen wahr gemacht: Er baute eigenhändig eine große Terrasse. Die passenden Gartenmöbel kaufte sie selbst, da sie jetzt mehr als genug Geld besaß, obwohl sie einen Großteil an eine gemeinnützige Organisation verschenkte.

Sie verbrachten viele sinnliche Stunden miteinander, alberten herum, besuchten David und Emily, Mary oder Fenja. Es war ein überaus ereignisreiches Jahr gewesen.

Hätte man Darla am Jahresanfang gesagt, dass sie alles bekommen würde, was sie sich jemals wünschte, wäre sie in lautes Lachen ausgebrochen.

Die Tür flog auf und Flann kam hereingestürmt.

Lachend schüttelte er die Regentropfen aus seinen schwarzen Haaren, ehe er Darla liebevoll in seine Arme zog.

„Wie geht es meinen Lieblingsfrauen?“, wollte er wissen, dabei strich er sanft über ihren Bauch.

Seit er wusste, dass er im kommenden Sommer Vater wurde, benahm er sich noch fürsorglicher, was sie oft in den Wahnsinn trieb.

„Bestens, wir haben doch den perfekten Mann an unserer Seite. Wie war es im Studio?“

Er zuckte leicht die Schultern.

„Wie immer. Es fehlt eine Bedienung, außerdem fragen die Leute ständig nach dir.“

Lächelnd legte sie das Buch jetzt endgültig weg.

„Dann lass mich einfach wieder aushelfen. Es schadet niemandem, wenn ich ein paar Stunden hinter der Theke stehe.“

Die Diskussion hatten sie bereits einige Male geführt. Obwohl auch Gerry ihnen bestätigt hatte, dass es keinen Grund gab, sich dermaßen zu schonen, verbot Flann ihr schlichtweg zu arbeiten.

„Was, wenn es dir zu viel wird?“

Besorgt sah er sie an.

„Dann sage ich dir Bescheid und du übernimmst meine Schicht. Bitte, Liebster, ich langweile mich hier zu Tode.“

Grummelnd gab er nach.

„Aber wehe, du überanstrengst dich. Komm ja nicht auf die Idee, trainieren zu wollen.“

Beruhigend schüttelte sie den Kopf.

„Nein, werde ich nicht, zumal Gerry mir ja gesagt hat, dass ich mich jederzeit wandeln lassen kann. Dann habe ich die gleichen Gene wie du und darf essen, so viel ich will, ohne zuzunehmen.“

Erneut musterte Flann sie besorgt. Er war noch misstrauisch. Ihm kam es komisch vor, dass die magischen Ärzte einen Weg gefunden hatten, die Gefährtinnen ohne diesen enormen Schmerz und vor allem ohne Lebensgefahr transformieren zu können.

„Flann! Gerry ist seit mehr als 500 Jahren Mediziner, glaubst du ehrlich, dass ausgerechnet er dir einen Bären aufbindet?"

Er setzte sich, anschließend zog er sie auf seinen Schoß.

„Nein, wahrscheinlich sagt er die Wahrheit, aber ich habe immer noch Angst, dass etwas oder jemand dich von meiner Seite reißt", gab er leise zu.

Die Geschehnisse waren auch an ihm nicht spurlos vorbeigegangen.

„Nichts könnte mich jemals wirklich von dir trennen. Sollte ich sterben, komme ich als Geist zurück, so wie James. Du bist die Liebe meines Lebens."

Mit den Worten küsste sie ihn.

Ende.

Liebe Leserinnen, liebe Leser,

ich danke Ihnen, dass Sie mich wieder auf eine Reise nach Irland begleitet haben und hoffe, dass es Ihnen genauso viel Freude gemacht hat wie mir.

Bei meinem letzten Buch kam die Kritik, dass die Wächter zu kurz kommen würden, daher bitte ich Sie, sollten Sie jetzt neugierig auf David und seine Jungs geworden sein, sich die Reihe „Wild-Things" anzusehen.

Jeder der Söldner/Wächter hat bereits seine eigene Geschichte und ich möchte vermeiden, dass meine treuen Leser sich bei neuen Geschichten langweilen.

Vielen Dank für Ihr Verständnis.

Alles Liebe
Lisa Skydla

Leseprobe „Ein Werwolf mit Herz“

Kapitel 1 - Falsche Freundin

Seufzend setzte Clara sich an den Frühstückstisch, wobei sie sofort sah, dass weder Lachs noch Eier übrig waren.

„Ich habe schon mal angefangen. Du brauchst ja doch eine kleine Ewigkeit im Bad“, bemerkte ihre Begleitung Sabine, die offensichtlich bereits satt war.

Seit drei Tagen befanden sie sich auf ihrem Trip durch Irland, für den Clara mühsam das Geld zusammensparen musste und genauso lange ärgerte sie sich über die angebliche Freundin.

Sie hatten die Reise genau geplant, ihre jeweiligen Wünsche in der Route berücksichtigt und auf einmal warf Sabine munter alles über den Haufen.

Bereits am ersten Tag mietete sie, statt des billigeren Fiestas, einen Golf. Auf die Anmerkung Claras, dass sie auf ihre Finanzen achten müsse, zuckte sie nur lächelnd mit den Schultern.

Anschließend waren sie nach Dublin gefahren, wo sie in einem kleinen Hotel eincheckten, in dem sie jetzt auch ihr Frühstück einnahm, oder vielmehr das, was übrig geblieben war.

„Der Lachs schmeckt einfach zu lecker. Zum Glück magst du ja keinen Fisch, so bleibt mehr für mich.“

Sabine lachte sie strahlend an, dabei übersah sie die Gewitterfront, die sich langsam auf dem Gesicht der Freundin abzeichnete.

„Ich liebe Räucherlachs mit Rührei. Das habe ich dir schon ein paar Mal gesagt. Marmeladenbrötchen sind nicht so mein Leibgericht."

Wütend deutete Clara auf die Reste, die noch auf dem kleinen Tisch standen. Ihr blieb nichts anderes übrig, als sich mit der Marmelade zufriedenzugeben.

„Oh!"

Das war alles, was Sabine dazu zu sagen hatte.

„Wir brechen gleich nach Athlone auf. Ich freue mich schon, den Shannon mal zu sehen. Die Stadt anzusehen, schaffen wir locker in ein paar Stunden, sodass wir heute Abend noch Dingle erreichen können. So verpassen wir die Delfinfahrt auf keinen Fall."

Jetzt hätte Clara sich beinah an ihrem Brötchen verschluckt.

„Wieso fahren wir nach Athlone? Wir wollten in Kilbeggan übernachten. Dort gibt es ein wunderschönes Bed-and-Breakfast, wo wir bereits ein Zimmer reserviert haben. Dazu kommt die Besichtigung der Brennerei."

Zornig blickte sie die Freundin an, doch Sabine schüttelte nachsichtig mit dem Kopf.

„Mich interessiert die Whiskey-Herstellung nur am Rande. Hauptsache, es besteht die Möglichkeit, den guten Tropfen zu kaufen. Daher habe ich unsere Reise ein wenig modifiziert. Wir gehen alleine durch die Destillerie, das spart Zeit. Athlone hat auch nicht so viel zu bieten. Somit können wir uns ganz auf den Delfin konzentrieren."

Stumm vor Wut musterte Clara ihr Gegenüber.

Das war jetzt bereits das dritte Mal, dass sie alle Pläne über den Haufen warf.

Gestern wollten sie eigentlich nach Tara, aber Sabine hatte angeblich vergessen, dass sie Tickets für das Leprechaun-Museum besaß. Genauso gab es plötzlich Karten für das Wachsfigurenmuseum, sodass der Besuch in Glendalough auch ausfallen musste. Natürlich kassierte sie sofort die angefallenen Kosten, obwohl Clara gerne auf die Besichtigung verzichtet hätte.

„Es reicht, Sabine. Du weißt genau, dass ich Athlone in Ruhe ansehen möchte. Ich war dort mit Steven und ..."

Sie brach traurig ab, denn die Erinnerung an ihren Verlobten, der bei einem Autounfall ums Leben kam, tat ihr immer noch weh.

„Herrgott noch mal! Dein großartiger Steven war ein Idiot und du solltest endlich aufhören, an ihn zu denken!"

Bei dem Ausbruch blieb Clara der Mund offenstehen.

„Was fällt dir ein?"

Wutentbrannt starrte sie die Freundin an.

„Ach hör doch auf! Seit über fünf Jahren ertrage ich das Gejammere wegen dieses Deppen. Er war ein miserabler Autofahrer, sonst würde er ja jetzt noch leben. Du klammerst dich an ihn, weil er dir irgendwelche Flöhe ins Ohr gesetzt hat."

Die Aussage war nicht nur herzlos, sondern auch gemein.

„Ich bin mit anderen Männern ausgegangen. Ich hatte Beziehungen, die leider nicht gehalten haben. Was also wirfst du mir vor? Wieso hackst du auf ihm herum? Bist du so neidisch, dass dich sogar meine glücklichen Erinnerungen stören?"

Verletzt warf Clara die Serviette auf ihren Teller, blickte Sabine noch einmal kopfschüttelnd an, ehe sie sich umdrehte und zurück ins Zimmer ging.

Mit so viel Bosheit hatte sie kaum gerechnet, aber was konnte sie tun?

Das Auto hatte Sabine auf ihren Namen geliehen, genau wie die Zimmerbuchungen, die über ihren Booking-Account liefen, somit war sie quasi von der Furie abhängig.

Natürlich hatte sie ihren Anteil bereits zahlen müssen, damit später keine Unklarheiten aufkamen.

Sollten sich Differenzen ergeben, würde man nach der Reise gründlich abrechnen. So wie es aussah, kam da eine kräftige Nachzahlung auf sie zu, die sie sich keinesfalls leisten konnte.

Es gab eine Zeit, da waren sie wie Schwestern. Freundinnen, die sich blind verstanden, allerdings veränderte sich diese Freundschaft in den letzten Monaten rapide.

Immer wieder fiel Clara auf, dass sie entsetzt über Sabines Ansichten war. Toleranz spielte kaum eine Rolle und andere Meinungen zählten ganz einfach nicht.

Seufzend setzte sie sich auf das Bett, schloss für einen Moment die Augen, um die hässlichen Worte über ihren Verlobten zu verarbeiten.

Natürlich dachte sie noch oft an ihn, allerdings stimmte es bei Weitem nicht, dass sie sich an ihn klammerte.

Im Gegenteil, gerade in den letzten vier Jahren war sie wieder ausgegangen. Die zwei Beziehungen, die den Namen verdienten, hielten nur ein paar Monate. Manchmal passte man einfach nicht zusammen.

Wie sollte sie die drei Wochen mit Sabine nur aushalten, wenn diese sich so zu ihrem Nachteil veränderte? Aber was blieb ihr übrig? Geld für einen Rückflug fehlte ihr, selbst für die Umbuchung reichte es kaum aus.

Außerdem hatte sie sich so sehr darauf gefreut, Irland endlich wiederzusehen. Clara sparte sich die Urlaubsreise im wahrsten Sinne des Wortes vom Mund ab.

Als Verkäuferin in Teilzeit verdiente sie zwar genug, um zu überleben, jeden Luxus musste sie jedoch genau einkalkulieren.

„Bist du jetzt beleidigt? Nur weil ich dir mal die Wahrheit gesagt habe?"

Sabine stand mit verschränkten Armen an der Tür und sah sie mit hochgezogenen Augenbrauen an.

Erschrocken zuckte Clara zusammen, sie hatte nicht mal gehört, dass die Zimmertür aufging.

„Traurig trifft es besser. Ich hatte keine Ahnung, dass du eine so schlechte Meinung von mir hast. Warum bist du dann mit mir nach Irland geflogen?"

Offen erwiderte sie den Blick, der jetzt etwas Spöttisches bekam.

„Ich bin mit dir geflogen? Das ist wohl eher umgekehrt. Ich habe dich mitgenommen, weil ich Mitleid hatte. Allerdings war mir unklar, dass du dich so unflexibel verhältst. Wieso müssen wir uns unbedingt an einen Plan halten, den wir vor über einem halben Jahr aufgestellt haben? Wir sind kaum an eine Route gebunden, also schauen wir doch einfach, was uns hier über den Weg läuft."

Natürlich könnten sie das, nur hieß der Vorschlag im Klartext, dass sie ab jetzt nur noch das unternahmen, was Sabine in den Kram passte.

„Komm, wir sollten auschecken oder hast du genug Geld, um diese Nacht in dem Hotel zu bleiben?"

Ohne weiter auf Clara zu achten, wuchtete Sabine ihren Koffer vom Bett und schleppte ihn zur Tür.

Clara atmete durch, sah sich erneut in dem Zimmer um, ehe sie der Freundin folgte.

Vielleicht steckte ja auch ein Fünkchen Wahrheit in ihren Worten? Zerbrachen die Beziehungen, weil sie ständig alle Männer mit Steven verglich?

Tief in ihrem Inneren wusste sie, dass dem nicht so war, trotzdem nagte die Unsicherheit an ihr.

Kurze Zeit später waren sie auf dem Weg nach Athlone und Clara atmete ein wenig auf. Sie schob ihren Ärger zur Seite. Stattdessen freute sie sich darauf, die Stadt wiederzusehen, in der sie damals so viele glückliche Stunden verbringen durfte.

„Soll ich vielleicht ein Stück fahren?“

Lächelnd sah sie Sabine an, die nur unwillig den Kopf schüttelte.

„Nein, lass mal. Ich denke, ich habe den besseren Orientierungssinn. Außerdem bin ich erfahrener, was das Autofahren angeht.“

Die Antwort traf Clara, zumal sie wusste, dass es so auf keinen Fall stimmte.

Seufzend sah sie erneut aus dem Seitenfenster, dabei unterdrückte sie die Bemerkung, die ihr auf den Lippen lag. Sie war es nicht, die bereits zwei Autos zu Schrott gefahren hatte.

Die Strecke legten sie größtenteils auf der Autobahn zurück, sodass es kaum etwas Aufregendes zu entdecken gab.

In Clara keimten immer mehr Zweifel auf, dass dieser Trip eine gute Idee gewesen war. Aber jetzt war sie hier und wollte das Beste aus der Situation machen.

Selbst wenn Sabine nur noch die Orte anfuhr, die sie interessierten, befanden sie sich immerhin auf der grünen Insel, die sie schon so lange liebte.

Endlich kam die Abfahrt nach Athlone, kurz darauf hielten sie auf einem Aldi-Parkplatz.

Grinsend stiegen die beiden Frauen aus.

„Aldi in Irland, ich fasse es nicht“, murmelte Sabine belustigt.

Clara erinnerte sich zu gut daran, wie erstaunt sie damals war, allerdings freute sie sich, dass sie jetzt etwas zu trinken kaufen konnten.

„Komm, lass uns einkaufen gehen, damit wir keine Zeit verlieren. Anschließend sollten wir uns das Athlone Castle ansehen, außerdem empfehle ich den alten Friedhof bei der Abtei."

Auffordernd deutete Clara auf den Supermarkt. Für sie war es egal, wo sie ihre Vorräte aufstockten.

„Aldi? Im Ernst? Ich würde lieber nach einem anderen Geschäft suchen. Und was du immer mit deinen Friedhöfen hast. Haben wir nicht noch genug Grabsteine vor uns?"

Unwillig schüttelte Sabine den Kopf.

„Ich verstehe dich nicht. Als wir die Reise planten, warst du begeistert über die vielen historischen Gebäude, die wir hier besichtigen können. Dazu gehörten auch die Abteien mit ihren Grabstätten. Und jetzt brennst du nur darauf, Delfine anzusehen?"

Clara hielt ihre Freundin am Arm fest, als diese sich umdrehen wollte.

„Glaubst du wirklich, dass ich nach Irland fliege, um Gräber zu sehen? Alte Gemäuer gibt es in Deutschland zur Genüge. Ich will ans Meer, nach Kilkenny, die Pubs und Bars unsicher machen. Musik hören, während wir mit den Iren feiern. Nur weil du zu wenig Geld hast, mussten wir Dublin schon nach zwei Tagen verlassen. Dort habe ich mich absolut wohlgefühlt. Aber was soll es?"

Ungläubig musterte Clara ihre Begleiterin.

Mit Sicherheit war sie kein Kind von Traurigkeit, doch sie wollte Irland kennenlernen, dazu gehörte es nur am Rande, sich in Kneipen herumzutreiben.

„Du veralberst mich, oder?"

Langsam streifte Sabine die Hand von ihrem Arm, da Clara sie immer noch festhielt.

„Nein. Ich bin keine solche Langweilerin, die ständig auf Kultur machen muss. Friedhöfe sind was für die Toten, das solltest du endlich mal einsehen."

Ohne auf eine Antwort zu warten, stieg sie in den Golf und startete den Motor, sodass ihre Freundin sich notgedrungen wieder auf den Beifahrersitz fallen ließ.

„Wenn du unbedingt woanders einkaufen willst, dann schlage ich das Einkaufszentrum vor. Dort ist ein Tescos, wo wir auch Getränke bekommen."

Claras Stimme war jetzt unterkühlt, zumal sie befürchtete, dass sie weder das Castle noch irgendetwas sonst von Athlone zu sehen bekam.

„Das war mein Plan, aber du hattest ja sofort den Aldi im Sinn."

Sabine fuhr auf die Golden Island, nachdem sie das Navigationssystem programmiert hatte.

„Ich kann dir sagen, wohin wir müssen", bemerkte Clara sauer, erhielt allerdings keine Antwort.

Toller Trip!

„Pass auf!"

Angstvoll schrie Clara auf, als ihre Begleitung prompt auf der falschen Seite in den Kreisel fuhr.

Autos hupten, die Fahrer schüttelten die Köpfe, doch dieses Mal hatten sie Glück, denn alle reagierten sofort, sodass es zu keinem Unfall kam.

„Das war deine Schuld. Du hast mich so durcheinandergebracht, dass ich nicht mehr an den Linksverkehr gedacht habe. Halt dich das nächste Mal einfach zurück", fauchte Sabine jetzt.

Auf die bösartige Aussage fehlte Clara eine Antwort.

Zuerst war sie nicht gut genug, um zu fahren, dann hatte sie die Schuld daran, dass ihre Begleitung in die falsche Richtung abbog.

Gott sei Dank lag das Tescos nur knappe 500 Meter vom Aldi entfernt. Einen großen Parkplatz gab es auch, sodass sie keine zwei Minuten später halten konnten.

Stumm stiegen sie aus und betraten das Einkaufszentrum.

Ein Blick in Sabines Augen sagte Clara, dass sie aus dem Gebäude so schnell kaum herauskommen würden. Hier war ihre Freundin in ihrem Element, was wiederum hieß, dass sie von Athlone nur einen Bruchteil zu sehen bekamen.

Mit etwas Glück durfte sie nach dem Einkaufsbummel die paar Meter zum Shannon gehen, um wenigstens den Fluss anzusehen.

Tief enttäuscht blieb sie vor einem Bekleidungsgeschäft stehen.

„Ich möchte meinen Teil des Reisegeldes. So hatten wir nämlich nicht gewettet."

Auffordernd blickte sie Sabine an, die nur breit grinste, ehe sie sich an die Stirn tippte.

„Hast du einen Aussetzer? Das Auto und die Übernachtungen sind bereits bezahlt, da gibt es nix zurück. Die Buchungen können nur mit enormen Kosten storniert werden. Da du ja nur schlecht mit Geld umgehen kannst, habe ich unser Verpflegungsgeld an mich genommen."

Wieder so eine Lüge, die Clara langsam zum Kochen brachte.

„Gib mir mein Geld, sonst ticke ich aus. Du bist so egoistisch, dass ich es keine Sekunde länger aushalte. Sofort rückst du die Kohle raus. Denk an mein Flugticket!"

Energisch streckte sie die Hand aus, so als ob sie erwartete, dass ihre Begleitung ihre Order erfüllte.

„Hab dich nicht so. Komm, wir gehen uns mal umsehen. Ein kleiner Einkaufsbummel wird dir guttun. Anschließend laufen wir rüber zum Shannon. In Kilbeggan darfst du gerne etwas trinken. Ich fahre ja eh."

Mit einem leisen Lachen drehte Sabine sich um und verschwand in einem Shop.

Fassungslos blickte Clara ihr hinterher. Das durfte doch nicht wahr sein! Diese Kuh nahm sie auf den Arm, dabei wollte sie das restliche Geld retten, um ihren Urlaub irgendwie noch genießen zu können.

Wenn sie sich einschränkte, könnte sie eventuell mit dem Verpflegungsgeld eine eigene Tour durch Irland machen, allerdings musste sie dazu erst einmal an ihren Anteil kommen.

Schnell rannte sie hinter Sabine her, um sie aus dem Laden zu zerren.

„Ich meine es ernst! Rück die Kohle raus, dann verschwinde ich. Auf deine Spielchen habe ich keine Lust mehr. Ich bin nicht nach Irland gefahren, um hier die Einkaufszentren oder die Bars zu besuchen."

Zornig blitzte sie die Freundin an, die nur grinsend mit den Schultern zuckte.

„Tut mir leid, ich habe das Verpflegungsgeld bereits ausgegeben."

Entsetzt und mit offenem Mund starrte Clara sie an.

„Du hast was?"

Genervt verdrehte Sabine die Augen.

„Na die Eintrittskarten, das Essen sowie die Souvenirs wurden von mir bar bezahlt. Da hat es keinen Sinn gemacht, die Kreditkarte zu belasten. Außerdem musste ich eine Kaution für das Auto hinterlegen, wie du weißt. Aber reg dich nicht auf, für den Rest besitze ich ja die Visakarte."

Sie wollte sich bereits umdrehen, als Clara sie an beiden Oberarmen packte, um sie hart zu schütteln.

„Du hast mein Geld für deine Mitbringsel ausgegeben? Dann geh sofort zum nächsten Geldautomaten und heb meinen Anteil ab."

Jetzt wurde auch Sabine wütend.

„Hörst du mir eigentlich nie zu? Ich habe für das Auto eine Kaution hinterlegen müssen. Ein Teil des Bargeldes ist dort gelandet. Meine Kreditkarte ist eine Prepaid, die wurde abgelehnt. Also, was soll das? Ich sorge schon dafür, dass du nicht verhungerst."

Bei den Worten ließ sie ihren Blick abschätzig über Claras Figur schweifen.

„Ich weiß, dass ich einige Kilos zu viel mit mir herumschleppe, aber das ist wohl kaum dein Problem."

Getroffen wandte sie sich ab, schluckte die Tränen herunter, die ihr bereits in die Augen stiegen, gleichzeitig straffte sie die Schultern.

„Sei doch nicht so zickig. Komm schon, es tut mir leid. Lass uns schnell etwas zu trinken und ein paar Nahrungsmittel kaufen, dann sehen wir wenigstens noch den Shannon."

Sabine packte sie an der Hand, damit sie sich zu ihr umdrehte.

„Ich verspreche, dass ich deine Wünsche berücksichtige. Wir werden genug Gräber finden, sodass du keine mehr ertragen kannst, ganz ehrlich."

Langsam drehte Clara sich um, musterte die egozentrische Frau, ehe sie leicht nickte.

Was blieb ihr auch anders übrig? Die Reise alleine fortsetzen kam unter den Umständen kaum infrage.

Heiter hakte Sabine sich bei ihr unter, um mit ihr ins Tescos zu gehen, dabei tat sie, als ob der Streit nie passiert wäre. Dieses Gehabe verschlimmerte das ungute Gefühl in Claras Magen.

Schnell besorgten sie etwas Proviant für die Fahrt und ein paar Flaschen Wasser, verstauten die Einkäufe im Auto, ehe sie durch den Burgress Park liefen.

Die Sonne schien von einem fast wolkenlosen Himmel, das war für Ende April eher ungewöhnlich.

Gerade deshalb schlich sich ein leichtes Lächeln auf Claras Lippen, was sich zu einem befreiten Lachen ausweitete, als sie den Shannon sah.

In diesem Augenblick kam sie sich vor, als ob sie zu Hause angekommen wäre.

Glück flutete ihr Herz, während sie auf das blaue Wasser des Flusses sah, das links von ihr in einem kleinen Wehr gestaut wurde. Auf der anderen Seite erkannte sie die Schleuse, durch die in den Sommermonaten die vielen Hausboote geschleust wurden.

Schnell ging sie ein paar Schritte auf den Shannon zu. Hier war eine Steintreppe, die fast bis an den Fluss heranführte. Am Ende der Treppe lagen dicke Steine, die den Besucher vom Wasser trennten.

Mit einem tiefen Atemzug setzte sie sich, woraufhin sofort ein Protest von Sabine kam.

„Du kannst dich doch nicht auf die nassen, dreckigen Stufen setzen! Außerdem haben wir kaum noch Zeit. Die Destillerie wartet nicht auf uns."

Genervt drehte Clara den Kopf zu ihrer persönlichen Nemesis.

„Lass mich bitte für fünf Minuten alleine."

Jetzt verdrehte Sabine die Augen.

„Ja klar, deine komische, verrückte Ader sagt dir bestimmt, dass du hier schon einmal gelebt hast. Esoterik hin oder her, du spinnst gewaltig."

Ohne auf eine Antwort zu warten, packte sie ihre Freundin am Arm, um sie auf die Beine zu ziehen.

Leider wehrte Clara sich heftig, sodass sie beinahe auf die Steine am Ufer gefallen wären.

„Komm jetzt, sonst fahre ich ohne dich."

Giftig funkelte Sabine sie an, ehe sie sich umdrehte, um zum Auto zurückzustapfen.

„Und ich glaubte immer, in Irland gäbe es keine Schlangen“, dachte Clara, die sich missmutig erhob.

Noch einmal sah sie mit einem Lächeln auf den Fluss.

„Wir sehen uns wieder“, flüsterte sie, anschließend ging sie auch zurück zum Parkplatz, wo sie schnell in den Golf stieg.

Schweigend fuhren sie die halbe Stunde, bis sie hinter der ältesten Destillerie in Irland parkten.

„Bitte sehr die Dame, und weil wir doch früh genug sind, können wir ja die geführte Tour nehmen“, bot Sabine versöhnlich an.

Zustimmend nickte Clara, wobei sie es noch nicht über sich brachte, der Freundin zu verzeihen.

Der gesamte Trip entwickelte sich zur Tortur, daran änderte sich auch kaum etwas, wenn ihre Begleitung jetzt einmal nachgab.

Sie stiegen aus und Sabine hakte sich frohgemut bei ihr unter.

„Komm, wir fragen gleich nach, ob wir bei der Führung mitmachen können.“

Erwartungsvoll betraten sie den gemütlichen Vorraum, wo sie von einer kleinen Frau mit roten Haaren freundlich begrüßt wurden.

„Herzlich willkommen in der ältesten Destillerie in Irland. Was kann ich für Sie tun?“, sagte eine Angestellte auf Englisch.

Die Dame stand hinter einem Tresen, auf dem allerlei Informationsmaterial über die Gegend lag.

„Hallo, wir würden gerne an der Besichtigung teilnehmen. Haben Sie noch Platz für zwei deutsche Touristinnen?“

Sabine lächelte die Frau gewinnend an, doch diese musterte sie einen Augenblick fast feindlich, ehe ihr Blick zu ihrer Freundin glitt.

Als sie die etwas pummelige Begleitung ansah, nickte sie ihr warmherzig zu.

„Ich denke, dass wir das einrichten können. Dürfte ich bitte Ihre Personalausweise sehen? Ohne darf ich Sie nicht mal in den Hof lassen.“

Lächelnd reichte Clara ihren Ausweis über den Tresen, während Sabine leise murmelte, dass sie sich schikaniert fühlte.

„Ich habe das Gesetz nicht gemacht. Allerdings gibt es auch die Möglichkeit, dass Sie in unserem Restaurant warten, bis die Tour vorbei ist.“

Ein verschmitztes Grinsen huschte über das Gesicht der Frau, die jetzt wieder auf Clara sah.

Irgendwie erinnerte sie an einen Leprechaun, obwohl das sicherlich kein Kompliment für die freundliche Bedienung war.

„Nein, ist gut. Ich hab ihn ja schon. Gibt es wenigstens eine Führung in Deutsch? Meine Freundin tut sich ein wenig schwer mit der englischen Sprache.“

Diese Lüge verschlug Clara fast den Atem.

Sie verfügte über ausgezeichnete Englischkenntnisse.

„Ich denke, Sie verstehen mich sehr gut, oder?“, wandte sich die Angestellte direkt an die Angesprochene, dabei lächelte sie ihr aufmunternd zu.

„Da gebe ich Ihnen recht. Ich besitze ausreichende Kenntnisse, um auch einer Führung in Englisch folgen zu können. Sabine hat da etwas falsch verstanden. Ich habe Probleme mit dem Gälischen, das kann ich nämlich überhaupt nicht.“

Jetzt lachte die Frau belustigt auf.

„Sie werden hier kaum junge Leute finden, die noch unsere alte Sprache sprechen. Es tut mir übrigens leid, aber wir bieten heute keine Touren in Deutsch an.“

Clara winkte lächelnd ab, gleichzeitig schüttelte sie entschuldigend den Kopf.

„Das ist kein Problem. Ich verstehe Sie wirklich ausgezeichnet."

Sabine schnaubte hörbar.

„Können wir dann los? So wie ich gelesen habe, fängt die Führung in zehn Minuten an und wir wollen anschließend direkt weiter."

Jetzt platzte Clara der Kragen.

„Du willst unbedingt nach Dingle. Ich würde gerne in diesem entzückenden Städtchen übernachten. Außerdem möchte ich ein Glas Whiskey genießen."

Ihre Stimme klang hart, gleichzeitig stemmte sie die Hände in die Seiten.

„Ich kann Ihnen ein gutes Bed-and-Breakfast empfehlen. Sie werden dort zu der Jahreszeit ganz bestimmt noch ein Zimmer bekommen. Übrigens ich heiße Mailin."

Sabine drehte sich um, dabei sah man ihr an, dass sie die Unterbrechung überhaupt nicht spaßig fand.

„Wer hat Sie gefragt? Was mischen Sie sich eigentlich in unsere Planung ein?"

Erschrocken blickte Clara ihre Freundin an.

„Was ist denn in dich gefahren? Mailin war doch nur freundlich. Sie wollte uns behilflich sein."

Ohne eine Antwort abzuwarten, drehte sie sich zu der Angestellten um.

„Es tut mir leid, meine Begleitung meint es nicht so. Sie ist ein wenig übermüdet, wegen der Fahrt von Dublin hierher."

Bittend sah sie die Frau an, die leicht nickte.

„Nein, sie hat genau ausgesprochen, was sie dachte, das ist schon in Ordnung."

Mit der überaus ehrlichen Bemerkung deutete Mailin durch ein Tor in einen Innenhof.

„Wenn Sie mir jetzt bitte noch 28,- Euro geben, damit die Führung starten kann. Es tut mir leid, dass Sie nur an unserer kurzen Tour teilnehmen können, aber alle anderen sind bereits vorbei.“

Unwillig stieß Sabine die Luft aus.

„Übernimm du das! Wie du weißt, ist mir das Bargeld ausgegangen und ich glaube nicht, dass die hier eine Kreditkarte nehmen.“

Peinlich berührt nickte Clara, denn sie bemerkte durchaus, dass Mailin sie verstand. Allein das hinterhältige Grinsen zeigte ihr, dass sie mit der unverschämten Touristin kein überflüssiges Wort wechseln würde.

Schnell bezahlte Clara, aber ehe sie ihr Portemonnaie wieder in ihre Jackentasche stecken konnte, hielt Sabine sie auf.

„Soll ich deinen Geldbeutel vielleicht in meine Handtasche packen? Ist doch besser.“

Einen Augenblick zögerte sie, denn nach dem Streit misstraute sie ihrer Begleitung.

„Komm schon, oder glaubst du, dass ich dich beklaue? Ich möchte nur dafür sorgen, dass du die Hände freihast. Immerhin probieren wir später einen wirklich guten Whiskey.“

Versöhnlich blickte Sabine sie an.

Erstaunt über das freundliche Angebot nickte Clara, gleichzeitig reichte sie ihr das Portemonnaie. Ihr Handy hatte sie im Auto gelassen, zumal in der Destillerie keine Fotos gemacht werden durften. Diese Information stand auf der Website.

„Danke.“

Sabine winkte großzügig ab, hakte sich bei ihr unter, um sie in den Innenhof zu ziehen, wo bereits weitere fünf Leute warteten.

Kurz darauf erschien auch Mailin, die alle noch einmal freundlich begrüßte.

„Dann mal los. Lassen Sie uns einen Abstecher in die Vergangenheit machen, denn hier sehen Sie die älteste Destillerie in Irland."

Mit den Worten drückte sie eine Tür auf und verschwand über eine Treppe. Die kleine Menge folgte ihr, ohne zu zögern.

~~°~~

Finbar zog missmutig seine Jacke über, als er sich auf den Weg zur Arbeit machen musste. Auf der einen Seite liebte er seinen Job als Brennmeister, andererseits hasste er die Touristen, die überall ihre Nasen reinsteckten.

Früher produzierten sie Liter um Liter feinsten irischen Whiskey, heute waren es nur noch knappe 200 Flaschen im Monat.

Eigentlich sollte die Produktion komplett eingestellt werden, so wie es 1957 schon einmal geschehen war, doch der Museumsbetrieb rettete sie alle.

Der berühmte Kilbeggan-Whiskey, den jeder kannte, wurde bis auf die wenigen Liter, die sie wirklich in dieser Destillerie brannten, auf der Cooley-Halbinsel hergestellt. Lediglich die Lagerhäuser benutzten sie hier in der kleinen Stadt.

Erneut rümpfte Finbar die Nase. Die antiken Brennblasen hielten, was sie versprachen und in der wohl ältesten Destille Europas produzierten sie den besten irischen Whiskey, nur eben in einer Menge, die lächerlich war.

Natürlich konnten sie mit der modernen Technik auf dem Markt nicht mithalten, deshalb hatte der Konzern Jim Beam die Produktion auch auf diese paar Liter reduziert.

Ja, die traditionelle Cooley-Destillerie war von dem amerikanischen Riesen aufgekauft worden. Etwas, das man dem Getränk durchaus anmerkte. Zumindest dem, den man in jedem Laden bekam.

Finbar setzte sich in seinen bejahrten Pick-up, um die vier Kilometer zu seinem Arbeitsplatz zu fahren.

Tief in seinen Gedanken versunken, die sich alle um die gute alte Zeit drehten, als sie noch eine der besten Whiskey-Brennereien Irlands waren. Damals, als es kein Besucherzentrum gab und genauso wenig Touristen.

„Ich wünsche dir einen wundervollen Tag, Finbar."

Mailin begrüßte den Brennmeister fröhlich, der ihr nur mit einem leisen Brummen zunickte.

„Du meine Güte, wie kann man am frühen Morgen nur so schlecht gelaunt sein?"

Lachend schlug sie ihm leicht auf den Oberarm.

Jetzt hellte sich auch seine Miene auf. Dem Charme seiner Kollegin entging man nur schwer.

„Wieso bist du so gut drauf? Später fallen wieder Horden von Touristen über uns her. Menschen, die glauben Spezialisten zu sein, die einen irischen Whiskey nur mit Not von einem schottischen unterscheiden können."

Angewidert verzog er erneut das Gesicht.

„Sie bringen uns aber das Geld, was wir brauchen, um die Destillerie am Leben zu erhalten. Jim Beam hat kaum Interesse, die veralteten Brennblasen am Laufen zu halten. Lediglich die Lagerhäuser sind interessant, wie du weißt. Wenn du also die alte Tradition magst, dann erträgst du die vielen Leute und bist ausgesprochen höflich."

Mailin grinste ihn an, während er nur leicht den Kopf schüttelte.

Natürlich hatte sie recht, denn ohne den Tourismus hätte er seinen Job wahrscheinlich längst verloren.

Schnell hängte er seine Jacke in eine kleine Kammer hinter dem Tresen, an dem sie die Besucher begrüßten, anschließend ging er seine Runde, um sich zu vergewissern, dass alles in Ordnung war.

Zuerst sah er nach den Washbacks, den Gärtanks, in denen das Wort, also der gemaischte Malzschrot, eine kurze Fermentationsstufe durchlief.

Finbar mochte den Whiskey mit malzigem Charakter, deshalb beließ er die Mischung nur ungefähr 48 Stunden in den riesigen Tanks.

Dem Konzern war es gleich, was er hier anstellte, zumal sie ganz andere Vorgaben für das Gebräu hatten, das auf der Halbinsel in ihrem Namen produziert wurde.

Manchmal gab er dem Wort auch mehr als 55 Stunden, sodass er einen leichten, fruchtigeren Geschmack bekam.

Zufrieden blickte er in die kleinen Fenster, beobachtete das Mischwerk, das angetrieben durch ein Wasserrad den Malzschrot immer wieder durchmischte.

Anschließend ging er zu den zwei Brennblasen, die er gleich in Betrieb nehmen würde. Über Nacht kühlten sie aus, denn es war zu gefährlich, sie ohne Aufsicht laufen zu lassen.

Ein großer Teil des Gebäudes bestand aus altem Holz.

Später trennte er den Feinbrand in die obligatorischen drei: Vorlauf, Mittellauf und Nachlauf.

Kurz bevor er den Mittellauf zur Lagerung gab, damit er in Ruhe im Fass reifen konnte, zog er den First Shot ab. Sollte mit dem ungefähr 65% starken Alkohol etwas nicht in Ordnung sein, gab er keine Freigabe, aber bisher war das noch nie vorgekommen.

Fremde Stimmen ließen ihn von seiner Arbeit hochschrecken. Die ersten Touristen warteten. In spätestens einer halben Stunde würde Mailin, der alte Kobold, ihn in ihre Tour einbinden.

Eigentlich störten ihn die Leute weniger. Er liebte es, den Brennvorgang zu erklären. Leider wollten nur ein paar der Besucher wirklich wissen, wie man einen guten Tropfen herstellte. Die meisten kamen nur, um sich einen groben Überblick zu verschaffen und die Verkostung mitzunehmen.

Whiskey als Mittel, um möglichst schnell betrunken zu werden.

Finbar schüttelte sich, als er darüber nachdachte.

~~°~~

Der Vormittag verging ohne große Vorkommnisse, was den Brennmeister dankbar aufatmen ließ.

In der Tat gab es tatsächlich noch Menschen, die sich ehrlich für seine Arbeit interessierten und er freute sich, ein wenig aus dem Nähkästchen plaudern zu können. Normalerweise beschränkte er sich auf die notwendigen Informationen, die die Besucher sich anhören wollten. Doch an dem Tag gab es zwei ältere Herren, die detaillierte Fragen stellten, sodass er regelrecht aufblühte.

Jetzt stand die letzte Führung für den Tag an, danach würde er in Ruhe seine Analysen durchführen und eine abschließende Runde drehen, ehe er Feierabend machen konnte.

Die Tür ging auf, daher lächelte er den Leuten automatisch zu, die gerade in den Vorraum drängten.

„Hier, meine Damen und Herren, sehen Sie das Reich unseres Brennmeisters. Hinter der Glasscheibe nimmt er seine Analysen vor, testet den First Shot und kommt allen Hygienevorschriften nach."

Mailins Stimme klang ein wenig gepresst, das hörte er sofort heraus. Dafür gab es nur einen Grund: Jemand hatte sie geärgert!

„Hallo, Leute", begrüßte er die kleine Gruppe, dabei bemerkte er, dass dieses Mal auch zwei Frauen mit von der Partie waren.

Das war zwar nichts Ungewöhnliches, allerdings gab es mehr Männer, die sich an der Tour beteiligten.

„Das hier ist Finbar. Er ist unser Brennmeister. Damit ist er für den ordnungsgemäßen Ablauf des Brennvorgangs zuständig."

Mailin deutete mit einem Lächeln auf ihn, während er sich zu einem freundlichen Gesichtsausdruck zwang.

„Entschuldigen Sie, aber was genau, macht er? Ich meine, wenn die Maische erst mal in der Brennblase ist, kann er doch kaum noch eingreifen, oder?"

Eine der Frauen blickte ihn fragend an, obwohl sie offensichtlich mit Mailin gesprochen hatte.

„Magst du deinen Job selbst erklären? Du bist darin um Längen besser, als ich."

Sofort nickte Finbar, denn die Dame gefiel ihm. Meistens begleiteten die Frauen lediglich ihre Männer, dass sie sich ehrlich für die Whiskey-Herstellung interessierten, war eher selten.

„Du meine Güte, willst du jetzt echt diese Kleinigkeiten wissen? Es ist doch völlig egal, was der Kerl hier macht. Hauptsache, der Fusel schmeckt."

Ihre Begleiterin mischte sich offensichtlich genervt ein, was Finbar ein breites Grinsen ins Gesicht trieb.

Natürlich verstand er jedes Wort, obwohl sie Deutsch gesprochen hatte, aber das musste er ihr ja nicht auf die Nase binden.

„Es freut mich, dass Sie sich für meine Arbeit interessieren. Und in der Tat haben Sie recht, wenn das Wash mal im Still-Pot ist, kann ich lediglich die Temperatur ein wenig regeln. Meine Aufgabe fängt viel früher an."

Freundlich nickte er ihr zu, wobei er sie auf Englisch ansprach.

„Davon habe ich gehört. Als Brennmeister sind Sie für so ziemlich alles zuständig, oder?“

Fasziniert starrte sie ihn an, während er mit einem Kopfnicken zustimmte.

Finbar erklärte ihr, was er so tagtäglich zu tun hatte, dabei stellte er erstaunt fest, dass er sie gerne kennenlernen würde.

Schnell schüttelte er diesen Gedanken ab, denn Touristen hatten die schlechte Angewohnheit, irgendwann zu verschwinden.

~~°~~

Clara folgte Mailin als eine der Ersten. Sie interessierte sich wirklich für den Brennvorgang, im Gegensatz zu den anderen Besuchern, die nur auf die Verkostung aus waren.

Immer wieder stellte sie detaillierte Fragen, die Mailin gekonnt beantwortete.

Die Miene der Angestellten bekam einen freundlichen Ausdruck, als sie erneut einen Prozess hinterfragte und sich gleich darauf entschuldigte.

„Es tut mir leid, dass ich hier alles aufhalte, aber ich finde es absolut faszinierend.“

Mit einem verlegenen Lächeln zuckte Clara mit den Schultern.

„Wenn dir wirklich etwas an uns anderen liegt, dann hör auf mit den schwachsinnigen Fragen.“

Sabine verdrehte missmutig die Augen. Sie wollte diese Tour so schnell wie möglich hinter sich bringen, da sie sich im Grunde nicht die Bohne dafür interessierte, wie Whiskey hergestellt wurde.

Allerdings war sie sich bewusst, dass sie Clara bei Laune halten musste, weil eine Rückzahlung des Verpflegungsgeldes sie ziemlich in Schwierigkeiten brachte.

Sie hatte bereits einen großen Teil ausgegeben, daher plante sie, einerseits die billigen Restaurants aufzusuchen, andererseits ihrer Begleitung noch ein paar Euro aus der Tasche zu ziehen. Zum Glück wusste Sabine, dass Clara etwa einhundert Euro im Geldbeutel hatte. Für Notfälle, Eintrittsgelder und Souvenirs.

Deshalb hatte sie die Freundin auch aufgefordert, diese Führung zu bezahlen.

„Es interessiert mich halt. Wenn du keine Lust auf die Besichtigung hast, dann geh doch zurück. Wir treffen uns in der Gaststätte."

Bösartig blitzte Clara ihre Begleiterin an, dabei entging ihr Mailins breites Lächeln.

Die kleine Angestellte freute sich, dass sie sich das Verhalten nicht gefallen ließ.

„Kein Grund zu streiten. Ich erkläre Ihnen gerne, was immer Sie wissen wollen."

Mailin zwinkerte der sympathischen Frau zu, gleichzeitig deutete sie auf eine Treppe.

„Lassen Sie uns weitergehen, der Brennmeister erwartet uns."

Jetzt wussten die beiden Freundinnen zumindest, dass die Angestellte Deutsch verstand, was Sabine maßlos ärgerte, doch im Moment hielt sie lieber den Mund.

Gemeinsam gingen sie über den schmalen Innenhof, betraten eine kleine Kammer, in der sie alle Warnwesten anziehen mussten.

„Ich weiß, dass die Dinger nicht gerade der neusten Mode entsprechen, aber ab hier ist das Tragen Vorschrift."

Mailin zog sich selbst eine solche Weste über, dann deutete sie auf eine Glasscheibe.

„Wir betreten jetzt das Allerheiligste des Brennmeisters“, erklärte sie schmunzelnd, als ein gut aussehender Mann zu ihnen kam.

Clara musterte ihn verstohlen. Schwarze Haare, groß, sehnig und mit einem Blick, der ihr Angst einjagen würde, wenn sie ihn unter anderen Umständen traf.

Ganz offensichtlich gefiel es ihm nicht, dass die Touristen durch sein Reich liefen, denn sein Lächeln sah aufgesetzt aus.

„Starrst du den Kerl etwa an? Glaubst du, dass du bei so einem eine Chance hättest?“

Sabines Stimme klang ein wenig gehässig, als sie sich zu ihrer Freundin beugte, um ihr die Fragen ins Ohr zu flüstern.

Ein Seitenblick auf ihre Figur zeigte sofort, warum sie anzweifelte, dass die andere Frau den Mann beeindrucken könnte.

„Ich interessiere mich für Whiskey! Was du schon wieder denkst.“

Empört drehte sich Clara von ihrer Begleitung weg, denn diese Bemerkung tat ihr einfach nur weh.

Natürlich wusste sie, dass sie einige Kilos zu viel mit sich herumschleppte, aber wieso sollte das Gewicht das einzige Kriterium sein?

Durch die Ablenkung hatte sie die letzten Sätze von Mailin nicht mitbekommen, was sie enorm ärgerte.

Sie bekam gerade noch mit, dass die kleine Frau auf den großen Kerl deutete.

Schnell trat sie einen Schritt vor und sah ihm direkt in die eisblauen Augen.

Um ein Haar hätte sie ihren Mut verloren, doch dann riss sie sich zusammen. Sie war hier, um etwas über Whiskey zu erfahren, da durfte sie gewiss ein paar Fragen stellen. Sofort richtete sie ihren Blick wieder auf Mailin.

„Entschuldigen Sie, aber was genau, macht er? Ich meine, wenn die Maische erst mal in der Brennblase ist, kann er kaum noch eingreifen, oder?“

Für einen Augenblick glaubte sie, dass er sie mit einem spöttischen Schnauben stehen lassen würde, doch grinsend forderte Mailin ihn auf, die Frage selbst zu beantworten.

Natürlich musste in dem Moment Sabine ihr Gift erneut versprühen, nur dieses Mal entging Clara das breite Grinsen im Gesicht des Mannes nicht. Offensichtlich verstand er sie, denn jetzt erklärte er ihr ausführlich, welche Aufgaben tagtäglich auf ihn warteten.

„Entschuldigen Sie, meine Herrschaften, wenn Sie möchten, dann gehen Sie mit Mailin schon einmal vor. Ich bin sicher, dass die Einzelheiten kaum für alle von Interesse sind. Ich werde die interessierte Dame später in den Verkostungsraum bringen. Oder wollen Sie bei der Gruppe bleiben?“

Sein Blick lag fragend auf Clara, die nur leicht den Kopf schütteln konnte.

Mit einer so privaten Führung hatte sie keinesfalls gerechnet, sodass jetzt ein Strahlen auf ihrem Gesicht erschien.

„Du willst doch nicht mit dem Kerl gehen, oder? Wer weiß, was er im Schilde führt“, zischte Sabine ihr zu.

Genervt stieß sie die Luft aus.

„Bist du eifersüchtig, oder was? Hier wird er mir wohl kaum etwas tun können.“

Vorsichtig blickte sie zu dem Brennmeister, der ihr beruhigend zunickte.

„Außerdem glaube ich, dass er uns sehr gut versteht. Pass also auf, was du sagst. Willst du vielleicht mitkommen?“

Spöttisch betrachtete Clara die Freundin, die jetzt, wie erwartet heftig den Kopf schüttelte.

Sabine musste ein hinterhältiges Grinsen zurückhalten. So war es umso besser, denn wenn ihre Begleitung mit dem Kerl verschwand, konnte sie in Ruhe im Souvenirshop einkaufen. Auf keinen Fall sollte Clara sehen, wie viel sie ausgab, weil sonst ihr schöner Plan hinfällig wurde.

Von Anfang an wollte Sabine so tun, als ob ihre Kreditkarte nur manchmal richtig funktionierte, somit blieb ihrer Freundin nichts anderes übrig, als für die meisten Kosten aufzukommen. Bisher hatte das perfekt geklappt und das Schaf hatte ihr auch noch die gesamten, angenommenen Verpflegungskosten im Vorfeld gegeben.

Freundlich blickte der Brennmeister in die Runde.

„Möchte uns jemand begleiten?“

Wie erwartet schüttelten die restlichen Teilnehmer die Köpfe, sodass er verstehend nickte.

Clara strahlte ihn an. In dem Moment ignorierte sie ihre Freundin komplett, sonst wäre ihr bestimmt der verschlagene Zug aufgefallen, der sich jetzt in deren Gesicht breitmachte.

Der Mann öffnete die Glastür zu seinem Büro, machte eine einladende Handbewegung und wartete, bis seine Besucherin eintrat.

Vorsichtig schloss er die Tür wieder, sah zu, bis die Gruppe weitergegangen war, dann erst drehte er sich zu seinem Gast um.

„Es tut mir leid, dass meine Freundin so hässliche Gedanken hatte. Sie konnten sie doch verstehen, oder irre ich mich?“

Offen hielt Clara seinem Blick stand, der sie jetzt eindringlich musterte.

„Ja, das ist richtig. Aber es besteht kein Grund, warum Sie sich entschuldigen. Immerhin haben Sie mich verteidigt.“

Seine Augen funkelten belustigt, während er auf sie heruntersah.

„Hier mache ich die Analysen und notiere die Ergebnisse.“

Der Themenwechsel kam so abrupt, dass sie einen Augenblick brauchte, ehe sie wusste, wovon er sprach.

„Verzeihen Sie bitte, ich bin fürchterlich unhöflich. Mein Name ist Clara und leider weiß ich nicht, mit wem ich das Vergnügen habe. Als Mailin Sie vorgestellt hat, war ich abgelenkt."

Irgendwie kam es ihr falsch vor, dass er nicht mal ihren Vornamen kannte, wenn er ihr schon eine private Führung ermöglichte.

„Finbar. Sehr angenehm."

Wieder sah er sie so eindringlich an, dass sie versucht war, sich an ihn zu schmiegen, was sie sich natürlich niemals getraut hätte. Wahrscheinlich interpretierte sie in sein freundliches Verhalten jeden möglichen Blödsinn rein.

Erneut erklärte er ihr, was er in diesem Raum für Aufgaben hatte, anschließend brachte er sie zurück zu den Washbacks.

„Wenn Sie sich schon für meine Arbeit interessieren, dann sollen Sie auch die Details erfahren", bemerkte er mit einem Zwinkern.

Finbar genoss die Gegenwart der Frau, was er sich so überhaupt nicht erklären konnte.

Normalerweise hielt er sich von den Touristen fern, egal, wie gut sie aussahen. Nur hier ritt ihn der Teufel, weil er wenigstens die paar Momente mit ihr haben wollte.

Immer wieder musterte er sie verstohlen, während er ihr alles über seinen Job erzählte.

Langsam gingen sie durch die Destille, bis sie in den kleinen Raum zurückkamen, wo sie den Rundgang gestartet hatten.

„Wie wäre es mit einer Kostprobe?"

Seine Stimme hörte sich heiser an, als er ihr tief in die Augen sah.

„Was meinen Sie? Ich dachte, die Verkostung wäre nach Ende der Führung? Oder sind wir schon durch?"

Enttäuschung klang aus ihrer Frage, was ihn lächeln ließ. Offensichtlich genoss sie seine Gegenwart.

Seufzend schob er die Sehnsüchte aus seinen Gedanken. Diese Frau würde in spätestens anderthalb Stunden aus seinem Leben treten und voraussichtlich sah er sie nie wieder.

„Da haben Sie auch recht, Clara. Ich sprach von dem First Shot. Möchten Sie den mal probieren?“

Er deutete auf eine Flasche mit einer klaren Flüssigkeit.

„Das sieht aus wie Wasser, aber nicht wie Whiskey. Ist das wirklich der Mittellauf, von dem du erzählt hast?“

Ganz in ihrem Element ging Clara automatisch zum Du über, doch sofort schlug sie sich die Hand vor den Mund.

„Tut mir leid. Ich wollte nicht unhöflich sein.“

Ihre grünen Augen blickten erschrocken zu ihm hoch, dabei bemerkte er genau, dass sie befürchtete, zu weit gegangen zu sein.

„Nein, nein, ist schon in Ordnung. Mir gefällt es, wenn wir beim Du bleiben. Und wie sieht es aus, sollen wir die Entscheidung mit einem guten Schluck bekräftigen?“

Unsicher zuckte Clara mit den Schultern, dann huschte ein Lächeln über ihre Lippen.

„Ich denke mal, dass du mir kaum etwas anbietest, was mir schaden könnte. Außerdem muss ich nicht mehr fahren. Also gerne.“

Jetzt hätte Finbar sich beinahe verschluckt.

„Du bist ganz schön mutig. Der First Shot hat gute 65% und zu deiner Information, der Whiskey bekommt seine Farbe durch das Fass, genau wie die meisten Aromen.“

Verstehend nickte Clara, überlegte einen Augenblick, ehe sie ihren Begleiter schmunzelnd ansah.

„Ich probiere gerne, was du da gebraut hast.“

Ihre Stimme klang so sexy, dass er sich zurückhalten musste, um sie nicht einfach an sich zu ziehen. Außerdem berührte ihr Blick ihn auf eine Weise, die er lieber nicht analysierte.

Lachend nahm er einen kleinen Plastikbecher und schüttete etwas von der hellen Flüssigkeit hinein.

„Der erste Schluck bereitet den Gaumen auf den Whiskey vor. Der zweite offenbart die Aromen“, erklärte er, als er ihr den Becher in die Hand drückte.

Schmunzelnd beobachtete Clara den Brennmeister, der ihr immer besser gefiel. Offenbar stieß ihn ihre Figur nicht ab. Allerdings machte es auch keinen Unterschied, denn sie würde noch am gleichen Abend im Auto nach Dingle sitzen.

Langsam nahm sie einen kleinen Schluck, schmeckte den Alkohol, ehe sie die Flüssigkeit in ihre Kehle rinnen ließ. Den Rest kostete sie aus, spürte nach, welche Aromen sie erkennen konnte.

„Wow, das war lecker“, bemerkte sie anerkennend.

Fasziniert starrte Finbar sie an.

Die wenigsten Frauen mochten den First Shot, weil er ihnen zu hart war, doch diese hier genoss ihn tatsächlich.

„Danke sehr. Ich freue mich, dass es dir schmeckt. Aber jetzt bringe ich dich zur Verkostung. Mailin wird wahrscheinlich schon angefangen haben.“

Er legte eine Hand in ihren Rücken, so brachte er sie zum Verkostungsraum, wo die restlichen Teilnehmer den dritten Whiskey probierten.

„Ich habe Ihnen die anderen Proben bereits eingepackt“, rief die kleine Frau ihr entgegen, dabei lächelte sie ihr herzlich zu.

„Vielen lieben Dank, auch für die außergewöhnliche Führung.“

Bei den Worten drehte Clara sich zu Finbar um und für einen ganz kurzen Augenblick hatte sie das Gefühl, dass es ihm leidtat, wenn sie ging.

„Es war mir ein Vergnügen."

Schnell wandte er sich um und verschwand hinter einer Tür, die nur für das Personal da war.

Den Whiskey schmeckte Clara nur am Rande, weil sie in Gedanken immer noch bei dem beeindruckenden Mann war, was auch Sabine kaum entging.

„Hast du dich jetzt in den Hinterwäldler verguckt? Der ist bestimmt jeden Tag besoffen, da er ja den ganzen Sprit trinken muss. So von Berufs wegen."

Sie sprach sehr leise in der Gewissheit, dass Mailin sie verstand.

„Wieso bist du so gehässig? Er probiert den First Shot nur in seltenen Fällen. Außerdem hatte ich keineswegs den Eindruck, dass er irgendwie ungebildet ist. Daher passt deine nette Beschimpfung so gar nicht."

Wütend kippte Clara den letzten Rest ihrer Probe hinunter, ohne wirklich etwas zu schmecken.

„Ich danke Ihnen für Ihre Aufmerksamkeit. Gerne dürfen Sie die Gläser behalten und sich noch in unserem Verkaufsraum umsehen."

Damit verabschiedete Mailin sich, gleichzeitig öffnete sie eine Tür zu einem Raum, in dem die verschiedenen Whiskeysorten sowie etliche Souvenirs standen.

Sabine hätte jetzt beinahe frustriert gestöhnt, weil ihre Freundin viel zu früh zurück war.

Die kleine Gruppe drängte nach vorne, nur Clara schlenderte hinter ihnen her. Sie musste wirklich auf ihre Finanzen achten, sodass sie kaum in der Lage war, sich eine Flasche zu gönnen.

„Kaufen Sie den Whiskey lieber am Flughafen, dort ist er billiger und Sie müssen ihn nicht verzollen“, riet Mailin ihr, als sie gerade an ihr vorbeigehen wollte.

Dankbar lächelte sie die Frau an, ehe sie auch den Verkaufsraum betrat.

Flüchtig sah sie sich um, anschließend ging sie zu Sabine.

„Für mich ist das zu teuer. Mailin meinte, im Duty-Free-Shop kostet es weniger“, teilte sie der Freundin mit.

Diese schüttelte leicht den Kopf.

„Dann geh doch schon mal ins Restaurant. Vielleicht kannst du dort deinen Whiskey genießen, bis ich fertig bin. Wir fahren so schnell wie möglich weiter.“

Seufzend hielt Clara sie am Arm fest, als sie sich umdrehen wollte.

„Niemand treibt uns. Ist es wirklich so schlimm, falls wir hier in Ruhe etwas trinken? Oder sogar zu Abend essen?“

Bittend sah sie die Freundin an, die genervt die Augen verdrehte.

„Wenn du unbedingt willst, okay. Halt mir einen Platz frei. Ich komme gleich nach.“

Mit einem dankbaren Lächeln stimmte Clara zu. Schnell verließ sie den Verkaufsraum, um sich im Restaurant an einen Tisch für zwei Personen zu setzen.

Auch hier bediente Mailin, was sie erstaunt feststellte.

„Wir sind ein kleines Unternehmen, da muss jeder dort anpacken, wo gerade Arbeit zu tun ist“, erklärte sie schmunzelnd.

„Das verstehe ich gut. Könnte ich bitte einen Irish Coffee haben?“

Clara hatte festgestellt, dass sich der Himmel zuzog und im Hof war es empfindlich kalt geworden.

Der Wind pfiff um das Gebäude, was Ende April nicht ungewöhnlich war.

„Ja, so schnell wechselt das Wetter bei uns. Aber keine Sorge, morgen kommt die Sonne gewiss wieder zum Vorschein."

Mailin war Claras Blick gefolgt und bemerkte jetzt auch die veränderte Wetterlage.

„Einmal Irish Coffee, bringe ich sofort."

Geschäftig eilte sie zum Tresen, während ihr Gast nachdenklich aus dem Fenster sah.

Gerade als ihr Getränk serviert wurde, ließ Sabine sich auf den Stuhl ihr gegenüber fallen.

Mit einem breiten Grinsen schnappte sie sich das Glas, um einen tiefen Schluck zu nehmen.

„Wow, ist der gut. Daran könnte ich mich gewöhnen, aber wir sollten langsam aufbrechen."

Sie trank noch einmal, dabei übersah sie die Gewitterwolken in Claras Gesicht.

„Wenn dir der Irish Coffee so gut schmeckt, wie wäre es, wenn du dir auch einen bestellst? Außerdem möchte ich mich nicht abhetzen. Wir hatten geplant, morgen nach Dingle zu fahren. Du wirfst einfach alles über den Haufen, ohne zu fragen, ob mir das recht ist."

Wütend nahm Clara ihr Glas an sich, um den kümmerlichen Rest auszutrinken.

„Fängst du schon wieder mit deinem Gemecker an? Das ist längst geklärt. Wir brechen heute auf, damit wir am Morgen nach dem Delfin sehen können. Es ist jetzt echt genug darüber diskutiert worden. Du hattest deine Führung, deinen Whiskey, sodass ich vielleicht auch mal das machen darf, was ich möchte. Oder willst du lieber alleine weiterziehen?"

Ein abschätziger Blick traf sie, der ihr deutlich sagte, dass sie ohne Sabine keinen Tag überlebte.

Die offen gezeigte Geringschätzigkeit war zu viel für Clara.

„WIR haben gar nichts besprochen, und wenn du mir endlich mein Geld zurückgeben würdest, ja, in dem Fall fahre ich gerne auf eigene Faust weiter. Du glaubst, dass ich ohne dich aufgeschmissen bin? Dann lass dich überraschen."

Auffordernd hielt sie ihre Hand hin in der Hoffnung, dass sie das restliche Verpflegungsgeld doch noch zurückbekam.

„Wie ich dir bereits mitteilte, ist das Bargeld fast völlig aufgebraucht. Ich werde die Restaurantkosten und auch unsere Einkäufe mit der Kreditkarte bezahlen. Ach komm schon, sei nicht so zickig. Ich möchte meinen Urlaub genießen. Die ständigen Streitereien gehen mir auf die Nerven."

Versöhnlich lächelte Sabine ihre Freundin an, die nur zornig den Kopf schüttelte.

„Ich bin zickig? Ich glaube es ja nicht. Wie wäre es mit ein wenig Rücksicht? Seit wir hier sind, pickst du dir die Rosinen heraus, tust, was du willst, egal, ob ich einverstanden bin. Denkst du daran, dass ich die Hälfte der Kosten trage? Selbst die Automiete habe ich mitbezahlt, obwohl du dich so aufführst, als ob du alles finanzieren müsstest."

Clara war immer lauter geworden, sodass jetzt auch Mailin aufmerksam wurde.

Einen Moment entstand eisiges Schweigen, bis Sabine leise die Luft ausstieß.

„Ich gehe schnell meine Einkäufe ins Auto bringen, vielleicht schaffst du es, dich in der Zeit wieder zu beruhigen."

Überheblich musterte sie ihre Begleitung, dabei sagte ihr Blick deutlich, dass sie sich besser anpasste.

Plötzlich grinste sie, anschließend drehte sie sich um und verließ das Lokal.

Mailin kam an den Tisch.

„Eventuell sollten Sie Ihre Reise alleine weiterführen. Wir Iren sind allgemein hilfsbereit und Ihr Englisch ist sehr gut."

Lächelnd sah die kleine Frau sie an, bis sie entsetzt über sich selbst den Kopf schüttelte.

„Es tut mir leid. Das geht mich wirklich nichts an."

Sie wollte zurück zum Tresen, doch Clara hielt sie auf.

„Nein, Sie haben ja recht, aber es gibt Gründe. Kann ich bitte zahlen? Lange wird sie wohl kaum auf mich warten."

Sie wusste, dass Sabine keineswegs plante, ins Lokal zurückzukommen. Dazu kannten sie sich zu genau.

„Das macht vier Euro fünfzig."

Mailin lächelte freundlich, während Clara nach ihrem Geldbeutel tastete.

Mit hochrotem Gesicht erinnerte sie sich, dass sie das Portemonnaie ja Sabine gegeben hatte. Schnell durchsuchte sie noch einmal ihre Hosentaschen, bis sie einen zerknitterten Fünf-Euro-Schein hervorzog.

„Stimmt so."

Genau in dem Augenblick sah sie ihre angebliche Freundin an dem Restaurant vorbeifahren. Fassungslos blickte sie durch das Fenster, wo das Auto gerade verschwand.

„Das ist jetzt nicht wahr", flüsterte sie, während sie sich schockiert auf den Stuhl zurückfallen ließ.

Danksagung

Wie immer an dieser Stelle sage ich Danke, denn so ein Buch entsteht nicht nur, weil ein Autor es schreibt. Es braucht viele helfende Hände.

Einen ganz, ganz lieben Dank an meine Testleser Vero, Maria, Tanja, Christine, Marion, Nadine und Anja.

Ihr seid die, ohne die ich schon aufgegeben hätte. Egal, ob es sich um Fehler im Manuskript, um Klappentexte oder fiese Rezensionen handelt. DANKE!!!

Ein dickes Dankeschön geht an meinen Lektor Dietmar, der einiges aushalten muss. Wir diskutieren immer wieder hart am Limit. Danke, dass du trotzdem immer wieder durch meine Texte gehst.

Ich bedanke mich ganz besonders bei Gundel und Charleen, die mich beim Marketing enorm unterstützt haben. Es fing beim Klappentext an und hörte natürlich nicht bei der Veröffentlichung auf. Vielen, vielen Dank!

Ein weiteres Dankeschön geht an Paul Dahl von D-Design Cover Art für das wundervolle Cover. Du bist in Künstler!

Und zum Schluss bedanke ich mich natürlich auch bei meinen Leserinnen und Lesern. Ohne euch wäre ich nur eine verwirrte, ständig vergessliche Frau.

Über die Autorin

Lisa Skydla ist 1971 geboren, gelernte Datenverarbeitungskauffrau und lebt heute mit ihrer Familie im wunderschönen Rhein-Lahn-Gebiet.

Im Alter von etwa zehn Jahren bekam die heutige Autorin ein Buch in die Hand, von dem sie so enttäuscht war, dass sie beschloss, selbst etwas zu schreiben. Und aus den Mini-Liebesromanen für Klassenkameradinnen wurden dann nach und nach richtige Bücher.

Als sie in die fantastische Welt des SM fand, wurde das Pseudonym „Lisa Skydla“ geboren. Eigentlich sind das die beiden Namen ihrer Pferde, die jetzt als Autorenname für die SM-Liebes-Romane herhalten. Wobei ihr extrem wichtig ist, einen Einblick in die Welt des SM zu geben. Den Menschen zu zeigen, dass diese Art Liebe, großes Vertrauen erfordert und nichts Perverses oder Abartiges ist. Lisa Skydla ist selbst in der SM-Szene unterwegs und viele Szenen, die sie beschrieben hat, hat sie auch selbst erlebt.

Allerdings beschränkt sich Lisa Skydla nicht nur auf Texte, die mit SM zu tun haben, sondern schreibt auch gerne Bücher über Beziehungen, Liebe und Gefühle von ganz normalen Menschen.

Was ihr persönlich ganz wichtig ist: Ihre Geschichten haben nur einen einzigen Hintergrund, zu unterhalten. Sie möchte weder die Welt aufrütteln und Umweltprobleme anzeigen, noch den gesellschaftskritischen Finger heben oder auf sonst irgendwelche Missstände aufmerksam machen. Ebenso wenig schreibt sie historisch belegte Romane.

Außerdem ist sie seit Neustem unter dem Pseudonym „Aimée Moreau“ unterwegs. Dort schreibt sie normale Liebesromane mit Tiefgang.

Website: www.lisa-skydla.com
Facebook: https://www.facebook.com/Skydla
Blog: https://skydla.wordpress.com

Weitere Bücher von Lisa Skydla:

Wild Thing - Reihe:
Wild Thing - Dem Jaguar verfallen
Wild Thing - Wolfsliebe
Wild Thing - Das Herz des Luchses
Wild Thing - Eigentum des Wolfs
Wild Thing - Dämonische Gefährtin
Wild Thing - Gefangene des Panthers
Wild Thing - Die Liebe des Drachen

Elementals - Reihe:
Elementals - Gefangenes Wasser
Elementals - Gezähmtes Feuer
Elementals - Gesprengte Erde
Elementals - Gefesselte Luft

Dämon - Reihe:
Jill - Sklavin des Dämons
Emma - Eigentum des Dämons

Russian Fighter - Reihe:
Russian Fighter - Eigensinnige Herzen
Russian Fighter - Widerwillige Gefühle
Russian Fighter - Rebellische Liebe
Russian Fighter - Vergessenes Vertrauen
Russian Fighter - Wiedergewonnenes Glück

Wiesbaden-Lovestory:
Finstere Leidenschaft
Finstere Zärtlichkeit
Finstere Hingabe

Einzelromane:
Ein Werwolf mit Herz
Die Sklavin des Drachenreiters
Lustsklavin des Königs
Fesseln der Zärtlichkeit
Die Sklavin des Zauberers
Reitstunden der Lust
Tabu - Eigentum des Lehrers
Sklavin der Finsternis
Die Geschichte der Sabrina P.
Cassandra - Sklavin des Wassermanns
Im Bann des keltischen Tigers
Der Rigger und das Model
Endstation Sklavin?!
Tanja - Gefährtin des Höllenfürsten
Therese - Eigentum des Grafen

Liebesromane:
Liebe, Stolz und andere Schwierigkeiten
Im Rennpass ins Glück
Ast - Liebe auf Isländisch